파친코 2

PACHINKO

PACHINKO

파친코
2

이민진 장편소설

신승미 옮김

INFLUENTIAL
인플루엔셜

차례

일러두기

본문의 주는 모두 옮긴이가 독자의 이해를 돕기 위해 붙인 것입니다.

2부

모국

MOTHERLAND

1939-1962

(계속)

11

1955년 10월

모자수는 좋아하는 만화책과 오래된 동전, 아버지의 안경처럼 특별한 물건을 보관해두는 트렁크 뚜껑 안쪽에 레슬링 선수 역도산 사진을 붙여놓았다. 이 조선인 레슬링 선수와 달리 모자수는 상대에게 너무 가까이 붙어서 몸싸움을 오래 벌이기를 좋아하지 않았다. 역도산은 가라테춉*으로 유명했고, 이와 비슷하게 모자수도 상대를 정확하게 겨냥해서 쳤다.

지난 수년 동안 모자수는 다양한 이유로 사내아이들을 때렸다. 자기에게 욕을 하거나 친구인 하루키를 괴롭히면 때렸고, 쓰루하시역에 있는 당과 가판에서 엄마나 할머니를 귀찮게 하면 때렸다. 이 무렵 선자는 교사와 상담사, 화난 학부모의 편지와 방문에 익

* 손날을 세워 상대의 급소를 내리치는 기술.

숙해졌다. 모자수가 싸우지 않게 막을 방법이 없었다. 선자는 모자수가 심각한 일에 휘말리거나 나쁜 아이들과 싸울까 봐 무서웠다. 일이 터질 때마다 요셉과 노아가 모자수를 타일렀다. 그러고 나면 한동안 싸움을 벌이지 않았지만 일단 시작하면 맞을 짓을 한 누구든 두드려 팼다.

선자가 모자수에게 무슨 일이 있었는지 물으면 늘 두 가지 말이 나왔다. 먼저 엄마와 가족을 망신시켜서 미안하다고 진심 어린 사과를 한 다음에 자기가 싸움을 시작하지 않았다고 항변했다. 선자는 모자수를 믿었다. 열여섯 살인 아들은 천성적으로 난폭한 아이가 아니었다. 모자수는 참을 수 있는 데까지 참으며 싸움을 피했지만, 괴롭힘이 점점 심해지면 주동자의 얼굴에 빠르고 강하게 주먹을 날려 이를 중단시켰다. 사내아이들의 코를 부러뜨린 적도 있었고 눈에 시퍼런 멍이 들게 한 적도 많았다. 이제 학교에서 고집 센 멍청이나 새로 대장 노릇을 하려는 아이만이 모자수를 괴롭혔다. 교사들마저 모자수의 월등한 신체적 기량을 존중했고, 모자수가 힘을 함부로 쓰지 않고 혼자 있기를 더 좋아한다는 사실을 모두가 알고 있었다.

모자수는 문제를 일으키지 않으려고 학교가 끝나면 곧바로 당과 가판으로 갔다. 경희는 요셉과 집에 있었고, 노아는 모자수가 엄마와 할머니를 도와주기를 바랐다. 가족들은 가게를 낼 만한 돈이 모이면 모자수가 엄마와 할머니를 도와 가게를 운영했으면 했다. 그러나 모자수는 이 일을 하고 싶지 않았다. 시장에서 일하는 것은 여자들의 일이었고, 엄마와 할머니를 존경하기는 했지만 앞으로 남은 인생 내내 사탕을 만들거나 다이야키*를 팔며 살고 싶지는 않았다.

아직까지는 다이야키 틀과 사탕 화구 아래의 양철통 화로에 넣을 석탄을 나르며 엄마와 할머니를 돕는 것이 싫지 않았다. 선자와 양진은 꼭두새벽부터 종일 일하는지라 하루가 끝날 무렵에 집까지 수레를 밀고 갈 건장한 청년이 있다는 게 든든했다. 하지만 4시부터 7시까지는 모자수가 할 일이 마땅히 없었다. 모자수가 없어도 선자와 양진이 사탕을 만들고 손님을 상대할 수 있었다. 그렇게 바쁘지 않은 시간이었다.

어느 늦가을 오후였다. 장사가 영 시원치 않았고, 손님이 거의 없으니 여자들은 서로 이야기하느라고 바빴다. 모자수가 김밥을 사러 간다는 핑계를 대고 자리를 비웠는데도 아무도 신경 쓰지 않았다. 모자수는 양말을 파는 여자아이인 지아키를 보러 갔다.

지아키는 전쟁 중에 부모를 모두 잃은 열여덟 살의 일본인 고아였다. 커다란 양말 가게를 하는 나이 많은 할머니 할아버지와 함께 살면서 일했다. 작은 체구지만 풍만한 몸매의 지아키는 바람기 많은 여자였다. 또래 여자아이들보다는 시장에서 일하는 남자아이들과 어울리기를 더 즐겼다. 지아키는 두 살 아래의 모자수를 놀려댔지만 이제껏 좋아했던 남자아이들 중에서 모자수가 제일 잘생겼다고 생각했다. 모자수가 조선인이라서 아쉬웠다. 모자수와 연애하면 할머니 할아버지가 자신과 인연을 끊을 것이 분명해

* 붕어빵과 비슷한 도미 모양 풀빵.

서였다. 두 사람 모두 이 점을 잘 알고 있지만 이야기 좀 나눈다고 해서 해가 될 것은 없었다.

지아키의 할머니 할아버지가 오후에 집으로 돌아가고 나면 지아키가 혼자 남아서 물건을 팔다가 가게 문을 닫았다. 모자수나 다른 남자아이들은 이때 지아키를 만나러 들렀다. 지아키는 학교를 쥐락펴락하는 거만한 여자아이 무리가 싫어서 수년 전에 학교를 그만두었다. 게다가 할머니 할아버지는 지아키가 학교를 다녀봤자 소용이 없다고 여겼다. 두 사람은 다다미 만드는 집 둘째 아들과 지아키를 혼인시키려고 했는데, 지아키는 그 남자가 따분하기 짝이 없다고 생각했다. 지아키는 말주변이 좋은 멋쟁이를 좋아했다. 남자아이들에게 관심은 많았지만 아직 순진해서 누구와도 깊게 어울리지 않았다. 할머니 할아버지 가게를 물려받을 예정이었고, 상당히 예뻐서 내킨다면 카페에 데려다줄 남자쯤은 얼마든지 꼬실 수 있었다. 지아키는 매력적인 여자였고, 남자가 자기에게 헌신하게 만드는 것을 제일 좋아했다.

모자수가 가판대 문틀을 두드리고 나서, 할머니의 유명한 다이야키를 건넸다. 갓 구워내 아직 따뜻했다. 지아키가 방긋 웃으며 입술을 핥았다. 그러고는 먼저 감상하듯 냄새를 맡은 후 작게 한 입 베어 물었다.

"맛있다! 맛있어! 모자수, 정말 고마워." 지아키가 말했다. "달콤한 음식을 만들 줄 아는 잘생긴 남자라니. 넌 정말 완벽해."

모자수가 미소 지었다. 지아키는 사랑스러웠다. 지아키 같은 여자는 없었다. 주변에 남자가 너무 많다는 안 좋은 말이 돌았지만,

그래도 모자수는 지아키와 함께 있는 것이 즐거웠다. 게다가 모자수는 지아키가 다른 남자랑 있는 모습을 본 적이 없어서 그 소문이 사실인지 알 수 없었다. 지아키는 귀여웠고 진홍색 립스틱을 바른 작은 입술이 탐스러워 보였다.

“장사는 어때요?” 모자수가 물었다.

“나쁘진 않아. 상관없지 뭐. 이번 주는 충분히 벌었거든. 할아버지가 그랬어.”

“조리 파는 아주머니가 우리를 보고 있어요.” 모자수가 말했다. 와타나베 상은 지아키네 맞은편 가게 주인이었고, 지아키 할머니와 제일 친한 친구였다.

“박쥐 같은 늙은이. 난 저 여자 싫어. 또 우리 할머니한테 일러바치겠네. 그래도 신경 안 써.”

“나랑 이야기하면 야단맞아요?”

“아니. 근데 네가 달콤한 음식을 계속 가져오게 내버려두면 야단맞겠지.” 지아키가 말했다.

“이런, 그럼 그만 가져올게요.”

“싫어!” 지아키는 풀빵을 한 입 더 베어 물고는 제멋대로인 작은 아이처럼 고개를 절레절레 저었다.

사무원 차림의 젊은 남자가 가게 앞에서 멈추자 둘 다 고개를 들었다. 지아키가 가게 구석에 있는 빈 의자를 가리켰고 모자수는 의자에 앉아서 신문을 뒤적였다.

“도와드릴까요, 손님?” 지아키가 남자에게 물었다. 아까 할머니 할아버지가 있을 때 왔던 남자였는데 다시 찾아왔다. “그 검은색 양말을 다시 보여드릴까요?"

"날 기억해?" 남자가 신나서 말했다.

"그럼요. 오늘 오전에 오셨잖아요."

"너처럼 예쁜 여자가 날 기억하다니. 이럴 수가. 널 보러 다시 오길 잘했네."

모자수가 신문에서 시선을 들어 올렸다가 다시 내렸다.

"몇 켤레나 사실래요?"

"몇 켤레 있어?"

"손님 치수로 적어도 스무 켤레는 있어요." 지아키가 말했다. 이따금 열 켤레를 사는 사람이 있었다. 어머니가 대학에 다니는 아들에게 주려고 두 상자를 사기도 했다.

"두 켤레 줘. 하지만 네가 신겨주면 더 살게."

모자수가 신문을 접고 남자에게 눈을 흘겼지만 남자는 모자수의 짜증 섞인 눈빛을 알아차리지 못한 듯했다.

"그럼 두 켤레 포장할게요." 지아키가 말했다.

"이름이 뭐야?" 남자가 물었다.

"지아키예요."

"우리 사촌 이름과 똑같네. 세상에, 너 정말 예쁘구나. 남자친구 있어?"

지아키가 조용해졌다.

"없어? 그럼 내 여자친구 하면 되겠네." 남자가 지아키의 손에 돈을 쥐어주며 손을 꽉 잡았다.

지아키가 남자에게 웃음을 지었다. 이런 남자는 전에도 상대해

봤고 남자가 넌지시 비치는 뜻이 무엇인지 알았다. 지아키는 그 뜻을 알아듣지 못한 척했다. 모자수가 질투했지만 지아키는 신경 쓰지 않았다. 지아키는 가슴을 약간 내밀었다. 공중목욕탕에서 나이 많은 여자들이 항상 지아키의 봉긋 솟은 동그란 가슴을 빤히 보면서 부러워했다.

남자는 정확히 지아키가 보여주고 싶은 부분을 뚫어지게 바라보며 말했다. “멋진데. 오늘 밤 언제쯤 데리러 올까? 닭꼬치 살게.”

“안 돼요.” 지아키가 금고에 돈을 넣으며 말했다. “손님은 나이가 너무 많아요.”

“꼬셔놓고 앙큼하게 빼기는.”

“손님은 내 취향이 아니에요.” 지아키가 두려워하는 기색 없이 말했다.

“넌 취향 타령을 하기에는 너무 어려. 난 돈을 많이 벌고 밤일도 잘해.” 남자가 지아키를 끌어당기더니 지아키의 엉덩이에 양손을 올리고 꽉 쥐었다. “엉덩이가 참 탄탄하고 풍만하구나. 가슴도 예쁘고. 가게 닫아. 가자.”

모자수가 조용히 의자에서 일어나 남자에게 걸어갔다. 그리고 남자의 입을 있는 힘껏 정통으로 쳤다. 남자가 쓰러졌고 입술에서 피가 주르르 흘러내렸다. 모자수는 손가락 관절이 욱신거리는 것으로 보아 남자의 이가 몇 개는 부러졌으리라고 직감했다.

“양말 가지고 당장 집으로 꺼져.” 모자수가 말했다.

남자가 마치 다른 사람의 피인 양 파란 셔츠와 바지에 묻은 피를 멍하니 보았다.

"경찰 부를 거야." 남자가 말했다.

"그래요, 어서 경찰 불러요." 지아키가 남자에게 말했다. 그리고 서둘러 건너오고 있는 조리 파는 부인을 향해 마구 손을 흔들었다.

"모자수, 이제 가." 지아키가 말했다. "얼른, 나가. 가라고. 이 일은 내가 알아서 할게."

모자수는 당과 가판을 향해 빠르게 걸어갔다.

경찰이 즉시 모자수를 찾아냈다. 불과 몇 분 전에 모자수는 손에 피를 묻힌 채 가판으로 돌아와서 지아키에게 무슨 일이 있었는지 엄마와 할머니에게 말했다.

경찰이 그 이야기를 확인해주었다.

"당신 아들이 양말을 사고 있던 신사를 때렸소. 어떻게 된 일인지 설명이 필요하오. 아가씨는 남자가 추행하려는데 당신 아들이 보호해주었다더군. 하지만 손님은 부인하고 있소." 경찰이 말했다.

간식을 먹으려고 가판으로 향하던 파친코장 주인인 고로가 경찰을 보자 서둘러 그들 쪽으로 다가왔다.

"안녕하세요, 경관님." 고로가 선자에게 윙크하며 말했다. "별일 없죠?"

모자수는 수레 옆 낡은 나무 의자에 앉아 엄마와 할머니를 곤란하게 해서 자책하는 표정을 짓고 있었다.

"모자수가 남자한테 붙잡힌 양말 가게 아가씨를 지켜줬십니더. 모자수가 그 남자 얼굴을 때렸어예." 선자가 차분하게 말했다. 모자수의 죄를 인정하는 것으로 비칠까 두려워서 사과하지 않고 고개를 꼿꼿이 들었다. 심장이 너무 세게 뛰어서 사람들한테 심장 소리가 들릴 것만 같았다. "저 아이는 그냥 도우려고 한 거라예."

양진이 단호하게 고개를 끄덕이며 모자수의 등을 토닥거렸다.

"정말이요?" 웃으면서 물었다. "그게 맞습니까, 경관님?"

"흠, 가게 아가씨가 그렇게 말했고, 와타나베 상도 아가씨가 말한 상황이 맞다고 했소. 맞은 남자는 부인하고 있지만, 다른 가게 주인들은 그 남자가 시장에서 일하는 아가씨들을 자주 희롱하는 변태 녀석이라고 하더군." 경찰관이 어깨를 으쓱했다. "그렇지만 자기 턱뼈가 부러진 것 같다고 했소. 아랫니 두 개가 빠졌고. 잘못을 저질렀다고 해서 마구 때리면 안 된다고 이 젊은이에게 경고해야겠소. 먼저 경찰을 불렀어야지."

이 말을 들은 모자수가 고개를 끄덕였다. 전에도 문제가 생긴 적이 있었지만 아무도 경찰을 부르지 않았다. 모자수는 아버지가 억울하게 감옥살이를 했다는 이야기를 어린 시절부터 줄곧 들어왔다. 요즘 노아는 일본에 사는 조선인은 더 이상 일본 국민이 아니기 때문에 문제를 일으키면 강제로 추방될 수 있다고 모자수에게 주의를 주었다. 노아는 무슨 일이 있어도 경찰을 존중해야 하고 설사 경찰이 무례하게 굴거나 잘못해도 공손한 태도를 취해야 한다고 했다. 한 달 전에도 노아는 특히 조선인은 처신을 바르게 해야 한다고 말했다. 모자수는 자신이 또다시 문제를 일으켜서 속상했고 형의 실망한 표정을 보기가 두려웠다.

고로는 시장에서 제일 좋아하는 아주머니인 선자와 그 아들을 찬찬히 살펴보았다.

"경관님, 전 이 가족을 압니다. 아주 열심히 일하는 사람들이고 모자수는 착한 아이예요. 다시는 말썽을 부리지 않을 겁니다. 그렇지, 모자수?" 고로가 모자수를 똑바로 바라보았다.

"네." 모자수가 대답했다.

경찰은 시민이 법 대신 자기 멋대로 처벌하면 안 된다고 되풀이해서 말했고, 모자수와 선자, 고로는 경찰이 천황이라도 되는 양 연거푸 고개를 숙였다. 경찰이 떠나자 고로가 중절모로 모자수의 뒤통수를 살짝 때렸다. 모자수가 움찔했지만 당연히 아프지는 않았다.

"이 녀석을 어쩔 건가요?" 고로가 여자들에게 물었다. 부아가 치미는 동시에 상황이 재미있기도 했다.

선자가 두 손을 내려다보았다. 자신이 할 수 있는 것을 다 해봤고 이제는 낯선 사람에게 부탁해야 했다. 요셉과 노아가 선자에게 화를 내겠지만 이제 선자는 다른 방법을 써봐야 했다.

"우리 아들을 도와주실 수 있습니꺼?" 선자가 물었다. "사장님 밑에서 일할 수 있을까예? 돈은 많이 안 주셔도 되고……."

고로는 선자에게 손을 내저으며 고개를 좌우로 흔들고 나서 모자수를 바라봤다. 더 들을 필요가 없었다.

"잘 들어라. 넌 내일 아침에 학교를 때려치우고 내 밑에서 일하기 시작하는 거야. 너희 엄마가 이런 험한 꼴을 당하시게 하면 안 돼. 학교에 그만두겠다고 말하고 나서 곧장 내 가게로 와. 그리고 아주 열심히 일하도록 해. 네가 일한 만큼 봉급을 주마. 난 직원들 돈을 탐내지 않는다. 넌 일하고 봉급을 받는 거야. 이해했냐? 그리고 양말 가게 여자애를 가까이하지 마라. 그 애는 골칫덩이야."

"사장님 가게에 남자애가 필요합니꺼?" 선자가 물었다.

"그럼요. 하지만 싸움은 금지예요. 싸움을 한다고 남자가 되는 건 아니죠." 고로는 아빠가 없는 아이를 안쓰러워하며 말했다. "남자가 되려면 화를 참는 법을 알아야 돼. 네 가족을 돌봐야지. 훌륭한 남자는 그렇게 해. 알겠냐?"

"사장님, 우리 아이한테 기회를 주시다니 참 친절하십니더. 애가 일을 열심히……."

"그럴 거 같네요." 고로가 씩 웃으며 선자에게 말했다. "우린 모자수를 파친코 직원으로 만들 거고, 길거리로 내몰리지 않게 할 거예요."

모자수가 의자에서 벌떡 일어나 새로운 사장에게 꾸벅 고개를 숙였다.

12

1956년 3월

고로는 뚱뚱하지만 매력적인 조선인이었고 아름다운 여자들에게 꽤 인기가 있었다. 고로의 어머니는 제주도에서 전복을 따는 해녀였다. 고로는 검소한 단독주택에서 혼자 살았다. 이카이노 동네 사람들 사이에는 그가 한때 날렵하고 건장한 수영 선수였다는 소문이 있었지만, 우스운 이야기를 하고 부엌에서 직접 만든 맛있는 간식을 먹는 것 이상의 활동을 하는 고로를 상상하기란 어려웠다. 고로의 굵직하고 투실투실한 팔뚝과 불룩한 배에는 뭔가 부유하고 관능적인 느낌이 있었다. 티 없는 황갈색 피부의 매끈함이나 고급 정장이 잘 어울리는 모습이 시내 거리를 미끄러지듯 가로지르는 느긋한 물개를 닮아서일 수도 있었다. 고로는 말솜씨가 좋아서 나무꾼한테 목재를 팔고도 남을 사람이었다. 고로는 파친코장 세 곳을 운영하며 돈을 많이 벌었지만 검소하게 살았고, 사치와는 거리가 멀었다. 그러나 여자들에게는 돈을 잘 쓰기로 유명했다.

모자수는 여섯 달 동안 고로의 파친코장 본점에서 일하면서 그때그때 필요한 일은 무엇이든 했다. 그러면서 열여섯 살짜리 아이는 학교에 다닐 때보다 세상에 대해 더 많이 배웠다. 아무짝에도 쓸모없는 일본어 한자를 머릿속에 집어넣으려고 기를 쓰는 것보다 돈벌이가 열 배는 쉬웠고 즐거웠다. 재미없는 책과 시험 생각을 하지 않아도 되니 마음이 엄청나게 편안했다. 일터에는 대부분이 조선인이라서 출신에 대해 헛소리를 들을 일이 없었다. 학교에 다닐 때 그런 조롱이 괴롭다고 생각한 적은 없었는데, 그런 말들이 일상에서 완전히 사라진 지금 이렇게 평온할 수도 있다는 것을 깨달았다. 모자수는 고로 밑에서 일하기 시작한 후로 단 한 번도 싸움을 하지 않았다.

모자수는 토요일 저녁마다 어머니에게 봉급 봉투를 가져다주고 용돈을 받았다. 선자는 살림에 필요한 돈을 떼어 쓰면서도 모자수가 언젠가 자기 가게를 열고 싶어 했기 때문에 될 수 있는 대로 돈을 모았다. 모자수는 매일 아침에 서둘러 일터로 나갔고 눈꺼풀을 들어 올릴 수 있는 한 밤늦게까지 일했다. 담배꽁초를 치우거나 부엌에서 일하는 가요코가 바쁠 때 대신해서 더러운 찻잔을 씻는 것도 행복했다.

동이 튼 지 두 시간이 채 지나지 않은 3월의 포근한 아침이었다. 모자수가 가게 뒷문으로 급히 들어가니 고로가 직접 고른 기계의 핀을 조정하고 있었다. 고로는 날마다 파친코장을 열기 전에 수직형 파친코 기계들의 곧은 핀 몇 개를 고무를 씌운 조그만 망치로 조심스럽게 두드렸다. 기계에서 나가는 당첨금에 영향을 주기 위한, 핀을 아주 살짝만 두드려서 쇠구슬의 경로를 바꾸어놓는 작업이었다. 고로가 어떤 기계를 고를지 혹은 어느 방향으로 핀을 향하게 할지 아무도 몰랐다. 이 지역에는 장사가 잘되는 다른 파친코장들도 있었지만, 고로가 가장 크게 성공했다. 핀을 제대로 느끼는 감각이 있어서였다. 고로가 미세하게 핀을 건드려놓으면 더 많은 돈을 따려고 전날 문을 닫기 전에 기계를 열심히 봐둔 단골손님들에게 큰 좌절감을 주었다. 그렇지만 쏠쏠한 횡재를 노려볼 만한 여지도 적당히 있어서 손님들이 운을 시험하러 다시 오곤 했다. 고로는 모자수에게 핀을 두드리는 방법을 가르쳤고, 모자수는 생전 처음으로 우수한 학생이라는 말을 들었다.

"안녕하세요, 고로 상." 모자수가 가게로 뛰어 들어가며 말했다.

"오늘도 일찍 왔구나. 잘했어. 가요코가 닭죽을 만들어놨어. 아침 좀 먹도록 해. 넌 지금도 덩치가 크지만 좀 더 커야 돼. 여자들은 딱 움켜잡을 수 있는 튼실한 물건을 좋아한다고!" 고로가 눈썹을 추켜세우며 호탕하게 웃었다. "안 그러냐?"

모자수는 놀림에 신경 쓰지 않고 빙긋 웃었다. 고로 상은 모자수가 많은 여자를 상대해본 것처럼 말했지만 사실 모자수는 한 번도 여자와 관계를 가져본 적 없었다.

"어머니가 아침에 국을 끓여주셔서 먹고 왔어요. 고맙습니다." 모자수가 고로 옆에 앉았다.

"어머니는 잘 지내시고?"

"그럼요, 그럼요."

모자수가 파친코장에서 일하는 것을 노아는 완고하게 반대했지만 끝내 선자는 허락했다. 선자는 모자수가 이카이노에서 꽤 존경받는 고로와 일하는 것이 모자수에게 나쁘지 않겠다고 생각했다. 모자수가 다른 학생들과 워낙 자주 싸웠기에 미래가 걱정되어 학교를 그만두게 했다. 모자수는 결코 학교를 마치지 못하겠지만 노아는 여전히 와세다대학교에 들어가려고 노력하고 있었다. 그리고 이는 온 가족에게 위안이 되었다. 적어도 두 아이 중 하나는 제 아빠처럼 교육을 받을 터였다.

"어머니 장사는 어떻더냐? 설탕은 중독성이 있지. 돈 벌기 좋아, 그렇지?" 고로가 핀을 하나하나 부드럽게 두드리면서 소리 내어 웃었다.

모자수가 고개를 끄덕였다. 모자수는 엄마와 큰어머니, 할머니가 기차역 옆 시장에서 하는 당과 가판을 자랑스러워했다. 그들은 제대로 된 가게를 열고 싶었지만, 상가를 살 돈을 모을 때까지 기다려야 했다. 아무도 조선인에게 목 좋은 가게를 세놓지 않았기 때문이다. 모자수는 노아의 과외비를 대고 엄마에게 멋진 가게를 마련해줄 돈을 벌고 싶었다.

고로가 모자수에게 망치를 건넸다.

"해봐라."

고로가 지켜보는 동안 모자수가 핀을 두드렸다.

"내가 말이야, 어젯밤에 내 애인 미유키를 만나서 술을 너무 많이 마셨어. 모자수, 넌 나처럼 되지 마라. 가벼운 여자애들에게 시간을 몽땅 낭비하지 마." 고로가 싱글거리며 말했다. "음, 아주 예쁜 여자라면 얘기가 다르겠지만."

"미유키 상이 예쁘죠." 모자수가 말했다.

"그렇지. 인어처럼 아름다운 가슴과 몸. 여자들은 참 사탕처럼 달콤해! 내가 어떻게 한 여자한테 정착할 수 있을지 모르겠구나." 고로가 말했다. "한편으로는 굳이 정착해야 하는 이유도 모르겠고 말이지. 있잖아, 모자수, 이제 나한테는 어머니도 아버지도 없단다. 그래서 참 슬퍼. 나를 결혼시키거나 중매를 설 정도로 나에게 관심을 기울이는 사람이 아무도 없는 거지." 고로는 이런 것들이 전혀 문제가 되지 않아 보이는 표정으로 고개를 까딱였다.

"그래서 넌 어젯밤에 누구랑 만났어?" 고로가 묻자 모자수가 웃었다.

"어제 문 닫을 때까지 여기 있었다는 거 아시잖아요. 그다음에는 집에 갔어요."

"그럼 부엌 주위에서 가요코를 졸졸 쫓아다니지도 않았고?"

"안 그랬어요." 모자수가 소리 내어 웃었다.

"아, 그래, 그게 나였나 보군. 불쌍한 여자아이야. 그 애는 간지럼을 많이 타. 얼굴도 괜찮고 언젠가 멋진 몸매가 되겠지. 하지만 지금은 너무 어려. 언젠가 누군가 가요코한테 루즈와 파우더를 사줄 테고 가요코는 우리를 떠날 거야. 그게 여자들 방식이거든."

모자수는 정기적으로 배우들과 무용수들을 데리고 외출하는 사장이 어째서 부엌에서 일하는 여자아이한테 관심을 갖는지 알 수 없었다.

"그래도 가요코는 간지럼을 태우기에 딱 좋거든. 웃음소리가 귀엽잖아." 고로가 모자수와 무릎을 탁 맞부딪쳤다. "있잖아, 모자수야, 난 젊은 너희가 여기에 있는 게 좋단다. 여기 분위기가 더 유쾌해지거든." 고로가 모자수를 본점에 둔 이유는 그가 활기차서였다. 이제 고로는 자신의 모든 파친코장에 직원을 충분히 고용할 형편이 됐다. 새로 주인이 된 고로가 모자수가 하는 일을 하던 때가 그리 오래전이 아니었다. 고로는 모자수를 위아래로 훑어보고 눈살을 찌푸렸다.

모자수는 어리둥절해서 사장을 바라보았다.

"날마다 같은 하얀 셔츠와 검은 바지를 입는군. 깔끔하긴 하지만 경비원 같아. 셔츠 두 벌과 바지 두 벌이 있나 보네. 그러니?" 고로가 다정하게 물었다.

"네, 사장님." 모자수가 슬쩍 내려다보았다. 엄마가 전날 밤에 셔츠를 다림질해주었다. 형편없는 모습은 아니었지만 고로 상 말마따나 중요한 사람처럼 보이지는 않았다. 옷을 살 여윳돈은 없었다. 식비와 과외비, 교통비를 뺀 나머지는 큰아버지 병원비로 다 들어갔다. 요셉은 병세가 계속 악화돼서 하루 중 대부분을 몸져누워 있었다.

"너한테 옷이 좀 더 필요하겠어. 가자." 고로가 소리쳤다. "가요코 짱! 모자수랑 잠깐 나갈 거야. 아무도 들이지 마, 알았지?"

"네, 사장님!" 가요코가 부엌에서 외쳤다.

"사장님, 전 구슬 쟁반을 빼놔야 하고 가게 앞도 쓸어야 해요. 기계를 닦고 가요코가 수건 빠는 것도 도와야 하는데……." 모자수가 아침 일거리를 쭉 늘어놓았지만 사장은 벌써 문가에 서 있었다.

"모자수, 어서! 나 시간 없다. 그런 차림새로는 더 이상 안 돼!" 고로가 모자수의 당혹스러워하는 모습에 조금도 성을 내지 않고 웃으며 외쳤다.

작은 나무 문을 열고 나온 여자가 손님인 고로 상 옆에 서 있는 키 큰 남자아이를 보고 놀랐다.

모자수는 하루키의 어머니를 즉시 알아보았다. 하루키 집에 가 본 적은 없지만 길에서 하루키 어머니를 몇 번 마주친 적이 있었고, 하루키가 모자수를 어머니에게 소개했다.

"소토야마 상! 안녕하세요." 모자수가 허리를 숙여 인사했다.

"모자수, 안녕. 어서 오렴. 고로 상 가게에서 일한다는 소식은 들었단다."

고로가 씩 웃었다. "아주 착한 아이죠. 너무 이른 시간에 와서 미안해요, 소토야마 상. 하지만 모자수한테 몇 가지가 필요해서요."

모자수는 안으로 들어가다가 살림방이 작아서 깜짝 놀랐다. 모자수네 집의 대략 3분의 1 크기였다. 작은 방 하나가 칸막이로 나누어져 있었다. 앞쪽에는 재봉틀, 재단용 인체 모형, 작업대, 옷감이 있었다. 백단향 향을 피워 일본 간장과 맛술 냄새를 가렸다. 방은 티 하나 없이 깨끗했다. 하루키가 엄마랑 남동생과 이 비좁은 방 어딘가에서 끼여 산다는 사실이 믿기 힘들었다. 이곳을 보니 친구가 더 보고 싶었다. 학교를 그만두고 일을 시작한 후 모자수는 하루키를 보지 못했다.

"모자수가 새로운 오전반 주임이 될 거예요. 지금까지 중 가장 어린 주임이죠."

"네?" 모자수가 큰 소리로 물었다.

"주임이 기계를 닦고 수건과 찻잔을 나눠주는 종업원처럼 보이게 할 수는 없죠." 고로가 말했다. "소토야마 상, 모자수한테 제대로 된 재킷과 거기에 어울리는 바지까지 해서 두 벌을 만들어줘요."

소토야마가 정중하게 고개를 끄덕였고 모자수의 어깨와 팔 치수를 재려고 줄자를 풀었다. 헌 포장지 묶음에다가 뭉뚝한 연필로 치수를 적었다.

"엄마! 엄마! 나 인제 나가도 돼요?"

몸집이 큰 남자의 목소리였지만 말투는 어린애 같았다.

"죄송합니다. 제 아들이 호기심이 많아요. 평소에는 아침 일찍 손님이 오지 않거든요."

고로 상이 아들에게 가보라고 소토야마에게 손을 흔들었다.

소토야마가 방에서 나가자 고로가 슬픈 표정을 지었다. "저 아이는……."

모자수는 하루키의 남동생에 대해 알고 있었기에 고개를 끄덕였다. 여전히 학교에 다니고 있는 하루키를 마지막으로 본 지 거의 여섯 달이 됐다. 하루키는 경찰관이 되고 싶어 했다. 한 명이 학교를 떠나기 전까지는 두 사람의 관계가 학교 덕분에 이어지고 있었다는 사실을 깨닫지 못했다. 모자수가 종일 일하게 되면서 하루키를 만날 겨를이 없었다.

두 방 사이의 미닫이문이 종이와 얇은 널빤지로 만들어져 있어서 고로와 모자수는 모든 소리를 들을 수 있었다.

"다이스케 짱, 엄마가 금방 올게, 응? 엄마는 옆방에 있어. 엄마 소리 들리지, 그렇지?"

"엄마, 형이 학교에서 돌아왔어요?"

"아니, 아니, 다이스케 짱. 하루키가 나간 지 한 시간밖에 안 됐어. 우린 참을성 있게 기다려야 해. 하루키는 한참 있어야 집에 올 거야. 엄마는 형의 친구가 입을 옷을 만들어야 해. 여기 있으면서 퍼즐 맞출 수 있지?"

"모자수 형이에요?"

모자수는 자기 이름을 듣고 깜짝 놀라서 닫힌 미닫이문을 흘끗 보았다.

"만나고 싶어요, 엄마. 그 조선 사람이요. 만나게 해주세요. 형이 모자수 형은 욕을 잘한댔어요. 욕을 듣고 싶어요!" 다이스케가 웃음을 터뜨렸다.

고로가 걱정하지 말라는 듯이 모자수의 등을 토닥거렸다. 모자수는 고로의 연민과 친절을 느낄 수 있었다.

"아아, 엄마! 엄마! 나도 조선인 친구를 만나고 싶어요. 아아, 엄마, 제발요?"

갑자기 조용해지더니 소토야마의 목소리가 구구거리는 새소리처럼 나지막한 속삭임으로 잦아들었다. "다이스케 짱, 다이스케 짱, 다이스케 짱." 소토야마가 흥얼거렸다. 하루키 엄마는 다이스케가 조용해질 때까지 다이스케의 이름을 반복해서 불렀다.

"여기 있으면서 퍼즐을 해야 해. 엄마를 도와줘야지. 알겠지? 넌 착한 아이야. 하루키는 몇 시간 후에 집에 올 거야. 형은 네가 퍼즐을 얼마나 맞췄는지 보고 싶을 거야."

"네, 엄마. 먼저 팽이 가지고 놀 거예요. 그다음에 퍼즐을 맞출게요. 오늘 쌀밥 먹을 수 있어요? 손님이 오면 가끔 엄마가 쌀을 사잖아요. 커다란 주먹밥 먹고 싶어요, 엄마."

"나중에, 다이스케 짱. 우리 나중에 이야기하자. 다이스케 짱, 다이스케 짱, 다이스케 짱." 소토야마가 중얼거렸다.

소토야마가 돌아와 사과했다. 고로는 별일 아니라고 대답했다. 모자수는 고로가 걱정스러운 표정을 짓는 모습을 처음 보았다. 소토야마에게 웃음을 지어 보였지만 소토야마의 절제심 강하면서도 온화한 얼굴을 보는 축 처진 고로의 눈에 괴로움이 담겨 있었다.

"이 친구에게 재킷 두 벌, 어울리는 바지 두 벌, 제대로 된 겨울 외투 한 벌을 만들어줘야겠네요. 항상 낡은 옷만 입거든요. 우리 손님들에게는 직원들이 단정하고 잘 차려입은 모습을 보여주고 싶군요."

고로가 소토야마에게 지폐 몇 장을 건넸고, 모자수는 몸을 돌렸다. 작은 방에서 친구의 흔적을 찾으려 했지만 사진이나 책, 그림이 하나도 없었다. 옷을 갈아입도록 커튼을 쳐놓은 자리 옆쪽 벽에 초상화 크기의 거울이 있었다.

"오늘 저녁 늦게 가요코를 여기로 보낼 테니 모자수의 제복과 어울리는 옷을 만들어줘요. 둘이 어울리게 줄무늬 타이를 매거나 줄무늬가 들어간 뭔가를 입는 게 좋겠군요. 지난달에 도쿄 파친코장에서 그런 제복을 봤어요. 가요코는 단정한 원피스에 앞치마를 둘러야 해요. 앞치마에 줄무늬가 들어가도 되겠네요. 어떻게 생각해요? 뭐, 그건 다 맡길 테니까 알아서 해줘요. 가요코도 제복이 두세 벌은 있어야 해요. 튼튼한 옷이어야 해요." 고로가 지폐 몇 장을 더 빼서 소토야마의 손에 쥐여주었다.

소토야마가 고개를 숙여 인사하고 다시 고개를 꾸벅 숙였다.

"너무 많아요." 소토야마가 돈을 내려다보면서 말했다.

고로가 모자수에게 손짓을 했다. "이제 우린 돌아가야겠어요. 손님들이 기계를 만지고 싶어서 손가락이 근질근질할 거예요!"

"고로 상, 이번 주말까지 재킷과 바지가 마무리될 겁니다. 외투는 마지막에 만들겠습니다. 모자수가 상의를 입어보러 다시 와줘야 해요. 사흘 후에 들러줄 수 있을까요?"

모자수는 단호히 고개를 끄덕이는 고로 상을 흘끗 쳐다보았다.

"가자, 모자수. 손님을 기다리게 하면 안 돼."

모자수는 지금쯤 오전 수업을 받느라 고생하고 있을 친구의 흔적을 하나도 찾지 못한 채, 사장을 뒤따라 문을 나섰다.

소토야마는 두 사람이 나갈 때 고개를 숙여 인사했고 두 사람이 모퉁이를 돌아 더 이상 보이지 않을 때까지 입구에 서 있었다. 소토야마는 문을 꽉 닫고 잠갔다. 이번 달 집세를 내고 양식을 살 돈이 생겼다. 소토야마는 문 앞에 주저앉아서 안도감에 눈물을 흘렸다.

13

1957년

"그 돈을 마련할 방도를 찾아야 해." 경희가 말했다.

"가게 차릴라꼬 모은 돈에 남은 게 있을 거 아이가." 양진이 말했다.

"거의 다 썼어예." 선자가 속삭였다. 치료비를 내면서 돈을 모으려고 애쓰는 것은 밑 빠진 독에 물 붓기나 마찬가지였다.

여자들은 요셉을 깨우지 않으려고 부엌에서 나지막한 목소리로 말하고 있었다. 최근에 요셉은 피부 염증 때문에 견딜 수 없이 가려워서 제대로 쉬지 못했다. 요셉은 한약을 한 사발 가득 마시고서 겨우 잠든 참이었다. 한의사가 이번에 강하게 지어준 약이 효과가 있었다. 오랜 세월이 흐르면서 여자들은 약값에 돈을 많이 쓰는 것에 익숙해졌지만 이 조제약은 기가 막힐 정도로 비쌌다. 평상시에 쓰던 약은 요셉의 병에 더 이상 효과가 없었고 요셉은 줄곧 지독한 통증에 시달렸다. 매주 어머니에게 봉급을 봉투째 가져다주는 모자수는 생활비를 제외하고 남는 돈을 다 큰아버지가 최선의 치료를 받는 데 써달라고 말했다. 노아도 같은 마음이었다. 가족이 아껴서 쓰고 열심히 일해도 매번 약국에 갔다 올 때마다 모아놓은 돈이 다 사라지는 것 같았다. 그러니 와세다 대학교 등록금을 어떻게 낸단 말인가?

마침내 노아가 입학시험에 합격했다. 오늘은 좋은 날이어야 했다. 아니 어쩌면 온 가족에게 가장 좋은 날이어야 했다. 하지만 첫 학기 등록금의 일부조차 마련할 길이 막막했다. 게다가 학교가 도쿄에 있으니 노아는 일본에서 물가가 제일 비싼 도시에서 숙식을 해야 했다.

노아는 거의 입학 날까지 호지 상 밑에서 계속 일하다가 대학에 다니는 동안 도쿄에서 일자리를 얻을 작정이었다. 선자는 과연 그것이 가능한 일일까 싶었다. 조선인이 일자리를 구하기는 쉽지 않았고 그들은 도쿄에 아는 사람이 한 명도 없었다. 노아의 사장인 호지 상은 자신의 최고 경리가 영문학 같은 쓸모없는 공부를 하겠다고 일을 그만둔다고 하니 몹시 노여워했다. 호지 상이 노아가 도쿄에서 일자리를 얻게 도울 리는 만무했다.

경희는 수입을 두 배로 늘리기 위해 수레를 하나 더 사서 오사카의 다른 지역에 가판을 열어야 한다고 생각했지만 요셉을 혼자 둘 수 없었다. 이제 요셉은 걷지 못했고, 다리 근육이 너무 많이 위축돼서 한때 굵고 강하던 종아리가 이제는 딱지로 뒤덮인 앙상한 줄기 같았다.

잠들지 못한 요셉은 여자들이 말하는 소리를 들었다. 여자들은 부엌에서 노아의 등록금을 걱정하고 있었다. 여자들은 노아가 입학시험 공부를 할 때부터 걱정했고, 이제 합격하고 나니 어떻게 등록금을 낼지 걱정했다. 노아의 봉급 없이 어떻게든 살아야 했고, 노아의 학비를 마련해야 했으며, 요셉의 약값을 치러야 했다. 차라리 요셉이 죽으면 훨씬 나을 터였다. 모두가 그 사실을 알고 있었다. 젊은 시절 요셉이 유일하게 원하던 것은 가족을 돌보는 것이었다. 이제는 그럴 수 없는 몸이 돼버렸고 가족을 돕기 위해 목숨을 끊을 수조차 없었다. 최악의 일이 일어나고야 말았다. 자신이 가족의 미래를 갉아먹고 있었다. 고향에서 살았더라면, 누군가에게 산으로 데려가서 버려달라고 부탁할 수 있었을 것이고, 어쩌면 호랑이한테 잡아먹힐 수 있었을 터였다. 오사카에는 산짐승이 없었다. 비싼 약값을 뜯어가는 한의사와 의사가 있을 뿐이었다. 그들은 병이 낫게 도와주지는 못했지만, 자신을 혐오하면서도 점점 더 죽음을 두려워할 정도로만 고통을 덜어주었다.

요셉은 죽음에 가까워진다고 느낄수록 죽음이, 돌이킬 수 없는 삶의 마지막 순간이 극도로 두려워졌다. 하지 못한 일이 아주 많았다. 하지 말았어야 했던 일들은 더 많았다. 결코 두고 떠나지 말았어야 했던 부모님이 생각났다. 절대 오사카로 불러오지 말았어야 했던 동생이 생각났다. 단연코 받아들이지 말았어야 했던 나가사키의 일자리가 생각났다. 요셉에게는 자식이 없었다. 왜 하나님은 자신을 이 지경에 이르게 했을까? 요셉은 고통받고 있었지만 어떻게든 그 고통을 스스로 감당할 수 있었다. 하지만 문제는 다른 사람들까지 고통스럽게 한다는 것이었고 왜 자신이 지금 살아야 하는지 도무지 알 수 없었다. 당시에는 문제 있어 보이지 않았지만 결국 끔찍한 결과를 몰고 온 선택들이 떠올랐다. 대부분의 사람들이 이런 경험을 할까? 화재 이후, 가끔씩 정신이 또렷하고 통증 없이 숨을 쉴 수 있는 감사한 순간이면 요셉은 자신의 삶에서 좋은 면을 보려고 했지만 그러기 어려웠다. 깨끗하게 빤 요에 누워서, 지나고 나니 분명해지는 실수들을 곱씹었다. 더 이상 조선이나 일본에 화가 나지는 않았다. 자신의 어리석음에 가장 화가 났다. 배은망덕한 남편이 된 자신을 용서해달라고 하나님에게 기도했다.

요셉은 부드럽게 불렀다. "여보." 뒷방에서 자고 있는 아이들과 현관 앞쪽 방에서 자고 있는 창호를 깨우고 싶지 않았다. 요셉은 혹시 경희가 자기 목소리를 듣지 못했을까 봐 바닥을 살살 두드렸다.

요셉은 방 입구에 서 있는 경희를 보자 선자와 양진을 데려와달라고 했다.

세 여자가 요셉의 요 옆 바닥에 앉았다.

"먼저 내 공구를 팔도록 해요." 요셉이 말했다. "값이 좀 나갈 테니. 그걸로 노아의 책값이랑 교통비는 댈 수 있을 거예요. 가지고 있는 장신구를 다 팔면 그것도 도움이 될 거예요."

여자들이 고개를 끄덕였다. 아직 팔지 않고 남겨둔 금반지 두 개가 있었다.

"모자수한테 고로 상에게 노아의 등록금과 방세, 식비를 낼 돈을 가불해달라고 부탁하라고 해요. 그러고 나서 여기 세 사람과 모자수가 일해서 빚을 갚아나가면 되니까. 노아한테는 방학 때 어디든 임시직을 구해서 저축하라고 해요. 노아는 와세다에 가야 해요. 대학에 다닐 자격이 있어요. 여기서는 아무도 조선인을 고용하지 않지만 학위가 있으면 조선으로 돌아가서 더 많은 봉급을 받고 일할 수 있어요. 아니면 미국으로 갈 수도 있고요. 노아는 영어를 할 줄 알게 될 테니까요. 우린 노아의 교육을 투자로 생각해야 해요."

요셉은 더 말하고 싶었다. 그들을 먹여 살리지 못해서 미안하다고, 자기 때문에 많은 돈을 쓰게 해서 미안하다고 하고 싶었지만 지금은 이 말을 할 수 없었다.

"주님께서 채워주실 거예요." 경희가 말했다. "주님께서 항상 우리가 필요한 것을 다 돌봐주셨어요. 주님께서 당신의 목숨을 구하셨을 때 우리 목숨도 구하신 거예요."

"모자수가 집에 오면 나한테 보내요. 등록금을 낼 수 있도록 고로 상한테 가불을 받아야 한다고 내가 말할 테니."

선자가 고개를 살짝 저었다.

"노아는 동생이 등록금을 보탠다면 받지 않을 깁니더." 선자가 말했다. "이미 저한테 그리 말했어예." 선자는 말하면서 요셉을 바라보지 않았다. "고한수가 등록금이랑 숙식비를 내겠다 카데예. 모자수가 가불을 받는다 캐도……."

"안 돼. 생각 없는 여자나 하는 그런 어리석은 소리를 하다니! 그 개자식 돈을 받으면 안 돼! 더러운 돈이야."

"쉬." 경희가 부드럽게 말했다. "제발 흥분하지 말아요." 경희는 창호가 자기 사장 이야기를 듣지 않았으면 했다. "노아가 도쿄에서 일자리를 얻을 거래요. 그리고 선자가 한 말은 사실이에요. 노아는 모자수가 자기 등록금을 대면 안 된다고 했어요. 자기가 알아서 할 거래요. 모자수가 등록금을 대면 노아가 대학에 안 가려고 할 걸 당신도 알잖아요."

"내가 죽었어야 했는데." 요셉이 말했다. "이런 말을 듣느니 차라리 죽지. 그 애가 어떻게 일을 하면서 와세다대학교 같은 학교에 다닐 수 있단 말이야? 불가능해. 이렇게 열심히 공부한 아이는 대학에 가야 해. 돈을 빌릴 수 있는지 내가 직접 고로 상한테 물어봐야겠어. 고로 상에게 돈을 빌려야 한다고 내가 노아한테 말할게."

"그렇지만 고로 상이 돈을 빌려줄지 잘 모르잖아예. 그리고 그 사람한테 부탁하면 모자수한테 해가 될 수 있십니더. 저도 고한수가 돈 대는 거를 바라지 않지만예, 달리 어쩔 도리가 없다 아닙니꺼? 우리가 그 돈을 빌렸다 치고 조금씩 갚으면 되잖아예. 노아가 고한수한테 빚을 안 지게예." 선자가 말했다.

"고로 상한테 돈을 빌려서 파친코에서 일하는 모자수의 미래에 해가 되더라도 고한수한테 돈을 받는 것보다는 훨씬 나아." 요셉이 단호하게 말했다. "고한수는 나쁜 인간이야. 노아를 위해 그 인간한테 돈을 받았다가는 요구가 한도 끝도 없을 거라고. 그자는 애를 제 손에 쥐고 마음대로 휘두르고 싶어 한다고. 알잖아. 고로 상한테는 그냥 돈일 뿐이야."

"하지만 고로 상이 파친코로 번 돈이 고한수의 돈보다 깨끗한 이유가 뭐죠? 고한수는 건설 회사와 식당을 운영해요. 그런 곳에는 아무 문제가 없잖아요." 경희가 말했다.

"입 다물어."

경희가 불만스럽게 입술을 꽉 오므렸다. 성경에서 지혜로운 자는 자기 혀에 재갈을 물려야 한다고 했다. 하고 싶은 말을 다 하면 안 되는 법이었다.

선자도 아무 말이 없었다. 선자는 한수한테 뭔가를 바란 적이 없었지만, 생판 모르는 남을 성가시게 하느니 이미 돈을 주겠다고 한 사람에게 부탁하는 편이 낫다고 판단했다. 고로는 이미 모자수에게 많은 걸 해주었고 모자수는 지금 하는 일에 아주 만족했다. 이제 막 일을 시작한 모자수에게 창피를 주고 싶지 않았다. 모자수는 언젠가 자기 파친코장을 열겠다는 이야기를 해왔다. 게다가 모자수가 그 돈을 빌리도록 노아가 허락할 리 없었다. 요셉이 자기 뜻대로 하려고 고집을 부려봤자 노아가 말을 듣지 않을 것이 분명했다.

"김창호는 어때예? 그 사람이 도울 수 있을까예?" 양진이 물었다.

"그 사람은 고한수 밑에서 일합니다. 김창호한테는 그런 돈이 없고, 설사 있다 한들 자기 사장한테 받은 거겠죠. 이런 빚은 만만하게 볼 게 아니니 고로 상이 최선의 선택이에요. 고로 상은 터무니없는 이자를 받거나 노아에게 해를 입히지 않을 거예요. 모자수도 괜찮을 거고요." 요셉이 대답했다. "난 이제 좀 쉬어야겠어요."

여자들이 방에서 나가며 문을 닫았다.

다음 날 한수가 노아에게 어머니와 함께 오사카에 있는 자기 사무실에 들르라고 했다. 그날 저녁 어머니와 아들은 가족에게 말하지 않고 한수를 만나러 갔다. 사무실 입구에는 똑같은 검은 정장에 주름 하나 없는 하얀 셔츠를 입은 안내 직원이 두 명 있었다. 그중 한 사람이 얇고 푸른 도자기 잔에 담긴 차를 백금박을 입힌 옻칠 쟁반에 받쳐서 두 사람에게 가져다주었다. 대기실에는 아름다운 꽃 장식이 가득 놓여 있었다. 한수의 통화가 끝나자마자 그들 중 나이가 더 많은 직원이 목재 벽널이 쭉 둘러진 한수의 으리으리한 사무실로 두 사람을 안내했다. 한수는 영국제 마호가니 책상 뒤 푹신한 등받이가 달린 검은 가죽 의자에 앉아 있었다.

"축하한다!" 한수가 커다란 의자에서 일어나며 말했다. "와줘서 참 기쁘구나. 초밥 먹으러 가야겠는걸! 지금 갈 수 있지?"

"아닙니더, 아니라예. 고맙지만 집에 가야 합니더." 선자가 대답했다.

노아는 왜 엄마가 저녁을 먹지 않으려는지 궁금해하며 선자를 슬쩍 보았다. 두 사람은 아무런 약속도 없었다. 이 만남이 끝나면 십중팔구 바로 집으로 돌아가서 큰어머니가 만든 간단한 음식을 먹을 터였다.

"노아가 대단한 일을 해냈다는 사실을 말해주고 싶어서 오늘 들러달라고 했어. 네 자신이나 가족을 위해서만이 아니라 모든 조선인을 위해서. 네가 대학에 가다니! 그것도 훌륭한 일본 대학인 와세다대학교에! 넌 위대한 사람이 일생 동안 할 수 있는 모든 것을 하고 있어…… 학문을 추구하고 있다고. 아주 많은 조선인이 학교에 갈 수 없는데도 넌 계속 공부하고 또 공부했어. 시험 결과가 좋지 않았을 때에도 굴하지 않고 끈기 있게 했지. 넌 큰 상을 받을 자격이 있어! 대단해! 네가 아주 자랑스럽구나. 아주 자랑스러워." 한수가 활짝 웃었다.

노아가 수줍게 웃음을 지었다. 이렇게 대놓고 호들갑을 떨며 기뻐해준 사람은 없었다. 가족 모두가 행복해했지만 주로 학비 걱정에 속을 태웠다. 노아도 돈 때문에 걱정스러웠지만 어떻게든 다 잘되리라는 느낌이 들었다. 고등학교 때부터 일을 했고 대학에 다니면서도 계속 일을 할 작정이었다. 와세다대학교에 합격하고 나니 무엇이든 할 수 있을 것 같았다. 수업을 듣고 공부를 할 수만 있다면 어떤 일을 하든 상관없었다.

"이런 부탁을 드려서 죄송하지만 저번에 노아 학비를 도와주겠다 카셨지예." 선자가 말했다. "우리를 도와주실 수 있겠십니꺼?"

"엄마, 아니에요." 노아의 얼굴이 붉어졌다. "내가 일자리를 구하면 돼요. 우리가 그거 때문에 여기 온 게 아니잖아요. 창호 아저씨가 사장님께서 저를 축하해주고 싶다고 저희한테 들르라고 하셨다고 했잖아요. 그렇죠?" 노아는 엄마의 부탁에 깜짝 놀랐다. 엄마는 무엇이든 부탁하는 것을 싫어했다. 빵집에서 무료로 시식하는 빵을 받는 것조차 싫어했다.

"노아야, 나는 빌려달라 카는 기다. 우리가 다 갚을 기다. 이자까지." 선자가 말했다. 한수에게 부탁하고 싶지 않았지만 그나마 이렇게 하는 것이 더 낫다고 생각했다. 이제 노아는 처음부터 조건을 분명히 알게 됐다. 선자는 이보다 완벽하게 할 방도를 알지 못해 대놓고 말하는 쪽을 선택했다. "등록금 낼 기한이 다 됐어예. 우리를 도와줄 수 있으시다면 차용증을 쓰겠십니더. 제 도장을 찍을 깁니더. 도장을 가져왔어예." 선자가 강조하려고 고개를 끄덕였다. 퍼뜩 다른 걱정이 떠올랐다. 한수가 거절하면 어떻게 해야 할까?

한수가 소리 내어 웃으며 거만하게 고개를 저었다.

"그럴 필요 없어. 그리고 노아는 학비랑 숙식비를 걱정할 필요 없어. 내가 이미 다 처리해놨으니까. 창호한테 좋은 소식을 듣자마자 등록금을 냈어. 도쿄에 있는 내 친구한테 전화해서 학교 근처에 좋은 방을 찾아놓으라고 했고. 내가 다음 주에 데려가서 방을 보여줄게. 다 끝내놓고 창호에게 당신이랑 노아한테 여기 들러달라는 말을 전하라고 한 거야. 두 사람을 저녁 식사에 초대하려고. 자, 이제 초밥 먹으러 가자고. 이 아이는 호사스러운 밥을 먹을 자격이 있어!"

한수가 애원하는 눈빛으로 선자의 얼굴을 바라보았다. 한수는 아들의 대단한 성취를 축하하고 싶은 마음이 간절했다.

"돈을 보냈다꼬예? 그라고 도쿄에 방을 구했다꼬예? 제 허락도 없이예? 돈을 빌린다 캤잖아예." 선자는 점점 불안해졌다.

"사장님, 너무 후한 처사입니다. 어머니 말이 옳습니다. 돈을 돌려드려야겠습니다. 전 도쿄에서 일자리를 구할 겁니다. 돈을 내주시는 것보다 일자리를 구하도록 도와주시는 게 어떨까요. 제 힘으로 돈을 벌고 싶습니다. 할 수 있을 것 같아요."

"아니야. 넌 공부를 해야지. 네가 입학시험을 여러 번 봐야 했던 건 영리하지 않아서가 아니야. 넌 아주 똑똑해. 그저 보통 학생처럼 공부할 시간이 없었던 거야. 공부할 돈이 없었고 가족을 부양하느라 전업으로 일해야 했기 때문에 필요 이상으로 오래 걸렸어. 평범한 일본 중산층 아이가 받는 제대로 된 과외를 받지 못했어. 그리고 전쟁 중에는 학교에 가지도 못한 채 농장에서 살았지. 아니. 난 더 이상 가만히 지켜보고만 있지는 않을 거야. 너나 네 엄마가 노력하면 성과를 얻는다는 보통 사람들의 믿음이 네게 적용되지 않는 듯 구는 걸 말이야. 열심히 공부하는 학생은 돈 걱정을 할 필요가 없어야 돼. 진즉 내 방식으로 밀고 나갔어야 했는데. 왜 네가 학교를 졸업하기까지 수년이 더 걸려야 하지? 다 늙어서 와세다를 졸업하고 싶어? 너는 할 수 있는 한 많이 공부하고 배우도록 해. 돈은 내가 낼게." 한수가 소리 내어 웃었다. "내 방식대로 해. 영리하게 굴어, 노아야. 이건 책임감 있는 조선인 어른으로서 내가 다음 세대를 위해 해야 할 일이야."

노아가 꾸벅 고개를 숙였다.

"사장님, 저희 가족에게 너무나 잘해주셔서 정말 고맙습니다."

노아가 옆에 조용히 앉아 있는 엄마를 바라보았다. 선자는 모자수의 외투를 짓고 남은 천 조각으로 집에서 바느질해서 만든 가방 손잡이를 양손으로 비틀고 있었다. 노아는 선자가 안쓰러웠다. 선자는 자존심이 강한 여인이었고 이 일로 수치스러워하고 있었다. 노아는 선자가 등록금을 본인 힘으로 내고 싶어 한다는 사실을 알고 있었다.

"노아야, 나가서 미에코 상한테 우리가 갈 식당에 전화해달라고 전해줄래?" 한수가 물었다.

노아가 속을 가득 채운 의자에 푹 파묻힌 채 망연자실해 보이는 엄마를 다시 바라보았다.

"엄마?"

선자가 이미 문가에 서 있는 아들을 휙 쳐다보았다. 선자는 노아가 한수와 저녁을 먹으러 가고 싶어 하는 것을 눈치챘다. 아이의 얼굴이 빛나 보였고 기뻐하는 것 같았다. 선자는 이 일이 노아에게 어떤 의미가 될지 상상할 수도 없었다. 노아는 한수의 제안을 거절하지 않았다. 대학에 가고 싶은 마음이 아주 간절한 나머지 이미 돈을 받아들였다. 요셉이 자신을 윽박지르는 소리가 머릿속에서 들리는 듯했다. 당장 이 짓을 멈추라고, 이 상황을 깊이 생각하지 못한 어리석은 여자라고 소리치는 것 같았다. 하지만 큰아들 노아가 이렇게나 행복해했다. 노아는 거의 불가능에 가까운 이 엄청난 일을 해냈는데, 합격하기 전으로 되돌려 모두 없었던 일로 만드는 것은 상상도 못 할 일이었다. 이 반짝반짝하고 눈부신 꿈을 돈이 없다는 이유로 한순간에 빼앗을 수는 없었다. 선자가 고개를 끄덕이자 노아는 한수와 저녁을 먹겠다는 뜻임을 알아차렸다.

문이 닫히고 한수와 선자만 사무실에 남자, 선자는 다시 한수를 설득하려 했다.

"돈을 빌리는 걸로 해주이소. 그리고 문서를 써주이소. 지가 학비를 댔다는 거를 노아한테 보여줄 수 있게끔예."

"안 돼, 선자야. 이건, 이건 내가 해야 하는 일이야. 노아는 내 아들이야. 이 일을 못 하게 하면 노아한테 사실을 말할 거야."

"미쳤어예?"

"아니. 노아 학비를 내는 건 재정적으로 나한테 아무것도 아니지만, 노아 아빠로서 내가 할 수 있는 전부이기도 해."

"그쪽은 노아 아빠가 아닙니더."

"말도 안 되는 소리를 하는군." 한수가 말했다. "노아는 내 자식이야. 그 아이는 내 야망을 가지고 있어. 내 능력도. 내 핏줄이 이카이노 시궁창에서 썩어가게 둘 생각은 추호도 없어."

선자는 가방을 들고 일어났다. 요셉의 말이 맞았고, 선자는 이 일을 되돌릴 수 없었다.

"그럼 이만 가자. 노아가 밖에서 기다리고 있어. 배가 고플 거야." 한수가 말했다.

한수가 문을 열고 선자를 먼저 내보냈다.

14

1959년 12월

다른 사람들이 일하러 간 토요일 아침에 경희는 교회에 가고 싶었다. 일본어를 하지만 조선어는 못하는 미국에서 온 선교사들이 교회에 오기로 해서, 목사는 일본어를 잘하는 경희에게 선교사들 맞이를 도와달라고 부탁했기 때문이다. 평소에 경희는 요셉을 혼자 두지 않으려고 집에서 거의 나가지 않았지만, 창호가 요셉을 돕겠다고 나섰다. 별로 오래 걸리지 않을 터였고 창호는 마지막으로 경희를 위해 하나라도 더 도움을 주고 싶었다.

창호는 요셉의 이부자리 근처 따뜻한 바닥에 책상다리를 하고 앉아, 의사의 조언대로 몸을 쭉 펴서 근육을 늘이는 동작을 하도록 도와주웠다.

"그럼 마음을 먹었군?" 요셉이 물었다.

"형님, 전 가야 해요. 고국에 갈 때가 됐어요."

"정말이야? 내일 간다고?"

"아침에 기차를 타고 도쿄에 간 다음에 거기서 니가타로 갈 거예요. 배가 다음 주에 떠나요."

요셉은 아무 말도 하지 않았다. 천장을 향해 오른쪽 다리를 올리는 동안 통증이 밀려와 얼굴을 약간 찌푸렸다. 창호가 오른손으로 요셉의 허벅지 아래를 받쳐 흔들리지 않게 천천히 다리를 내렸다. 두 사람은 왼쪽 다리로 바꾸어 같은 동작을 했다.

요셉은 두 번 더 다리를 올렸다 내린 후 들릴 정도로 크게 숨을 내쉬었다.

"내가 죽을 때까지 자네가 기다려준다면, 내 유골을 가져가서 거기 묻어줄 수 있을 텐데. 그럼 좋을 것 같아. 어차피 그다지 중요한 일은 아니지만. 있잖아, 난 아직도 천국이 있다고 믿는다네. 그 많은 일이 있었는데도 예수님을 믿어. 경희랑 혼인해서 그런가 봐. 경희의 믿음이 나를 주님께 더 가까이 이끌었어. 난 좋은 남자는 아니지만 내가 구원받았다고 믿어. 우리 아버지가 사람이 죽어서 천국에 가면 몸을 돌려받는다고 말하신 적이 있어. 마침내 이 몸을 버릴 수 있는 거지. 그렇게 되면 좋을 거야. 그리고 나도 집에 갈 준비가 된 거 같아."

창호가 오른팔로 요셉의 머리를 받치자, 요셉이 두 팔을 머리 위로 천천히 들었다가 내렸다. 요셉의 팔은 다리보다 훨씬 강했다.

"형님, 그런 말씀 하지 마세요. 아직 때가 아니에요. 형님은 아직 여기 있고, 형님 몸에서는 힘이 느껴집니다."

창호가 화상을 입지 않은 요셉의 성한 손을 움켜쥐었다. 요셉의 연약한 뼈가 고스란히 느껴졌다. 어떻게 이리 오래 살아남을 수 있었을까?

"그리고…… 자네가 기다리면…… 내가 죽을 때까지 기다리면 경희와 혼인할 수 있어." 요셉이 말했다. "하지만 경희를 거기 데려가서는 안 돼. 부탁해. 자네한테 부탁할게."

"뭐라고요?" 창호가 고개를 저었다.

"난 공산주의자들을 믿지 않아. 공산주의자가 점령하고 있을 때 경희가 고향으로 돌아가는 것을 원치 않아. 그리고 이런 상태가 오래가지는 않을 거야. 일본은 곧 다시 부유한 나라가 될 것이고, 조선이 계속 분단돼 있지는 않을 테지. 자네는 아직 건강하니까 여기서 돈을 벌어서 돌봐줄 수 있어. 내……." 요셉은 차마 경희의 이름을 말할 수 없었다.

"내가 경희를 너무 고생시켰어. 경희는 내가 그저 어린아이였을 때부터 나를 사랑해줬어. 어렸을 때에도 난 우리가 함께하리라는 걸 항상 알고 있었지. 경희는 내가 본 사람들 중에 제일 아름다운 소녀였어. 있잖아, 난 다른 여자와 친밀한 관계를 맺고 싶었던 적이 단 한 번도 없었다네. 전혀 없었어. 경희는 아주 아름답기도 하지만, 무척 좋은 사람이니까. 경희는 결코, 단 한 번도, 불평한 적이 없었어. 그런데 난 그 오랜 세월 동안 경희에게 남편 노릇을 제대로 하지 못했어." 요셉이 한숨을 쉬었다. 입술이 바싹 말랐다. "자네가 경희를 좋아하는 거 알고 있어. 난 자네를 믿어. 자네가 그 깡패 밑에서 일하지 않으면 좋겠지만, 여기에 일자리가 그다지 많지 않지. 이해해. 그냥 내가 죽을 때까지 기다려주지 않겠어?" 요셉은 말할수록 이것이 옳다고 느꼈다. "여기 계속 있어. 난 곧 죽을 거야. 느낌이 와. 여기에 자네가 필요하기도 하고. 자네가 그 나라를 바로잡을 수는 없어. 아무도 할 수 없는 일이야."

"형님, 형님은 안 죽을 거예요."

"아니야, 죽어야 해. 우리는 나라를 다시 세우려고 노력해야 해. 우리 자신의 안위만 생각하면 안 돼." 요셉이 이 말을 하는 순간에도 창호는 경희와 함께할 수 있다는 가능성을 다시 느꼈다. 포기했던 가능성이었다.

경희는 교회에서 집으로 걸어가다가 잡화점 앞 긴 의자에 앉아 있는 창호를 보았다. 집에서 한 구역 떨어진 곳이었다. 창호는 신문을 읽으면서 유리병에 담긴 주스를 마시고 있었다. 창호는 가게 주인과 친했고, 분주한 교차로 한쪽에 자리한 방수포 차양 아래의 이 조용한 장소를 좋아했다.

"안녕하세요." 경희는 창호를 만나서 기뻤다. "그이는 괜찮아요? 집에 들어앉아 있기가 쉽지 않죠? 남편을 돌봐줘서 정말 고마워요. 어서 가봐야겠네요. 창호 씨는 여기 좀 더 있어요."

"형님은 잘 있어요. 방금 나왔어요. 형님이 잠들기 전에 신문 좀 사다 달라고 해서요. 일어나면 본다고요. 나더러 바람 좀 쐬라고 했어요."

경희가 고개를 끄덕이고는 서둘러 집으로 돌아가려고 돌아섰다.

"누님, 누님이랑 이야기를 나눌 틈을 엿보던 참이에요."

"아, 그래요? 그럼 같이 집에 가요. 저녁밥을 해야 해서요. 그이가 배고플 거예요."

"잠깐만요. 저랑 여기 좀 앉으실래요? 가게에서 주스 하나 사올까요?"

"아니요, 아니에요. 난 괜찮아요." 경희가 창호를 향해 웃음을 짓고 앉아 두 손을 무릎 위에 포갰다. 경희는 감청색 모직 원피스 위에 일요일에만 입는 겨울 외투를 입고 좋은 가죽 구두를 신고 있었다.

창호는 지체하지 않고 경희의 남편이 했던 말을 그대로 전했다. 불안했지만 지금 말해야 한다는 것을 알았다.

"누님은 저와 함께 갈 수 있어요. 첫 배가 다음 주에 출발하지만 나중에 가도 돼요. 조선에는 나라를 다시 세울 힘을 가진 사람이 더 많이 필요해요. 우리나라에서 최신 가전제품이 다 갖춰진 우리만의 집을 구해 살 수 있대요. 하루 세끼 흰쌀밥을 먹고요. 형님의 유골을 거기 가져가고 누님 부모님 묘에도 가요. 제대로 제사도 드리고요. 우린 고향에 돌아갈 수 있어요. 누님이 내 아내가 될 수 있어요."

경희는 너무 놀라서 아무 말도 하지 못했다. 요셉이 자신을 창호에게 보내겠다고 했다니 말도 안 되는 일이었다. 그렇다고 창호가 자신에게 거짓말을 했을 리 없었다. 납득할 만한 단 한 가지 이유는 요셉이 경희를 너무 걱정한 나머지 그런 계획까지 제안했다는 것이었다. 경희는 교회에서 모임이 끝난 후, 목사님께 창호가 무사히 여행을 마치고 평양에서 잘 지내게 기도해달라고 부탁했다. 창호는 하나님이나 기독교를 믿지 않았지만 경희는 창호를 위해 기도하고 싶었다. 기도밖에는 달리 창호에게 해줄 수 있는 것이 없었기 때문이었다. 하나님이 창호를 보살펴준다면 경희도 걱정을 덜 터였다.

창호는 일주일 전에 떠나겠다고 말했다. 창호가 없다는 생각만으로도 힘들었지만 떠나는 게 옳은 일이었다. 창호는 다른 사람들을 위해 위대한 나라를 세워야 한다고 믿는 젊은이였다. 경희는 평양으로 꼭 갈 필요가 없는데도 가려 하는 창호를 존경했다. 창호한테는 좋은 일자리와 친구들이 있었다. 평양은 그의 고향도 아니었다. 창호는 경상도 출신이었고, 오히려 북쪽 출신은 경희였다.

"그럴 수 있을까요?" 창호가 물었다.

"하지만 창호 씨는…… 가고 싶다고 했잖아요. 난 창호 씨가 고향에 있는 누군가와 결혼하려나 보다 생각했어요."

"하지만 누님도 알잖아요…… 제가 좋아하는 거. 제가……."

경희가 주위를 둘러보았다. 뒤쪽에 앉아 있는 가게 주인은 라디오 소리 때문에 두 사람이 하는 말을 들을 수 없었다. 도로에는 자동차 몇 대와 자전거들이 지나다니고 있었지만 토요일 아침이라 그리 많지는 않았다. 가게 차양에 달린 붉은색과 하얀색이 섞인 바람개비가 살랑살랑 불어오는 겨울바람에 천천히 돌아갔다.

"누님이 그럴 수 있다고 하면……."

"그런 말을 하면 안 돼요." 경희가 부드럽게 말했다. 창호의 마음을 아프게 하고 싶지 않았다. 그 오랜 세월 동안 창호가 보여준 사랑과 친절은 경희를 지탱하는 버팀목이 됐지만 마음을 괴롭히기도 했다. 창호를 그런 식으로 좋아할 수 없어서였다. 그런 마음을 갖는 것은 잘못된 일이었다. "창호 씨, 창호 씨한테는 창창한 앞날이 있잖아요. 젊은 여자를 만나서 아이들을 가져야죠. 남편과 내가 아이를 가질 수 없다 보니 가슴이 미어지지 않은 날이 단 하루도 없어요. 그게 나를 위한 주님의 계획이라는 것을 알지만, 창호 씨는 아이를 가질 수 있어요. 아주 좋은 남편이자 아빠가 될 거예요. 난 창호 씨한테 기다려달라고 할 수 없어요. 그건 죄를 짓는 거예요."

"누님은 제가 기다리기를 원치 않는 거네요. 누님이 기다리라고 하면 전 기다릴 테니까요."

경희가 입술을 깨물었다. 갑자기 추워져서 파란 털실로 짠 엄지장갑을 끼었다.

"저녁밥을 해야 해요."

"전 내일 떠나요. 누님 남편은 제게 기다리라고 했어요. 누님이 바라던 거 아니에요? 남편이 허락해주는 거요. 그러면 누님이 믿는 하나님이 보시기에도 괜찮지 않을까요?"

"하나님의 율법을 바꾸는 것은 남편이 할 수 있는 일이 아니에요. 내 남편은 살아 있고, 난 남편의 죽음을 재촉하고 싶지 않아요. 난 창호 씨를 아주 많이 좋아해요, 창호 씨. 나한테 둘도 없는 친구가 돼줬잖아요. 창호 씨가 가면 내가 견딜 수 있을지 모르겠지만, 난 우리가 부부가 되면 안 된다는 걸 분명히 알아요. 그이가 살아 있는데 이런 이야기를 하는 것 자체도 옳지 않아요. 창호 씨가 이해하길 빌게요."

"아니요. 전 이해 못 해요. 절대 이해하지 못할 거예요. 누님의 신앙은 어떻게 그런 고통을 허락할 수 있나요?"

"고통만은 아니에요. 아니라고요. 창호 씨가 날 용서하길 빌게요. 창호 씨가……."

창호가 의자에 주스 병을 조심스레 내려놓고 일어났다.

"전 누님이랑 달라요." 창호가 말했다. "전 그냥 평범한 남자예요. 독실하게 살고 싶지 않아요. 기껏해야 한낱 애국자에 불과해요." 창호가 집과 다른 방향으로 걸어갔고 모두가 잠든 저녁에도 늦게까지 집에 돌아오지 않았다.

다음 날 아침 일찍, 경희가 요셉에게 물을 가져다주러 부엌에 가다가 창호의 방문이 열려 있는 것을 보았다. 들여다보니 창호가 없었다. 이부자리가 단정하게 개어져 있었다. 원래 창호에게는 소지품이 그리 많지 않았지만, 책 더미와 그 위에 놓인 여분의 안경마저 없어진 방은 더욱더 비어 보였다. 온 가족이 창호를 배웅하러 오사카역에 같이 가기로 했지만 창호는 더 이른 시간에 출발하는 기차를 타버렸다.

경희가 창호의 방 문가에 서서 눈물을 흘리고 있을 때 선자가 경희의 팔을 살짝 건드렸다. 선자는 자리옷 위에 작업용 앞치마를 걸치고 있었다.

"한밤중에 떠났어예. 모두에게 작별인사를 전해달라 카데예. 마침 제가 사탕 만들라꼬 일어났다가 봤십니더."

"왜 기다리지 않았을까? 우리가 기차역에 같이 배웅하러 갈 때까지."

"공연히 소란 피우고 싶지 않다 캤어예. 가야 한다 카더라고예. 지가 아침밥을 만들어줄라 캤는데 나중에 뭐 좀 사 먹겠다 캤어예. 못 먹겠다고예."

"나랑 혼인하고 싶어 했어. 남편이 죽은 다음에. 그이가 그 사람한테 그래도 된다고 했대."

"오메." 선자가 헉소리를 내며 숨을 삼켰다.

"하지만 그건 옳지 않잖아, 그렇지? 그 사람은 젊은 여자를 만나야 해. 아이들을 가질 자격이 있어. 난 아이를 낳아줄 수 없어. 이제 월경조차 안 하는걸."

"자식보다 언니가 더 중요한가 봐예."

"안 돼. 두 남자를 실망시킬 수는 없어." 경희가 말했다. "창호 씨는 좋은 사람이야."

선자가 형님의 손을 잡았다.

"그 사람한테 안 된다 캤어예?" 경희의 얼굴이 눈물로 젖어 있었다. 선자가 앞치마 끝자락으로 얼굴을 닦아주었다.

"남편한테 물 갖다줘야 하는데." 경희가 잠자리에서 나온 이유를 갑자기 떠올리며 말했다.

"언니, 그 사람은 자식 문제 같은 건 개의치 않았을 거라예. 그냥 언니랑 있기만 해도 행복했을 깁니더. 언니는 이 세상에 온 천사니까예."

"아니야. 난 이기적이야. 남편은 그렇지 않아."

선자는 이해하지 못했다.

"그 사람을 여기 있게 한 건 이기적인 짓이었어. 그렇지만 그 사람이 나한테 큰 의미가 있어서 그랬던 거야. 난 그 사람을 보낼 용기를 달라고 날마다 기도했어. 주님은 내가 그 사람을 보내주기를 원하셨던 걸 난 알아. 그런 식으로 두 남자에게 애정을 받는 게 옳을 수 없지. 그렇게 두는 것도 옳지 않고."

선자는 고개를 끄덕였지만 이해가 가지 않았다. 평생 곁에 한 사람만 두어야 할까? 어머니한테는 아버지가 있었고 다른 사람은 없었다. 선자의 사람은 한수였을까, 이삭이었을까? 한수는 선자를 사랑했을까, 아니면 그저 선자를 이용하려고 했을까? 사랑에 희생이 따라야 한다면, 이삭은 정말로 선자를 사랑했다. 경희는 아무 불평 없이 충실히 남편을 섬겼다. 경희처럼 마음씨 곱고 아름다운 사람은 없었다. 왜 경희를 사랑하는 남자가 한 사람 이상 있으면 안 된다는 말인가? 왜 남자들은 원하는 것을 갖지 못하면 떠나는 것일까? 아니면 창호는 기다림의 고통을 충분히 겪은 것일까? 선자는 경희가 창호한테 기다려달라고 하기를 바랐지만, 그랬다면 경희답지 않았을 것이다. 창호는 남편을 배신하지 않을 사람을 사랑했고 어쩌면 그것이 경희를 사랑한 이유일 터였다. 경희는 자신의 본질을 훼손할 수 없는 사람이었다.

경희가 부엌으로 향하자 선자가 몇 발짝 뒤에서 따라갔다. 아침 햇살이 부엌 창문으로 쏟아져 들어와서 앞을 똑바로 보기가 힘들었지만, 햇살이 경희의 가냘픈 몸 주변으로 후광을 드리우고 있었다.

15

1960년, 도쿄

시간은 좀 걸렸지만, 노아는 와세다대학교에서 두 해를 보낸 후 마침내 그곳에서 편안함을 느끼게 됐다. 노아는 영문학 과제를 작성하고 대학 수준의 시험을 치르는 법을 깨우쳤다. 항상 좋은 습관을 가진 훌륭한 학생이던 그가 몇 차례의 소소한 좌절을 경험하고 여러 번 신중하게 시도해본 결과였다. 대학 생활은 노아가 의미 없다고 여기는 많은 것을 배우고 외우던 중등학교와 대조적으로 대단히 즐거웠다. 학생으로서 해야 할 일들은 어떤 것도 힘들지 않았다. 와세다대학교는 노아에게 순수한 기쁨 그 자체였다. 노아는 눈에 무리가 가지 않는 한 최대한 많이 읽었다. 이제는 읽고 쓰고 생각할 시간이 있었다. 와세다대학교 교수들은 자신들이 가르치는 과목에 깊은 관심을 가지고 있었다. 노아는 누구든 이런 곳에서 불평하는 사람을 이해할 수 없었다.

한수가 시설이 잘 갖추어진 방을 얻어주었고 넉넉한 용돈도 챙겨주었기에 노아는 거처나 돈, 끼니를 걱정할 필요가 없었다. 노아는 검소하게 살았고 어떻게든 매달 돈을 조금씩 집에 보냈다. "공부만 해라." 한수가 말했다. "모든 것을 다 배워. 네 머릿속을 지식으로 채워. 그건 누구도 너한테 빼앗아 갈 수 없는 유일한 힘이야." 한수는 '공부하라'는 말 대신 '배우라'고 말했고, 노아는 둘 사이에 큰 차이가 있다고 생각했다. 배움은 일이 아니라 놀이였다.

노아는 수업에 필요한 모든 책을 살 수 있었다. 서점에서 찾을 수 없는 책이 있으면 동기들이 잘 이용하지 않는 거대한 대학 도서관에 가기만 하면 됐다. 노아는 주변의 일본인 학생들을 이해하지 못했다. 그들은 배우는 것보다 학교 바깥의 일들에 훨씬 더 관심이 많은 듯했다. 노아는 예전 학교생활을 통해서 일본인들이 조선인들과 어울리고 싶어 하지 않는다는 사실을 잘 알고 있었기에, 어렸을 때처럼 혼자 지냈다. 와세다대학교에 조선인이 몇 명 있었지만 정치적인 성향이 너무 강해 보여서 그들도 피했다. 한 달에 한 번씩 같이 점심을 먹는 자리에서 한수가 좌파는 '불평분자들 무리'이고 우파는 '완전히 바보'라고 말한 적도 있었다. 노아는 대부분 혼자 있었지만 외로움을 느끼지 않았다. 두 해가 흐른 후에도 그저 와세다대학교에 다니는 생활에, 들어앉아 책을 읽을 수 있는 조용한 방이 있다는 사실에 여전히 매혹돼 있었다. 굶주린 사람처럼 좋은 책을 탐욕스럽게 읽어 머리를 가득 채웠다. 디킨스, 새커리, 하디, 오스틴, 트롤럽 같은 작가들의 책을 모두 읽고 나서 유럽 대륙으로 넘어가 발자크, 졸라, 플로베르를 읽었으며,

뒤이어 톨스토이와 사랑에 빠졌다. 노아가 가장 좋아하는 작가는 괴테였다. 《젊은 베르테르의 슬픔》을 적어도 여섯 번은 읽었다.

노아에게는 쑥스러운 소원이 하나 있었다. 과거로 돌아가 유럽인이 되고 싶다는 것이었다. 왕이나 기사가 되고 싶은 것은 아니었고, 그런 단순한 소원을 가질 만큼 어리지도 않았다. 오히려 자연과 책, 아이들 몇몇으로 채워진 아주 소박한 삶을 원했다. 나중에 나이가 들어서도 누구의 방해 없이 혼자 책을 읽으면서 조용히 지내고 싶으리라는 것을 알았다. 도쿄의 새로운 삶에서 재즈 음악을 알게 됐고 혼자서 술집에 가서 주인들이 레코드판을 골라서 틀어주는 곡들을 듣곤 했다. 직접 연주하는 음악을 들으려면 너무 비쌌지만, 언젠가 다시 일자리를 구하면 재즈 클럽에 갈 수 있기를 바랐다. 술집에서 자릿값으로 술 한 잔을 주문해놓고 거의 건드리지도 않았으며, 방으로 돌아오면 책을 조금 더 읽고 가족에게 편지를 쓴 다음에 잠자리에 들었다.

노아는 용돈을 모아서 몇 주에 한 번씩 값싼 기차를 타고 가족을 보러 갔다. 매달 초에 한수는 노아를 초밥집에 데리고 가서 점심을 사줬다. 그리고 분명하게 설명할 수 없지만 노아에게는 이 세상에서 더 원대한 목적을 이뤄야 하는 임무가 있다고 상기시켰다. 노아는 자기 삶이 이상적이라고 느꼈고, 감사히 여겼다.

그날 아침, 노아는 조지 엘리엇 토론 수업을 들으러 교정을 가로질러 가다가 자신의 이름을 부르는 소리를 들었다.

"반도 상, 반도 상." 한 여자가 외쳤다. 학교에서 제일가는 미인인 우메키 아키코였다.

노아는 멈춰 서서 기다렸다. 아키코는 지금까지 노아에게 말을 건 적이 없었다. 사실 노아는 아키코가 약간 두려웠다. 영국에서 자라고 교육받은 부드러운 말씨의 여성인 구로다 교수의 말에 아키코는 항상 반박했다. 구로다 교수가 점잖기는 했지만 노아가 보기에 구로다 교수는 아키코를 별로 좋아하지 않았다. 특히 여학생들을 비롯한 다른 학생들은 아키코를 간신히 참아주고 있었다. 노아는 교수들이 싫어하는 학생과는 거리를 두는 편이 안전하다는 사실을 알고 있었다. 강의실에서 노아가 교수와 한 자리 떨어진 곳에 앉는 반면에 아키코는 맨 뒷자리 높다란 창문 아래 앉곤 했다.

"아, 반도 상, 잘 지내?" 아키코가 붉어진 얼굴로 숨을 헐떡거리며 물었다. 아키코는 두 사람이 전에 여러 차례 이야기를 나누기라도 한 양 스스럼없이 말했다.

"응, 안녕."

"그래서 엘리엇의 마지막 걸작을 어떻게 생각해?" 아키코가 물었다.

"훌륭하지. 조지 엘리엇의 모든 작품이 완벽해."

"말도 안 돼. 《아담 비드》는 지루해. 그거 읽다가 죽을 뻔했지 뭐야. 《사일러스 마너》는 참기 힘들 정도고."

"글쎄, 《아담 비드》는 《미들마치》만큼 흥미롭거나 다양하게 전개되지 않지만, 용감한 여성과 정직한 남성을 뛰어나게 묘사하고……."

"에이, 그만해." 아키코가 눈알을 굴리고는 노아를 보며 소리 내어 웃었다.

노아도 따라 웃었다. 모두가 수업 첫날 자기소개를 해야 했기 때문에 노아는 아키코의 전공이 사회학인 것을 알고 있었다.

"조지 엘리엇의 작품을 다 읽었어? 대단한데." 노아는 그런 사람을 만난 적이 없었다.

"너야말로 모든 책을 다 읽었잖아. 토할 것 같네. 그걸 다 읽었다니 너한테 짜증이 나려고 해. 그래도 존경스럽기는 해. 하지만 네가 읽었던 책을 다 좋아한다면 널 그다지 대단하게 볼 수 없겠는걸. 네가 그 책 내용을 충분히 오랫동안 생각해보지 않았다는 말이니까." 아키코가 진지한 얼굴로 말했다. 노아를 불쾌하게 할 수도 있다는 걱정을 조금도 하지 않는 듯했다.

"그렇네." 노아가 웃어 보였다. 교수가 골라주고 칭찬했던 책이 그 작가의 다른 작품들과 비교해서 더 못할 수도 있다는 생각은 미처 하지 못했다. 구로다 교수는《아담 비드》와《사일러스 마너》를 아주 좋아했다.

"넌 교수님이랑 아주 가까이 앉더라. 교수님이 널 사랑하는 것 같아."

노아가 충격을 받아 멈춰 섰다.

"구로다 교수님은 60대야. 어쩌면 일흔일 수도 있고." 노아가 건물 출입문으로 가서 아키코에게 문을 열어주었다.

"여자가 60대라고 해서 성적인 욕구가 없을 거라고 생각해? 너 정말 얼간이 같아. 아마 교수님은 와세다대학교에서 제일 낭만적인 여자일 거야. 소설을 너무 많이 읽잖아. 넌 교수님한테 완벽한 남자야. 교수님은 당장 내일이라도 너랑 결혼하겠다고 할걸. 굉장한 스캔들이 될 텐데! 네가 좋아하는 조지 엘리엇도 젊은 남자랑 결혼했잖아. 신랑이 신혼여행에서 자살하려고 했지만!" 아키코가 큰 소리로 웃었고, 강의실을 향해 계단을 올라가던 학생들이 아키코를 빤히 바라보았다. 두 사람이 함께 있는 모습에 모두 어리둥절한 기색이었다. 노아는 학교에서 제일가는 미인인 아키코만큼이나 유명했는데 그 이유는 워낙 남들과 거리를 두어서였다.

두 사람이 강의실에 들어가자 아키코는 늘 앉는 맨 뒷자리에 앉았고 노아는 교수 옆 자기 자리에 앉았다. 노아가 공책을 펼치고 만년필을 꺼낸 다음에 옅은 파란색 잉크로 줄이 쳐진 하얀 종이를 내려다보았다. 노아는 아키코를 생각하고 있었다. 아키코는 가까이에서 보니 더욱 예뻤다.

구로다 교수가 앉아서 강의를 시작했다. 피터팬 칼라가 달린 하얀 블라우스와 갈색 트위드 치마에 연두색 스웨터 차림이었다. 아주 작은 발에 어린아이 같은 메리제인 구두를 신고 있었다. 구로다 교수는 몸집이 작고 말라서 종잇장이나 마른 잎사귀처럼 날아갈 수 있을 것 같았다.

구로다 교수는《다니엘 데론다》속 여주인공의 심리 묘사에 대해 상세하게 다루었다. 자기중심적인 궨덜린 할레스는 자신의 고통과 다니엘의 선량함을 통해 변화한다. 교수는 여성의 경제적 지위와 결혼 상대에 따라 뒤바뀌는 여성의 운명에 역점을 두었다.《미들마치》에 나오는 허영심이 많고 탐욕스러운 로저먼드 빈시와 궨덜린을 비교하면서, 빈시에 반해 궨덜린은 아리스토텔레스의 아나그노리시스와 페리페테이아*를 이루었다고 주장했다. 강의의 대부분을 궨덜린 이야기에 할애한 후, 수업이 끝나기 직전에 그 책에 나오는 유대인들인 미라와 다니엘을 잠시 언급했다. 시오니즘**의 배경과 빅토리아시대 소설에서 유대인의 역할도 간단히 설명했다.

"유대인 남성들은 종종 특별히 뛰어나게 그려지고, 여성들은 흔히 아름답고 비극적으로 표현되죠. 여기에는 외부인이라는 자기 정체성을 알지 못하는 한 남성이 있어요. 그는 〈창세기〉에서 자신이 이집트인이 아니라 유대인이라는 사실을 알게 되는 모세와 비슷하죠……." 구로다 교수는 이 말을 하면서 노아를 흘낏 보았지만 노아는 필기를 하느라 알아차리지 못했다.

"그렇지만 다니엘은 자신이 유대인이라는 사실을 알게 되자 자신의 유대인 어머니처럼 재능 있는 가수인 고결한 미라를 자유롭게 사랑할 수 있게 되죠. 그리고 두 사람은 이스라엘을 향해 동쪽으로 갈 거예요." 구로다 교수가 작품의 결말이 마음에 든다는 듯 조용히 한숨을 쉬었다.

"그럼 교수님 말씀은 사람들이 같은 민족끼리만 사랑하는 게 더 낫다는 건가요? 유대인 같은 사람들은 자기네 나라에서 따로 살아야 한다는 건가요?" 아키코가 손을 들지도 않고 물었다. 아키코는 그런 격식이 필요하다고 생각하지 않는 듯했다.

---

* 문학작품에서 미처 모르던 진실을 갑자기 깨닫는 것(anagnorisis)과 사건이 급전되는 것(peripeteia)을 뜻하는 말.

** 유대인들이 민족국가 건설을 위해 벌였던 민족주의 운동.

"글쎄요, 나는 조지 엘리엇이 유대인으로 살아가고 유대 국가의 일원이 되고 싶어 하는 것이 대단히 고결한 일이라고 주장하고 있다고 생각해요. 엘리엇은 이 사람들이 오랜 세월 부당한 박해를 받아왔음을 알고 있는 거죠. 그들은 유대 국가를 건설할 권리가 있어요. 그들이 나쁜 일을 겪었고 그런 일이 다시 일어나면 안 된다는 것을 우리는 전쟁을 통해서 배웠어요. 유대인들은 아무 잘못도 하지 않았는데 유럽인들이……." 구로다 교수가 누군가 엿들으면 곤경에 처할까 봐 두려운 듯 평소보다 조용히 말했다. "복잡한 문제예요. 하지만 엘리엇은 종교에 근거한 차별이라는 문제를 동시대인들보다 훨씬 앞서서 생각했어요. 그렇죠?"

수업을 듣는 학생은 아홉 명이었고 노아를 포함한 모두가 고개를 끄덕였지만 아키코는 짜증이 난 듯이 보였다.

"일본은 독일의 동맹국이었어요." 아키코가 말했다.

"그건 이 토론과 관계없는 내용이에요, 아키코 상."

교수가 주제를 바꾸고 싶어 하며 초조하게 책을 펼쳤다.

"엘리엇은 틀렸어요." 아키코가 단념하지 않고 말했다. "유대인들이 자기 국가를 가질 권리가 있겠지만, 전 미라와 다니엘이 영국을 떠나야 할 필요는 없었다고 봐요. 전 이 고결함이라는 주장이나 박해받는 사람들을 위한 더 위대한 국가라는 소리는 달갑지 않은 외국인들을 다 쫓아내려는 구실이라고 생각해요."

노아는 고개를 들지 않았다. 자기도 모르게 아키코가 한 말을 모두 받아 적고 있었다. 아키코 말이 사실일 수 있다는 생각에 속상해서였다. 노아는 책 전반에 걸쳐서 다니엘의 용기와 선량함에 감탄했지만 엘리엇의 정치적 의도에 대해서는 생각해보지 않았다. 엘리엇이 외국인들을 존중했다 하더라도 그들이 영국을 떠나야 한다는 뜻을 넌지시 비치고 있는 것일까? 이쯤 되자 강의실의 모든 사람들이 아키코를 경멸의 눈길로 봤지만, 노아는 남과 아주 다르게 생각하고 그토록 껄끄러운 진실을 서슴지 않고 말하는 아키코의 용기에 감탄했다. 노아는 지도자의 말이 항상 옳은 대부분의 환경과는 다른 대학에 있어서 다행이라고 느꼈다. 그렇지만 노아는 교수의 의견에 동의하지 않는 아키코의 말을 제대로 듣기 전까지 스스로 깊이 생각해본 적이 없었고, 사람들 앞에서 남의 의견에 반대한다는 것은 상상도 못 할 일이었다.

수업이 끝난 후, 노아는 혼자 집으로 걸어가면서 아키코 생각에 푹 빠져 있었다. 쉽지 않겠지만 아키코와 가까워지고 싶었다. 다음 주 화요일, 수업이 시작하기 전에 노아는 아키코의 옆자리를 차지하려고 일찍 갔다. 구로다 교수는 노아의 변절에 상처받은 기색을 보이지 않으려고 했지만, 상처받은 것은 어쩔 수 없었다.

16

1960년 4월, 오사카

4년이 흐르는 동안 모자수는 고로의 파친코장 여섯 곳을 모두 관리하는 주임이 되었다. 고로는 연이어 빠르게 새로운 파친코장을 열었고, 모자수는 그곳들의 개장을 도왔다. 모자수는 스무 살이 됐고, 다른 데 신경 쓰지 않은 채 오로지 가게를 관리하고 손보는 일에만 몰두했다. 그사이 고로는 새로운 파친코장을 열 장소를 물색하러 다녔다. 그리고 성장하는 자신의 왕국을 위한 기발한 계획들을 계속 세웠는데, 이상하게도 하나같이 잘 풀렸다. 고로는 사업 기회를 놓치는 법이 없었고, 자신의 행운 중 일부를 자진해서 쉬지 않고 일하는 모자수의 공으로 돌렸다.

4월의 이른 아침에 모자수는 가장 최근에 문을 연 파친코장인 파라다이스 식스의 관리실에 도착했다.

"좋은 아침! 차가 기다리고 있어. 소토야마 상한테 새 옷을 맞추러 가자." 고로가 말했다.

"정말요? 왜요? 내년까지 입을 정장이 충분한데요. 전 오사카에서 옷을 제일 잘 입는 주임이에요." 모자수가 소리 내어 웃었다. 형인 노아와 달리 모자수는 멋진 옷에 관심이 없었다. 사장인 고로가 직원의 외양에 워낙 까다로운지라 그가 시키는 대로 잘 재단된 옷을 입을 뿐이었다. 고로는 직원들이 자신의 연장선상에 있다고 믿었고 직원들의 위생 관념에도 엄격했다.

모자수는 할 일이 너무 많아서 소토야마 상의 가게에 가고 싶지 않았다. 신문사에 당장 전화해 구인 광고를 내야 했다. 파라다이스 식스에서 야간 근무조로 일하며 손님들을 상대할 남자 직원들이 필요했다. 파라다이스 세븐의 실내장식이 한 달 안에 끝날 예정이라 그곳에서 일할 직원들을 고용할 준비도 시작해야 했다.

"지금 네 옷들은 주임에게는 어울리지만 세븐의 지배인이 입을 만한 정장은 아니야."

"네에? 전 세븐의 지배인이 될 수 없어요!" 모자수가 깜짝 놀라서 대답했다. "그건 오카다 상의 일이에요."

"그 녀석은 그만뒀어."

"뭐라고요? 왜요? 지배인이 된다고 잔뜩 기대하고 있었는데요."

"도둑질을 했어."

"설마요? 믿어지지가 않아요."

"정말이야." 고로가 고개를 끄덕이며 말했다. "나한테 걸렸어. 그렇지 않아도 의심하고 있었는데 확실해진 거지."

"끔찍하네요." 모자수는 고로의 돈을 훔치는 사람의 마음을 이해할 수 없었다. 아버지의 돈을 훔치는 것과 마찬가지라 느꼈다. "왜 그런 짓을 했대요?"

"도박 때문이지 뭐. 폭력배들한테 빚을 졌대. 돈을 갚으려고 했는데 갈수록 도박 빚이 더 늘었다더군. 다 그렇지 뭐. 오늘 아침에 오카다의 정부가 대신 사과하러 왔어. 임신했더군. 여자를 임신시켜놓고 일자리를 잃다니. 멍청한 놈."

"이런, 맙소사." 모자수는 늘 오카다가 아들을 갖고 싶다고 말하던 것을 떠올렸다. 딸이어도 괜찮다고 했다. 오카다는 아이들과 파친코에 완전히 빠져 있었다. 오카다는 경력이 많은 사람이지만 도둑질 때문에 고로한테 내쫓기면 오사카의 어느 파친코장에서도 일할 수 없을 것이다. 아무도 고로의 돈을 훔치지 않았다. "오카다 상이 미안하다고 했어요?"

"물론이지. 어린애처럼 울더라. 오사카에서 떠나라고 말했어. 더 이상 그 녀석 낯짝을 보고 싶지 않아."

"그렇군요." 모자수가 항상 자신에게 친절했던 오카다를 안쓰러워하며 말했다. 오카다는 조선인 어머니와 일본인 아버지 사이에서 태어났지만 자신이 대단히 열정적인 사람이기 때문에 본인을 완전한 조선인처럼 느낀다고 항상 말했다. "부인은 괜찮아요?" 모자수는 고로가 두 여자 모두와 잘 지낸다는 것을 알았다.

"응. 오카다의 부인과 정부는 괜찮아." 고로가 대답했다. "하지만 오카다가 이 근처에 얼씬도 하지 말아야 한다고 오카다의 정부한테 말했어. 다음에 내 눈에 띄면 그렇게 곱게 보내주지 않을 테니까."

모자수가 고개를 끄덕였다.

“소토야마 상 가게에 가자고. 슬퍼하는 것도 지긋지긋하네. 소토야마네 아가씨들을 보면 기운이 좀 나겠지.” 고로가 말했다.

모자수는 사장을 따라 자동차로 갔다. 새로 받을 봉급에 대해 물어볼 만큼 어리석지는 않았다. 이상하게도 고로는 돈 이야기 하는 것을 좋아하지 않았다. 지배인 봉급은 주임 봉급보다 많을 것이 분명했다. 모자수는 어머니의 당과 가게를 차릴 돈을 차곡차곡 모으고 있었고, 가족들은 기차역 근처에 작은 가게를 살 돈을 거의 다 마련했다. 큰아버지의 건강이 악화돼서 큰어머니는 집에서 사탕을 만들 겨를이 없었다. 엄마와 할머니만 가판에서 일했고 노아가 와세다대학교 3학년이라서, 모자수는 봉급이 늘어나면 가족들에게 좋을 것이라고 생각했다. 모자수는 토요일 저녁마다 어머니에게 두둑한 봉급 봉투를 건네면서 뿌듯해했다. 어머니는 모자수의 용돈을 올려주려 했지만, 모자수는 버스비 외에는 받지 않았다. 파친코장에 있는 직원 식당에서 밥을 먹었고 고로가 일할 때 입는 옷을 사주었기 때문에 돈이 별로 필요하지 않았다. 모자수는 일주일 내내 일했고 집에서 잤다. 일이 너무 늦게 끝날 때면 파친코장에 있는 직원 숙소에서 잤다.

두 사람이 밖으로 나와서 가게 문을 닫았다.

“사장님, 전 잘 모르겠어요. 직원들이 제 말을 들을까요? 오카다 상을 잘 따랐던 것처럼요?” 모자수가 물었다. 모자수한테 야망이 없어서가 아니었다. 오전반이나 저녁반 주임으로 일하는 것은 즐거웠고, 일도 잘했지만 지배인 일은 더 만만치 않았다. 모든 사람이 지배인을 우러러보았다. 이제 고로가 없을 때는 모든 책임을 모자수가 져야 한다. 오카다는 서른다섯이었고 야구 선수처럼 키가 컸다.

"아주 기분 좋고 감사하지만, 다른 지배인들 중에 누군가……."

"시끄럽다, 얘야. 내가 다 알아서 해. 넌 다른 지배인들보다 똑똑하고 혼자서 문제를 해결할 줄 알잖아. 세븐은 제일 중요한 가게야. 내가 다른 가게들을 점검하러 돌아다니려면 네가 야무지게 일해야 해."

"하지만 세븐에는 직원이 거의 쉰 명은 필요할 텐데요. 쉰 명을 다 어디서 구해요?"

"사실 적어도 남자 직원 예순 명이랑 경품 교환대에 있을 예쁜 아가씨 스무 명은 필요할 거야."

"정말요?" 모자수는 항상 고로의 희한한 계획을 기꺼이 따랐지만 그런 모자수에게도 이번은 조금 지나쳐 보였다. "제가 어떻게 다 구할……."

"넌 할 수 있을 거야. 항상 해내잖아. 그리고 경품 교환대에는 네가 원하는 어떤 아가씨든 고용해도 돼. 오키나와인이든 부라쿠민이든 조선인이든 일본인이든 난 상관없어. 귀엽고 예쁘기만 하면 되는데, 남자들이 겁먹을 정도로 난잡한 여자는 안 돼. 아가씨들은 항상 중요하지."

"숙소에 그렇게 많은 인원이 지낼 수 있을지……."

"넌 걱정이 많아. 그래서 네가 그 자리에 완벽한 거야." 고로가 활짝 웃었다.

모자수는 그 말을 생각하다가 동의할 수밖에 없었다. 모자수만큼 가게 걱정을 하는 사람은 없었다.

소토야마의 작업장으로 차를 타고 가면서 운전사와 고로는 레슬링 이야기를 했고, 모자수는 조용히 앉아 있었다. 모자수는 머릿속으로 세븐을 위해 해야 하는 모든 일들의 목록을 만들고 있었다. 다른 가게에서 어떤 직원들을 데려와서 배치할지 곰곰이 생각하다가 결국 자신이 지배인이 될 준비가 됐다는 생각이 불현듯 들어 살며시 웃음을 지었다. 고로는 절대로 틀리는 법이 없었다. 모자수에 대한 생각도 틀리지 않았을 터였다. 모자수는 형처럼 똑똑하지 않았다. 형 노아는 지금 도쿄의 와세다대학교에서 영문학을 공부하고 있고, 사전 없이도 두꺼운 영어 소설책을 읽을 수 있는 사람이었다. 노아는 진짜 일본 회사에서 일하기를 원했다. 파친코장에서 일하고 싶어 했을 리 없었다. 노아는 가족이 당과 가게를 차리고 나면 모자수가 가족과 함께 일해야 한다고 생각했다. 노아는 대부분의 일본인들처럼 파친코가 점잖은 사업이 아니라고 보았다.

전쟁 전에 방직공장으로 사용되던 널찍하고 나지막한 붉은 벽돌 건물 앞에 자동차가 멈췄다. 커다란 감나무가 회색 철문에 그림자를 드리우고 있었다. 소토야마는 고로네 제복을 전담하면서 이카이노 근처 작업장 겸 집이었던 곳에서 이곳으로 가게를 옮길 만큼 돈을 벌었다. 이제 소토야마는 아들 하루키랑 다이스케와 뒤쪽에 마련된 방 세 개에서 생활했고, 건물의 나머지 부분을 작업장으로 사용했다. 소토야마는 일주일에 엿새 동안 제복 주문품을 만들 보조 직원 여섯 명을 고용했다. 입소문이 퍼져 오사카의 다른 조선인 사장들에게 일감을 받았고 이제 간사이 지역의 야키니쿠 식당과 다른 파친코장의 제복도 만들었다. 하지만 소토야마는 고로의 일감을 항상 최우선으로 삼았다. 고로가 다른 사람들에게 그녀를 추천해주었기 때문이었다.

고로가 초인종을 누르자 소토야마가 직접 문을 열었다. 견습생인 아가씨가 뜨겁고 향기로운 차와 물 건너온 비스킷을 옻칠한 쟁반에 담아 내왔다. 소토야마가 치수를 재려고 모자수를 거울 앞으로 데려갔다. 소토야마는 입에 핀을 물고 모자수의 기다란 팔의 너비를 쟀다.

"갈수록 수척해지네, 모자수." 소토야마가 말했다.

"그런가요." 모자수가 대답했다. "고로 상이 저더러 더 많이 먹어야 한다고 하세요."

고로가 비스킷을 우적우적 씹으며 겐마이차를 두 잔째 마시면서 고개를 끄덕였다. 고로는 쪽빛 천을 씌운 쿠션들이 놓인 기다란 삼나무 의자에 앉아 있었다. 소토야마가 일하는 모습을 지켜보고 있자니 마음이 평온해졌다. 고로는 항상 문제를 해결하면 기분이 더 좋아졌다. 오카다가 도둑놈인 것으로 드러나서 오카다를 쫓아냈으니 이제 모자수를 승진시킬 작정이었다.

넓고 바람이 잘 통하는 작업장은 최근에 회반죽을 발랐지만 목재 바닥은 허름하고 낡았다. 날마다 바닥을 청소했지만 아침에 일하면서 나온 천 조각과 실이 작업대 주위에 흩어져 있었다. 천장에 난 채광창으로 비스듬하게 비친 빛줄기에 먼지 티끌들이 실내를 떠다니는 것이 보였다. 기다란 작업장에는 재봉틀 여섯 대가 줄지어 서 있었고 재봉틀마다 아가씨들이 한 명씩 앉아 있었다. 아가씨들은 남자들을 보지 않으려고 애썼지만 적어도 한 해에 한 번씩 들르는 젊은 남자에게 관심이 쏠리는 것을 어쩔 수 없었다. 모자수는 눈에 띄게 더욱 매력적으로 자랐다. 아버지 이삭의 신념에 찬 눈빛과 따뜻한 웃음을 빼다 닮았다. 모자수는 자주 웃었고 이는 고로가 모자수를 좋아하는 이유 중 하나였다. 모자수는 열정적이었고 기분파도 아니었다. 모자수는 이 작업장에서 만든 주임 제복을 입고 있었고, 모자수의 옷을 만든 아가씨들은 그것이 모자수와의 연결 고리인 양 느꼈지만 차마 속마음을 입 밖에 내놓을 수는 없었다. 아가씨들은 모자수에게 여자친구가 없다는 사실을 알고 있었다.

"여기 처음 보는 얼굴이 있군." 고로가 가슴 위로 팔짱을 끼면서 말했다. 아가씨들을 주의 깊게 훑어보면서 웃음을 지었다. 자리에서 일어나서 아가씨들 쪽으로 갔다. 고로가 허리를 깊이 숙여 인사했는데, 고로 같은 중요한 인물이 그러자 자못 우스웠다. 아가씨들이 동시에 벌떡 일어나서 허리를 숙여 인사했다. 고로가 고개를 젓고는 아가씨들을 웃기려고 코를 찡긋거리며 우스꽝스러운 표정을 지었다.

"앉아요, 앉아." 고로가 말했다.

고로는 나긋나긋한 몸놀림에 익살스러운 재주를 가진 사람이었다. 여자들을 웃기려고 어깨를 씰룩씰룩하면서 걸을 수도 있었다. 재미난 동작을 자주 하는 통통하고 작은 남자였고 모든 여자들과 시시덕거리기를 좋아했다. 누구나 고로를 기억했다. 누구나 고로가 좋아해주기를 바랐다. 고로가 우스꽝스러운 행동을 하는 지라, 파친코장을 일곱 개나 소유할 정도로 영향력 있고 부유한 사업가라는 사실을 자칫 망각할 수도 있었다. 하지만 고로는 한두 마디 말로도 성인 남자를 오사카에서 완전히 쫓아낼 수 있는 사람이었다.

"에리코 상, 레이코 상, 미도리 상, 하나코 상, 모토코 상, 그렇죠?" 고로가 직원들의 이름을 완벽하게 외워서 말한 다음에 새로 온 아가씨 앞에 멈췄다.

"난 고로예요." 고로가 자신을 소개했다. "손이 참 예쁘네요."

"전 유미입니다." 어린 아가씨가 재봉질을 하다가 방해를 받아 약간 짜증스럽게 대답했다.

소토야마가 치수를 재다가 고개를 들어 새로 온 아가씨를 보며 얼굴을 찌푸렸다. 유미는 재봉 솜씨가 다른 아가씨들보다 꼼꼼했지만 가끔 너무 냉담하게 사람들과 거리를 뒀다. 혼자서 점심을 먹었고, 쉬는 시간에 이야기를 나누기보다는 책을 읽었다. 유미의 재봉 솜씨와 성격이 어떻든지 간에 그것은 둘째 문제이고, 우선 고로 상을 존중해야 했고 그의 비위도 맞춰야 했다. 소토야마에게 고로 상은 좋은 성품을 지닌 훌륭한 사람이었다. 아가씨들에게 실없는 농을 걸기는 해도 절대로 부적절한 행동을 하지 않았다. 다른 남자 손님들이 하듯이 아가씨들에게 함께 외출하자고 하거나 나쁜 짓을 한 적이 한 번도 없었다. 유미는 소토야마 밑에서 일을 시작한 지 두 달이 되었다. 소토야마는 서류를 보고 유미가 조선인이라는 사실을 알았지만, 유미는 성이 아닌 이름으로만 통했고 절대 출신에 대해서 이야기를 꺼내지 않았다. 소토야마는 직원이 자기 일만 잘하면 출신이 어떻든 신경 쓰지 않았다. 유미는 살결이 곱고 가슴이 봉긋한 우아한 아가씨였다. 기모노를 입기에 알맞은 몸매는 아니었지만 남자들이 좋아하는 굴곡진 몸매였다. 유미가 고로 상의 눈에 띈 것이 당연했다.

"고로 상, 그럼 모자수가 세븐의 새 지배인이 되는 건가요?" 소토야마가 물었다. "이렇게 젊은데 참 대단한 일이에요."

모자수는 호기심과 궁금증이 가득한 재봉사들의 시선을 피해 고개를 숙였다. 유미만이 눈길을 주지 않고 계속 재봉질을 하고 있었다.

"그래요. 모자수 지배인에게 짙은 색 정장 세 벌이 필요해요. 좋은 옷감을 써줘요. 멋진 넥타이도 몇 개 필요할 거예요. 이전 것들과는 좀 다른 품위 있고 원숙해 보이는 걸로."

모자수는 삼면거울 앞에 선 채 부지런히 일하고 있는 유미를 자세히 살폈다. 유미는 아름다웠다. 어깨가 가냘프고 넓었고 목이 길어서 세제 상자에 그려진 백조 그림이 떠올랐다.

소토야마가 모자수의 치수를 다 재고 나자 남자들은 자동차로 돌아갔다.

"새로 들어온 유미 상이 아주 예쁘더군. 엉덩이가 끝내줘." 고로가 말했다.

모자수가 고개를 끄덕였다.

고로가 소리 내어 웃었다. "드디어, 일만 아는 청년이 조금 관심을 보이는군! 그 아가씨는 자네와 잘 어울릴 거야."

다음 주, 모자수가 가봉을 하러 혼자 왔을 때 소토야마가 한 손님과 이야기를 마무리하느라 유미에게 모자수의 정장을 가져다주라고 했다.

유미가 임시로 듬성듬성 바느질이 된 정장을 건네고는 쪽빛 천으로 가려놓은 탈의실을 가리켰다.

"고마워요." 모자수가 일본어로 말했다.

유미는 아무 말도 하지 않았지만 그곳에 쌀쌀맞게 서서 소토야마가 시킨 일이 끝나기를 기다리고 있었다.

모자수가 나오자 유미가 진홍색 핀 꽂이를 들고 거울 앞에 서 있었다. 소토야마는 아직도 방 건너편에서 다른 손님을 상대하고 있었다.

유미는 모자수의 목둘레선을 바라보며 고개를 갸웃했다. 옷깃을 조금 고쳐야 될 것 같았다.

"난 보쿠 모자수예요. 만나서 반가워요."

유미는 옷깃을 보며 얼굴을 찌푸리고는 고칠 자리를 표시하려고 꽂이에서 핀을 하나 뽑았다.

"날 찌를 건 아니죠?" 모자수가 웃으며 말했다.

유미가 어깨 위에 겹쳐 댄 천을 확인하러 모자수의 뒤로 갔다.

"나랑 이야기 안 할 거예요? 정말로?"

"손님이랑 이야기하려고 여기 있는 게 아니에요. 손님 몸에 옷이 잘 맞는지 보려고 있는 거예요."

"내가 저녁을 사면 나한테 할 말이 좀 생각날지도 모르죠." 모자수는 고로가 여자들한테 써먹는 말을 따라 했다. 모자수는 여자에게 같이 외출하자고 해본 적이 한 번도 없었다. 이제 그는 파라다이스 세븐의 지배인이었다. 모자수는 여자들이 그것을 대단하다고 여길지도 모른다고 생각했다.

"저녁은 됐어요. 고맙지만 사양할게요."

"어차피 밥은 먹어야 하잖아요." 이것도 고로가 자주 쓰는 판에 박힌 말이었다. "일이 7시 30분쯤에 끝나잖아요. 전에 제복을 받으러 여기 온 적이 있어서 알아요."

"일 끝나고 학교에 가요. 허튼수작을 받아줄 시간이 없어요."

"내가 허튼수작을 부린다고요?"

"네."

모자수가 유미에게 미소 지었다. 유미는 모자수가 아는 다른 사람들처럼 말하지 않았다.

"그나저나 무슨 공부를 해요?"

"영어요."

"나도 영어 할 줄 알아요. 내가 도와줄 수 있어요."

"손님이 영어를 할 줄 알 리 없어요."

"헬로우, 미스 유미. 마이 네임 이즈 모세 백. 하우 아 유?" 모자수가 노아와 영어책으로 연습하던 문장을 그대로 읊었다. "왓 카인드 오브 웨더 아 유 해빙 인 털사, 오클라호마?" 모자수가 물었다. "이즈 잇 레이니 오어 드라이? 아이 라이크 햄버거스. 두 유 라이크 햄버거스? 아이 워크 앳 어 플레이스 콜드 파라다이스."

"어디서 다 배웠어요? 고등학교를 마치지도 않았으면서." 유미가 말했다.

"그건 어떻게 알아요?" 모자수가 씩 웃었다.

"됐어요." 유미가 다가오는 소토야마를 보고 말했다.

"미스 유미, 미스터 찰스 디킨스의 아주 흥미로운 소설을 좋아하나요? 우리 형이 좋아하는 작가예요. 그 작가의 책은 아주 긴 것 같아요. 책에 그림이 하나도 없어요."

유미가 살짝 미소를 짓고는 사장에게 고개를 숙인 후 수선할 부분을 가리켰다. 유미는 재봉틀로 돌아가기 전에 다시 두 사람에게 고개를 숙였다.

"기다리게 해서 정말 미안해, 모자수. 잘 지내지? 고로 상은 별일 없으시고?"

모자수는 공손하게 대답했고, 소토야마가 핀을 거의 다 꼽아갈 때 몸을 돌리고는 앞으로 고꾸라질 것처럼 등을 굽히고 과장되게 재채기를 했다. 그러자 잘 시침질된 솔기가 뜯어져버렸다.

"아, 이런 바보 같으니라고. 정말 죄송해요." 모자수가 웃음을 참고 있는 유미를 슬쩍 보면서 말했다. "내일이나 모레 다시 와야겠죠? 문 닫기 전에 들를 수 있을 것 같아요."

"아, 그럼 그렇게 하렴." 소토야마가 서로를 열심히 살피고 있는 두 젊은이를 알아차리지 못한 채 뜯어진 솔기를 확인하며 말했다. "내일 밤까지 준비해놓을게."

17

1961년 10월

모자수는 소토야마의 작업장 건너편 단풍나무에 몸을 기댔다. 단풍나무 몸통에 모자수의 옆모습이 살짝 가려졌다. 여기는 두 사람이 만나기로 한 장소였다. 모자수는 일주일에 세 번씩 일을 끝내고 나서 밤에 유미를 만났다. 1년 동안 유미와 함께 교회에서 하는 영어 수업을 들었고 수업이 끝나면 유미의 셋방에 가서 유미가 간단하게 차린 저녁을 먹었다. 두 사람은 종종 잠자리를 같이했고 그 후에 모자수는 파라다이스 세븐으로 돌아갔다. 모자수는 파라다이스 세븐에서 문을 닫을 때까지 일하다가 직원 숙소에 있는 자기 방에서 잠들었다.

벌써 10월이었다. 초저녁의 산들바람에 부드러운 여름의 온기가 아직 남아 있었지만 나뭇잎은 금빛으로 변해 반짝거리기 시작했다. 모자수 위쪽으로 우뚝 솟은 나무가 흐릿한 저녁 하늘을 배경으로 빛나는 구릿빛 레이스 모양으로 퍼졌다. 노동자들과 제복을 입은 남자들이 일터에서 집으로 돌아가고 있었고, 어린아이들이 아버지를 맞이하려고 집에서 뛰어나왔다. 지난 한 해 동안 소토야마의 새 작업장이 있는 도로가 확장됐고, 여러 가족이 강 근처 버려진 집들로 이사를 왔다. 한 일본인 채소 장수는 한때 황량하던 자리에서 장사를 워낙 잘해서 인접한 땅을 세내어 처남에게 말린 식품을 팔게 해주었다. 새로 생긴 빵집은 군침이 도는 향긋한 냄새를 풍기는 포르투갈식 스펀지케이크로 오사카 전역에 유명해져서 매일 아침 가게 앞에 긴 줄이 섰다.

소토야마 작업장의 재봉사들이 평소보다 늦게까지 일하고 있어서 모자수는 숙제로 받은 단어들이 적힌 구겨진 종이를 보면서 공부했다. 학교에 다닐 때는 자기 기억력을 대수롭지 않게 여겼는데, 알고 보니 영어 단어와 구를 아주 잘 외웠다. 그 기억력 덕분에 유미에게 좋은 인상을 줄 수 있었다. 현금이나 옷, 장신구 같은 선물에 혹하는 대부분의 여자와 달리 모자수의 여자친구는 배우는 데만 신경을 썼다. 유미는 교사인 존 메리먼 목사의 질문에 모자수가 정답을 말했을 때 제일 행복해 보였다. 미국에서 살고 싶어 하는 유미는 언젠가 그곳에서 살려면 영어를 잘 배워둬야 한다고 믿었다.

단어를 읽을 수 있는 자연광이 약간은 남아 있었지만 한 남자의 그림자가 드리워지자 모자수는 종이에 적힌 글자를 알아볼 수가 없었다. 몇 걸음 떨어진 곳에 있는 남성용 작업화를 발견하고 모자수가 슬쩍 올려다보았다.

"설마 공부하고 있는 거야, 모자수? 정말로?"

"어이, 하루키!" 모자수가 외쳤다. "너 맞아? 마지막으로 본 게 언젠지 기억도 안 난다!" 모자수가 친구의 손을 정겹게 잡고 악수했다. "너희 어머니한테 항상 네 안부를 물었어. 너를 정말 대견하게 여기셔. 막 자랑하시는 건 아닌데, 알잖아, 조용하고 예의 바른 소토야마 상 방식으로 말이야. 그나저나 대단한데! 경찰관 하루키라니!" 모자수가 하루키의 경찰학교 제복을 보고 휘파람을 불었다. "너 진짜 근엄해 보인다. 범죄를 저지르고 싶어지는걸. 날 고발하지 않을 거지, 맞지?"

하루키가 웃으면서 옛 친구 옆에서 부끄러워져서 주먹으로 모자수의 어깨를 슬쩍 쳤다. 모자수를 멀리하는 것은 힘든 일이었지만 모자수를 향한 감정이 너무 강해서 그럴 수밖에 없었다. 지난 몇 년 동안 다른 사람들에게 사랑의 열병을 느끼기도 했고 낯선 사람들과 만나기도 했다. 최근에는 경찰학교 동기인 고지에게 마음이 갔는데, 그는 남자답고 재미있었다. 공적인 관계와 사적인 관계 사이에 분명한 선을 그을 정도의 분별은 있었기에 모자수에게 했던 것처럼 고지와 거리를 두려고 최선을 다하고 있었다.

"도대체 여기서 뭐 하는 거야? 학교 근처에서 살지 않아?"

하루키가 고개를 끄덕였다. "일주일 휴가를 받았어."

"그래? 경찰은 언제 돼? 그러니까 형사 나리 말이야." 모자수가 공손하게 고개 숙여 인사하는 시늉을 하며 낄낄거렸다.

"2년 뒤에."

하루키는 단풍나무 옆에 있는 모자수를 언뜻 보았을 때 길을 건너기가 두려웠다. 모자수를 슬쩍 본 것만으로도 감정을 주체할 수가 없었다. 어렸을 때 하루키는 고통스러운 학교생활에서 자신을 구해준 모자수를 추앙했다. 모자수가 고로 상 밑에서 일하려고 학교를 중퇴했을 때 하루키는 가슴에 구멍이 뚫린 것 같은 상실감을 느꼈다. 모자수가 파친코장에 취직해 학교를 그만둔 후 고등학교에 득시글대는 마귀들과 악귀들이 다시 활개를 치며 양들을 괴롭혔고 하루키는 어디든 피난처를 찾아 숨어야 했다. 자유시간에는 인정 많은 미술 교사의 안전한 교실에서 스케치북에 연필로 그림을 그렸다. 집은 항상 그대로였다. 동생은 자라지 않았고 엄마는 눈이 침침해질 때까지 일에서 손을 놓을 수 없었다. 형사 남편과 형제들을 둔 미술 교사가 하루키에게 경찰학교에 가는 것을 제안했다. 신기하게도 미술 교사의 생각이 틀리지 않았다. 규칙과 계급이 분명한 경찰학교가 아주 마음에 들었다. 시키는 대로 하면 됐고, 아주 잘하기도 했다. 게다가 아무도 자신을 모르는 새로운 곳에서 다시 시작하는 편이 훨씬 수월했다.

"왜 여기 서 있어?" 하루키가 물었다. 석양이 낮게 깔리면서 주변을 다홍빛으로 물들였다.

"유미를 기다리고 있어. 너희 어머니 밑에서 일해. 근데 우리 관계를 아무도 알면 안 돼. 물론 너희 어머니는 신경 안 쓰시겠지만. 내가 그렇게 형편없는 남자는 아니잖아."

"아무 말도 안 할게." 하루키는 모자수가 이전보다 더욱 매력이 넘친다고 생각하며 말했다. 항상 모자수의 매끈한 이마와 강한 코, 고르고 흰 치아에 감탄했지만 지배인 정장을 입은 모자수는 자기 삶을 책임지는 어른처럼 보였다. 하루키는 모자수가 이끄는 대로 따르고 싶었다.

작업장은 여전히 환하게 불이 켜져 있었고 아가씨들이 작업대에 까만 머리를 숙인 채 일하고 있었다. 모자수는 옷감 위로 날듯이 빠르게 움직이는 유미의 가느다란 손가락이 눈에 보이는 듯했다. 유미는 일에 집중하면 다른 데 정신을 팔지 않았다. 무슨 일에든 그렇게 집중했고 가만히 두면 몇 시간이라도 일을 할 수 있었다. 모자수는 자신이 종일 그렇게 조용히 있는 것을 상상도 할 수 없었다. 파친코장의 웅성거림이 그리울 터였다. 모자수는 커다랗고 시끌벅적한 파친코장의 움직이는 모든 것들을 아주 좋아했다. 장로교 목사인 아버지는 하나님의 계획을 믿었고, 모자수는 인생이 파친코 게임과 같다고 믿었다. 다이얼을 돌려서 조정할 수 있지만, 통제할 수 없는 요인들로 생긴 불확실성 또한 기대한다는 점에서 비슷했다. 모자수는 고정돼 보이지만 무작위성과 희망의 여지가 남아 있는 파친코를 왜 손님들이 계속 찾는지 이해할 수 있었다.

"유미가 보여?" 모자수가 자랑스럽게 가리켰다. "저기! 네 번째 책상에……."

"유미 상. 만난 적 있어. 훌륭한 재봉사야. 아주 우아한 사람이지. 넌 행운아야." 하루키가 말했다. "일은 어때? 돈 많이 벌었어?"

"한번 들러. 난 지금 파라다이스 세븐에 있어. 내일 와. 유미를 만나서 영어 수업에 데려다줄 때 빼고는 거의 밤낮으로 거기 있거든."

"글쎄. 집에 있는 동안에 동생을 돌봐야 해서."

"너희 동생이 요즘 좀 우울해한다고 들었어."

"그래서 내가 집에 돌아온 거야. 엄마가 그러는데 동생이 조금 이상해지고 있대. 엄마를 애먹이거나 뭐 그런 건 아닌데 갈수록 말수가 줄어든다더라고. 의사들도 어떻게 해야 할지 모른다나 봐. 동생을 보호시설에 보내라고 한대. 의사들은 동생이 자기랑 비슷한 사람들하고 사는 게 더 행복할지 모른다는데, 나는 못 믿겠어. 그런 시설은……." 하루키가 악문 잇새로 훅 숨을 들이켰다. "물론 엄마가 절대 그걸 허락할 리 없어. 다이스케는 아주 착한 아이야." 하루키가 조용히 말했다. 하루키는 엄마가 더 이상 다이스케를 돌볼 수 없게 되면 자신이 다이스케를 책임져야 한다는 사실을 아주 어렸을 때부터 알았다. 하루키의 결혼 상대는 다이스케와 늙어가는 엄마를 기꺼이 돌볼 마음이 있는 사람인지의 여부로 정해질 터였다.

"유미는 미국에서 사는 게 다이스케한테 좋을 거래. 그런데 유미는 모든 사람이 미국에서 사는 게 더 나을 거라고 말하니까 뭐. 거기는 남과 다르면 안 되는 이곳 일본이랑 다르대."

모자수는 여자친구가 미국과 그곳의 모든 것에 대해 맹목적인 호의를 보인다고 생각했다. 형 노아처럼 유미도 영어가 가장 중요한 언어이고 미국이 최고의 나라라고 생각했다.

"유미가 미국에는 더 뛰어난 의사들이 있다더라." 모자수가 어깨를 으쓱했다.

"아마 사실일 거야."

하루키가 미소 지었다. 하루키는 종종 자신을 아는 사람이 없는 다른 어딘가에서 살기를 꿈꿨다.

유미는 모자수와 만나기로 한 장소로 가다가 사장의 큰아들을 알아보았다. 중간에 돌아서면 부자연스러울 것 같아서 가던 방향으로 계속 걸었다.

"하루키 알죠?" 모자수가 웃으며 유미에게 말했다. "고등학교 때 내 유일한 친구였어요. 그리고 이제 범죄와 싸울 거예요!"

유미가 어색하게 웃으며 고개를 끄덕였다.

"유미 상. 다시 만나서 반가워요. 덕분에 아주 오랜만에 내 친구를 다시 만나게 됐어요. 고마워요."

"경찰학교에서 집에 돌아오는 길인가요, 하루키 상?" 유미는 공손하고 얌전한 태도를 유지했다.

하루키가 고개를 끄덕이고 나서 집에서 기다리고 있는 다이스케 핑계를 대며 가야겠다고 했다. 그렇지만 하루키는 가기 전에 다음 날 아침 파친코장에 모자수를 보러 가기로 약속했다.

영어 수업은 부유한 야키니쿠 식당 가족들이 낸 두둑한 기부금으로 최근에 새로 지은 조선인 교회 내 커다란 회의실에서 열렸다. 교사인 존 메리먼은 서양식 이름이었지만 아기 때 미국 선교사들에게 입양된 조선인이었다. 영어는 존의 모국어였다. 존은 단백질과 칼슘이 풍부하고 영양 면에서 월등한 음식을 먹고 자라서인지 다른 조선인이나 일본인보다 훨씬 컸다. 182센티미터에 달하는 키 때문에 존이 어디를 가든 마치 하늘에서 거인이 내려오기라도 한 것처럼 한바탕 소동이 벌어졌다. 존은 일본어와 조선어가 능숙했지만 둘 다 영어 억양으로 말했다. 존은 체구뿐만 아니라 하는 행동도 영락없이 외국인이었다. 잘 알지도 못하는 사람들을 놀리기를 좋아했고 재미있는 일이 있으면 다른 사람들보다 훨씬 크게 웃었다. 눈치가 빠르고 참을성 많은 그의 조선인 아내가 존이 잘 몰라서 그런다고 남들에게 요령 있게 설명해주지 않았다면 존은 많은 문화적 실수 때문에 훨씬 더 자주 곤경에 처했을 터였다. 존은 장로교 목사치고 지나치게 쾌활해 보이긴 했지만 나무랄 데 없는 신앙과 지성을 지닌 좋은 사람이었다. 존의 어머니 신시아 메리먼은 자동차 타이어 회사 상속인이었고 존을 프린스턴대학교와 예일신학교에 보냈다. 존이 복음을 전파하러 아시아로 가겠다고 했을 때 부모는 크게 기뻐했다. 존의 매력적인 피부색은 황금빛보다는 황갈색에 가까웠고 늘 생각에 잠긴 먹색 눈동자는 여자들이 그의 주변을 맴돌게 했다.

남에게 마음을 잘 열지 않는 유미는 모든 학생들이 존 목사님이라고 부르는 선생님을 존경했다. 유미에게 존은 조선인들이 몸을 팔거나 술에 취하거나 도둑질을 하지 않는, 더 나은 세상에서 온 조선인을 상징했다. 창부에 알코올중독자였던 유미의 어머니는 돈이나 술에 몸을 팔았고, 기둥서방에 폭력적인 술주정꾼인 유미의 아버지는 감옥에 자주 드나들었다. 유미는 이복언니들 세 명이 가축이나 다름없이 난잡하고 저속하다고 여겼다. 남동생은 어렸을 때 죽었다. 열네 살이 된 유미는 여동생과 집에서 도망쳤다. 방직공장에서 자잘한 일을 하면서 어떻게든 둘이 먹고살 돈을 벌었는데 결국 동생은 죽었다. 수년이 흐른 후, 유미는 뛰어난 재봉사가 됐다. 오사카에서 가장 열악한 구역에서 사는 가족을 알은척도 하지 않았다. 길거리에서 어머니와 닮은 여자라도 보이면 맞은편으로 건너가거나 뒤돌아서 멀어졌다. 미국 영화를 보면서 언젠가 캘리포니아에서 살기로 마음먹었고, 할리우드에서 재봉사가 되는 게 꿈이었다. 유미는 많은 조선인이 북한으로 돌아갔고 더 많은 이가 남한을 택했다는 것을 알고 있었지만 어느 나라에도 애정을 느낄 수 없었다. 유미에게 조선인이라는 것은 벗어날 수 없는 가난이나 수치스러운 가족과 마찬가지로 또 다른 끔찍한 멍에일 뿐이었다. 왜 거기 가서 살아야 한단 말인가? 그렇다고 자신을 결코 사랑해주지 않는 의붓어머니 같은 일본에 붙어 사는 것 또한 상상하고 싶지 않았다. 그래서 유미는 로스앤젤레스를 꿈꾸었다. 으스대는 거창한 꿈을 가진 모자수를 만나기 전에 유미는 어떤 남자와도 잠자리를 하지 않았다. 이제 모자수에게 애정을 갖게 됐으니 함께 미국으로 가서 경멸을 받거나 무시를 당하지 않는 다른 삶을 꾸리고 싶었다. 여기에서 자식을 키우는 것은 절대 있을 수 없는 일이었다.

영어 수업은 일주일에 세 번씩 밤에 열렸고, 학생 열다섯 명이 참여했다. 모자수가 오기 전에는 유미가 존 목사의 제일 우수한 학생이었다. 모자수는 집에서 노아의 영어 단어 시험 상대를 해주느라 수년 동안 의도치 않게 함께 공부했던지라 유미보다 훨씬 유리한 위치에 있었지만 유미는 신경 쓰지 않았다. 유미는 모자수가 자신보다 영어를 더 잘하고 돈을 더 잘 벌고 늘 다정하게 대해주어서 다행이라고 여겼다.

매번 수업은 존 목사가 교실을 돌아다니며 학생들에게 질문을 하면서 시작했다.

"모세." 존 목사가 가르칠 때의 말투로 말했다. "파친코장은 어때요? 오늘 돈을 많이 벌었나요?"

모자수가 소리 내어 웃었다. "네, 존 목사님. 오늘, 돈을 많이 벌었습니다. 내일, 더 법니다! 돈이 필요하세요?"

"아니요, 고맙지만 괜찮아요, 모세. 하지만 부디 가난한 사람들을 돕는 것을 잊지 말아요, 모세. 우리 중에 가난한 사람들이 많답니다."

"파친코 돈은 제 것이 아니에요, 존 목사님. 저희 사장님은 부자지만 전 아직 부자가 아니에요. 언젠가 전 부자예요."

"부자가 '될' 거예요."

"맞다, 전 부자가 될 거예요, 존 목사님. 남자한테는 돈이 있어야 해요."

존이 모세에게 다정하게 웃음을 지었다. 맹목적으로 돈을 숭배하는 관념을 바로잡아주고 싶었지만 그냥 유미에게로 시선을 돌렸다.

"유미, 오늘은 제복을 몇 벌이나 만들었나요?"

유미가 미소 지으며 얼굴을 붉혔다.

"오늘, 전 조끼 두 벌을 만들었습니다, 존 목사님."

존은 다른 학생들에게도 다가가서, 소극적인 학생들이 학급 전체를 향해서뿐만 아니라 서로서로 이야기하도록 격려했다. 존은 조선인들이 영어를 잘하기를 바랐다. 아무도 조선인들을 무시하지 않기를 바랐다. 존은 일본에 사는 빈곤한 조선인들이 안쓰러워서 뉴저지 프린스턴에서의 안락한 생활을 뒤로하고 떠나왔다. 애정 어린 부모님들의 온기가 가득하던 즐거웠던 어린 시절에, 영원히 나라를 잃어버린 조선인들이 불쌍하다고 항상 느꼈다. 모세와 유미 같은 사람들은 조선에 한 번도 가보지 못했다. 고국으로 돌아가는 조선인들 이야기가 항상 들려오지만 어떻게 보면 조선인들 모두가 마음속에서 영원히 고국을 잃어버렸다. 존의 부모는 존 한 사람만 입양했고 존이 아는 한 다른 형제자매는 없었다. 존은 부모와 함께 살면서 늘 행복했기 때문에 다른 많은 사람이 자신과 같은 식으로 선택받지 못했다는 점에 죄책감을 느꼈다. 이유가 무엇일까? 존은 알고 싶었다. 분명히 불행으로 치닫는 입양도 많이 있었지만, 존은 자신의 운명이 대부분의 사람들의 운명보다 낫다는 사실을 알고 있었다. '선택'은 어머니가 존에게 항상 쓰던 말이었다.

"우린 널 선택했단다, 사랑하는 존. 자그마한 갓난아이였을 때에도 네 웃음이 제일 사랑스러웠어. 네가 워낙 다정한 아이라 고아원 보모들이 널 안는 걸 아주 좋아했단다."

영어 수업은 목사로서 존의 임무가 아니었다. 학생들이 대부분 교구민이 아니었는데 존은 학생들을 개종시키려고 하지 않았다. 존은 영어 단어가 발음되는 소리를, 미국인들이 말하는 소리를 무척 좋아했다. 그런 즐거움을 오사카에 사는 가난한 조선인들에게도 전해주고 싶었다. 조선인들이 일본어가 아닌 다른 외국어를 말할 수 있기를 바랐다.

존은 자신의 학생들처럼 일본에 사는 조선인 부모에게서 태어났다. 존의 친부모는 집주인에게 존을 버리고 떠났다. 존은 자신이 정확히 언제 태어났는지 몰랐다. 부모님이 마르틴 루터의 생일인 11월 10일을 존의 생일로 정해주었다. 친부모에 대해 아는 유일한 사실은 그들이 집세도 내지 않고 존을 남겨둔 채 이른 아침에 셋방을 떠났다는 것이었다. 집주인에게는 돈과 집이 있었지만 존의 친부모는 그런 돈과 집을 자식에게 줄 방도가 없었기에 그랬을 것이라고 양어머니는 말했다. 어머니는 존이 친부모에 대해 물을 때마다 그들은 자식을 사랑해서 희생한 것이라고 말했다. 그렇지만 존은 친부모 또래의 나이 든 조선 여자나 남자를 볼 때마다 정말 그랬을지 궁금해지는 건 어쩔 수 없었다. 존은 아주 부유했고, 친부모에게 돈을 줄 수 있기를 바랐다. 친부모를 만나 따뜻하게 지낼 수 있는 집을 주고 굶주리지 않게 음식을 줄 수 있기를 바랐다.

존 목사가 뒷자리에 앉은 두 자매가 사탕을 좋아한다고 놀리는 동안, 모자수가 자기 무릎으로 유미의 무릎을 살짝 건드렸다. 모자수는 다리가 길어서 약간만 움직여도 유미의 예쁜 다리를 감싸고 있는 치마에 스칠 수 있었다. 유미는 별로 신경 쓰지 않았지만 약간 성가셔하며 자신도 모자수를 툭 쳤다.

존 목사가 두 자매 중 동생에게 비가 오면 무엇을 하는지 물었다. 모자수는 영어로 더듬거리며 '엄브렐러'라는 단어를 생각해내려고 애쓰는 그 여자아이의 말에 귀를 기울이지 않고 어느새 유미를 빤히 바라보고 있었다. 모자수는 유미의 슬픈 검은 눈이 높은 광대뼈로 이어지는 부드러운 옆모습을 바라보는 것을 아주 좋아했다.

"모세, 유미만 뚫어지게 보고 있으면 어떻게 영어를 배우겠어요?" 존이 크게 웃으며 물었다.

유미의 얼굴이 다시 붉어졌다. "얌전히 있어요." 유미가 일본어로 모자수에게 속삭였다.

"저도 어쩔 수 없습니다, 존 목사님. 전 유미를 사랑합니다." 모자수가 당당하게 말하자, 존이 기뻐하며 박수를 쳤다.

유미가 공책을 내려다보았다.

"두 사람은 결혼할 건가요?" 존 목사가 물었다.

유미는 그럴 일도 아니었는데 이 물음에 깜짝 놀란 듯했다. 존 목사는 할 말 못 할 말을 가리지 않았다.

"유미는 저랑 결혼할 겁니다." 모자수가 말했다. "전 자신 있습니다."

"뭐라고요?" 유미가 소리쳤다.

뒷자리에 앉은 여자들이 눈물이 날 정도로 웃어댔다. 교실 가운데 앉은 남자들은 크게 환호하면서 책상을 쾅쾅 두드렸다.

"이것 참 재미있네요." 존이 말했다. "아무래도 우리가 청혼을 보고 있는 것 같군요. '프러포절'은 결혼해달라고 청한다는 뜻이에요."

"당연히, 나랑 결혼할 거예요. 유미, 당신은 나를 사랑하고 나는 당신을 아주 사랑해요. 우리는 결혼할 거예요. 알잖아요." 모자수가 영어로 차분하게 말했다. "나한테 계획이 있어요."

유미가 눈알을 굴렸다. 모자수는 유미가 미국에 가고 싶어 하는 것을 알았지만, 몇 년 후에 오사카에 자신의 파친코장을 열고 싶었다. 부자가 되면 어머니와 큰어머니, 큰아버지, 할머니가 살 커다란 집을 사드릴 작정이었다. 모자수는 가족이 조선으로 돌아가고 싶다면 아주 많은 돈을 벌어서 대궐 같은 집을 지어주겠다고 말했다. 그렇지만 로스앤젤레스에서는 그렇게 많은 돈을 벌 수 없다고 설명했다. 모자수는 가족을 떠날 수 없었고 유미는 이 사실을 잘 알고 있었다.

"당신이랑 나는 서로 사랑해요. 그렇죠, 유미?" 모자수가 유미에게 미소를 지으며 유미의 손을 잡았다.

학생들이 야구 경기를 보듯 요란하게 박수를 치고 발을 굴렀다.

유미는 모자수의 행동에 창피해서 고개를 숙였지만 모자수에게 화를 낼 수 없었다. 모자수에게는 결코 화를 낼 수 없었다. 모자수는 유미에게 난생처음 생긴 유일한 친구였다.

"그럼 우리가 결혼식 계획을 세워야겠군요." 존이 말했다.

18

1962년 3월, 도쿄

"동생은 결혼했어?" 아키코가 물었다. 눈이 기대감으로 반짝거렸다.

"응. 결혼했어. 몇 달만 있으면 아이가 태어날 거야." 노아가 단조로운 어조로 대답했다.

"네 가족에 대해 더 알고 싶어. 얘기해줘." 아키코가 졸랐다.

노아는 옷을 입으려고 일어났다.

아키코도 어쩔 수 없었다. 아키코는 사회학자가 되려고 공부하고 있었다. 늘 퍼즐같이 조각난 자료들을 수집했고, 아키코의 연인이야말로 그녀가 가장 좋아하는 퍼즐이었다. 그렇지만 캐물을수록 노아는 과묵해졌다. 노아가 간결하게 대답하면 아키코는 노아의 삶에 대한 정보들이 바라보기만 해도 신기한 것처럼 "그래?"라고 말하는 버릇이 생겼다. 노아의 모든 점이 아키코에게 흥미진

진했지만, 노아는 그런 흥미의 대상이 되고 싶지 않았다. 그저 아키코와 함께 있고 싶었다. 아키코가 낯선 사람들에 대해 샅샅이 알아내려고 하는 것은 신경 쓰이지 않았다. 자신이 아닌 다른 사람들의 수수께끼를 풀려고 하는 아키코의 시도를 듣는 쪽이 훨씬 흥미로웠다.

노아는 아키코의 첫 조선인 연인이었다. 아키코는 잠자리에서 노아가 조선어로 말해주는 것을 좋아했다.

"'프리티'는 뭐라고 말해?" 몇 시간 전 아키코는 그렇게 물었다.

"예-쁘-다." 아키코에게 이 말을 할 때 그토록 간단한 단어가 입에서 낯설게 느껴졌다. 아키코는 굉장히 아름다웠다. '예쁘다'는 아키코의 아름다움을 묘사하기에 부족했다. '아-름-답-다', 그렇게 말했어야 했지만 노아는 말하지 않았다. 아키코는 사랑을 뜻하는 조선어를 묻지 않을 만큼 뛰어난 사회학자였다. 어차피 노아가 조선어로 옮기면서 망설일 것임이 분명해서였다.

노아는 아키코의 현미경 아래에서 샅샅이 파헤쳐지는 표본이 되고 싶지 않았다. 어머니는 자신을 학교에 보내려고 김치 행상을 했고 나중에는 당과를 팔았으며 아버지는 일제강점기에 가혹한 감옥살이로 돌아가셨다는 이야기를 하지 않았다. 노아는 이런 모든 게 자신의 삶에서 아주 오래전에 일어난 일처럼 여겨졌다. 과거가 부끄러운 것은 아니었다. 정말이었다. 아키코의 호기심이 불쾌하게 여겨졌을 뿐이었다. 아키코는 미나미아자부에서 자란 상류층 가문 출신의 일본 여자였다. 아키코의 아버지는 무역 회사를 운영했고 어머니는 회원제 클럽에서 외국인 주재원들과 테니스를 쳤다. 아키코는 거친 성관계를 즐겼고 외국 책을 읽거나 말하는 것도 아주 좋아했다. 아키코는 끈질기게 노아를 쫓아다녔고 한 번도 진지하게 여자친구를 사귀어본 적 없었던 노아는 아키코를 어떻게 해야 할지 알 수 없었다.

"이리 와." 아키코가 하얀 면 속옷을 만지작거리며 요염하게 말했다.

노아가 깔려 있는 요 위로 돌아갔다.

두 사람은 수업 사이 빈 시간에 노아의 방에서 잠자리를 한 후 나른하게 누워 있었다. 노아의 방은 대학생이 쓰기에는 지나치게 큰 공간이었다. 아침 햇살이 들어오는 네모난 유리창 두 개가 있었고, 바닥은 두 사람이 함께 누울 수 있는 푹신한 요에 베이지색 양탄자까지 놓을 정도로 넓었다. 디킨스, 톨스토이, 발자크, 위고 같은 작가들의 소설책들이 수북이 쌓여 큼직한 소나무 책상을 뒤덮고 있었다. 녹색 유리 갓이 달린 고급스러운 전기 램프는 꺼져 있었다. 노아는 이렇게 좋은 방이 있는 줄 꿈에도 몰랐고, 엄청나게 싼 방세로 여기 살게 된 행운을 믿을 수 없었다. 한수의 친구가 집주인이었고 우아한 새 가구가 딸려 있었다. 문학과 영어를 공부하는 학생에게 이상적인 곳이었다. 노아는 아버지의 낡은 여행 가방에 옷만 챙겨 오면 됐다.

아키코는 도쿄에 산다고 해도 이렇게 좋은 방에서 사는 학생은 없을 것이라고 장담했다. 아키코는 미나미아자부에서 가족과 함께 아름다운 아파트에 살고 있었지만 노아의 방 절반만 한 크기의 방을 가지고 있었다. 아키코는 수업 사이의 빈 시간을 모두 노아의 방에서 보냈다. 아키코의 물건이 노아의 책상과 욕실, 옷장에 있었다. 여자가 남자보다 깔끔하다는 고루한 고정관념은 아키코에게 적용되지 않았다.

아키코가 최선을 다했지만 노아는 그렇게 곧바로 다시 관계를 가질 수는 없었다. 부끄러워진 노아는 옷을 마저 입었다. 아키코도 자신이 마실 차를 준비하려고 일어났다.

이곳에는 부엌이 없었지만 한수가 노아에게 사준 전기 주전자가 있었다. 한수는 노아가 공부만 하면 된다고 말했다. "배울 수 있는 모든 것을 배워라. 모든 조선인들을 위해서, 와세다대학교 같은 학교에 갈 수 없는 모든 조선인들을 위해 배워라." 한수는 매 학기가 시작하기 전에 등록금을 다 내주었다. 돈 걱정에서 벗어난 노아는 그 어느 때보다 열심히 공부했다. 책을 읽고 또 읽었고 비평을 있는 대로 찾아내서 모조리 읽었다. 공부에서 잠시 벗어나 기분 전환을 하는 유일한 상대는 노아가 빠져든 이 매력적인 아가씨였다. 아키코는 대단히 똑똑했고 관능적이었고 창의적이었다.

"그분은 어떤 사람이야?" 아키코가 찻잎을 쇠 주전자에 넣으면서 물었다.

"누구?"

"고한수, 네 후원자 말이야. 10분 후에 날 두고 그 사람 만나러 갈 거잖아. 넌 매달 첫날에 그러는걸."

노아는 아키코에게 말하지 않았으나, 역시나 아키코는 추측해냈다. 아키코는 한수를 만나고 싶어 했다. 예전부터 아키코는 따라가도 되냐고 수차례 물었지만 노아는 적절하지 않다고 생각했다.

"우리 가족의 좋은 친구야. 말했잖아. 어머니랑 할머니가 일본에 오시기 전부터 알았다고. 부산에서 별로 멀지 않은 제주 출신이야. 건설 회사를 운영하고."

"잘생겼어?"

"뭐라고?"

"너처럼 말이야. 조선 남자들은 잘생겼잖아."

노아가 말없이 웃었다. 이 말에 뭐라고 대답한단 말인가? 물론 모든 조선 남자가 잘생기지는 않았고 모든 조선 남자가 못생기지도 않았다. 그들은 그저 남자였다. 아키코는 조선인들과 외국인들에 대해서 긍정적으로 일반화하는 경향이 있었다. 부유한 일본인들에게는 제일 가혹한 말을 퍼부었다.

아키코가 찻잔을 내려놓고 장난스럽게 노아를 요로 밀어 뒤로 넘어뜨렸다. 아키코는 노아 위로 다리를 벌리고 올라앉아 셔츠를 벗었다. 하얀 면 브래지어와 팬티 차림이 됐다. 노아는 대단히 아름답다고 생각했다. 까만 머리카락이 윤기가 흐르는 무지갯빛 깃털처럼 얼굴 주위로 흘러내렸다.

"그 사람이 너랑 비슷해?" 아키코가 하체를 맞비벼댔다.

"아니, 아니야. 우린 아주 달라." 노아가 숨을 내쉬며 자신의 골반에서 아키코를 부드럽게 밀어냈다. 자기 대답에 스스로도 얼떨떨했다. "그러니까, 나도 모르겠어. 너그러운 분이야. 전에 말했잖아. 아들이 없고 딸들은 대학에 가기 싫어해서 나를 후원해주셨다고. 난 갚을 작정이야. 그분은 어려운 때에 우리 가족을 도와주셨어. 그분은 내 후원자야. 그게 다야."

"왜 갚아야 해? 그 사람, 돈이 많잖아?"

"나도 몰라." 노아는 서랍에서 양말을 꺼내러 갔다. "그건 상관없지. 어쨌든 빚이잖아. 난 갚을 거야."

"나랑 같이 있고 싶지 않아?" 아키코가 브래지어를 벗어 가슴을 드러냈다.

"날 유혹하는구나, 미녀 아가씨." 노아가 말했다. "그래도 이제 가봐야 해. 내일 보자, 알았지?"

어차피 발기가 되지 않을 것 같았지만 된다 해도 다시 잠자리를 할 시간이 없다고 속으로 중얼거렸다.

"그 사람 만나러 나도 같이 가면 안 돼, 노아 짱? 난 네 가족을 언제 만나는데?"

"그분은 우리 가족이 아니야. 잘 모르겠어. 나도 네 가족을 만나지 않았잖아."

"넌 우리 엄마랑 아빠를 만나고 싶지 않을걸. 인종차별주의자들이거든." 아키코가 말했다. "정말이야."

"아." 노아가 말했다. "내일 보자. 문 잘 잠가줘."

초밥집은 노아의 집에서 1.5킬로미터도 떨어지지 않은 곳에 있었다. 최근에 갓 자른 삼나무 벽널로 내부 장식을 새로 해서 벽에서 깨끗하고 신선한 나무의 향이 희미하게 났다. 한수는 매달 이 식당 안쪽에 마련된 개별실에서 노아를 만나기를 좋아했다. 먼 일본 어촌에서 온 특별한 진미가 순서대로 나올 때 말고는 아무도 두 사람을 방해하지 않았다.

한수가 그렇게 대단하고 유명한 대학교에서 하는 경험이 어떤 것인지 궁금해해서 보통 이들은 수업 이야기를 했다. 한수는 중등학교나 대학교를 다니지 않았다. 책을 보고 조선어와 일본어를 읽고 쓰는 법을 혼자 익혔고, 형편이 되자마자 과외 교사들을 고용해서 어려운 일본어와 조선어 신문을 읽는 데 필요한 한자를 배웠다. 한수는 부유한 사람들과 힘 있는 사람들, 용감한 사람들을 많이 알았지만 글을 잘 쓰는 교육받은 사람들에게 제일 감명을 받았다. 뛰어난 기자들과 친분을 유지하려고 노력했는데, 당면한 중요 사안에 대한 잘 정리된 생각과 관점이 존경스러웠기 때문이었다. 한수는 민족주의나 종교나 심지어 사랑까지도 믿지 않았으나 교육은 믿었다. 무엇보다도 사람은 끊임없이 배워야 한다고 믿었다. 어떤 종류의 낭비도 혐오했고, 세 딸 모두 쓸데없는 장신구나 소문 때문에 학교를 그만뒀을 때 그렇게 내버려둔 아내를 경멸하는 마음이 커졌다. 딸들이 좋은 머리와 무한한 자원을 가지고 있었는데도 아내는 이런 것들을 쓰레기처럼 내던지게 했다. 딸들한테는 손쓸 길이 없었지만 이제 한수에게 노아가 있었다. 노아가 영어를 그토록 유창하게 읽고 쓸 수 있다니 가슴이 설렐 정도였다. 한수는 이제 영어가 필수적임을 알고 있었다. 노아는 한수에게 책들을 추천했고 한수는 아들이 알고 있는 것을 자기도 알고 싶어서 그 책들을 모두 읽었다.

이 젊은이의 뛰어난 학문적 소양은 한수가 반드시 육성해야 하는 것이었다. 한수는 노아가 졸업한 후 무엇을 하면 좋을지 확신할 수 없었다. 그런 이야기를 너무 많이 하지 않으려고 주의했다.

노아한테 나름대로의 생각이 있을 것이 분명했기 때문이었다. 한수는 좋은 사업 계획을 지원하듯이 노아를 후원하고 싶었다.

두 사람이 나지막한 아까시나무 상을 가운데에 두고 새것 같은 다다미 바닥에 책상다리를 하고 앉았다.

"성게를 더 먹으렴. 주방장이 우리한테 내놓으려고 어젯밤에 홋카이도에서 들여왔단다." 한수가 말했다. 한수는 자신이 자주 먹는 이런 귀한 음식을 가난한 학생인 노아가 먹는 모습을 지켜보기를 좋아했다.

노아가 감사의 표시로 고개를 까딱하고 자기 몫을 다 먹었다. 노아는 이런 방식으로 식사하는 것을 좋아하지 않았고 이런 종류의 음식조차 즐기지 않았다. 그래도 점잖은 일본인들이 어떻게 행동하는지 알고 있었고 그들의 예의범절을 흠 없이 따라 할 수 있었다. 자기 앞에 놓이는 음식을 무엇이든 먹었고 감사했지만, 영양분이 많은 소박한 음식 한 그릇을 빠르게 뚝딱 먹어치우는 것을 더 좋아했다. 노아는 노동하는 조선인들처럼 먹었다. 맛있는 음식도 그저 필수적인 연료일 뿐이었고, 다시 일하러 가려고 서둘러 먹어치워야 하는 것이었다. 부유한 일본인들은 그렇게 향이 강한 음식을 빠르게 많이 먹는 방식을 천박하다고 여겼다. 노아는 한수를 실망시키지 않기를 바라며 후원자 앞에서 지배층 일본인을 흉내 냈지만, 음식에 도무지 관심이 없었고 식사하면서 오랫동안 가만히 앉아 있는 것이 마땅찮았다. 아키코도 이런 점을 놀렸지만 아키코와는 사치스러운 식당에 가지 않았기에 두 사람의 관계에 거의 영향을 미치지 않았다.

노아는 한수와 함께 있는 것을 좋아했지만, 음식을 거의 먹지 않고 술을 마시는 다른 사람을 지켜보는 것은 따분한 일이었다. 확실히 한수는 술을 상당히 많이 마시면서도 성공적인 건설 회사를 운영할 수 있는 사람이었지만, 노아는 어떤 형태의 음주든 미심쩍게 여겼다. 어렸을 때 학교에 가는 길에 전날 밤에 술을 잔뜩 마시고 길바닥에 널브러져 자고 있는 어른들을 넘어가야 했다. 이카이노에 있는 부동산 회사에서 경리로 일할 때 집세를 내지 못해서 가족을 쫓겨나게 하는 많은 아버지를 보았다. 그 문제는 봉급날 몇 잔 마신 무해한 술로 시작됐다. 그리고 매년 겨울마다 알코올중독인 조선인 노숙자들이 자기 몸이 얼어붙는 줄도 모른 채 스미다강 근처에서 얼어 죽었다. 노아는 술을 마시지 않았다. 한수는 사케나 소주를 여러 병 마시고도 겉으로 티가 나지 않았다. 그래서 노아는 조선의 전통대로 연장자의 잔이 비는 족족 술을 따랐고 그러다 보니 밥을 먹는 시간이 더욱 길어졌다.

노아는 오리베* 잔에 사케를 따르다가 종이를 바른 미닫이문을 조용히 두드리는 소리에 화들짝 놀랐다.

"들어와." 한수가 말했다.

"실례합니다, 고 상." 화장을 하지 않은 젊은 종업원이 말했다. 단순한 쪽빛 기모노에 버섯 색 오비를 허리에 두르고 있었다.

"무슨 일이지?" 한수가 말했다.

노아가 예의 바른 여자아이처럼 입고 행동하는 종업원에게 웃

* 일본 전통 도자기.

음을 지어 보였다.

“사장님께 인사를 드리고 싶다는 여자분이 있습니다.”

“그래?” 한수가 말했다. “나한테?”

“네.” 종업원이 고개를 끄덕였다.

“그렇군.” 한수가 이 식당에서 밥을 먹는다는 사실을 아는 사람은 거의 없었다. 한수가 모시는 상사의 비서들 중 한 명이 한수에게 비밀스러운 전갈을 가져왔을 가능성은 있었으나 그것도 이상했다. 대체로 그런 심부름은 젊은 남자들을 보냈기 때문이었다. 한수의 운전사와 경호원이 식당 밖에서 경비를 서고 있었다. 위험한 사람이라면 한수에게 오게 했을 리 없었다. 그 여자를 확실히 조사했을 것이 분명했다.

종업원이 문을 닫았고 잠시 후 문을 두드리는 소리가 들렸다.

이번에는 노아가 자리에서 일어나서 직접 문을 열었다. 한참 만에 다리를 쭉 펴니 개운했다.

“아키코.” 놀라서 잠시 입이 떡 벌어졌다.

“안녕하세요.” 아키코가 안으로 들어오라는 말을 기다리며 종업원 옆에 서 있었다.

“네 친구냐, 노아?” 한수가 일본인처럼 보이는 매력적인 미인에게 웃음을 지으며 물었다.

“네.”

“환영해요. 어서 앉아요. 날 만나고 싶었다고요?”

“노아가 저더러 잠시 들러서 후원자님께 인사를 드리면 좋겠다고 해서요. 노아가 고집을 부려서 왔답니다.” 아키코가 방긋 웃으며 말했다.

"그렇습니다." 왜 이 꾸며낸 이야기에 맞장구를 치는지 노아 자신도 알 수 없었지만 달리 핑곗거리가 없었다. "아키코가 올 거라고 미리 말씀을 드렸어야 했습니다. 놀라게 해드려서 죄송합니다."

"괜찮아. 노아 친구를 만나서 아주 기쁘군. 우리랑 같이 점심 먹어요."

한수가 여전히 문가에 서 있는 종업원을 쳐다보았다.

"노아 친구에게 식사와 술잔을 내와요." 한수는 노아가 자기 여자친구를 소개하고 싶었다니 궁금하면서도 기뻤다. 아키코를 반갑게 맞아주고 싶었다.

즉시 아키코 앞에 상이 차려졌고 술잔이 놓였다. 주방장이 투명한 영국제 소금을 뿌린 굴튀김을 직접 가져왔다. 노아가 한수에게 술을 따라주었고, 이어서 한수가 아키코에게 술을 따라주었다.

"새 친구들을 위하여." 한수가 잔을 들어 올리며 말했다.

19

한수가 차에 타는 동안 젊은 연인은 식당 문 옆에 서 있었다. 아키코와 노아는 한수가 앉아 있는 조수석 뒷자리를 향해 허리를 깊이 숙여 인사했다. 운전사가 뒷문을 닫고 두 사람에게 인사한 다음에 운전석에 올라타 한수를 다음 모임 장소로 태우고 갔다.

"네가 왜 그렇게 화났는지 모르겠어." 한수가 이미 갔는데도 여전히 아키코는 예의 바른 일본인 여학생처럼 웃음을 지으며 말했다. "고 상은 아주 멋져. 그분을 만나서 기뻐."

"넌 거짓말을 했어." 노아가 떨리는 목소리로 말했다. 지독한 소리를 내뱉게 될까 두려워서 아무 말도 하고 싶지 않았지만 참을 수 없었다. "난…… 난 널 점심 식사에 초대하지 않았어. 왜 고 상에게 그렇게 말했어? 식사 자리가 안 좋게 끝날 수도 있었어. 그분은 우리 가족에게 중요한 사람이야. 내 학비를 후원해주셔. 난 그분에게 엄청나게 신세를 지고 있단 말이야."

"아무 일도 없었잖아. 고급 초밥집에서 지인과 먹는 평범한 점심 식사였어. 그게 뭐 대수라고. 난 그런 식당에 수십 번은 가봤어. 난 완벽하게 행동했고, 그분은 날 좋아했어." 아키코가 노아의 짜증에 어리둥절해하며 말했다. 아키코는 어른들의 호감을 사는 데 항상 자신 있었다.

"내가 부끄러워?" 아키코가 소리 내어 웃었다. 평소에 워낙 차분하고 조용해서 마음속으로 무슨 생각을 하고 있는지 도무지 짐작할 수 없는 노아와 싸우고 있자니 이상하게도 기뻤다. 게다가 노아의 잘못이었다. 노아는 이해하기가 너무 어려운 사람이었고 아키코는 초대를 받지 않은 이 식사 자리에 가야 할 것 같은 느낌이 들었다. 노아를 화나게 하려고 온 것이 아니었다. 아키코가 노아의 친구들을 알고 싶을 정도로 노아에게 관심을 가졌으니 노아는 기뻐해야 마땅했다.

"넌 절대 허락하지 않았을 거잖아. 내가 오길 잘했어." 아키코가 노아의 팔을 어루만졌지만 노아는 뒷걸음질을 쳤다.

"아키코, 왜, 왜 항상 네가 옳다고 생각해? 왜 항상 네가 주도권을 잡아야 해? 개인적인 인연이 있는 사람에게 널 언제 어디서 소개시킬지 왜 내가 결정하면 안 돼? 나라면 절대 너한테 이러지 않을 거야. 난 네 사생활을 존중할 거라고." 노아가 식식거리더니 손으로 입을 막았다.

아키코가 전혀 이해하지 못한 채 노아를 빤히 바라보았다. 자신에게 거절의 말을 하는 남자에게 익숙하지 않았다. 노아의 양

볼이 붉어져 있었다. 노아는 말을 잇는 것조차 힘들어하고 있었다. 사회학 교재의 어려운 구절을 아키코에게 설명해주거나 아키코의 통계학 과제를 도와주던 남자의 모습과는 영 딴판이었다. 아키코의 온화하고 현명한 노아가 분노하고 있었다.

"왜 그러는데? 네가 조선인이라서 부끄러운 거야?"

"뭐라고?" 노아가 한 걸음 물러났다. 두 사람의 말다툼을 듣는 사람이 있는지 주위를 둘러보았다. "무슨 소리를 하는 거야?" 노아는 아키코를 정신 나간 사람 보듯 바라보았다.

아키코가 차분해져서 천천히 말했다.

"난 네가 조선인인 게 부끄럽지 않아. 네가 조선인이라서 굉장히 잘됐다고 생각해. 전혀 개의치 않는걸. 무식한 사람들이나 인종차별주의자인 우리 부모는 언짢아하겠지만, 난 네가 조선인이라는 게 아주 좋아. 조선인은 영리하고 근면하고, 남자들이 아주 잘생겼어." 아키코가 유혹하듯 노아에게 은근한 눈길을 던지며 웃음을 지었다. "화났구나. 잘 들어, 네가 원한다면 우리 가족 전부랑 만날 자리를 마련할게. 이렇게 훌륭한 조선인을 만나게 되다니 우리 가족이 운이 좋은 거지. 널 보면 생각이 바뀔……."

"아니." 노아가 고개를 저었다. "아니야. 이 이야기는 그만하자."

아키코가 노아에게 가까이 붙어 섰다. 나이 든 여자가 지나가다가 두 사람을 흘긋거렸지만, 아키코는 여자에게 조금도 신경을 쓰지 않았다.

"노아 짱, 왜 그렇게 나한테 화가 난 거야? 널 최고라고 생각하는 거 알잖아. 집에 가자. 나랑 그거 하자."

노아가 아키코를 뚫어지게 바라보았다. 아키코는 항상 노아를 다른 사람인 것처럼 생각했다. 있는 그대로 보는 것이 아니라, 외국인에 대한 막연한 상상 속 모습을 덧씌워서 보고 있었다. 아키코는 모두가 꺼리는 사람과 어울려주는 자신이 특별한 사람이라고 느끼고 있었다. 노아라는 존재는 아키코가 좋은 사람이고 배운 사람이며 진보적인 사람이라는 것을 세상에 증명해주었다. 노아는 아키코와 함께 있을 때 자신이 조선인이라는 사실에 신경 쓰지 않았다. 사실 누구와 함께 있어도 자신이 조선인이든 일본인이든 신경 쓰지 않았다. 그것이 무슨 의미이든, 노아는 그저 자기 자신으로 있고 싶었다. 때로는 자신을 아예 잊고 싶었다. 하지만 그럴 수 없었다. 아키코와 함께라면 결코 그럴 수 없을 것이었다.

"네 물건을 싸서 너희 집으로 보낼게. 더 이상 널 보고 싶지 않아. 다시는 날 만나러 오지 말아줘."

"노아, 무슨 소리를 하는 거야?" 아키코가 깜짝 놀라서 말했다. "이게 내가 지금까지 본 적 없는 조선인의 기질인가?" 아키코가 소리 내어 웃었다.

"너랑 나. 잘될 수 없어."

"왜?"

"불가능하니까." 그것 말고 달리 생각나는 이유가 없었다. 그리고 노아는 자신이 깨달은 잔인한 일을 아키코가 겪게 하고 싶지 않았다. 아키코는 자신이 부모와 다르지 않다는 사실을 인정하지 않을 것이기 때문이었다. 조선인이 선량하든 불량하든 상관없이 노아를 조선인으로만 보는 것은 결국 불량한 조선인으로 보는 것과 마찬가지라는 사실을 믿지 않을 것이 뻔했기 때문이었다. 아키코는 노아를 한 인간으로만 볼 수 없었고, 노아는 자신이 원하는 것이 바로 그저 한 인간으로 여겨지고 싶다는 것임을 깨달았다.

"그분이 네 아빠잖아, 안 그래?" 아키코가 말했다. "너랑 꼭 닮았던데. 넌 아빠가 돌아가셨다고 했지만 돌아가시지 않았어. 넌 그냥 내가 그분을 만나는 걸 원치 않았던 거야. 내가 네 야쿠자 아빠를 만나는 게 싫어서. 그리고 넌 네 아빠가 폭력배라는 것을 나한테 알리기 싫었겠지. 그렇지 않고서야 터무니없는 고급 자가용과 제복 입은 운전기사를 어떻게 설명하겠어? 어떻게 네가 그렇게 넓은 아파트에 살 수 있겠어? 우리 아빠도 그런 아파트를 살 형편이 안 돼. 무역 회사를 운영하는데도! 노아, 난 그저 너에 대해 더 알고 싶었을 뿐인데 어떻게 나한테 화를 낼 수 있어? 난 그분이 무슨 일을 하는 사람이든 신경 안 써. 상관없어…… 네가 조선인이어도 괜찮다고. 모르겠어?"

노아가 돌아서서 걸어갔다. 아키코가 노아의 이름을 비명처럼 부르는 소리가 더 이상 들리지 않을 때까지 걸었다. 뻣뻣하면서도 차분하게 걸었다. 결국 사랑한 사람을…… 그렇다, 아키코를 사랑했다. 자신이 전혀 모르고 있었다는 사실이 믿어지지 않았다. 어쩌면 노아는 아키코에 대해 내내 알고 있었지만 그 실체는 보지 못했을 수 있었다. 그럴 수밖에 없었다. 노아는 기차역에 도착해서 플랫폼으로 이어지는 계단을 천천히 내려갔다. 쓰러질 것 같았다. 제일 빨리 출발하는 오사카행 기차를 타야 했다.

집에 도착하니 초저녁이었다. 문을 두드리는 소리에 나온 큰어머니가 깜짝 놀랐다. 노아는 제정신이 아니었고 어머니와 이야기하고 싶었다. 큰아버지는 뒷방에서 자고 있었고, 어머니는 앞방에서 바느질을 하고 있었다. 노아는 외투도 벗지 않았다. 선자가 문으로 나오자 노아가 밖에 나가서 이야기를 좀 나눌 수 있는지 물었다.

"뭐꼬? 무슨 일이고?" 선자가 신발을 신으며 물었다.

노아는 아무 대답도 하지 않고 잠자코 있었다. 이어서 밖으로 나가 선자를 기다렸다.

노아는 상점가에서 벗어나 사람이 거의 없는 곳으로 선자를 이끌었다.

"사실이에요?" 노아가 물었다. "고한수 말이에요."

노아는 그 말을 정확히 입 밖으로 꺼낼 수 없었으나 진실을 알아야 했다.

"그래서 그 사람이 내 학비를 대고, 그래서 늘 주변에 있었어요. 엄마랑 그 사람이 함께……." 이 이야기는 다른 것보다 말하기 쉬웠다.

선자는 색이 바랜 모직 외투 단추를 잠그다가 걸음을 멈추고 아들의 얼굴을 가만히 바라보았다. 선자는 무슨 일이 있었는지 알아차렸다. 요셉이 옳았다. 한수가 노아의 학비를 대게 하지 말았어야 했다. 하지만 다른 방도를 찾을 수가 없었다. 노아는 날마다 일해서 번 돈을 모조리 모았고 눈이 벌게지는 아침까지 매일 밤 공부해서 마침내 와세다대학교에 합격했다.

선자가 어떻게 거절할 수 있었겠는가? 은행에서 돈을 빌릴 수도, 달리 도와줄 사람도 없었다. 선자는 항상 노아의 삶에 한수가 끼어들까 봐 두려웠다. 그 돈 때문에 노아가 한수에게 얽매이게 될까? 하지만 돈을 받지 않을 수 있었을까?

노아 같은 아이는, 그렇게 열심히 노력하는 아이는 공부를 해서 훌륭한 사람이 되고 싶다는 소망을 이룰 자격이 있었다. 어렸을 때부터 줄곧 노아의 교사들은 노아가 완벽한 학생이고 누구보다도 영리하다고 말했다. 교사들은 '당신네 나라의 자랑거리'라고 말했고, 선자의 남편 이삭은 이 말에 대단히 기뻐했다. 이삭은 일본인들이 조선인들을 가치가 없다며, 더럽고 위험하고 천한 일에만 적합하다고 생각한다는 사실을 잘 알았기 때문이었다. 이삭은 노아가 뛰어난 성품과 기량으로 조선인들을 도울 것이며 아무도 노아를 업신여기지 못할 것이라고 말했다. 이삭은 할 수 있는 한 모든 것을 배워야 한다고 격려했고 착한 아들인 노아는 최고가 되려고 최선을 다했다. 이삭은 아들을 몹시 사랑했다. 선자는 아무 말도 할 수 없었고 입이 바싹 말랐다. 머리에 떠오르는 생각이라고는 노아에게 좋은 성을 물려주고 선자와 노아를 보호해준 이삭이 참으로 좋은 사람이었다는 것뿐이었다.

"어떻게 이럴 수 있어요?" 노아가 고개를 저었다. "어떻게 엄마가 그분을 배신할 수 있어요?"

선자는 노아가 이삭 이야기를 한다는 것을 알았고 설명하려고 애썼다.

"니 아버지를 만나기 전에 그 사람을 만났다. 고한수가 혼인한

줄 몰랐데이. 나는 어렸고 그 사람이 나랑 혼인할 거라 믿었다. 그런데 그 사람은 이미 혼인해서 그럴 수 없었다. 내가 널 가졌을 때 니 아버지가 우리 하숙집에 머물고 있었데이. 사정을 알고도 나랑 혼인했다. 니 아버지는 널 자기 자식으로 삼고 싶어 했다. 핏줄은 중요하지 않데이. 이해할 수 있겠나? 어릴 때는 중한 실수를 할 수도 있데이. 잘못된 사람을 믿을 수도 있데이. 그래도 나는 니가 내 아들이라 아주 고맙고 니 아버지가 나랑 혼인해줘서 아주 고맙고……."

"아니요." 노아가 경멸스러운 표정으로 선자를 바라보았다. "난 그런 실수를 이해할 수 없어요. 왜 진즉 나한테 말하지 않았어요? 또 누가 알아요?" 노아의 목소리가 더 냉정해졌다.

"누구한테도 말할 필요가 없다꼬 생각했다. 내 말 들어봐라, 노아야, 니 아버지가 되기로 선택한 사람은 백……."

노아는 선자의 말이 들리지 않는 양 행동했다.

"그럼 큰아버지랑 큰어머니가…… 두 분이 알아요?" 아무도 자신에게 이 이야기를 해주지 않았다는 사실을 받아들일 수가 없었다.

"우리는 이 이야기를 한 적이 없데이."

"모자수는요? 그 애는 백이삭 아들이에요? 나랑 안 닮았어요."

선자가 고개를 끄덕였다. 노아가 아버지를 백이삭이라고 불렀다. 이전에는 결코 없던 일이다.

"그럼 내 이부동생이네요……."

"내는 니 아버지 전에 고한수를 만났다. 내 하나뿐인 남편 백이삭 씨한테 항상 충실했데이. 니 아버지가 감옥에 있을 때 고한수가 우리를 찾아냈다. 그 사람은 우리한테 돈이 없는 걸 걱정했데이."

선자의 마음 한쪽에는 노아가 진실을 알아낼지 모른다는 두려움이 항상 있었지만, 낮은 가능성에도 막연하게 노아가 이해할 것이라고 믿었다. 노아는 똑똑했고 항상 순한 아이였기 때문이었다. 한 번도 선자를 걱정시키지 않았던 아이였다. 하지만 선자 앞에서 있는 청년은 차디찬 쇳덩어리 같았고 선자를 마치 모르는 사람 대하듯 바라보았다.

노아는 너무 어지러워서 움직임을 멈추고 숨을 깊이 들이마셨다가 내쉬었다.

"그래서 그 사람이 항상 우리를 도왔고…… 그래서 전쟁 중에 우리를 그 농장에 데려다준 거였어요. 그래서 우리한테 필요한 걸 가져다준 거였어요."

"그 사람은 니가 무탈하게 하려고 그런 기다. 니를 도울라꼬. 내랑은 아무 상관 없데이. 그 사람한테 내는 그냥 오래전 알던 사람이다."

"그 사람이 야쿠자라는 거 알죠? 맞아요?"

"아니다. 아니다, 내는 모른데이. 그 사람이 뭐 하는지 모른데이. 예전에 내가 만났을 때 오사카에서 사는 생선 중개상이었다. 일본 회사를 대신해서 조선에서 생선을 사 갔다. 사업가였다. 지금은 건설 회사랑 식당을 가지고 있다 아이가. 그거 말고 또 뭐를 하는지는 모른데이. 그 사람이랑은 거의 이야기도 안 한다. 니도 알고……."

"야쿠자는 일본에서 제일 더러운 사람들이에요. 폭력배들이에요. 상습범들이라고요. 가게 주인들을 협박해요. 마약을 팔아요. 윤락가를 지배해요. 무고한 사람들을 해쳐요. 최악의 조선인들이 모두 이런 폭력단 일원이라고요. 내가 야쿠자한테 돈을 받아 공부했는데 이게 그냥 넘어갈 수 있는 일이라고 생각했어요? 난 절대로 이 더러움을 씻어내지 못할 거예요. 엄마가 이렇게나 어리석다니." 노아가 말했다. "어떻게 더러운 것에서 깨끗한 것을 만들 수 있겠어요? 엄마가 날 더럽혔어요." 노아는 선자에게 이야기하면서 자신이 하는 말을 깨닫고 있는 것처럼 조용히 말했다. "난 평생 일본인들한테 내가 조선인 핏줄이라는 소리를 들었어요. 조선인들이 화가 많고 폭력적이고 교활하고 속임수를 쓰는 범죄자라는 소리를 들었다고요. 평생 이런 소리를 견뎌야 했어요. 난 백이삭처럼 정직하고 겸손하게 살려고 노력했어요. 절대 목청을 높이지도 않았어요. 하지만 이 핏줄은, 내 핏줄은 조선인 핏줄이에요. 게다가 이제는 내가 야쿠자 핏줄이라는 사실을 알게 됐어요. 내가 어떻게 하든 절대 이 피는 바꿀 수 없어요. 차라리 태어나지 않는 게 나았어요. 어떻게 내 삶을 망칠 수가 있어요? 어떻게 그리 경솔할 수가 있죠? 어리석은 엄마와 범죄자 아버지라니. 난 저주받았어요."

선자는 충격 어린 눈으로 노아를 바라보았다. 어린 아들이었다면 입을 다물라고, 예의를 지키라고, 부모를 모욕하지 말라고 야단쳤을 것이었다. 하지만 지금은 그런 말을 할 수 없었다. 선자가 어떻게 폭력배들을 옹호할 수 있겠는가? 사방에 조직범죄자들이 있었고 선자는 그 사람들이 나쁜 짓을 저지른다는 사실을 알았지만, 다른 일자리가 없기 때문에 많은 조선인이 폭력배 밑에서 일해야 한다는 사실도 알고 있었다. 일본 정부와 좋은 회사들은 조선인들을 뽑지 않았고, 제대로 교육받은 조선인조차 고용하지 않았다. 이 모든 사람들은 일을 해야 했고, 그들 중 많은 사람이 선자네 동네에 살았다. 그들은 일을 아예 하지 않는 사람들보다 훨씬 더 친절했고 공손했다. 그렇지만 선자는 이런 말을 차마 아들에게 할 수 없었다. 노아는 공부하고 일하며 이 거리에서 벗어나려고 노력한 아이였고, 그렇게 하지 않은 모든 사람들이 어리석다고 생각했기 때문이었다. 노아는 이해하지 못할 것이었다. 선자의 아들은 노력하지 않는 사람들에게 동정심을 느낄 수 없었다.

"노아야." 선자가 말했다. "나를 용서하래이. 엄마가 미안타. 나는 그냥 니를 학교에 보내고 싶었데이. 니가 그거를 얼마나 바랐는지 아니까. 니가 얼마나 열심히……."

"당신. 당신이 내 삶을 빼앗았어요. 난 더 이상 내가 아니에요." 노아가 손가락으로 선자를 가리키며 말했다. 노아가 돌아서서 기차역을 향해 걸어갔다.

20

1962년 4월, 오사카

가족들은 편지를 자주 받지 못했지만, 편지가 오면 요셉의 머리맡에 모여 편지 읽어주는 소리를 들었다. 요셉은 메밀을 채운 베개에 머리를 괸 채 누워 있었다. 당연히 선자는 봉투에 적힌 아들의 글씨체를 알아보았다. 선자는 글을 몰랐지만 자기 이름과 일본어와 조선어로 된 서명을 분간할 수 있었다. 보통 경희가 큰 소리로 편지를 읽었고 알아볼 수 없는 어려운 글자가 있으면 요셉에게 도와달라고 했다. 요셉의 시력이 나빠졌다. 그렇게나 좋아하는 신문을 볼 수 없게 되자 경희가 요셉에게 읽어주었다. 경희가 글자가 생긴 모양을 그대로 이야기하면 요셉이 문맥을 통해서 그 글자를 추측했다.

경희가 맑고 온화한 목소리로 편지를 읽었다. 선자의 얼굴이 두려움으로 하얗게 질렸고, 양진은 손자가 무슨 말을 했을지 궁금해하며 얇은 종잇장을 빤히 바라보았다. 요셉은 눈을 감고 있었지만 깨어 있었다.

엄마,

저는 와세다대학교를 그만뒀어요. 그 아파트에서 나왔고요. 새로운 도시에서 일자리를 구했어요.

엄마가 이해하기 힘들지 모르지만, 저를 찾지 말아주세요. 아주 깊이 생각해서 내린 결정이에요. 내가 자존심을 지키고 도덕성을 온전하게 유지하려면 그게 최선이에요. 전 새 삶을 시작하고 싶고 그러려면 다른 방도가 없어요.

새로 시작하느라고 돈이 좀 들었어요. 돈을 더 버는 대로 될 수 있는 한 자주 돈을 보낼게요. 제 의무를 소홀히 하지는 않을 거예요. 고한수에게 돈도 갚을 거예요. 그 사람이 저한테 절대 연락하지 못하게 해줘요. 결코 그 사람을 알고 싶지 않아요.

엄마, 큰아버지, 큰어머니, 할머니, 모자수에게 안부 전해요. 작별인사를 제대로 하지 못한 건 죄송해요. 그렇지만 전 돌아가지 않을 거예요. 제 걱정은 하지 말아요. 어쩔 수 없는 일이에요.

엄마의 아들,

노아

노아는 짧은 편지를 자신이 잘 쓰지 못하는 조선어가 아니라 일본어로 간단하게 썼다. 경희가 편지를 다 읽었을 때 아무도 말을 하지 않았다. 양진이 딸의 무릎을 토닥거리고 나서 일어나 저녁을 지으러 부엌으로 갔다. 자리에 남은 경희는 이제 아무 말 없이 창백해진 얼굴로 앉아 있는 선자를 한 팔로 감쌌다.

요셉이 숨을 내쉬었다. 무슨 수로 아이를 돌아오게 할 수 있을까? 요셉은 그럴 수 없다고 생각했다. 너무 많은 것을 잃은 삶이었다. 이삭이 죽었을 때 요셉은 동생의 어린 아들들을 떠올렸고 두 아이를 지키겠다고 맹세했다. 노아와 모자수는 요셉의 자식이 아니었지만 그것이 무슨 상관이란 말인가? 요셉은 두 아이를 위해 좋은 사람이 되고 싶었다. 그러다가 전쟁이 끝나고 사고를 당한 후, 요셉은 체념한 채 죽음을 받아들였고 아이들의 밝은 미래만을 기대했다. 어리석은 마음은 희망을 가질 수밖에 없었다. 삶이 그럭저럭 견딜 만한 것 같았다. 꼼짝도 못 하고 자리보전하는 단절된 삶이었지만, 요셉의 가족은 끈질기게 노력했다. 삶이 지속됐다. 요셉이 보기에 노아는 워낙 이삭과 닮아서 그 아이의 친아버지가 다른 사람이라는, 온화한 이삭과 완전히 딴판인 사람이라는 사실을 잊을 수 있었다. 그런데 어찌된 영문인지 그 가엾은 아이가 자신이 다른 핏줄을 이어받았다는 사실을 알아버렸다. 아이는 가족을 떠나기로 결심했고 그것은 형벌이었다. 요셉은 아이의 분노를 이해할 수 있었지만, 아이에게 이야기할 기회가 한 번이라도 있기를 바랐다. 남자는 용서하는 법을 배워야 하고 무엇이 중요한지 알아야 한다고, 용서 없이 사는 것은 숨을 쉬고 움직이기만 할 뿐 죽은 것이나 마찬가지라고 말해주고 싶었다. 그렇지만 요셉은 친자식처럼 사랑하는 조카를 찾으러 갈 힘은커녕 요에서 일어날 힘도 없었다.

"혹시 북으로 갔을까요?" 경희가 남편에게 물었다. "설마 그러지는 않았을 거예요, 그렇죠?"

선자가 아주버니를 휙 바라보았다.

"아니, 아닐 거야." 요셉이 고개를 좌우로 흔들자 베개에서 바스락바스락 소리가 났다.

선자가 두 손으로 눈을 덮었다. 북으로 간 사람은 아무도 돌아오지 않았다. 노아가 북에 가지만 않았다면 아직 희망이 있었다. 1959년 마지막 달에 떠난 김창호에게선 두 해가 넘는 동안 연락이 딱 두 번 왔다. 경희는 창호 이야기를 거의 하지 않았지만, 평양을 제일 먼저 떠올린 이유를 이해할 만했다.

"그리고 모자수한테 뭐라고 말하죠?" 경희가 물었다. 경희는 아직도 노아의 편지를 든 채 다른 손으로 선자의 등을 쓰다듬고 있었다.

"모자수가 먼저 노아 이야기를 물어볼 때까지 기다려. 그 애는 늘 그렇듯이 아주 바쁘잖아. 물어보면 그냥 모른다고 말해. 그러고 나서 나중에 어쩔 수 없게 되면 형이 달아났다고 해." 요셉이 여전히 눈을 감은 채 말했다. "학교생활이 너무 힘들어서 도쿄를 떠났고, 대학에 들어가려고 그토록 노력했는데 그리되니 창피해서 집에 돌아오지 못했다고. 그게 우리가 아는 이유인 거야." 요셉은 이런 말을 하려니 구역질이 나서 입을 다물었다.

선자는 아무 말도 할 수가 없었다. 모자수가 그 말을 믿을 리 없지만, 그렇다고 진실을 말할 수도 없었다. 진실을 알면 형을 찾으러 갈 것이 분명해서였다. 그리고 모자수에게 한수 이야기를 할 수도 없었다. 일터에서 아주 많은 책임을 맡은 데다 유미가 고작 몇 주 전에 유산한지라 모자수는 요즘 거의 잠을 자지 못했다. 그 아이에게 걱정거리를 더 짊어지게 할 필요는 없었다.

노아가 선자와 이야기하려고 집으로 왔던 후로 선자는 노아를 보러 도쿄에 가야겠다는 생각을 날마다 했지만, 그럴 수가 없었다. 그러다가 한 달이 지났고 이제 이런 일이 생겨버렸다. 노아가 뭐라고 했더라? '당신이 내 삶을 빼앗았어요.' 노아가 와세다대학교를 그만두었다. 선자는 생각할 수도 없고 숨조차 쉴 수 없었다. 그저 아들을 다시 보고 싶었다. 다시 만날 수 없다면 차라리 죽는 것이 나았다.

양진이 젖은 두 손을 앞치마에 닦으면서 부엌에서 나와 저녁밥이 준비됐다고 말했다. 양진과 경희가 선자를 바라보았다.

"좀 먹어야지." 경희가 말했다.

선자가 고개를 저었다. "가야 합니더. 그 애를 찾아야 해예."

경희가 선자의 팔을 잡았지만 선자는 뿌리치고 벌떡 일어났다.

"가게 두이소." 양진이 말했다.

알고 보니 한수는 기차로 단 30분 거리에 살았다. 어처구니없게 거대한 집이 조용한 거리에 우뚝 솟아 있었다. 문양을 새긴 높은 마호가니 문 한 쌍이 2층짜리 석회암 건물의 한가운데에 거대한 구멍처럼 나 있었고 문 양쪽으로 웅장한 창이 있었다. 이 집은 전쟁 직후 미국 외교관의 관저였다. 창 안쪽에 두꺼운 휘장이 쳐져 있어서 안을 들여다볼 수 없었다. 옛날에 선자는 한수가 어떤 곳에서 살지 마음속으로 그려보기도 했지만 이런 집은 아예 상상조차 할 수 없었다. 한수는 성에 살았다. 선자의 눈에는 그렇게 보였다. 택시 기사가 이 집이 그 주소라고 확인해주었다.

희미하게 반짝거리는 하얀 앞치마를 입은 짧은 머리의 젊은 하녀가 문을 반만 열었다. 집주인이 집에 없다고 일본어로 말했다.

"누구야?" 나이 든 여자가 앞쪽 응접실에서 나오며 물었다. 여자가 하녀를 살짝 두드리자 하녀가 옆으로 비켰다. 문이 완전히 열리면서 웅장한 입구가 드러났다.

선자는 이 여자가 누구인지 깨달았다.

"고한수, 부탁합니다." 선자는 짧은 일본어로 최선을 다해 말했다. "제발요."

"누구세요?"

"내 이름은 보쿠 선자입니다."

한수의 아내 미에코가 고개를 끄덕였다. 돈을 구걸하는 조선인이 틀림없었다. 전쟁이 끝난 후 조선인들이 넘쳐났고 파렴치했다. 동포를 향한 남편의 무른 마음을 이용해먹었다. 남편의 너그러움이 못마땅하지는 않았지만 거지들의 뻔뻔함은 탐탁지 않았다. 지금은 저녁이었고, 나이를 불문하고 어떤 여자라도 구걸할 시간이 아니었다.

미에코는 하녀를 돌아보았다. "달라는 걸 주고 돌려보내. 배고프다고 하면 부엌에 음식 있으니까 주고." 남편이라면 이렇게 했을 것이었다. 미에코의 아버지도 가난한 사람들을 후하게 대해야 한다고 믿었다.

하녀가 안으로 들어가는 주인마님에게 고개를 숙였다.

"아닙니다, 아닙니다." 선자가 서툰 일본어로 말했다. "돈 아닙니다, 음식 아닙니다. 고한수와 이야기합니다. 제발요. 제발요." 선자가 기도하듯 두 손을 움켜쥐었다.

미에코가 찬찬한 걸음으로 돌아왔다. 조선인들은 제멋대로 구는 아이들처럼 고집스러웠다. 일본인들의 침착함과 고요함은 조금도 찾아볼 수 없이 시끄럽고 절박했다. 미에코의 아이들은 이 피가 반이나 섞였지만 다행히 목소리를 높이지 않았고 지저분한 버릇도 없었다. 미에코의 아버지는 한수를 사랑했다. 한수가 다른 사람들과 다르다면서 한수와 혼인하는 게 좋겠다고 했다. 한수야말로 진짜 남자이고 미에코를 잘 돌봐줄 것이라는 이유였다. 아버지의 말은 틀리지 않았다. 남편의 지휘 아래 조직이 갈수록 강해졌고 부유해졌다. 미에코와 딸들은 이 집의 돌담 안에 숨겨진 셀 수 없이 많은 두툼한 돈다발뿐만 아니라 스위스에 막대한 재산을 가지고 있었다. 미에코는 부족한 것이 없었다.

"그 사람이 여기 사는 거 어떻게 알았어요? 내 남편을 어떻게 알아요?"

미에코가 선자에게 물었다.

선자는 여자가 무엇을 묻는지 정확히 알아듣지 못해 고개를 저었다. '남편'이라는 말은 알아들었다. 한수의 아내는 분명히 일본인이었다. 백발을 짧게 잘랐고 60대 초반으로 보였다. 매우 아름다웠고 유난히 기다란 속눈썹에 눈이 커다랗고 짙었다. 우아한 몸매에 담녹색 기모노를 입고 있었다. 입술에 바른 루즈는 우메보시* 빛깔이었다. 꼭 기모노 모델 같았다.

"정원 일 하는 아이를 데려와. 그 애가 조선어를 해." 한수의 아내가 왼손을 뻗어 선자에게 문가에서 기다리라고 손짓했다. 미에코가 거칠고 낡은 무명옷과 바깥일로 얼룩얼룩해진 지친 손을 알아차렸다. 이 조선 여자는 별로 나이가 많지 않았다. 눈이 조금 예쁘장하기는 했지만 젊음의 생기는 다 바닥났다. 아이를 낳아 허리가 굵어졌다. 한수가 놀아나는 창부들 중 하나라기에는 매력적이지 않았다. 미에코가 알기로 한수의 창부들은 다 일본인 접대부들이었고 몇몇은 두 사람의 딸들보다 어렸다. 그 여자들은 미에코의 문간에 찾아올 정도로 어리석지 않았다.

정원에서 일하는 사내아이가 잡초를 뽑고 있던 뒷마당에서 집 앞으로 뛰어왔다.

"네, 마님." 사내아이가 이 집의 주인마님에게 고개를 숙이며 말했다.

"이 여자는 조선인이야." 미에코가 말했다. "주인어른이 어디에서 사는지 어떻게 알았는지 물어봐."

사내아이가 겁에 질린 것 같은 선자를 슬쩍 보았다. 여자는 무명 작업복 위에 옅은 회색 외투를 입고 있었다. 사내아이의 어머

* 일본식 매실장아찌.

니보다 어려 보였다.

“아주머니.” 사내아이가 선자를 놀라게 하지 않으려고 애쓰며 말했다. “무엇을 도와드릴까요?”

선자는 웃음을 지으려다 사내아이의 눈에 어린 염려의 빛을 보자 울음이 터지고 말았다. 사내아이에게는 이 집의 하녀와 아내 같은 냉담함이 조금도 없었다. “내 아들을 찾고 있는데 니 주인어른이 내 아들이 어디 있는지 알 거 같데이. 주인어른한테…….” 선자는 울먹이며 숨을 들이마시느라 말을 멈춰야 했다. “말해야 한데이. 주인어른이 어디 있는지 아나?”

“내 남편이 여기 사는 걸 어떻게 알았지?” 한수의 아내가 다시 차분하게 물었다.

사내아이는 절망에 빠진 여자를 돕고 싶은 마음에 주인마님이 물어본 것을 잊어버렸다.

“주인마님은 주인어른이 여기 사는 걸 아주머니가 어떻게 알았는지 알고 싶대요. 아주머니, 제가 주인마님한테 대답해야 해서요. 이해하시겠어요?” 사내아이가 선자의 얼굴을 유심히 보았다.

“내는 니 주인이 하는 식당에서 김창호 씨 밑에서 일했데이. 김창호 씨가 북으로 떠나기 전에 주인의 주소를 줬데이. 김창호 씨 아나? 평양에 갔는데.”

사내아이는 항상 사탕을 사 먹으라고 용돈을 주고 뒷마당에서 함께 축구를 했던 두꺼운 안경을 쓴 키 큰 남자를 떠올리며 고개를 끄덕였다. 김창호 씨는 적십자 배를 타고 사내아이를 북에 데려가겠다고 했지만 주인어른이 못 하게 했다. 주인어른은 김창호 씨를 절대 언급하지 않았고 누가 이야기를 꺼내면 무척 화를 냈다.

선자는 사내아이가 직접 노아를 찾아줄 수 있을 것처럼 사내아이를 물끄러미 주시했다.

"있제, 니 주인어른이 내 아들이 어디 있는지 알지도 모른다. 내 아들을 찾으러 가야 한데이. 주인어른이 어디 있는지 나한테 말해줄 수 있나? 지금 여기 있나? 분명히 내를 만나줄 기다."

사내아이가 눈을 내리깔며 고개를 저었고, 그 순간 선자는 고개를 들고 한수의 집 내부를 들여다보기 시작했다.

사내아이 뒤편으로, 웅장한 동굴 같은 현관은 높은 천장에 미색 벽이 있던 예전 기차역 내부와 비슷했다. 선자는 한수가 조각된 체리나무 계단에서 내려와 무슨 일이냐고 묻는 상상을 했다. 이번에는 한 번도 한 적 없는 방식으로 한수에게 도와달라고 간청할 터였다. 한수의 자비를, 모든 자원을 베풀어달라고 간곡히 부탁하고 아들을 찾을 때까지 한수의 옆을 떠나지 않을 터였다. 사내아이가 주인마님 쪽을 향해 몸을 돌리고 선자가 한 말을 일본어로 전했다.

한수의 아내는 흐느끼는 여자를 자세히 살폈다.

"주인어른께선 출타했다고 전해. 오랫동안 돌아오지 않을 거라고." 미에코가 돌아서서 걸어가면서 말했다. "기차 요금이나 음식이 필요하다고 하면 뒤쪽으로 보내서 필요한 것을 챙겨줘. 그렇지 않으면 돌려보내."

"아주머니, 돈이나 음식이 필요하세요?" 사내아이가 물었다.

"아니, 아니다. 그냥 니 주인어른하고 이야기만 하면 된데이. 제발, 애야. 제발 도와주래이." 선자가 말했다.

사내아이는 한수가 어디에 있는지 몰라서 어깨를 한 번 들썩였다. 현관의 눈부신 전등 빛에 반짝거리는 하얀 앞치마를 두른 하녀가 보초처럼 문가에 서서 이런 가난하고 지저분한 사람들의 사생활을 지켜주려는 듯 먼 곳으로 시선을 돌렸다.

"아주머니, 죄송하지만, 주인마님이 나가라고 하시네요. 부엌으로 가시겠어요? 집 뒤쪽으로요. 먹을 것 좀 드릴게요. 주인마님이 말씀하시길……."

"아니다. 아니야."

사내아이가 밖에 그대로 있는 동안 하녀가 현관문을 조용히 닫았다. 사내아이는 현관으로 들어간 적이 한 번도 없었고 그러려는 엄두도 내지 않았다.

선자는 어두워진 거리로 돌아섰다. 검푸른 하늘에 반달이 보였다. 주인 여자는 화훼 잡지를 보려고 응접실로 돌아갔고 하녀는 식료품 저장실에서 하던 일을 다시 시작했다. 집 앞에 선 사내아이는 큰길을 향해 걷는 선자를 바라보았다. 주인어른이 이따금 집에 오지만, 집에서 자는 날이 드물다고 말하고 싶었다. 주인어른은 전국 각지로 출장을 다녔다. 주인어른과 주인마님은 서로에게 아주 정중했지만 평범한 부부 같지 않았다. 사내아이는 부자들은 원래 그런가 보다고 생각했다. 주인 부부는 사내아이의 부모와 완전히 딴판이었다. 아빠는 목수였고 간이 나빠져서 죽었다. 일생을 쉬지 못하고 일한 엄마는 아빠가 돈을 벌어다 주지 못해도 아끼고 소중히 여기며 사랑했다. 사내아이는 주인어른이 때때로 오사카에 있는 호텔에 머문다는 사실을 알았다. 하인들과 요리사가 도쿄에 있는 주인어른의 고급 아파트에 대해 이야기했는데 운전기사 야스다를 빼면 거기에 가본 사람이 아무도 없었다. 사내아이는 그런 것을 별로 생각해보지 않았다. 자신이 태어난 오사카와 지금 가족이 살고 있는 나고야 외에는 도쿄나 다른 곳에 가보지 않았다. 주인어른이 어디에 있는지 확실히 알 만한 사람은 야스다와 건장한 경호원 지코뿐이었는데, 그들에게 주인의 행방을 물어보는 것은 꿈에도 생각하지 못할 일이었다. 그들은 때로 주인어른이 조선이나 홍콩에 간다고 했다.

기차역을 향해 천천히 걸어가는 조선인 여자의 자그마한 형체를 제외하면 거리는 텅 비어 있었다. 사내아이는 여자를 따라잡으려고 빠르게 뛰어갔다.

"아주머니, 아주머니, 어디, 어디 사세요?"

선자는 사내아이가 뭔가 알고 있나 생각하며 걸음을 멈추고 돌아보았다.

"이카이노에 산다. 니 거기 상점가 아나?"

사내아이가 등을 구부리고 무릎을 잡은 채 숨을 헐떡이며 고개를 끄덕였다. 사내아이가 선자의 둥근 얼굴을 빤히 바라보았다.

"커다란 공중목욕탕 옆 상점가에서 세 구역 떨어진 데 산데이. 내 이름은 백선자고 보쿠 선자라고도 한다. 울 어머니, 아주버니 백요셉과 형님인 백경희랑 살고. 그냥 아무한테나 사탕 아지매가 어데 사는지 물어봐라. 기차역 시장에서 울 어머니랑 당과도 판데이. 내는 늘 시장에 있다. 고한수가 어디 있는지 알게 되면 나를 찾아와줄 기가? 그 사람을 보면 내가 만나야 한다 했다꼬 말해줄 기가?" 선자가 물었다.

"네, 그래볼게요. 우리도 주인어른을 자주 못 봐요." 사내아이는 거기에서 말을 멈추었다. 한수가 집에 안 온다고 말하는 것이 옳지 않은 일 같았다. 주인어른을 못 본 지 여러 달, 어쩌면 한 해는 된 듯했다. "하지만 주인어른을 보면 아주머니가 들렀다고 말할게요. 분명히 주인마님도 말씀하실 거예요."

"이거 받으래이." 선자가 사내아이에게 줄 돈을 찾느라 지갑을 뒤적거렸다.

"아니에요, 아니에요, 감사하지만 됐어요. 필요한 건 다 있어요. 전 괜찮아요." 사내아이는 여자의 신발에 고무창이 닳아버린 것을 보았다. 사내아이 엄마가 시장에서 신는 신발과 똑같아 보였다.

"니는 참 착한 아이데이." 선자가 다시 울기 시작했다. 평생 노아는 선자의 기쁨이었다. 선자가 이 삶을 포기하고 싶었을 때에도 노아가 있었기에 계속 힘을 낼 수 있었다.

"우리 엄마는 나고야에 있는 시장에서 일해요. 채소 파는 다른 아주머니를 도와요." 사내아이는 자기도 모르게 여자에게 말하고 있었다. 정월 초하루 이후로 엄마와 누이들을 보지 못했다. 여기에서 조선어로 이야기를 나눌 수 있는 사람은 주인어른뿐이었다.

"니 어머니도 니를 보고 싶을 기다."

선자가 사내아이를 안쓰럽게 여기며 힘없이 웃음을 지었다. 이어서 사내아이의 어깨를 쓰다듬고 나서 기차역으로 걸어갔다.

3부

파친코

PACHINKO

1962-1989

나는 민족의 정의를 이렇게 제안한다. 민족은 상상의 정치 공동체이다. 본성적으로 제한돼 있으며 주권을 지녔다고 상상된다.

민족은 '상상된다'. 제일 작은 민족의 구성원일지라도 동포 대부분을 결코 알거나 만나거나 심지어 소식을 듣지도 못하지만, 각자의 마음속에 동질감이라는 관념이 살아 있기 때문이다…….

민족은 '제한돼' 있다고 상상된다. 인구가 10억 명에 달하는 제일 큰 민족이라도 유동적일지언정 한정된 경계가 있고 그 너머에는 다른 민족들이 있기 때문이다…….

민족은 '주권을 지녔다'고 상상된다. 이 개념이 계몽사상과 혁명이 신성하게 부여된 계급적 왕국을 무너뜨린 시대에 태어났기 때문이다…….

마지막으로 민족은 '공동체'로 상상된다. 각자에게 만연할지 모르는 실제의 불평등과 착취에도 민족은 항상 깊은 수평적 동포애로 여겨지기 때문이다. 궁극적으로 이 동포애가 지난 두 세기 동안 수백만 명의 사람들이 그런 제한된 상상의 산물들을 위해 남을 죽이기보다 기꺼이 자기 목숨을 내던지게 했다.

베네딕트 앤더슨

1

1962년 4월, 나가노

노아는 나가노 기차역 근처 카페에서 오래 머무를 생각이 아니었지만, 달리 갈 곳이 정해진 것도 아니었다. 노아답지 않게 아무 계획이 없었다. 그렇지만 와세다대학교를 떠난 후 보낸 나날이 다 말이 되지 않았다. 노아에게 친절했던 쾌활한 중학교 교사 다무라 레이코가 나가노 출신이었기에, 왠지 노아는 늘 선생님의 고향을 온화하고 자애로운 일본인들이 사는 곳이라고 여겼다. 눈보라가 워낙 매섭게 몰아쳐서 작은 집에서 학교까지 걸어가는데 가로등도 잘 보이지 않을 지경이었다는 선생님의 어린 시절 이야기가 떠올랐다. 오사카에도 가끔 눈이 내렸지만 다무라 선생님이 말했던 눈보라와 전혀 달랐다. 노아는 항상 선생님의 고향에 가보고 싶었다. 노아의 상상 속에서 그곳은 늘 갓 내린 눈이 쌓여 있었다. 오늘 아침, 매표소 직원이 행선지가 어디냐고 물었을 때 노아는

"나가노행 주세요"라고 대답했다. 마침내 이곳에 도착했다. 마음이 편했다. 다무라 선생님은 유명한 사찰 젠코지로 소풍을 가서 같은 반 친구들과 함께 야외에서 소박한 도시락을 먹은 이야기도 해주었다.

계산대에서 조금 떨어진 작은 탁자에 혼자 앉은 노아는 젠코지에 가볼까 생각하며 차를 마셨다. 오므라이스는 몇 입 먹다 말았다. 노아는 기독교인으로 자랐지만 불교 신자들, 특히 속세의 부귀영화를 저버린 불교 신자들을 존경했다. 노아가 교회에서 배운 대로면 주님은 어디에나 있었다. 주님이 이교도의 사찰이나 신사를 멀리할까? 하나님이 그런 곳들을 불쾌하게 여길까, 아니면 무엇이라도 믿고 따르려는 사람들을 이해할까? 늘 그렇듯 노아는 이삭과 더 많은 시간을 보낼 수 있었다면 좋았으리라고 생각했다. 이삭을 생각하면 슬펐고, 친아버지 고한수를 생각하면 수치스러웠다. 고한수는 자신의 노력 말고는 아무것도 믿지 않았다. 하나님도 예수님도 부처님도 천황조차도 믿지 않았다.

종업원으로 보이는 건장한 남자가 찻주전자를 들고 다가왔다.

"불편한 점은 없으세요, 손님?" 남자가 노아의 빈 찻잔에 차를 따르며 물었다. "식사가 입맛에 안 맞으시나요? 파가 너무 많이 들어갔나요? 주방장한테 항상 적당히 넣으라고 하는데……"

"밥이 아주 맛있어요. 고맙습니다." 노아는 누군가와 이야기를 나눈 지 꽤 오래됐다는 사실을 깨달으며 대답했다. 덧니를 드러내며 함박웃음을 짓는 종업원은 올챙이 모양의 가늘고 긴 눈매를 하고 있었다. 귀가 커다랗고 귓불이 두툼했다. 불교 신자들이 훌륭하다고 여기는 신체 특징이었다. 대부분의 일본인이라면 예의를 차리느라 눈길을 돌렸을 텐데, 남자는 노아를 빤히 바라보았다.

"한동안 머무르실 건가요?" 종업원이 빈 의자 옆에 놓인 노아의 여행가방을 슬쩍 보았다.

"네?" 노아는 종업원의 개인적 질문에 깜짝 놀랐다.

"아, 너무 캐물어서 죄송해요. 어머니는 제가 호기심이 너무 많아서 경을 칠 거라고 늘 말하셨어요. 용서해주세요, 손님. 전 그저 수다스러운 촌사람일 뿐이에요." 남자가 웃으며 말했다. "처음 뵙는 분이라서요. 카페가 너무 한가해서 좀 그렇죠. 평소에는 손님이 꽤 많아요. 아주 흥미롭고 고상한 손님들이요. 새로운 분을 만나면 질문하지 않고는 못 배겨요. 질문하면 안 된다는 걸 알면서도 그러네요."

"아니에요, 아니에요. 궁금한 게 당연하죠. 이해합니다. 잠시 방문했습니다만 나가노에 대해 좋은 말을 많이 들어서 여기서 살고 싶다고 생각했어요." 노아는 자기가 이렇게 말하면서도 깜짝 놀랐다. 이 낯선 이와 이야기를 하는 것이 편했다. 나가노에서 산다는 생각을 지금까지 한 번도 해본 적이 없었지만 안 될 것도 없지 않을까? 적어도 한 해 정도 살면 어떨까? 도쿄나 오사카로 돌아가지 않을 작정이었다. 그 결심은 확고했다.

"여기로 이사 오신다고요? 여기서 사시려고요? 진짜요? 정말 잘됐어요. 나가노는 아주 특별한 곳이에요." 남자가 자랑스럽게 말했다. "저희 가족 모두 여기 출신이에요. 18대에 걸친 토박이죠. 제가 저희 가족 중에서 제일 덜떨어졌지만요. 여기는 작지만 제

카페예요. 어머니가 사고 치지 말라고 차려주셨어요!" 남자가 소리 내어 웃었다. "다들 절 빙고라고 불러요. 빙고는 미국에서 하는 놀이죠. 저도 한 번 해봤어요."

"난 노부오예요." 노아가 웃으며 대답했다. "반 노부오예요."

"반 상, 반 상." 빙고가 즐겁게 재잘거렸다. "한때 도쿄에서 온 반 지에라는 키 작은 여자아이를 짝사랑했는데 그 여자아이는 저한테 관심이 없었어요. 당연하죠! 예쁜 여자들은 절 사랑하지 않거든요. 키가 큰 제 아내는 아주 예쁘지는 않아도 절 사랑한답니다!" 빙고가 다시 떠들썩하게 웃었다. "있잖아요, 나가노에 정착하고 싶으시다니 참 현명하시네요. 도쿄에는 딱 한 번 가봤는데 두 번 다시 가고 싶지 않아요. 더럽고 비싸고 정신없고……." 빙고가 아차 싶어 입을 다물었다. "잠깐만요, 혹시 도쿄에서 오신 건 아니죠?"

"아뇨, 전 간사이에서 왔습니다."

"아, 간사이는 좋아해요. 교토에 두 번 가봤는데 저 같은 평범한 사람에게는 물가가 꽤 비싸더군요. 전 진짜 맛있는 우동을 좋아하는데, 거기서는 맛있는 우동을 적당한 가격에 먹을 수 있는 거 같아요. 전 면발이 쫄깃쫄깃한 우동을 더 선호해요."

노아는 미소 지었다. 빙고가 하는 말을 듣고 있으니 즐거웠다.

"그럼 무슨 일을 하실 거예요?" 빙고가 물었다. "남자는 일을 해야죠. 저희 어머니가 늘 하시는 말씀이에요." 빙고는 너무 주제넘은 소리를 했다고 생각했는지 당황해서 오른손으로 입을 확 막았지만, 말이 줄줄 나오는 것을 어쩔 수가 없었다. 낯선 이방인은 매력적이고 겸손해 보였으며, 게다가 빙고는 과묵한 사람들을 동경해왔다. "간사이에서는 좋아하는 일을 했나요?" 빙고가 숱이 적은 눈썹을 추켜세우며 물었다.

노아는 거의 먹지 않은 음식을 내려다보았다.

"음, 경리 일을 했어요. 영어를 읽고 쓸 줄도 알아요. 작은 회사에서 경리를 구할지 모르겠군요. 아니면 무역 회사에서 서류를 번역하거나……."

"손님 같은 젊은이라면 일할 곳이 많을 거예요. 생각 좀 해볼게요……." 빙고의 동그란 얼굴이 진지해졌다. 빙고가 집게손가락으로 작은 턱을 두드렸다. "손님은 아주 똑똑한 분 같아요."

"그건 잘 모르겠지만 그렇게 말해줘서 고마워요." 노아가 미소를 지었다.

"흠." 빙고가 얼굴을 찌푸렸다. "손님, 일자리를 까다롭게 고르는 분일지도 모르겠지만, 당장 일이 필요하시면 파친코장에서 외지 사람을 구하고 있어요. 요즘은 사무직이 그리 흔치 않아서요."

"파친코요?" 노아는 언짢은 기색을 보이지 않으려고 애썼다. 빙고는 노아가 조선인이라고 생각했을까? 대부분의 일본인들은 노아가 조선식 성인 보쿠를 말하기 전에는 노아를 조선인으로 보지 않았다. 와세다대학교 학생증에는 일본식 이름인 반도 노부오가 적혀 있었다. 노아는 빙고에게 자기를 소개할 때 왜 성에서 '도'를 빼고 말했는지 스스로도 알 수 없었지만 다시 고쳐 말하기에는 너무 늦었다. "파친코 일은 잘 몰라서요. 한 번도……."

"아, 기분 나쁘게 하려던 건 아니었어요. 봉급을 아주 많이 준다고 들었거든요. 나가노에서 제일가는 파친코장 지배인인 다카노 상은 훌륭한 신사예요. 평범한 파친코장에서는 일하지 않으시겠지만, 코스모스 파친코는 이 지역의 유서 깊은 가문이 운영하는 대단히 큰 사업장이랍니다. 기계도 자주 바꿔요! 하지만 외국인은 쓰지 않아요."

"네?"

"조선인이나 중국인은 쓰지 않지만 손님은 일본인이니 상관없죠." 빙고가 고개를 여러 차례 끄덕였다.

"그렇군요." 노아도 고개를 끄덕였다.

"다카노 상은 늘 똑똑한 사무원들을 찾고 있어요. 봉급도 후하게 주고요. 하지만 외국인은 고용하지 않아요." 빙고가 다시 고개를 끄덕였다.

"네, 네." 노아가 알아들었다는 듯 맞장구를 쳤다. 동의하지 않아도 계속 고개를 끄덕이는 법을 오래전에 익혔다. 그 몸짓만으로도 상대방이 말을 계속한다는 사실을 알았기 때문이었다.

"다카노 상은 저희 카페 단골손님이에요. 오늘 아침에도 오셨죠. 날마다 창가 자리에 앉아서 커피를 드신답니다." 빙고가 창가 자리를 가리켰다. "블랙커피에 각설탕 두 개를 넣어서 드시죠. 우유는 절대 넣지 않고요. 오늘 아침에 이렇게 얘기하시더라고요. '빙고 상, 일 잘하는 직원을 찾기가 너무 힘들어서 두통이 가실 날이 없어. 여기 있는 바보들은 머리 대신 호박을 달고 다니는데 호박씨는 뇌가 아니잖아.'" 빙고는 굵직하고 살찐 손가락으로 머리를 감싸 쥐며 괴로워하는 다카노 상을 우스꽝스럽게 흉내 냈다.

"거기 가서 다카노 상에게 제가 보냈다고 말해보세요." 빙고가 밝게 미소 지으며 말했다. 사람들을 도와주고 소개하기는 빙고가 제일 즐기는 일이었다. 고등학교 동창들의 결혼도 이미 세 건이나 성사시켰다.

노아는 고개를 끄덕이며 고맙다고 말했다. 몇 년 후, 빙고는 자신이 나가노에서 반 상의 첫 번째 친구였다고 누구에게나 말하고 다녔다.

다카노 상의 사무실은 거대한 규모의 파친코장에서 두 구역 정도 떨어진 다른 건물에 있었다. 벽돌 건물의 보수적인 겉모습을 봐서는 이 사무실에서 무슨 일을 하는지 알 수 없었다. 빙고가 종잇조각에 약도를 그려주지 않았다면 그냥 지나칠 뻔했을 정도였다. 건물에 번지수만 달랑 있었고 간판도 없었다.

파친코장 지배인 다카노 히데오는 날카롭게 생긴 30대 후반의 일본인이었다. 짙은 색의 멋진 모직 양복에 보라색 줄무늬 넥타이 차림이었고 거기에 어울리는 장식용 손수건을 상의 윗주머니에 꽂고 있었다. 매주 동네 사내아이에게 돈을 주고 모든 가죽 구두를 거울처럼 비칠 정도로 광을 냈다. 옷을 워낙 잘 차려입어서 사무실에서 일하는 사람보다는 옷을 파는 사람처럼 보였다. 다카노의 책상 뒤에는 문짝 크기만 한 검은색 금고 두 개가 있었다. 다카노의 커다란 사무실 옆에는 그다지 크지 않은 사무실 여섯 개가 있었다. 사무실마다 하얀 셔츠를 입은 사무원들이 가득

했다. 대부분 젊은 남자들이나 수수한 얼굴의 사무직 여자들이었다. 다카노의 잘생긴 콧마루에는 작은 혹이 나 있었고 둥그런 검은 눈은 아래로 처져 있었다. 말을 할 때면 부드러운 두 눈에 풍부한 감정을 담아 직설적으로 전달했다.

"앉게." 다카노가 말했다. "비서가 말하길 자네가 사무원 자리를 구하고 있다더군."

"반 노부오라고 합니다. 카페의 빙고 상이 여기서 직원을 구하고 있다고 알려줬습니다. 전 최근에 도쿄에서 왔습니다, 지배인님."

"하! 빙고가 자네를 보냈다고? 하지만 여기서 커피를 따라줄 사람은 필요 없다네." 다카노가 커다란 금속 책상 뒤 의자에서 몸을 앞으로 내밀었다. "그럼, 빙고가 내 슬픈 푸념을 열심히 듣고 있기는 했다는 거군. 주로 내가 들어주고 있다고 생각했는데."

노아가 미소 지었다. 남자는 상당히 상냥해 보였다. 조선인을 싫어하는 사람 같지 않았다. 오늘 깨끗한 셔츠를 입고 넥타이를 매어서 다행이었다. 남자는 매일 최고의 모습을 보여야 한다고 고한수는 종종 말하곤 했다. 조선인에게는 이 점이 특히 중요했다. 깨끗하고 단정하게 보여야 했다. 화내는 것이 당연한 상황에서도 조선인은 냉정하고 차분하게 말해야 한다고 했다.

"그래, 빙고의 친구, 자네는 뭘 할 수 있나?" 다카노가 물었다.

노아가 등을 더욱 곧게 펴고 앉았다. "경리 일을 배웠고 간사이에서 임대주 밑에서 일했습니다. 몇 년 동안 집세를 걷고 장부를 기록하는 일을 하다가 대학에 들어가서……."

"어? 대학? 정말인가? 어느 대학인가?"

"와세다대학교입니다." 노아가 대답했다. "하지만 문학 학위를 마치지는 못했습니다. 그곳을 3년 동안 다녔습니다."

"문학이라고?" 다카노가 고개를 저었다. "일해야 할 때 책이나 읽고 있는 직원은 필요 없다네. 똑똑하고 꼼꼼하고 정직한 경리가 필요하지. 매일 아침 정해진 시간에 일하러 와야 하고 숙취에 시달리거나 여자 문제에 정신 팔려서도 안 된다네. 패배자는 바라지 않아. 패배자는 해고야." 다카노가 말을 다 하고 나서 고개를 갸웃했다. 노아는 꽤 착실해 보였다. 다카노는 왜 빙고가 노아를 보냈는지 알 수 있었다.

"네, 지배인님. 물론입니다. 전 아주 꼼꼼한 경리이고 서신도 아주 잘 씁니다, 지배인님."

"겸손해야지."

노아는 사과하지 않았다. "절 써주시면 최선을 다하겠습니다."

"이름이 뭐라고 했나?"

"반 노부오입니다."

"여기 사람이 아니군."

"네, 지배인님. 간사이 출신입니다."

"왜 대학을 그만뒀나?"

"어머니가 돌아가셔서 학위를 마칠 돈이 부족했습니다. 돈을 벌어 언젠가 복학하고 싶습니다."

"그러면 아버지는?"

"아버지도 돌아가셨습니다."

다카노는 부모가 죽었다고 하는 외지 사람의 말을 결코 믿지 않았지만 아무래도 상관없었다.

"내가 왜 문학 공부를 계속하려고 언젠가 떠날 사람한테 일을 가르쳐야 하나? 난 자네가 대학 공부를 마치게 도울 생각이 없어. 여기서 계속 일할 경리가 필요해. 그럴 수 있겠나? 처음에는 봉급을 많이 주지 않겠지만 그럭저럭 살 만할 거야. 그나저나 도대체 문학은 배워서 뭐에 쓰려고 하나? 그걸로 돈을 벌지도 못하는데. 난 고등학교도 마치지 않았지만 사람을 얼마든지 고용하거나 해고할 수 있다네. 자네 같은 요즘 젊은이들은 참 어리석어."

노아는 대답하지 않았다. 노아의 가족은 노아가 회사에서 일하고 싶어 한다고 생각했지만 전혀 그렇지 않았다. 고등학교 영어 교사가 되는 것이 노아의 비밀스러운 꿈이었다. 와세다대학교를 졸업하면 사립학교에서 좋은 일자리를 구할 수 있으리라고 생각했다. 공립학교는 조선인을 고용하지 않았지만 언젠가 그 법이 바뀔 것이라고 기대했다. 일본 시민이 되는 것도 깊이 생각해보았다. 적어도 과외 교사로 일할 수 있으리라는 것을 알고 있었다.

"음, 지금은 대학에 다닐 돈이 없고 일자리가 필요하군. 아니면 여기 오지 않았을 테지. 그래, 어디 살고 있나?"

"나가노에 오늘 도착했습니다. 하숙집을 찾아보려고 했습니다."

"가게 뒤편의 숙소에서 자면 되네. 처음에는 다른 직원과 방을 같이 써야 될 거야. 방에서는 담배를 피우면 안 되고 여자들을 데려와도 안 되네. 구내식당에서 세끼를 먹을 수 있네. 쌀밥을 먹고 싶은 만큼 먹어도 돼. 고기는 일주일에 두 번 나오네. 여자들과 자려면 그런 용도로는 호텔이 있으니 뭐. 자네가 쉬는 시간에 뭘 하든지 상관없지만 회사 일이 우선이야. 난 아주 너그러운 지배인이지만, 자네가 일을 망치면 땡전 한 푼 못 받고 바로 해고될 거야."

노아는 동생도 직원들에게 이런 식으로 말하는지 궁금했다. 사실상 학교에서 쫓겨난 모자수와 다를 바 없이 자신도 파친코장에서 일하게 된 것이 어이없었다.

"오늘부터 일해도 되네. 내 사무실 옆방에서 이케다 상을 찾게. 머리가 허옇게 센 사람이야. 이케다 상이 하라는 대로만 하게. 그 사람이 수석 회계사야. 한 달 동안 자네를 시험해보겠네. 일을 괜찮게 하면 봉급을 넉넉하게 줄 거야. 따로 드는 돈이 없지 않나. 돈을 꽤 많이 모을 수 있을 거야."

"고맙습니다, 지배인님."

"자네 가족은 어디 출신인가?"

"간사이입니다." 노아가 대답했다.

"그래, 아까 말했지. 간사이 어디?"

"교토입니다." 노아가 대답했다.

"부모님은 무슨 일을 하시나?"

"두 분 다 돌아가셨습니다." 노아는 질문이 멈추기를 바라며 대답했다.

"그래, 그것도 말했지. 그래서 무슨 일을 하셨다고?"

"아버지는 우동 가게에서 일하셨어요."

"그래?" 다카노는 어리둥절해 보였다. "우동 가게에서 일하면서 아들을 와세다대학교에 보냈다고? 정말인가?"

노아는 거짓말을 더 잘했더라면 좋았으리라고 생각하며 아무 말도 하지 않았다.

"외국인은 아니지, 그렇지? 맹세하게."

노아는 그런 질문에 깜짝 놀란 듯 보이려 애쓰며 말했다. "아닙니다, 지배인님. 전 일본인입니다."

"좋아, 좋아." 다카노가 대답했다. "어서 내 사무실에서 나가서 이케다 상을 만나러 가게."

직원 예순 명이 파친코장 숙소에서 잤다. 첫날 밤, 노아는 제일 작은 방에서 마치 고장 난 모터처럼 코를 고는 나이 많은 직원과 함께 잤다. 일주일이 채 지나지 않아 노아의 일상도 자리를 잡았다. 전날 밤에 공중목욕탕에서 목욕을 하고 아침에 일어나면 재빨리 세수를 하고 나서 요리사가 쌀밥과 고등어, 차를 내놓는 구내식당으로 내려갔다. 노아는 꼼꼼하게 일했고, 이런 똑똑한 경리를 만나본 적 없는 이케다를 자기편으로 만들었다. 수습 기간인 한 달이 지나갔고 노아는 계속 일하기로 했다. 수년 후, 노아는 일본인 사장이 처음부터 자신을 마음에 들어 했다는 사실을 알게 됐다. 한 달이 지나자 사장은 다카노에게 연말에 노아의 봉급을 올려주고 더 좋은 방을 주라고 지시했다. 다른 직원들이 편애한다고 법석을 떨지 모르니 연말 전에는 안 된다고 했다. 사장은 반 노부오가 조선인이 아닐까 의심했으나, 다른 사람들이 모른다면 문제 될 것이 없으니 아무 말도 하지 않았다.

2

1965년 4월, 오사카

3년 동안 유미는 두 번 유산했고, 다시 임신한 사실을 알게 됐다. 남편인 모자수가 말렸지만 유미는 이전에 임신했을 때에도 내내 일을 했다. 유미의 사장인 소토야마 상이 조용하고 신중한 태도로 이번 임신 기간에는 집에서 일하라고 설득했으나 유미가 거절했다.

"유미 짱, 이 시기에는 일이 많지 않아. 넌 쉬어야 하고." 소토야마가 말하곤 했지만 유미는 가끔 너무 어두워지기 전에 집으로 돌아가는 게 고작이었다.

어느 늦봄 오후였다. 유미는 막 호텔 제복용 나비넥타이를 다 만들었을 때 갑자기 아랫배에 날카로운 통증을 느꼈다. 이번에 소토야마는 괜찮다는 유미의 말을 받아주지 않았다. 소토야마는 모자수에게 아내를 데려가라고 연락했고, 모자수는 유미가 평소에 가는 이카이노의 일반의가 아니라 소토야마가 소문을 듣고 귀띔해준 오사카 시내의 유명한 일본인 산과의에게 아내를 데려갔다.

"근본적인 문제예요, 보쿠 상. 부인은 혈압이 아주 높아요. 부인 같은 여자들은 임신에 잘 적응하지 못해요." 의사가 차분하게 말했다.

의사는 진찰대에서 책상으로 돌아갔다. 최근에 칠을 해서 진료실에는 여전히 희미한 페인트 냄새가 남아 있었다. 여성 생식기관 단면도를 제외하면 진료실의 모든 것이 다 하얗거나 스테인리스 스틸이었다.

유미는 아무 말도 하지 않고 의사가 하는 말이 무슨 뜻인지 생각했다. 이 말이 사실일까? 이전에 임신했을 때 몸이 잘 적응하지 못해서 연달아 유산했을까?

"이전 유산은 별로 걱정하지 않아도 됩니다. 물론 안타까운 일이지만 유산은 자연의 지혜를 보여주죠. 산모의 건강이 좋지 않을 때는 아이를 낳지 않는 게 가장 좋습니다. 유산했다는 건 아이를 가질 수 있다는 뜻이니까 딱히 가임 문제는 아닙니다. 하지만 이번 임신은 태아에게는 별로 위험해 보이지 않네요. 산모에게만 위험해요. 그러니까 남은 임신 기간 동안은 누워 있어야 합니다."

"하지만 전 일을 해야 하는데요." 유미가 겁먹은 표정으로 말했다.

의사가 고개를 저었다.

"유미 짱, 의사 선생님 말씀을 들어야 해." 모자수가 말했다.

"일을 줄이면 돼. 소토야마 상이 하라는 대로 좀 일찍 퇴근할게."

"보쿠 상, 자간전증*으로 죽을 수도 있습니다. 담당 의사로서 부인이 일하는 걸 허락할 수 없어요. 내 환자들은 내 말을 들어야 합니다. 안 그러면 진료를 이어갈 수 없어요."

유명한 의사는 유미에게서 눈길을 돌려 책상 위에 있는 서류 몇 장을 훑어보는 척했고 유미가 계속 자신의 환자로 남으리라고 확신했다. 다른 선택을 한다면 바보였다. 의사는 유미에게 단것을 피하고 쌀밥을 너무 많이 먹지 말라고 말하면서 식이요법과 관련된 몇 가지 주의사항을 적어주었다. 유미는 체중이 늘지 않게 조심해야 했다. 몸에 수분이 과도하게 늘거나 태아가 너무 커지면 자연분만을 하기 어렵기 때문이었다.

"몸이 불편하면 언제든 나한테 연락하세요. 이건 대단히 중요한 사항입니다. 조기 분만을 해야 한다면 예방 조치를 취해야 하니까요. 보쿠 상, 지금은 너무 모든 걸 참고 견딜 필요가 없어요. 그건 아이를 낳고 나서 해도 돼요. 여자는 첫째를 낳기 전에 조금 까다롭게 굴 권리가 있어요." 의사가 두 사람을 보고 씩 웃었다. "먹고 싶은 게 있으면 사달라고 하거나 밤에 베개가 더 필요하다고 수선을 피워도 돼요."

모자수는 의사의 농담과 단호한 말투에 고마워하며 고개를 끄덕였다. 훌륭한 의사라면 아내의 고집에 맞설 수 있어야 했다. 지금까지 모자수는 중요한 일에 대해서 유미의 의견에 반대할 이유

* 임신 중기 이후 부종, 단백뇨, 고혈압, 경련 등의 증상이 일어나는 임신중독증의 일종.

가 없었다. 하지만 유미가 어차피 자신의 말을 듣지 않을 것을 알기 때문에 반대하지 않았던 건지도 모르겠다는 생각이 들었다.

집에 돌아와서 유미가 요에 눕자 짙은 머리칼이 헝클어지며 좁은 베개 위로 펼쳐졌다. 모자수는 그 옆에 책상다리를 하고 앉았으나, 물 한 잔도 마시지 않고 아무것도 먹지 않으려는 유미에게 무슨 말을 해야 할지 알 수 없었다. 유미가 워낙 심지가 굳고 똑똑해서 모자수는 유미와 함께 있으면 자신이 약간 바보같이 느껴졌다. 유미의 목표는 항상 터무니없을 정도로 굉장해 보였다. 이따금 모자수는 어떻게 유미가 그렇게 어마어마한 꿈을 꿀 수 있는지 궁금했다. 유미가 울거나 힘들다고 불평하는 모습을 본 적이 없었다. 모자수는 유미가 일하러 가거나 영어 수업에 가지 못한 채 혼자 집에 있고 싶어 하지 않는다는 것을 알았다.

"당신 영어책을 갖다줄까?" 모자수가 물었다.

"괜찮아." 유미는 모자수를 바라보지 않고 말했다. "다시 일하러 가야 하잖아, 그렇지? 난 괜찮을 거야. 어서 가."

"뭐 필요한 건 없어? 뭐든?"

"우린 왜 미국에 못 가? 거기서 잘 살 수 있는데."

"이민 변호사가 한 말을 당신도 기억하잖아. 거의 불가능해."

"메리먼 목사님이 우리를 후원해줄지도 몰라."

"목사님이 왜 그러겠어? 난 선교사가 되지 않을 거고 당신도 마찬가지잖아. 당신은 하나님을 믿지도 않고. 게다가 내가 미국에서 뭘 해서 여기서 버는 만큼 벌 수 있겠어? 난 다시 학교에 다니지 않을 거야. 대학생이 아니잖아. 난 당신의 미련퉁이야. 당신이 우리 두 사람, 아니 곧 태어날 우리 아기까지 세 사람의 머리가 되어 줘야 해." 모자수는 유미가 웃음 짓기를 바라며 부드럽게 웃었다.

"유미 짱, 곧 요코하마에 내 파친코장을 열 거야. 파친코장이 잘 되면 대학 졸업생 스무 명보다 훨씬 많이 벌 수 있어. 상상이 가? 그럼 당신이 원하는 건 뭐든 사줄 수 있어. 파친코장이 안돼도 고로 상 밑에서 계속 일할 수도 있고 풍족하게 살 수 있어."

"나도 돈 벌 줄 알아."

"그럼, 나도 알지. 당신이 자립심 강한 거 알아. 하지만 당신이 자신을 위해 사지 못하는 것을 내가 사줄 수 있다면 난 참 기쁠 거야. 당신도 요코하마를 좋아하게 될 거라고 장담해. 요코하마는 국제도시야. 거기에 미국인들이 많이 살아. 아이를 낳자마자 의사 선생님이 괜찮다고 하면 내가 그리 데려갈게. 멋진 호텔에 머물면서 요코하마가 어떤 곳인지 당신이 둘러봐. 거기서는 영어 공부를 하기도 더 쉬울 거야. 과외 교사를 구해도 좋고 당신이 원한다면 학교에 다닐 수 있어." 모자수가 말했다. 노아 형을 떠올리면 너무 슬퍼서 생각하지 않으려고 했지만 와세다대학교를 그만두고 한마디 말도 없이 잠적해버린 형 생각이 나는 것은 어쩔 수 없었다.

"일본인들은 우리를 싫어해. 어떻게 우리 아이가 여기서 살 수 있겠어?" 유미가 물었다.

"우리를 아주 좋아하는 일본인도 있어. 아이는 여기서 우리랑 함께 살 거야. 우리 딸도 우리처럼 살 거야." 모자수는 유미가 처음 임신했을 때부터 배 속의 아기가 딸이 틀림없다고 생각했다.

유미를 꼭 닮은 딸일 것이라고 믿었다.

모자수가 유미의 이마를 쓰다듬었다. 유미의 작고 창백한 이마 위에서 모자수의 가무잡잡한 손이 엄청나게 커 보였다. 모자수의 아내는 아주 젊었지만 엄격한 성격 때문에 나이 들어 보일 때도 있었다. 아무리 어려운 일이라도 척척 해낼 수 있었지만, 슬퍼할 때면 뭔가 잃어버려 실망한 아이 같은 표정을 지었다. 모자수는 모든 감정의 흔적을 고스란히 드러내는 유미의 얼굴을 아주 좋아했다. 유미는 말없이 있을 수는 있었지만 남에게 감정을 숨기지 못하는 사람이었다.

"우리 다른 거 뭐 할까?" 모자수는 유미의 대답을 기대하며 물었다. "미국에 가는 거 말고." 모자수는 유미가 미국에서 찾아내고 싶은 것이 무엇인지 결코 이해할 수 없었다. 이따금 노아가 미국에 간 것은 아닌지 생각했다. 미국은 일본에 사는 수많은 조선인이 이상적으로 여기는 마법 같은 나라였다. "유미 짱, 그거 말고 뭐 하고 싶어?"

유미가 어깨를 으쓱했다. "아기가 태어날 때까지 집에만 있고 싶지는 않아. 게으름 피우기 싫어."

"당신이 게으름을 피울 일은 절대 없을걸. 그럴 리 없어." 모자수가 밝게 웃었다. "곧 아이가 태어나면, 당신은 우리 딸을 쫓아다니느라 정신없을 거야. 당신과 아이는 오사카에서도 제일 빠르게 돌아다니는 여자들일 거야. 절대 집에 묶여 있지 않겠지."

"모자수, 아기가 움직이는 느낌이 와. 아기를 잃지 않았어."

"그야 당연하지. 의사 선생님이 아기는 괜찮다고 했잖아. 아기는 당신을 꼭 닮았을 거야. 우리 딸한테 멋진 집을 주자. 당신은 훌륭한 엄마가 될 거야."

유미는 모자수의 말을 믿지 않았지만 그 말이 옳기를 바라며 웃었다.

"엄마한테 연락할게. 엄마가 오늘 밤에 여기로 오실 거야."

유미가 걱정스러워 눈을 찌푸렸다.

"엄마를 좋아하지, 그렇지?"

"응." 유미가 말했다. 진심이었다. 유미는 시어머니를 존경했지만 두 사람은 서로에게 익숙하지 않았다. 선자는 아들이 있는 대부분의 어머니들과 달랐다. 거슬리는 말을 절대 하지 않았고 노아가 사라진 후로는 점점 더 속내를 잘 드러내지 않았다. 모자수와 유미가 어머니와 할머니를 모시고 살겠다고 하자 선자는 귀찮게 하는 노인들 없이 젊은 부부끼리 사는 것이 낫다며 거절했다.

"어머니는 할머니랑 큰어머니와 지내고 싶어 하시지 않았어?"

"맞아. 하지만 엄마는 우리를 돕고 싶어 해. 엄마 혼자 오실 거야. 계속 계시지는 않을 거고. 할머니는 큰어머니랑 지내면서 가게 일을 도우실 거야. 엄마가 여기 계시는 동안 엄마 일을 대신할 사람들을 내가 고용하기로 했어."

누워서 몸조리를 한 지 2주가 지나자, 유미는 미칠 것 같았다. 모자수가 텔레비전을 사주었지만 유미는 텔레비전에 관심이 없었고 속 쓰림 때문에 책을 읽을 수 없었다. 손목과 발목이 너무 많이 부어서 엄지손가락으로 손목을 살짝 누르기만 해도 살이 푹 들어간 자국이 생길 정도였다. 아기의 태동과 가끔씩 느껴지는 아기의 딸꾹질만이 문 밖으로 달아나고 싶은 마음을 꾹 참고 요에 붙어 있게 했다. 시어머니는 도착한 날부터 부엌 옆의 작은 방에서 혼자 지냈다. 모자수가 안방 옆에 비어 있는 더 큰 방에서 지내라고 여러 번 끈질기게 권했지만 마찬가지였다. 선자가 요리와 청소를 다 했고, 모자수가 아무리 늦은 밤에 들어와도 저녁밥을 준비해두었다.

아침이 되자 선자가 아침밥을 가져다주려고 유미의 방문을 두드렸다.

"들어오세요, 어머니." 유미가 말했다. 유미의 어머니는 음식을 만들어 가족을 부양해온 모자수 어머니와 다르게 밥을 짓거나 차 한 잔 끓일 줄도 몰랐다.

평상시처럼 선자는 먹음직스러운 음식들을 쟁반에 담아 깨끗한 하얀 상보를 덮어서 가져왔다. 유미가 시어머니에게 미소를 지었다.

평소라면 푸짐하게 차린 음식을 맛있게 먹었을 유미는 그나마 토하지 않고 먹을 수 있는 음식이 쌀죽뿐인 게 속상했다.

"어머니가 일하시는 동안 전 종일 누워 있기만 해서 죄송해요." 유미는 선자가 곁에 남아 이야기를 나눠주기를 바라며 말했다. "아침진지 드셨어요?"

"그럼, 먹었다. 니는 늘 열심히 일했다 아이가. 그래도 지금은 쉬어야 된데이. 아이를 갖는 게 수월한 일이 아니다. 울 어머니는 내를 낳기 전에 유산을 여섯 번 하셨데이." 선자가 말했다. "여기 오셔서 니를 돌보신다 카셨는데 내가 그냥 집에 계시라 캤다."

"유산을 여섯 번이나. 전 고작 두 번이었는걸요."

"두 번도 힘든 일이제." 선자가 말했다. "밥 잘 먹어야 한데이. 니랑 아이한테 양분이 필요하다."

유미가 몸을 조금 일으켜 앉았다. "그이는 오늘 일찍 요코하마에 갔어요."

선자가 고개를 끄덕였다. 모자수가 아침 기차를 타러 가기 전에 아침밥을 차려주었다.

"그럼 그이를 보셨네요." 유미는 감탄하며 쟁반을 내려다보았다. "맛있어 보여요."

선자는 며느리가 먹기를 바랐다. 다시 유산할까 봐 겁났지만 걱정하는 기색을 드러내고 싶지 않았다. 어머니가 유산한 횟수를 말한 것이 후회스러웠다. 교회 목사님이 경솔한 혀가 짓는 죄악을 조심하라고 일렀다. 선자는 항상 말을 적게 하는 편이 낫다고 생각했다.

"저희를 잘 돌봐주셔서 고맙습니다."

선자가 고개를 저었다.

"이거는 아무것도 아니래이. 니도 자식들한테 이리 할 기다." 선자가 말했다.

까맣게 염색하고 뽀글뽀글 파마를 한 시장 아주머니들과 달리 선자는 하얗게 세기 시작한 머리를 염색하지 않고 남자처럼 짧게 잘랐다.

작지도 크지도 않은 다부진 몸이었다. 오랜 세월 바깥에서 일한지라 햇빛을 받아 가무잡잡해진 둥근 얼굴에 잔주름들이 패어 있었다. 비구니처럼 화장을 하지 않았고 로션조차 바르지 않았다. 사실 그런 적도 없으면서 한때 외모에 신경 쓴 것을 속죄라도 하는 양 언제부터인가 깨끗하게 씻는 것 외에는 어떻게 보이든 신경 쓰지 않기로 작정한 듯했다.

"그이가 저희 어머니 이야기를 했나요?" 유미가 숟가락을 들었다.

"술집에서 일했다 카더라." 선자가 말했다.

"어머니는 창부였어요. 아버지는 기둥서방이었고요. 두 분은 결혼하지 않았어요."

선자가 고개를 끄덕이며 아직 먹지 않은 음식 쟁반을 빤히 바라보았다. 선자는 모자수가 유미네 가족 이야기를 했을 때 그 정도는 짐작했다. 식민통치와 전쟁은 모두에게 힘든 시절이었다.

"니 어머니는 좋은 분이셨을 기다. 니를 억수로 소중히 여기셨을 기다."

선자는 진심으로 그렇게 믿었다. 선자는 한수를 사랑했고, 그 뒤엔 이삭을 사랑했다. 그렇지만 두 아들 노아와 모자수에게 느끼는 감정은 그 남자들에게 느낀 사랑보다 훨씬 컸다. 자식들을 사랑하는 마음은 선자를 살릴 수도 죽일 수도 있을 만큼 강렬했다. 노아가 떠난 후, 선자는 거의 죽은 것이나 다를 바 없었다. 선자는 모든 어머니들이 마찬가지일 것이라고 생각했다.

"제 어머니는 좋은 사람이 아니에요. 저희를 때렸어요. 술 마시고 돈 버는 것 말고는 안중에도 없었어요. 남동생이 죽고 나서 여동생과 제가 도망치지 않았다면 저희한테 일을 시켰을 거예요. 어머니가 하던 일을요. 어머니는 저한테 다정한 말을 한 번도 한 적 없어요." 유미는 누구에게도 이런 이야기를 하지 않았다.

"모자수가 니 여동생이 죽었다 카대."

유미가 고개를 끄덕였다. 유미와 여동생은 집에서 나온 후에 버려진 옷 공장에서 살았다. 겨울에 두 사람은 고열이 나며 아팠는데 여동생이 자다가 죽고 말았다. 유미는 죽은 동생 곁에서 거의 하루를 자면서 자신도 죽기를 기다렸다.

선자가 앉은 자리를 바꾸어 유미에게 가까이 다가갔다.

"아가, 억수로 고생 많았데이."

유미는 여자아이를 낳지 않았다. 유미의 아기 솔로몬은 4킬로그램이 넘는 커다란 사내아이였다. 유명한 의사가 예상한 것보다도 컸다. 분만은 서른 시간이 넘게 걸렸고 의사는 밤새 도와줄 동료 의사를 불러야 했다. 갓난아기는 튼튼하고 건강했다. 유미는 한 달 만에 몸을 완전히 회복해서 솔로몬을 데리고 작업장으로 일하러 나갔다. 돌잔치 때 솔로몬은 붓이나 실, 떡이 아니라 엔화로 된 빳빳한 지폐를 움켜잡았다. 돈을 잡았으니 부자로 살 것이라는 의미였다.

3

1968년 11월, 요코하마

사무실에서 경찰이 모자수를 기다리고 있다고 매장 지배인이 알렸을 때 모자수는 파친코 기계의 허가 건 때문이라고 생각했다. 지금이 그럴 시기였다. 사무실에 들어간 모자수는 관할 구역의 젊은 경찰들을 알아보고 앉으라고 권했다. 하지만 경찰들은 자리에 선 채 고개를 숙여 인사만 하고는 먼저 말을 꺼내지 않았다. 문가에 서 있던 매장 지배인은 모자수와 시선을 마주치지 못했다. 일에 몰두하고 있던 모자수는 매장 지배인의 표정이 아주 침통하다는 사실을 미처 알아차리지 못했다.

"사장님." 둘 중 키가 작은 경찰이 말했다. "사장님 가족이 지금 병원에 있어서 거기로 모셔가려고 왔습니다. 서장님이 직접 오시려 했지만……."

"뭐라고요?" 모자수가 책상 옆에서 문으로 갔다.

"부인과 아드님이 오늘 아침에 택시에 치였습니다. 아드님 유치원에서 한 구역 떨어진 곳에서요. 택시 기사가 어젯밤 마신 술이 깨지 않은 채로 졸음 운전을 했습니다."

"두 사람은 괜찮은가요?"

"아드님은 발목이 부러졌습니다. 그 외에는 괜찮습니다."

"아내는요?"

"부인은 병원에 도착하기 전에 구급차에서 돌아가셨습니다."

모자수는 외투도 걸치지 않고 사무실에서 뛰쳐나갔다.

장례식은 오사카에서 치렀다. 모자수는 장례식의 일부는 생생하게 떠올릴 수 있었지만 일부는 전혀 기억나지 않았다. 장례식 동안 모자수는 솔로몬의 작은 손을 꼭 잡고 있었다. 손을 놓으면 아이가 사라져버릴까 봐 두려웠다. 세 살 반이 된 아이는 목발을 짚고 서서 엄마를 조문하러 온 모든 사람들을 맞이하겠다고 고집했다. 한 시간 후에야 앉아 있으라는 말을 따랐지만 아빠 곁을 떠나지 않았다. 몇몇 목격자들은 택시가 마구잡이로 달려들 때 유미가 아들을 인도로 밀쳤다고 했다. 장례식장에서 모자수의 어린 시절 친구 하루키는 유미가 그런 급박한 순간에 놀랍도록 재빠르게 대처했다고 말했다.

조문객 수백 명이 왔다. 모자수가 사업상 아는 사람들도 있었지만 할머니와 큰어머니가 아직도 예배를 드리러 가는 모자수 아버지의 교회에서 온 사람들이 더 많았다. 모자수는 최선을 다해 조문객을 맞이했으나 거의 말을 할 수 없었다. 조선어도 일본어도

다 잊어버린 것 같았다. 유미 없이 더 이상 살고 싶지 않았지만 이런 말을 할 수는 없는 노릇이었다. 유미는 모자수의 연인이었고 무엇보다도 지혜로운 친구였다. 누구도 유미를 대신할 수 없었다. 이런 말을 유미에게 한 적이 없다니 자신이 유미의 진가를 인정해주지 않았다는 생각이 들었다. 단 몇 년이 아니라 오래오래 유미와 함께 살 줄 알았다. 우스운 행동을 하는 손님 이야기를 이제 누구에게 말한단 말인가? 장례식장에서 누구보다도 의젓하게 목발을 짚고 서서 어른들과 악수하는 아들의 모습이 얼마나 자랑스러운지 누구에게 말한단 말인가? 조문객들이 검은 정장을 입은 어린 사내아이를 보고 눈물을 흘릴 때 솔로몬은 "울지 마세요"라고 말했다. 복받치는 감정을 주체하지 못하는 한 여자한테는 "엄마는 캘리포니아에 있어요"라고 말하며 위로하기도 했다. 그 여자가 어리둥절한 표정을 지었을 때 솔로몬도 모자수도 그 말의 뜻을 설명하지 않았다.

모자수는 유미를 캘리포니아에 데려가지 못했다. 두 사람은 언젠가 가려고 했다. 조금 어렵긴 해도 이제는 여권을 받을 수 있게 됐으나, 모자수는 굳이 그렇게 하지 않았다. 일본에 사는 대부분의 조선인들은 여행을 할 수 없었다. 번거로운 일 없이 재입국할 수 있는 일본 여권을 발급받으려면 일본 시민이 돼야 했다. 그것은 거의 불가능한 일이었고 어쨌든 모자수가 아는 누구도 일본 시민이 되려 하지 않았다. 그렇지 않으면 민단을 통해 남한 여권을 발급받을 수도 있었지만 대한민국에 속하고 싶어 하는 사람도 거의 없었다. 빈곤한 나라를 독재자가 지배하고 있어서였다. 북한을 선택한 조선인들 일부는 북한으로 여행을 갈 수 있었지만 그 외에 어디도 갈 수 없었다. 북한으로 돌아간 거의 모든 사람들이 고통받고 있었으나 아직 일본에는 남한 국적보다 북한 국적을 가진 조선인들이 훨씬 많았다. 모두가 말하길, 적어도 북한 정부는 북한 국적 학생들의 학비를 여전히 지원한다고 했다. 그렇지만 모자수는 태어난 나라를 떠나려 하지 않았다. 도대체 어디로 간단 말인가? 일본인이 그들을 원치 않는다고 한들, 그래서 뭐 어떻다는 말인가?

유미의 모습이 머릿속에 가득 차 있었고 조문객들이 말을 걸어도 들리는 것이라고는 영어 구절을 연습하던 유미의 목소리뿐이었다. 모자수가 미국으로 이민을 가지 않겠다고 수없이 말해도 유미는 언젠가 캘리포니아에서 살겠다는 희망을 버리지 않았다. 최근에는 뉴욕으로 가자고 했다.

"모자수, 뉴욕이나 샌프란시스코에서 살면 정말 멋지지 않겠어?" 유미가 가끔 물으면, 모자수는 두 해안가 중 한 곳을 결정할 수 없다고 말하곤 했다.

"거기서는 우리가 일본인이 아닌 걸 아무도 신경 쓰지 않을 거야." 유미가 말했다. '헬로우, 마이 네임 이즈 유미 백. 디스 이즈 마이 선, 솔로몬. 히 이즈 스리 이얼스 올드. 하우 아 유?' 한번은 솔로몬이 캘리포니아가 뭔지 묻자 유미가 대답했다. "천국이란다."

조문객들이 대부분 돌아간 후, 모자수와 솔로몬이 장례식장 뒤쪽에 앉았다. 모자수가 아들의 등을 토닥이자 아들이 아빠의 오른팔 안쪽으로 쏙 들어와 몸을 기댔다.

"넌 착한 아들이야." 모자수가 일본어로 솔로몬에게 말했다.

"아빠는 좋은 아빠예요."

"뭐 좀 먹을래?"

솔로몬은 고개를 저었고, 한 노인이 다가오자 올려다보았다.

"모자수, 괜찮니?" 남자가 조선어로 물었다. 60대 후반이나 70대 초반인 남성미 넘치는 신사였고 옷깃이 좁은 값비싼 검은 정장에 짙은 색 넥타이 차림이었다.

익숙한 얼굴이었지만 누구인지 생각나지 않았다. 모자수는 대답할 기운도 없었다. 무례하게 굴고 싶지 않아서 미소를 지었지만 혼자 있고 싶었다. 파친코장 손님이나 은행 중역일지도 몰랐다. 지금은 제대로 생각할 수 없었다.

"나다. 고한수. 내가 그리 많이 늙었나?" 한수가 웃음을 지었다. "네 얼굴은 그대로구나. 하지만 어른이 됐어. 이 아이는 네 아들이냐?" 한수가 솔로몬의 머리를 쓰다듬었다. 온종일 거의 모든 사람들이 솔로몬의 윤이 나는 밤색 머리칼을 쓰다듬었다.

모자수가 자리에서 벌떡 일어났다.

"세상에. 당연히 누구신지 압니다. 정말 오랜만이네요. 어머니가 한동안 아저씨를 찾아다니셨는데 연락이 닿지 않았어요. 노아 형이 어디 있는지 혹시 아시나 싶어서요. 형이 사라졌어요."

"그래, 아주 오랜만이구나." 한수가 고개를 저었다. "노아 소식은 들었니?"

"음, 그렇기도 하고 아니기도 해요. 형이 매달 어머니한테 돈을 보내는데 어디 있는지는 알려주지 않아요. 사실 돈을 많이 보내요. 그런 걸 보면 생활이 어렵지는 않나 봐요. 그저 형이 어디 있는지만이라도 알면 좋을 텐데……."

한수가 고개를 끄덕였다. "나한테도 돈을 보냈단다. 빚을 갚는 거라더라. 돈을 돌려주고 싶은데 방도가 없구나. 노아 대신 보관해두라고 네 엄마한테 줘야 할 것 같아."

"지금도 오사카에 사세요?" 모자수가 물었다.

"아니, 지금은 도쿄에 산다. 딸들 근처에 살아."

모자수가 고개를 끄덕였다. 갑자기 힘이 쭉 빠졌고 다시 앉고 싶었다. 운전사가 오자 한수는 나중에 모자수를 찾아가겠다고 약속했다.

"사장님, 귀찮게 해드려 대단히 죄송합니다만 밖에 작은 문제가 있어서요. 젊은 아가씨가 급한 일이라고 합니다."

한수는 고개를 끄덕이고 운전사와 함께 장례식장 밖으로 나왔다.

자동차로 다가가자 한수의 새로운 여자 노리코가 차 안에서 한수에게 손짓했다.

긴 머리의 아름다운 여자가 한수가 자동차 문을 여는 것을 보고 손뼉을 쳤다. 분홍빛 펄 매니큐어가 여자의 손가락 끝에서 반짝거렸다.

"삼촌 왔네요!" 여자가 행복하게 소리쳤다.

"무슨 일이야?" 한수가 물었다. "한창 바빴는데."

"아무 일도 없어요. 지루해서요. 삼촌도 보고 싶고요." 여자가 대답했다. “쇼핑하러 가요, 네? 삼촌이 올 때까지 아주 오랫동안 참을성 있게 기다렸잖아요. 게다가 저 운전사 재미없어요! 긴자에 있는 친구들이 그러는데 이번 주에 프랑스에서 귀여운 가방이 들어왔대요!”

한수가 자동차 문을 닫았다. 방탄 창문에 가려져 햇빛이 한 점도 들어오지 않았다. 메르세데스 세단의 실내등이 노리코의 타원형 얼굴을 비추었다.

“쇼핑을 가고 싶어서 나를 여기로 불렀다는 거야?”

“네, 삼촌.” 여자가 사근사근하게 말하고는 작고 예쁜 손을 새끼 고양이의 발처럼 한수의 무릎으로 뻗었다. 여자의 부유한 고객들은 심통 부리는 조카딸처럼 구는 모습을 좋아했다. 남자들은 여자들에게 좋은 것을 사주고 싶어 했다. 삼촌이 자신의 하얀 팬티를 벗기고 싶다면 몇 달째 벼르던 프랑스제 사치품을 많이 사줘야 할 것이다. 고한수는 노리코가 일하는 룸살롱에서 제일 중요한 고객이었다. 노리코의 마담은 고한수가 새 여자들의 응석을 받아주는 것을 좋아한다고 장담했다. 이번은 두 사람의 두 번째 점심 데이트였다. 첫 데이트 때 고한수는 점심 전에 크리스찬 디올 핸드백을 사주었다. 예전에 미인대회에 참가한 적 있는 열여덟 살의 노리코는 자동차에서 오래 기다리는 데 익숙하지 않았다. 노리코는 자신이 가진 것 중 제일 비싼 복숭아색의 얇고 비치는 실크 드레스에 어울리는 굽 높은 구두를 신고, 마담한테 빌린 진짜 진주 목걸이를 하고 있었다.

“고등학교는 다녔니?” 한수가 물었다.

"아뇨, 삼촌. 전 모범생이 아닌걸요." 노리코가 웃으며 말했다.

"그래, 당연히 아니지. 넌 멍청해. 멍청한 것은 질색이야."

한수가 여자의 얼굴을 아주 세게 때렸고 여자의 분홍빛 입에서 피가 쏟아졌다.

"삼촌, 삼촌!" 여자가 비명을 질렀다. 여자가 한수의 꽉 쥔 두툼한 주먹을 찰싹 때렸다.

한수는 노리코를 때리고 또 때렸고, 노리코가 아무 소리도 내지 못할 때까지 그녀의 머리를 자동차 측면 실내등에 찧어댔다. 여자의 얼굴과 복숭앗빛 드레스가 피투성이가 됐다. 목걸이에 붉은 핏방울이 튀었다. 운전사는 한수가 끝낼 때까지 꼼짝 않고 운전석에 앉아 있었다.

"나를 사무실에 내려주고 나서 여자를 마담한테 보내. 마담한테는 아무리 예뻐도 소용없고 머리가 텅 빈 여자는 못 참아준다고 전해. 장례식장에 있는 사람을 불러내다니. 이 무식한 것을 내 눈앞에서 없애버릴 때까지 그 술집에 안 갈 거야."

"죄송합니다, 사장님. 여자가 급한 일이라고 했습니다. 사장님과 이야기해야 한다면서, 안 그러면 소리를 지르겠다고 했습니다. 전 어떻게 해야 할지 몰랐습니다."

"장례식보다 중요한 창부 따위는 없어. 설사 여자가 아프다고 했어도 병원에 데려갔어야지. 그게 아니면 마구 소리를 질러 대든 말든 내버려뒀어야지. 그게 뭐 대수야, 이 멍청한 녀석아?"

노리코는 아직 살아 있었다. 짓밟힌 나비처럼 값비싼 자동차 뒷좌석 구석에 찌그러져 앉아 있었고 의식이 몽롱했다.

운전사는 당장이라도 벌을 받을까 봐 겁에 질렸다. 술집 여자가 하는 말 따위에 귀를 기울이지 말았어야 했다. 운전사가 아는 조직의 중간 간부는 교육을 받던 젊은 시절에 고한수의 아파트 입구에 손님들 신발을 제대로 정리하지 않았다고 약지의 일부를 잘렸다.

"죄송합니다, 사장님. 정말 잘못했습니다. 용서해주십시오."

"입 닥쳐. 사무실로 가." 한수는 두 눈을 감고 가죽 시트 받침대에 머리를 기댔다.

기사는 한수를 내려주고 나서 술집으로 노리코를 데려다주었다. 두려움에 휩싸인 마담이 노리코를 병원에 데려갔고 외과의들이 수술한 후에도 노리코의 코는 예전 모습으로 돌아가지 못했다. 노리코는 완전히 끝장났다. 마담은 노리코에게 들인 돈을 회수할 수 없게 되자 노리코를 도루코부로*로 보내버렸다. 노리코는 늙어서 그 일을 못 할 때까지 거기서 알몸으로 남자들을 씻기고 접대해야 했다. 노리코의 가슴과 엉덩이는 뜨거운 물속에서 기껏해야 대여섯 해밖에 견디지 못할 터였다. 그다음에는 다른 일을 찾아야 했다.

일주일에 엿새, 선자는 손자를 유치원에 데려다주고 데려왔다. 솔로몬은 영어를 쓰는 국제 유치원에 다녔다. 유치원에서는 영어로 말했고 집에서는 일본어로 말했다. 선자는 솔로몬에게 조선어

* 성매매가 이루어지는 일본 증기탕.

로 말했고 솔로몬은 조선어가 약간 섞인 일본어로 대답했다. 솔로몬은 유치원을 좋아했고, 모자수는 솔로몬이 바쁘게 지내는 것이 좋겠다고 생각했다. 솔로몬은 교사들과 어른들을 기쁘게 하고 싶어 하는 발랄한 아이였다. 솔로몬이 어디를 가든 어머니가 죽었다는 소식이 먼저 알려져서 일종의 보호막이 되었다. 교사들과 친구 어머니들은 솔로몬을 신경 써서 지켜보았다. 솔로몬은 천국에서 엄마를 만날 수 있으리라고 확신했다. 엄마가 자기를 볼 수 있다고 믿었다. 솔로몬은 엄마가 꿈속에 찾아와서는 자기를 껴안아주지 못해 아쉬워했다고 말했다.

저녁에는 할머니와 아빠, 아들이 함께 밥을 먹었다. 모자수는 저녁을 먹자마자 바로 일터로 돌아가야 하는데도 저녁 식사 시간이 되면 집으로 왔다. 모자수의 친구 하루키가 오사카에서 두 번 찾아왔고, 한번은 모자수네 온 식구가 오사카로 가족을 만나러 가기도 했다. 큰아버지가 너무 쇠약해져서 먼 길을 오갈 수 없어서였다.

유치원 수업이 끝날 무렵, 선자는 아이들을 데리러 온 상냥한 필리핀 유모들이랑 친절한 외국인 어머니들과 함께 유치원 밖에서 진득하니 손자를 기다리고 있었다. 선자는 유모들이나 다른 사람들과 말이 통하지 않았지만 그들 앞에서 웃으며 고개를 끄덕였다. 평소처럼 솔로몬이 제일 먼저 달려 나왔다. 솔로몬은 교사들에게 큰 소리로 인사하고 나서 할머니의 품으로 달려들어 껴안았다. 그런 다음에 다른 사내아이들과 함께 모퉁이 사탕 가게로 뛰어갔다. 선자가 솔로몬을 따라잡으려고 애썼다. 선자는 자동차에서 줄곧 지켜보고 있던 한수를 알아차리지 못했다.

선자는 비싸지 않지만 허름하지도 않은 검은 모직 외투를 입고 있었다. 집에서 만든 것이 아니라 가게에서 산 듯했다. 늙어버린 선자의 모습에 한수는 안쓰러움을 느꼈다. 겨우 쉰 살이 조금 넘었는데 나이보다 훨씬 늙어 보였다. 젊었을 적 선자는 밝고 탱탱해서 무척 매력적이었다. 선자의 풍만함과 활기가 떠오르자 한수의 몸이 달아올랐다. 선자는 오랜 세월 햇빛을 받아 얼굴이 거무스름해졌고 손등이 옅은 갈색 반점으로 뒤덮였다. 한때 매끄럽던 이마가 이제는 약간 울퉁불퉁했다. 까맣고 윤이 나던 땋은 머리가 이제는 짧게 잘려 있었고 대부분 희끗희끗했다. 허리도 굵어졌다. 한수는 선자의 풍만한 가슴과 아름다운 분홍색 유두를 떠올렸다. 두 사람은 몇 시간 이상 함께 있어본 적이 없었고, 하루에 몇 번이라도 선자와 사랑을 나누는 것이 항상 한수의 소망이었다. 한수는 많은 여자와 소녀를 만났지만 뭐든 하겠다고 나서는 요염한 창부들보다도 선자의 순수함과 신뢰가 훨씬 한수를 흥분시켰다.

선자의 예쁜 눈동자는 여전히 그대로였다. 강가의 조약돌처럼 반짝반짝하고 단단했고 그 안에 빛이 어른거렸다. 한수는 나이 많은 남자가 젊음과 활력을 되돌려줄 수 있는 어린 여자를 사랑하듯 선자를 열렬하게 사랑했다. 감사하는 마음으로 선자를 사랑했다. 다른 어떤 여자보다도 선자를 사랑했다는 사실을 알았다. 선자는 더 이상 아름답지 않았지만 여전히 선자에게 욕정을 느꼈다. 선자를 숲속으로 데려갔던 때를 떠올리면 종종 아랫도리가 단단해졌다. 차 안에 혼자 있었더라면 모처럼의 발기를 기뻐하며 자위를 했을 것이었다.

한수는 하루에도 몇 번씩 선자를 생각했다. 지금 선자가 뭘 하고 있을까? 잘 지내고 있을까? 자신을 생각하고 있을까? 한수의 마음은 돌아가신 아버지를 생각하는 것만큼이나 자주 선자를 향했다. 선자가 노아를 찾아내려고 한수를 찾고 있다는 말을 들었을 때 한수는 선자에게 연락하지 않았다. 한수도 알아낸 소식이 전혀 없어서였다. 선자를 실망시키고 싶지 않았다. 노아의 행방을 찾으려고 모든 자원을 동원했지만 헛수고였다. 노아가 워낙 완벽하게 자취를 감춘지라 한수가 일본 전역의 영안실 일지를 정기적으로 확인하라고 지시해놓지 않았다면 노아가 죽었다고 생각했을지도 몰랐다. 장례식장에서 한수는 노아가 여전히 선자에게 돈을 보낸다는 사실을 알았다. 정말 안심이 됐다. 노아가 살아 있었고, 그렇다면 일본 어딘가에 살고 있다는 의미였다. 먼저 노아를 찾아낸 다음에 선자에게 연락할 계획이었지만 유미의 장례식으로 시간이 언제나 자기편이 아님을 깨달았다. 게다가 지난달에 주치의에게 전립선암 진단을 받았다.

선자가 자동차를 지나갈 때 한수가 자동차 창문을 내렸다.

"선자야, 선자야."

선자가 헉하며 숨을 들이마셨다.

한수가 운전사에게 기다리라고 말하고 직접 자동차 문을 열고 나왔다.

"들어봐. 유미의 장례식에 갔었어. 늦게 도착해서 모자수가 넌 돌아갔다고 하더라. 지금 모자수랑 같이 살지?"

선자는 인도에 서서 한수를 빤히 바라보았다. 한수는 나이를 먹은 것 같지 않았다. 정말로 마지막으로 한수를 본 지 11년이나 됐단 말인가? 그때 선자는 노아와 함께 한수의 사무실에 갔고 이어서 노아의 와세다대학교 입학을 축하하는 고급스러운 저녁을 먹었다. 이제 노아가 사라진 지 6년이 됐다. 선자는 손자 쪽을 슬쩍 바라보았다. 손자는 다른 사내아이들과 함께 가게로 뛰어 들어가서 만화책을 훑어보고 어떤 사탕을 살지 얘기하고 있었다. 선자는 아무 대꾸 없이 솔로몬이 있는 방향으로 걸어갔다. 모자수는 한수가 장례식에 왔고, 노아 소식을 물어봤으나 아무 말도 하지 않았다고 했다.

"잠깐 멈춰서 나와 이야기하면 안 될까? 꼬마는 괜찮아. 가게 안에 있잖아. 유리 너머로 지켜보면 돼." 솔로몬은 만화책 회전 책꽂이 옆에 서 있는 사내아이들 사이에 있었다.

"지가 찾고 있다는 말 좀 전해달라꼬 당신 아내한테 사정사정했십니더. 정원 일 하는 사내애한테도예. 당신 아내는 내 말을 전하지 않았더라도 그 애는 분명히 전했을 깁니더. 지는 당신을 안 후로 당신한테 짐이 안 될라꼬 온갖 짓을 다 했십니더. 당신한테 아무것도 부탁하지 않았다꼬예. 당신 집을 찾아간 후로 여섯 해가 지났십니더. 여섯 해예."

한수가 입을 열었지만 선자가 다시 말을 이었다.

"그 애가 어딨는지 압니꺼?"

"아니."

선자가 사탕 가게로 걸어갔다.

한수가 선자의 팔에 손을 대자 선자가 손바닥으로 한수를 세게 미는 바람에 한 발짝 뒷걸음쳤다. 자동차 근처에 서 있던 운전사와 경호원이 달려왔지만 한수가 물러나라고 손을 내저었다.

"괜찮아." 한수가 소리 없이 입 모양으로 말했다.

"차로 가이소." 선자가 말했다. "당신네 그 비틀린 세상으로 가라꼬요."

"선자야……."

"왜 지금 지를 괴롭힙니꺼? 당신이 지를 망가뜨린 게 안 보여예? 왜 지를 가만 안 두냐꼬예? 노아가 지를 떠났십니더. 우리 사이에는 아무것도 없다꼬예."

눈물에 젖어 반짝이는 선자의 눈동자가 깜박거렸고 남포등처럼 빛이 났다. 나이 든 얼굴에 젊은 시절의 얼굴이 분명히 보였다.

"너랑 솔로몬을 집에 태워다줘도 될까? 카페에 가도 되고. 이야기 좀 해."

선자는 흐르는 눈물을 멈추지 못한 채 발밑의 커다랗고 네모난 콘크리트 판들을 내려다보았다.

"내 아들 내놓으소. 그 애한테 뭔 짓을 했십니꺼?"

"어떻게 그 일로 날 탓할 수 있어? 난 그 아이를 학교에 보내고 싶었을 뿐이야."

선자는 흐느꼈다. "당신이 내 아들이랑 알고 지내게 둔 내 잘못입니더. 당신은 결과가 어찌 되든 바라는 걸 억지로 모두 가져가는 이기적인 사람입니더. 애초에 당신을 만나지 않았으면 좋았을 긴데."

지나가던 사람들이 입을 딱 벌리고 바라보다가 한수가 무섭게 쏘아보자 눈길을 돌렸다. 솔로몬은 여전히 가게 안에 있었다.

"당신은 제일 나쁜 인간 말종이라예. 마음대로 될 때까지 포기하지 않아예."

"선자야, 나 죽는단다."

4

《우주소년 아톰》과 《울트라맨》 만화책을 안은 솔로몬은 커다란 승용차 뒷좌석에서 선자와 한수 사이에 조용히 앉아 있었다.

"몇 살이야?" 한수가 물었다.

솔로몬이 손가락 세 개를 들어 올렸다.

"그렇구나. 지금 그거 읽을 거야?" 한수가 아이의 새 만화책 두 권을 가리키며 물었다. "벌써 글자를 읽을 수 있어?"

솔로몬이 고개를 저었다. "오늘 밤 소토 삼촌 올 때까지 기다릴래요. 소토 삼촌이 읽어줄 거예요." 솔로몬이 빨간 책가방을 열어 만화책을 넣었다.

"소토 삼촌이 누구야?" 한수가 물었다.

"아빠 친구요. 어렸을 때부터요. 진짜 일본 경찰이에요. 악당이랑 강도 잡아요. 태어날 때부터 아는 삼촌이에요."

"그래? 그렇게 긴 세월 동안 아는 사이였구나?" 한수가 웃었다.

솔로몬이 점잖게 고개를 끄덕였다.

"할머니, 소토 삼촌 저녁밥 뭐 해줄 거예요?" 솔로몬이 물었다.

"생선전하고 닭조림 해줄 기다." 선자가 대답했다. 모자수의 친구인 소토야마 하루키가 오늘 저녁에 와서 주말 동안 머물기로 했고, 선자는 그동안 무슨 음식을 할지 생각해놓았다.

"근데 소토 삼촌은 불고기 좋아해요. 그걸 제일 좋아하는데."

"불고기는 내일 밤에 하면 된다. 일요일 오후까지 안 갈 기다."

솔로몬은 걱정스러워 보였다.

솔로몬을 유심히 지켜보던 한수가 말했다. "난 닭조림을 아주 좋아한단다. 좋은 집에서만 먹을 수 있는 음식이지. 불고기는 누구나 식당에 가면 먹을 수 있지만 닭조림은 너희 할머니만 만들……."

"소토 삼촌 만날래요? 삼촌은 나랑 제일 친한 어른 친구예요."

선자가 고개를 저었지만 한수는 못 본 척했다.

"난 네 아빠를 네 나이 때부터 알았단다. 정말로 너희 집에서 저녁을 먹고 싶구나. 고맙다, 솔로몬."

선자는 현관에서 외투를 벗고 솔로몬의 겉옷을 벗겨주었다. 솔로몬은 아톰처럼 오른팔을 쭉 올리고 왼팔을 옆구리에 딱 붙이고는 텔레비전에서 하는 〈우주소년 아톰〉을 보러 방으로 달려갔다. 한수는 선자를 따라 부엌으로 갔다.

선자는 새우과자를 작은 바구니에 붓고 냉장고에서 요구르트를 꺼내 울트라맨이 그려진 둥근 쟁반 위에 올려놓았다.

"솔로몬." 선자가 큰 소리로 불렀다.

솔로몬이 부엌에 와서 쟁반을 조심스럽게 들고 텔레비전을 보러 갔다.

한수는 서양식 식탁에 앉았다.

"집이 좋네."

선자는 대답하지 않았다.

요코하마의 서양인 거주 구역에 있는 방 세 개짜리 세련된 집이었다. 물론 한수는 전에 차를 타고 이 집을 지나간 적이 있었다. 지금까지 선자가 살았던 집은 모두 밖에서 살펴봤다. 전쟁 중에 살았던 농가를 제외하면 선자의 집 안에 들어온 것은 이번이 처음이었다. 가구는 미국 영화에 나오는 배경과 비슷했다. 천 소파, 높다란 원목 식탁, 크리스털 샹들리에, 가죽 안락의자가 있었다. 한수는 이 집 식구들이 바닥이나 요가 아니라 침대에서 잘 거라고 추측했다. 집에 오래된 물건은 하나도 없었다. 조선이나 일본의 흔적도 전혀 없었다. 널찍한 부엌 창문 너머로 정원석으로 꾸민 이웃집 정원이 내다보였다.

선자는 한수에게 아무 말도 하지 않았지만 화가 난 것 같지도 않았다. 한수에게 등을 돌린 채 가스레인지만 바라보고 있었다. 한수는 연한 황갈색 스웨터와 갈색 모직 바지에 가려진 선자의 몸 윤곽을 그릴 수 있었다. 선자를 맨 처음 보았을 때 한복 저고리 아래 감춰진 크고 풍만한 가슴에 눈이 갔다. 한수는 항상 가슴이 크고 엉덩이가 보드라운 여자를 더 좋아했다. 그러나 선자의 알몸을 한 번도 보지 못했다. 두 사람은 밖에서만 사랑을 나눴고 그때마다 선자는 늘 치마를 입고 있었다. 소문난 미인인 아내는 가슴이며 골반이며 엉덩이랄 것도 없는 밋밋한 몸매였다. 아내가 남의 손길을 혐오했기 때문에 한수도 아내와 관계를 맺기 거북했다. 한수는 잠자리를 갖기 전에 반드시 목욕을 해야 했고, 관계가 끝난 후에도 아내는 몇 시든 상관없이 한참 동안 목욕을 했다. 아내가 딸 셋을 낳은 후, 한수는 아들을 가지려는 시도를 그만두었다. 한수가 존경했던 장인조차도 한수가 다른 여자를 만나는 것에 대해 아무 말도 하지 않았다.

한수는 조선에서 자신의 처가 되기를 거절한 선자가 어리석었다고 생각했다. 일본에서 혼인했다는 것이 무슨 상관이란 말인가? 한수는 선자와 노아를 정말 잘 보살필 수 있었다. 자식을 더 낳았을 수도 있었다. 선자가 시장이나 식당 부엌에서 일할 필요도 없었다. 그렇지만 요즘 젊은 여자들과 달리 자신의 돈을 받지 않았기에 한수는 선자를 존경할 수밖에 없었다. 도쿄에서 남자는 프랑스제 향수 한 병이나 이탈리아제 구두 한 켤레면 여자를 살 수 있었다.

한수가 선자의 부엌에 앉아 추억에 잠기며 편안함을 느꼈다면, 선자는 식탁 앞에 앉은 한수의 모습에 불안한 마음이 들었다. 선자는 한수를 처음 만난 순간부터 어느 곳에서나 한수의 존재감을 느꼈다. 원하지 않는데도 한수는 선자의 상상 속에 나타났다. 노아가 사라진 후에는 줄곧 두 부자의 모습이 선자의 뇌리에서 떠나지 않는 것 같았다. 이제 한수는 부엌에서 선자가 관심을 주기를 참을성 있게 기다리고 있었다. 저녁까지 먹고 갈 셈이었다. 그 오랜 세월 두 사람은 함께 밥을 먹은 적도 없었다. 한수가 왜 왔을까? 언제 가려는 걸까? 멋대로 나타났다가는 사라지는 것이 한수의 방식이었다. 등을 돌리고 찻물을 끓이던 중, 뒤돌아보면 한수가 가버리고 없을지 모른다는 생각이 문득 들었다. 그러면 어떻게 하나?

선자가 수입품인 버터쿠키의 파란 통을 열어 접시에 몇 개 담았다. 찻주전자에 뜨거운 물을 채우고 찻잎을 넉넉히 띄웠다. 차를 살 돈이 없던 시절, 살 것이 아무것도 없던 때가 떠올랐다.

"매달 첫날에 노아가 잘 있다는 짧은 편지와 돈을 보냅니더. 봉투에 찍힌 소인은 늘 다르고예." 선자가 말했다.

"노아를 찾아봤어. 아무도 찾지 못하길 바라나 봐. 지금도 여전히 노아를 찾고 있어. 선자야, 노아는 내 아들이기도 하잖아."

'어떻게 그 일로 날 탓할 수 있어?' 한수가 아까 선자에게 한 말이었다. 선자는 한수에게 차를 한 잔 따라주고 나서 실례한다고 말하고 부엌에서 나왔다.

욕실 거울에 비친 자신의 모습이 실망스러웠다. 선자는 쉰두 살이었다. 반점과 주름이 생기지 않게 항상 부지런히 모자를 쓰고 장갑을 끼는 경희는 선자보다 열네 살이나 많았지만 훨씬 젊어 보였다. 선자는 흰머리가 늘어나고 있는 짧은 머리카락을 만져보았다. 한 번도 아름다웠던 적이 없었고, 지금도 분명 어떤 남자도 자신을 원할 리 없었다. 선자의 삶에서 그런 시절은 이삭의 죽음으로 끝났다. 평범한 얼굴에 주름살이 가득했다. 허리와 허벅지도 굵어졌다. 얼굴과 손은 부지런히 일하는 가난한 여자의 것이었고, 아무리 지갑에 돈이 많다 한들 무엇도 선자를 매력적으로 만들 수 없었다. 오래전, 목숨보다 더 한수를 원했다. 한수와 헤어졌을 때도 그가 돌아와 자신을 찾아내서 붙잡아주기를 바랐다.

한수는 일흔이었지만 별로 변한 것이 없었다. 오히려 용모가 더 준수해진 것 같았다. 숱 많은 백발을 여전히 세심하게 다듬어 향유를 발라 손질했다. 고급스러운 모직 정장을 입고 멋진 구두를 신은 한수는 고상한 정치인이나 잘생긴 할아버지처럼 보였다. 누구도 한수를 야쿠자 두목으로 생각할 리 없었다. 선자는 욕실에서 나가고 싶지 않았다. 외출하기 전에 굳이 거울을 보지도 않았다. 보기 흉하거나 부끄러운 모양새는 아니었지만 여자의 일생에서 누구한테도 관심을 받지 못하는 시기가 너무 이르게 찾아왔다.

선자는 차가운 물을 틀어서 세수를 했다. 어찌 됐든 한수가 자신을 조금은 원하기를 바랐다. 그런 마음을 깨닫자 당황스러웠다. 선자의 삶에는 두 남자가 있었다. 아무도 없는 것보다 낫다고 생각했다. 그러니 그 정도면 됐다. 선자는 수건으로 얼굴을 닦고 불을 껐다.

한수가 부엌에서 과자를 먹고 있었다.

"여기에서 살기는 괜찮아?"

선자가 고개를 끄덕였다.

"꼬마 말이야. 참 예의가 바르네."

"모자수가 늘 아이를 단속합니더."

"모자수는 언제 집에 와?"

"곧 와예. 저녁밥을 해야겠어예."

"내가 음식 하는 거 좀 도울까?" 한수가 정장 상의를 벗는 척했다.

선자가 소리 내어 웃었다.

"드디어 웃네. 네가 웃는 법을 잊어버렸나 했어."

두 사람은 서로 시선을 피했다.

"죽는다꼬예?" 선자가 물었다.

"전립선암이야. 뛰어난 의사들이 봐주고 있어. 이 병으로 죽지는 않을 것 같아. 어쨌든 조만간은 아니겠지."

"그러면 거짓말했다 아닙니꺼."

"아니지, 선자야. 사람은 다 죽잖아."

거짓말을 한 한수에게 화가 났지만 다행스럽기도 했다. 선자는 예전에 사랑했던 한수가 세상을 떠난다고 생각하면 견딜 수 없을 것 같았다.

솔로몬은 문이 열리자 기뻐서 소리를 질렀다. 빨간색 스웨터 소매를 허둥지둥 걷어 올리고는 왼팔을 앞으로 뻗어 팔꿈치를 기역자로 구부린 다음에 오른팔을 대서 중심에서 약간 벗어난 십자가 모양을 만들었다. 왼손에서 레이저 광선을 발사하는 소리를 내면서 나름대로 무서워 보이는 자세를 취했다.

하루키가 바닥으로 쓰러졌다. 신음하면서 폭발 소리를 냈다.

"우와, 괴수를 물리쳤다!" 솔로몬은 소리를 지르며 하루키 위로 뛰어내렸다.

“다시 뵙게 되어서 정말 반갑습니다.” 모자수가 한수에게 말했다. “이쪽은 제 친구 소토야마 하루키입니다.”

“처음 뵙겠습니다. 소토야마입니다.”

솔로몬이 다시 자세를 취했다.

“좀 봐줘요, 울트라맨. 소토 괴수는 할머니께 인사해야 해요.”

“오랜만이데이.” 선자가 말했다.

“불러주셔서 감사해요.”

솔로몬이 선자와 하루키 사이로 끼어들었다.

“소토 괴수!”

“네! 울트라맨!” 하루키가 우렁차게 대답했다.

“어제 아빠가 새 《울트라맨》 사줬어요.”

“잘됐네. 좋겠다.” 하루키가 부럽다는 듯 말했다.

“보여줄게요. 얼른요!” 솔로몬이 하루키를 잡아끌자 다 큰 어른인 하루키가 과장된 동작으로 솔로몬의 방으로 돌진했다.

한수는 선자 주변의 모든 사람들의 정보를 수집해두었다. 오사카에서 제복 제조업체를 운영하는 재봉사의 장남인 소토야마 하루키 형사에 대해서도 다 알고 있었다. 아버지는 없었고 지적장애인인 남동생이 있었다. 어머니 밑에서 일하는 연상의 여자와 약혼했지만 하루키는 동성애자였다. 비교적 젊은 나이인데도 관할 구역에서 평판이 좋았다.

저녁 식사 자리에서 나누는 대화는 즐겁고 편안했다.

“왜 요코하마에 와서 우리랑 살면 안 돼요?” 솔로몬이 하루키에게 물었다.

“흠, 솔깃한걸, 그렇지? 그럼 날마다 울트라맨 놀이를 할 수 있잖아. 하지만 엄마랑 형제가 오사카에 있어. 나도 가족이랑 살아야 할 것 같아.”

“아.” 솔로몬이 한숨을 내쉬었다. “삼촌한테 형제가 있는 줄 몰랐는데. 형이에요, 동생이에요?”

“동생이야.”

“만나고 싶어요.” 솔로몬이 말했다. “우린 친구가 될 수 있어요.”

“그러네. 그런데 내 동생이 부끄럼쟁이라서.”

솔로몬이 고개를 끄덕였다.

“우리 할머니도 부끄럼쟁이예요.”

선자가 고개를 저었고 모자수가 웃었다.

“동생이랑 요코하마로 이사 오면 좋겠어요.” 솔로몬이 조용하게 말했다.

하루키가 고개를 끄덕였다. 솔로몬이 태어나기 전에 하루키는 아이들에게 별 관심이 없었다. 어린 나이부터 장애가 있는 동생이 있었기에 다른 사람을 돌봐야 하는 책임이 꺼려졌다.

“내 여자친구 아야메는 오사카보다 도쿄를 더 좋아해. 요코하마도 마음에 들어 할 거야.” 하루키가 말했다.

“그럼 결혼해서 여기로 오면 돼요.” 솔로몬이 말했다.

모자수가 소리 내어 웃었다. “그러네.”

한수가 등을 더욱 곧게 펴고 앉았다.

“요코하마 경찰청장이 지인일세. 전근하고 싶다면 내가 도움을 줄 수 있으니 알려주게." 한수가 현실성 있는 제안을 했다. 주머니에서 명함을 꺼내 젊은 경찰관에게 건네자 하루키가 두 손으로 받으며 고개를 살짝 숙여 인사했다.

모자수가 눈썹을 추켜세웠다.

조용히 있던 선자가 계속 한수를 유심히 바라보았다. 당연히 한수의 도움이 미심쩍었다. 한수는 평범한 사람이 아니었고 선자가 알아채지 못하거나 이해하지 못하는 행동을 할 수 있는 사람이었다.

5

1969년 1월, 나가노

코스모스 파친코 사무실은 미로처럼 들어서 있는 서류 캐비닛들과 철제 책상들 사이로 직원들이 북적거렸다. 빽빽한 가구들 속에서 문서 정리 책임자인 이와무라 리사는 그다지 눈에 띄지 않았다. 사실 보통의 기준으로 봤을 때 리사의 얼굴과 몸매는 매력적인 편이었다. 그렇지만 차가운 태도 때문에 주변 사람들이 쉽게 다가가거나 친해지지 못했다. 이 젊은 여자는 관심을 끌거나 눈에 띄지 않으려고 자신의 빛을 약하게 줄이고 있는 것 같았다. 손이 많이 가지 않는 하얀 블라우스와 값싼 검은 폴리에스테르 치마를 단정하게 입었고, 나이 든 여자들이 신는 검은색 가죽 구두를 신었다. 겨울에는 회색 울 카디건 두 벌을 번갈아서 입었고 여윈 어깨에 망토처럼 걸치고 다녔다. 장신구라고는 싸구려 은색 손목시계뿐이었고, 갈 곳이 있는 것 같지는 않은데도 손목시계로 시간을 자주 확인했다. 리사는 다른 사람의 도움 없이도 맡은 일을 척척 해내는 직원이었다. 상사들의 요구를 완벽하게 예측했고 재촉하지 않아도 알아서 자기 할 일을 했다.

노아는 거의 7년 동안 나가노에서 반 노부오라는 이름의 일본인으로 살았다. 코스모스 파친코의 사장을 위해 부지런히 일했으며 소박하고 눈에 띄지 않는 생활에 익숙해졌다. 노아는 유능한 직원이었고 사장은 노아의 일에 참견하지 않았다. 사장이 매년 1월에 상여금을 주면서 새해 덕담을 하는데 이때 유일하게 꺼내는 잔소리는 결혼이었다. 노아 정도 나이와 지위를 가진 남자라면 가정과 자식들이 있어야 한다고 했다. 노아는 자신을 고용한 다카노가 코스모스 파친코 분점들을 운영하려고 나고야로 간 후 사무 책임자가 됐다. 그래도 계속 파친코장 숙소에서 살면서 구내 식당에서 규칙적으로 밥을 먹었다. 한수가 내준 와세다대학교 등록금과 방세는 이미 갚았지만, 여전히 어머니에게 매달 돈을 보냈다. 꼭 필요한 것 외에는 자신에게 돈을 쓰지 않았다.

올해의 덕담을 들은 후 노아는 사장의 충고를 깊이 생각해봤다. 노아는 리사를 의식하고 있었다. 리사가 스스로 말한 적은 없지만 안타까운 추문이 떠도는 중산층 집안 출신이라는 사실을 모두 알고 있었다.

리사가 열네 살쯤 됐을 때, 동네 병원에서 인망이 두터운 의사였던 아버지가 독감이 유행하던 철에 약을 잘못 처방하는 바람에 환자 두 명이 사망하는 사건이 있었다. 얼마 지나지 않아서 의사는 스스로 목숨을 끊었고 가족에게는 빈곤과 오명만 남았다. 리

사는 사실상 결혼을 할 수 없었다. 가족 중에 자살한 사람이 있으면 정신병이 있는 핏줄이라고 여겨 아무도 결혼 상대로 반기지 않았다. 게다가 리사 아버지가 너무나 수치스러운 일을 저질렀기에 당연히 죽음을 택할 수밖에 없었다고 했다. 친척들이 장례식장에 오지 않았고 더 이상 리사와 리사 어머니를 찾아오지도 않았다. 리사 어머니는 끝내 충격에서 벗어나지 못했고 일이 있어도 집 밖으로 나가지 않았다. 리사가 고등학교를 졸업한 후에 리사 아버지의 옛 환자 다카노가 리사를 사무원으로 고용했다.

노아는 리사에게 관심을 갖기 전에 그녀의 아름다운 글씨체를 먼저 알아차렸다. 숫자 2(二)를 그렇게 쓰는 여자라면 사랑할 수 있을 것 같았다. 리사가 쓴 가지런한 두 선은 표의문자의 획들이 담긴 보이지 않는 상자 안에서 자유롭게 움직이는 것 같았다. 리사가 청구서에 평범한 글을 적어놓아도 노아는 하던 일을 잠시 멈추고 다시 읽었다. 내용 때문이 아니라 그토록 우아하게 글씨를 쓰는 손에 춤추는 영혼이 깃들어 있다고 느꼈기 때문이었다.

어느 겨울날 저녁에 노아가 리사에게 저녁을 먹으러 가자고 하자 리사는 깜짝 놀라서 "정말이요?"라고 대답했다. 문서 정리원들 사이에서 반 노부오는 대단히 흥미로운 화젯거리였지만 여러 해가 지나도 행동에 거의 변화가 없어서, 노아에게 관심 있던 여직원들도 오래전에 포기해버렸다. 저녁 식사를 두 번 한 후, 아니 어쩌면 그보다도 전에, 리사는 노아를 사랑하게 됐다. 그리고 남들에게 속내를 지극히 드러내지 않는 두 젊은이는 그해 겨울에 결혼했다.

첫날밤에 리사는 잔뜩 겁먹었다.

"아플까요?"

"힘들면 멈추라고 말해요. 당신을 아프게 하느니 내가 아픈 게 나아요, 여보."

진정한 애정을 느끼며 외로움이 사그라진 후에야 두 사람은 그토록 오랜 세월 외로웠다는 사실을 깨달았다.

리사는 임신하면서 일을 그만두고 집에서 살림을 했다. 그리고 잘되는 파친코의 문서 보관실을 능숙하게 관리했듯이 솜씨 좋게 가정을 꾸렸다. 먼저 딸 쌍둥이를 낳았고 한 해 뒤에 아들을 낳았다. 그리고 다시 한 해 뒤 딸을 하나 더 낳았다.

노아는 매달 이틀씩 출장을 갔지만 그 외에는 일주일에 엿새 동안 코스모스 파친코에서 일하고 가족을 살뜰하게 보살피는 건실한 생활을 했다. 신기할 정도로 노아는 술을 입에 대지 않았고 나이트클럽에 가지 않았다. 경찰을 접대하거나 파친코 기계 판매원에게 접대받지도 않았다. 정직하고 꼼꼼했으며 세금부터 기계 허가에 이르기까지 모든 복잡한 사업 문제를 처리할 수 있었다. 게다가 욕심이 많지도 않았다. 코스모스의 사장은 유흥업소 출입을 하지 않는 노아를 높이 평가했다. 당연히 리사는 감사하게 여겼다. 대담한 술집 접대부에게 남편의 애정을 빼앗기는 것은 흔한 일이었다.

다른 일본인 엄마들처럼 리사는 아이들 학교에서 자원봉사를 했고, 네 아이 모두 건강하고 안전하게 자랄 수 있다면 무엇이든 했다. 리사는 돌봐야 할 아이들이 많아서 좀처럼 가족 외의 사람들과 어울릴 겨를이 없었다. 아버지의 죽음으로 평범한 중산층 사회에서 쫓겨났던 리사는 자신만의 무리를 다시 만들었다.

결혼 생활은 안정적이었고 여덟 해가 빠르게 흘러갔다. 노아 부부는 다투지 않았다. 노아는 대학 시절 열렬히 사랑했던 여자친구만큼 리사를 사랑하지는 않았지만 그것도 좋다고 생각했다. 절대로 다른 사람에게 약한 모습을 보이지 않겠다고 마음먹었다. 노아는 새로 생긴 가족들 앞에서 조심스러운 태도를 유지했다. 아내와 아이들을 삶의 두 번째 기회로 여기며 소중하게 대했지만 결코 현재의 삶이 새로 태어난 삶이라고 생각하지 않았다. 조선인으로 살아온 삶이 시커멓고 묵직한 바윗덩어리처럼 가슴에 걸려 있었다. 자신의 정체를 들킬까 봐 두려워하지 않은 날이 하루도 없었다. 예전 삶에서부터 계속된 것은 영어 소설을 읽는 것뿐이었다. 결혼하고 나서는 구내식당에서 밥을 먹지 않았다. 이제는 비싸지 않은 식당에서 혼자 점심을 먹는 여유를 부렸다. 하루에 30분씩 점심시간에 디킨스나 트롤럽, 괴테의 책을 다시 읽으며 자신이 어떤 사람이었는지 기억했다.

쌍둥이 딸들이 일곱 살이 된 해 봄이었다. 노아 가족은 일요일을 맞아 마쓰모토성으로 소풍을 갔다. 리사는 갈수록 두문불출하는 어머니를 위해 나들이 계획을 세웠다. 아이들은 집에 가는 길에 아이스크림을 먹을 생각에 몹시 기뻐했다.

과부가 된 이와무라 상은 결코 유능한 여자가 아니었다. 사실 대체로 무력했다. 여전히 소녀처럼 예쁜 이와무라의 두 뺨은 부드럽고 창백했으며 입술은 본디 붉었고 머리는 검게 염색했다. 수수한 베이지색 원피스에 카디건을 걸쳤고 맨 위 단추 하나만 채웠다. 늘 생일 선물에 실망한 어린애 같은 표정을 짓고 있었다. 그렇다고 무지한 사람은 아니었다. 의사의 아내였고, 남편의 죽음으로 소중했던 사회적 야망이 무너졌지만 외동딸에 대한 기대를 포기하지 않았다. 그러나 딸이 파친코에서 일하는 것도 마땅치 않았는데 이제 비도덕적인 업계에서 일하는 남자와 결혼까지 했으니 신분 상승은 끝난 일이었다. 반 노부오를 처음 만났을 때 평범하지 않은 과거가 있으리라 짐작했다. 가족이 없어서였다. 틀림없이 외국인이었다. 정체가 의심스러웠다. 하지만 점잖은 태도에 깔린 아주 서글픈 뭔가가 그녀의 남편을 떠올리게 했다. 그래서 이와무라는 누군가 사실을 알아내지 않는 한, 반 노부오의 출신을 눈감아줘야 한다고 생각했다.

그리 많지 않은 사람들이 마쓰모토성 앞에 모여 있었다. 지역민들에게 인기 있는 유명한 안내원이 일본에서 현존하는 가장 오래된 성에 대해 막 설명하려는 참이었다. 하얗게 센 성긴 눈썹에 등이 살짝 굽은 나이 많은 안내원이 이젤을 가져와 포스터 크기만 한 사진들과 시각 자료들을 설치했다. 주먹밥 절반 말고는 아무것도 먹지 않은 노아의 셋째 아이가 벌떡 일어나 안내원을 향해 쏜살같이 달려갔다. 리사가 도시락 통을 챙기다가 노아에게 고이치를 따라가달라고 부탁했다. 여섯 살인 이 작은 남자아이는 얼굴과 두상이 아주 예뻤다. 낯선 사람들을 무서워하지 않았고 누구에게나 거리낌 없이 말을 붙였다. 한번은 시장에서 채소 장수에게 엄마가 지난주에 가지를 태웠다고 말하기도 했다. 어른들도 고이치와 이야기하며 즐거워했다.

"죄송해요, 죄송해요!" 고이치가 성의 역사를 설명하는 안내인의 말을 경청하고 있는 사람들 사이를 작은 몸으로 밀치고 들어가며 소리쳤다.

사람들이 아이가 앞에 서도록 길을 내주었다. 안내원이 고이치를 보며 미소 짓고는 설명을 계속했다.

아이가 입을 살짝 벌린 채 안내원의 설명을 열심히 듣는 동안 아빠가 뒤에 서 있었다.

안내원은 이젤 위에 세워둔 다음 사진으로 넘어갔다. 낡은 흑백사진 속 마쓰모토성이 무너질 것처럼 상당히 기울어져 있었다. 사람들은 그 유명한 사진을 보며 예의 바르게 헉하는 소리를 냈다. 그 사진을 한 번도 보지 못한 관광객들과 아이들이 자세히 살펴보았다.

"이 웅장한 성이 이만큼 기울었을 때 모두 다다 가스케의 저주를 떠올렸답니다!" 안내원이 강조하려고 눈을 감았다 크게 떴다.

이 지역 어른들이 알아듣고 고개를 끄덕였다. 17세기경에 부당한 세금에 반발해 조쿄의 난을 일으켰다가 어린 두 아들을 포함해 스물일곱 명의 사람들과 함께 처형당한 마쓰모토의 촌장을 모르는 사람은 나가노에 없었다.

"저주가 뭐예요?" 고이치가 물었다.

노아가 얼굴을 찌푸렸다. 뭔가를 묻고 싶다고 아무 때나 불쑥 질문하면 안 된다며 아이에게 몇 번이나 주의를 주어서였다.

"저주?" 안내원은 극적인 효과를 주려고 잠시 말을 멈춘 채 시간을 끌었다.

"저주라는 건 무시무시한 거란다. 대의명분이 있는 저주가 가장 무섭지. 다다 가스케는 그저 이 성에서 사람들에게 착취당하는 나가노의 선량한 사람들을 구하려고 했을 뿐인데 억울하게 처형됐어! 다다 가스케는 죽음을 맞이했을 때 탐욕스러운 미즈노 일족에게 저주를 내렸지!" 안내원은 자기 이야기에 점점 눈에 띄게 심취했다.

고이치는 다른 질문을 하고 싶었는데 어느새 옆에 와서 선 쌍둥이 누나들이 고이치의 오른쪽 팔꿈치 주변을 살짝 꼬집었다. 누나들은 고이치가 말을 너무 많이 하지 않는 법을 배워야 한다고 생각했다. 가족 모두가 고이치를 단속하려고 노력했다.

"다다 가스케가 죽은 후 거의 200년, 통치자 일족은 저주를 풀려고 순교자의 혼령을 달래고자 힘이 닿는 대로 온갖 노력을 했습니다. 효과가 있었나 봅니다. 이렇게 성이 반듯하게 서 있으니까요!" 안내원이 극적으로 양손을 번쩍 들어 올려 뒤에 있는 성을 가리켰다. 사람들이 소리 내어 웃었다.

고이치가 기울어진 성이 담긴 포스터 크기 사진을 빤히 바라보았다. "어떻게요? 어떻게 저주를 풀었어요?" 고이치가 참지 못하고 물었다.

누나 우메코가 고이치의 발을 밟았지만 고이치는 아랑곳하지 않았다.

"통치자 일족은 혼령을 달래려고 다다 가스케가 순교자였다고 인정하고 시호를 내렸단다. 동상도 세웠지. 결국 진실은 인정받는 법이야!"

고이치가 다시 입을 열려고 했지만 이번에는 노아가 다가와 아들을 부드럽게 안아 올렸고 어머니와 긴 의자에 앉아 있는 리사에게 데려갔다. 고이치는 유치원에 다니고 있었지만 아직도 안아주면 좋아했다. 사람들이 웃음을 지었다.

"아빠, 정말 재미있는 이야기였죠?"

"그래." 노아가 대답했다. 아들을 안을 때마다 노아 어깨에 둥그런 머리를 기댄 채 품속에서 금방 잠들던 모자수가 생각났다.

"아빠, 나도 저주 걸어도 돼요?" 고이치가 물었다.

"뭐라고? 누구한테 저주를 걸고 싶어?"

"우메코 누나요. 일부러 내 발 밟았어요."

"그건 누나가 잘못했지만 저주를 받을 일은 아니잖아?"

"근데 원하면 저주를 풀 수 있잖아요."

"이런, 저주를 풀기가 그렇게 쉽지는 않단다, 고이치 짱. 게다가 누가 너한테 저주를 걸면 어떡하려고?"

"그러네요." 고이치가 진지하게 고민하다가 제일 사랑하는 엄마를 보고 함박웃음을 지었다. 리사는 어머니와 이야기를 나누면서 스웨터를 뜨고 있었다. 소풍 가방들이 발 옆에 놓여 있었다.

노아네 가족은 성 주변을 돌아다녔고 아이들이 지루해하자 노아는 약속대로 아이들을 아이스크림 가게로 데려갔다.

6

1974년 7월, 요코하마

소토야마 하루키는 어머니의 제복 가게 작업반장인 아야메와 결혼했다. 어머니가 바라서였지만, 지나고 보니 현명한 결정이었다. 어머니가 위암을 진단받아 가게와 동생 다이스케를 돌보지 못하게 되자 아야메가 모든 것을 알아서 했다. 두 해 동안 능숙하게 가게를 운영했고 병든 시어머니를 간호하면서 다이스케를 잘 보살폈다. 어머니가 극심한 고통에 시달린 끝에 세상을 떠나자 하루키는 기진맥진한 아내에게 가게를 어떻게 해야 할지 물었고 아야메의 대답에 깜짝 놀랐다.

"가게를 팔고 요코하마로 가요. 더 이상 오사카에 살기 싫어요. 가게에서 일하는 걸 좋아하지 않았어요. 어머니를 실망시킬 수 없어서 그 일을 했을 뿐이에요. 더 이상 돈 걱정하지 않아도 되잖아요. 자유로운 시간이 생기면 케이크 만드는 법을 배우고 싶어요.

다이스케가 케이크를 좋아해요. 집에서 다이스케를 돌볼게요."

하루키는 아내의 말을 어떻게 받아들여야 할지 몰랐지만 거절할 수도 없었다.

하루키는 가게를 판 돈과 유산을 합쳐 요코하마의 오래된 공동묘지 근처에 방 세 개짜리 연립주택을 샀다. 아야메를 위해 2단짜리 붙박이 오븐이 있는 집으로 했다. 모자수의 전화 한 통에 요코하마 경찰청장에게 연락이 왔고 오사카에서와 같은 직무를 하게 해주겠다고 했다. 당연히 모자수와 솔로몬은 하루키가 마침내 요코하마로 이사를 온다고 기뻐했다. 그렇지만 하루키네 가족이 도착하고도 솔로몬은 하루키의 집에 놀러가거나 하루키의 남동생을 만날 수 없었다. 다이스케는 아이들을 무서워했다.

다이스케는 서른 살이 다 됐지만 정신연령은 대여섯 살에 불과했다. 소음이나 많은 사람, 밝은 빛을 접하면 흥분했기 때문에 바깥에 자주 나가지 못했다. 어머니의 병과 죽음은 다이스케에게 커다란 충격이었지만 어머니 밑에서 오랫동안 일한 아야메가 다이스케를 진정시킬 수 있었다. 아야메는 다이스케가 새집에서 잘 지낼 수 있도록 규칙적인 일과를 정했다. 요코하마에는 외국인들이 많아서 기꺼이 일주일에 닷새씩 집에 와 다이스케를 교육해줄 미국인 특수교육 교사도 찾을 수 있었다. 다이스케는 일반 학교에 갈 수 없었고 일자리를 구하거나 혼자 살 수도 없었지만, 아야메는 다이스케가 사람들의 낮은 기대치보다 더 많은 것을 할 수 있고 더 많은 것을 알아야 한다고 믿었다. 하루키는 아야메의 사려 깊은 생각을 고맙게 여겼다. 불평 한마디 없이 문제를 해결하고 새로운 일들을 척척 해내는 아내의 능력에 감탄할 수밖에 없었다. 아야메는 하루키보다 다섯 살 많았고, 몹시 보수적인 불교 집안에서 장녀로 자랐다. 하루키는 아야메가 엄격한 가정교육을 받아 잘 참고 견디는 것이리라 짐작했다. 어머니는 아야메가 하루키를 사랑한다는 말을 여러 번 해주었지만 하루키는 자신이 그런 사랑을 받을 자격이 없다고 생각했다.

다이스케는 이른 오후에 낮잠을 자고 느지막이 점심을 먹은 다음에 교사인 이디스와 함께 집에서 세 시간 동안 수업과 놀이를 하고 책을 함께 읽었다. 수업을 하는 동안 아야메는 공중목욕탕에 갔다가 장을 봤다. 7월의 요코하마는 고향보다 덜 더웠고, 아야메는 목욕 후에 주변을 걸어다니는 것을 싫어하지 않았다. 거리의 먼지와 습기 때문에 어쩔 수 없이 목욕하고 난 뒤의 청결한 기분을 망쳤지만 아야메는 혼자 있다는 사실에 행복했다. 이디스 선생이 수업을 마칠 때까지는 한 시간 넘게 남아 있었다. 그래서 아야메는 공동묘지 옆 수목이 우거진 공원을 가로지르는, 녹음이 더 짙은 오솔길로 접어들었다. 아직 해가 지지 않아서 한낮의 푸르스름한 빛이 여전히 남아 있었다. 아야메는 지붕처럼 덮인 밝은 녹색 나뭇잎들 아래에서 상쾌하고 즐거운 기분이었다. 저녁으로 다이스케가 좋아하는 닭꼬치를 몇 개 사 갈 생각이었다. 집에서 몇 블록 떨어진 곳에서 노부부가 닭꼬치를 팔았다.

상록수 덤불을 건노라니 나뭇가지들이 가볍게 바스락거리는 소리가 들렸다. 아야메는 어릴 때부터 새를 좋아했고 아이들 대부분이 무서워하는 커다란 검은 까마귀도 좋아했다. 아야메는 울창한 나무들로 조심조심 다가갔다. 소리가 나는 쪽으로 가까이 가자 눈을 감고 굵은 나무 둥치에 기대어 있는 잘생긴 남자가 보였다. 남자의 바지가 무릎까지 내려와 있었고 다른 남자가 그 앞에 무릎을 꿇고 앉아 머리를 흔들고 있었다. 아야메는 숨죽이고 큰길로 조용히 물러섰다. 남자들은 아야메를 보지 못했다. 위험에 처한 것은 아니었지만 걸음을 빨리했다. 심장이 가슴 밖으로 튀어나올 것처럼 세차게 뛰었다. 마른풀들이 샌들을 신은 발을 찔렀다. 아야메는 행인들이 보이는 인도 가장자리에 다다를 때까지 달렸다.

공동묘지 맞은편에 있는 붐비는 거리에서는 아무도 아야메에게 신경 쓰지 않았다. 아야메는 이마의 땀을 닦았다. 남편이 마지막으로 아야메를 원한 때가 언제였을까? 두 사람이 결혼하면 좋겠다고 하루키 어머니가 권유했고, 짧은 연애 기간에 하루키는 사려 깊고 친절했다. 아야메는 결혼할 때 처녀가 아니었다. 두 남자와 관계를 맺은 적이 있었지만 그 남자들은 아야메와 결혼하지 않으려 했다. 그리고 또 다른 남자도 있었다. 몇 달 동안 끈질기게 따라다니던 옷감 중개상이었는데 아야메는 그 남자가 유부남이라는 사실을 알게 되자 같이 모텔에 가기를 거절했다. 그저 결혼하기 위해 남자들과 잠자리를 하는 것이었는데 유부남과 자는 것은 아무 의미가 없었다. 하루키는 다른 남자들과는 다르게 모텔에 가자고 하지 않았다. 아야메는 자신이 하루키 어머니와 일하니 어색해서 그런 것 같다고 짐작했다. 하루키의 고상함과 예의 바른 태도를 존경할 수밖에 없었다.

결혼식날이 그들의 첫날밤이었다. 처음에 두 사람이 아이를 가지려고 할 때는 하루키가 아야메와 정기적으로 잠자리를 했다. 빠르고 깔끔했고 한 달 중 적당한 때가 아닐 때는 아야메의 뜻을 존중해주었다. 두 해 동안 아이를 가지려고 노력한 후, 의사들이 아야메가 불임이라는 진단을 내렸고 사실상 다이스케가 아야메의 아들이 되어버렸다. 두 사람은 다시는 잠자리를 하지 않았다. 아야메는 도발적인 여자가 되는 것에 영 흥미가 없었고 하루키는 자기 욕구만 채우려고 아내에게 다가오지는 않았다.

하루키가 늦게 일어나서 늦게 잠드는 반면에 아야메는 다이스케의 일과에 맞춰 일찍 잠들었다. 자는 시간이 다르니 침실에서 자주 마주치지 않았다. 아야메 자신이 성관계에 별로 관심이 없다 하더라도, 대개 남자들한테는 성관계가 필요하며 남편이 자기 아내와 주기적으로 잠자리를 하는 것이 바람직하다는 사실을 모르지 않았다. 아야메는 두 사람이 더 이상 잠자리를 하지 않는 것은 자기 탓이라고 생각했다. 하루키보다 나이가 더 많고, 나이가 들면서 누렇게 뜬 얼굴이 더 평범하고 둥글넓적해져서라고 믿었다. 너무 말라서 팔다리가 가는 막대기 같았다. 살을 찌우려고 단 것을 최대한 많이 먹었지만 몸무게가 늘지 않았다. 어릴 때 남동생들은 아야메 가슴이 방바닥보다 더 납작하다고 놀렸다. 마음만 먹으면 중학생 옷을 입을 수 있을 정도였다. 실용적이고 익숙해지기도 해서, 직접 재봉질해서 만든 많은 어두운 색 점퍼스커트를 번갈아 입었다. 종아리 중간까지 내려오는 점퍼스커트가 온갖 천과 색깔로 여러 벌 있었다. 여름에는 아마천이나 시어서커로 만들었다.

아야메는 다이스케가 좋아하는 닭꼬치 가판대에 도착하자 목욕 용품이 들어 있는, 끈을 조이는 가방에서 지갑을 꺼냈다. 파와 함께 구운 닭 날개와 모래주머니, 가슴살을 노파에게 주문했다. 연기가 피어오르는 가판대 뒤에서 노파가 주문한 닭꼬치를 준비하는 동안 아야메는 나무에 기대고 있던 남자를 떠올렸다. 황홀해하는 얼굴이었다. 하루키는 아야메가 자신 앞에 무릎을 꿇기를 바랄까? 아야메는 남녀 간의 많은 일을 알고 있었지만 다른 사람들이 성행위를 하는 모습을 본 적은 없었다. D. H. 로렌스의 소설을 두 권 읽어봤다. 서른일곱 살인 아야메는 한 번도 해보지 않은 그 일들에 대해 더 많이 알고 싶었다. 하루키는 그런 아야메를 창피해할까?

아야메가 하루키 어머니에게 생일 선물로 받은 작은 문자판이 달린 가느다란 손목시계를 확인했다. 집에 가야 할 시간까지 아직 40분이 남아 있었다. 아야메가 돌아섰다.

상록수 덤불로 돌아오자 두 남자는 사라지고 없었지만 이제 적어도 다섯 쌍의 다른 사람들이 있었다. 여자들과 남자들이 더 한적한 곳에 함께 누워 있었고, 바지를 입지 않은 두 남자가 속삭이면서 서로 쓰다듬고 있었다. 한 쌍은 갈색 푸줏간 포장지를 두툼하게 깔고 누워 있었고 두 사람이 움직일 때마다 종이에서 바스락 소리가 났다. 키 큰 여자가 아야메의 시선을 알아차렸지만 움찔거리지도 않았다. 오히려 옆에 있는 남자가 여자의 자그마한 가슴을 계속 주무르자 여자는 눈을 감고 쾌감에 젖은 신음을 내뱉었다. 여자는 아야메가 자세히 지켜보기를 바라는 것 같았고 아야메는 대담하게 가까이 다가갔다. 연인들이 내뱉는 조용한 신음이 저녁에 새들이 짝을 찾는 소리 같았다. 저녁밥을 먹고 싶어 할 다이스케가 퍼뜩 떠올랐다.

사흘 후, 아야메는 다시 오랫동안 목욕하고 나서 공동묘지 뒤 공원으로 곧장 갔다. 아야메는 전에 본 남자와 여자를 알아보았고, 다른 사람들은 혼자 온 아야메를 별로 신경 쓰지 않는 것 같았다. 이곳에 있는 모든 사람들이 서로의 비밀에 속했기 때문에 아야메는 그들 사이에 있어도 안전하다고 느꼈다. 아야메가 돌아가려고 할 때 귀여운 여자가 다가왔다.

"왜 이렇게 일찍 와요? 저녁에 더 멋진데."

아야메는 무슨 말을 해야 할지 몰랐지만 대답하지 않으면 무례할 것 같았다.

"무슨 말이에요?"

"이따가 사람들이 더 많이 와요. 당신이 그걸 하고 싶다면요." 여자가 깔깔대며 웃었다. "그거 하고 싶지 않아요?"

아야메가 고개를 저었다.

"난, 난…… 아뇨."

"돈 있으면 내가 해줄게요. 난 여자랑 하는 걸 더 좋아해요."

아야메의 숨이 턱 막혔다. 어린 여자는 통통해서 예쁘장했고 뺨에 화색이 돌았다. 이탈리아 명화에 나오는 여자처럼 아름답고 하얀 팔이 포동포동하며 매끈했다. 차 빛깔의 얇고 비치는 조젯 블라우스에 무늬가 있는 감청색 치마를 입은 모습이 매력적인 사무직 여자처럼 보였다. 여자가 아야메의 왼손을 잡아 자신의 블라우스 안으로 슬며시 밀어 넣었다. 아야메는 여자의 부드러운 가슴에서 큰 유두가 단단해지는 것을 느낄 수 있었다.

"당신 목과 어깨 사이의 곧은 쇄골이 마음에 들어요. 당신 정말 귀여운걸요. 난 저녁마다 여기 있어요. 만나러 와요. 오늘 약속이 있어서 좀 일찍 나왔는데 남자가 좀 늦네요. 보통 저기 작은 나무들 근처에 있어요." 여자가 키득거렸다. "난 뭐든 입에 넣는 걸 좋아해요." 여자가 딸기색 혀로 입술을 핥았다. "장난감을 가져올 수도 있어요." 여자가 자기 자리로 돌아가기 전에 말했다.

얼이 나간 아야메가 고개를 끄덕이고 집으로 걸어갔다. 왼손이 타는 것 같았다. 아야메는 이제껏 한 번도 신경 써본 적 없던 쇄골을 왼손으로 쓰다듬었다.

그 후로 석 달 동안 아야메는 원래 다니던 길로만 공중목욕탕에 갔다. 거기서 곧장 시장 골목으로 가서 장을 봤다. 다이스케와 지내는 일상으로 착실하게 돌아왔고, 공중목욕탕에서 목욕할 때 그 여자에 대한 생각을 하지 않으려고 애썼다. 아야메는 무지하지 않았다. 어렸을 때도 다른 사람들이 별난 짓을 많이 한다는 것을 알았다. 너무 늦은 나이가 돼서야 그것을 더 알고 싶어졌는데 물어볼 사람이 전혀 없다는 사실이 당혹스러웠다. 남편은 조금도 변함없는 것 같았다. 부지런히 일했고 예의 발랐으며 집에 있는 시간이 적었다. 다이스케에게는 애정이 넘쳤다. 쉬는 날에는 조선인 친구 모자수와 그의 아들 솔로몬을 보러 갔다. 혹은 동생이랑 공원으로 산책하러 가거나 공중목욕탕에 데려가서 아야메가 혼자 있을 수 있는 시간을 주었다. 이따금 세 사람이 함께 자주 찾던 야키니쿠 식당에 갔고 식당 주인은 따로 먹을 수 있게 안쪽에 있는 방을 내주었다. 다이스케는 음식을 석쇠에 굽는 것을 좋아했다. 밤에 다이스케가 잠들고 나면 아야메는 조용한 시간을 보냈다. 요리책과 재봉 잡지를 읽었고 뜨개질을 했다.

아야메가 엄청나게 노력했지만, 이제는 공중목욕탕에서만이 아니라 종일 그 여자 생각이 머릿속에서 떠나지 않았다. 황금빛 스펀지케이크를 굽거나 가구에서 먼지를 털 때도 생각났다. 녹색 블라우스 차림의 여자가 그렇게나 건강하고 즐거워 보였다는 사실이 혼란스러웠다. 문제 가정 출신의 타락한 여자들이 나오는 감상적 영화들에서 본 것과 전혀 달랐다. 그 여자는 백화점에서 파는 값비싼 멜론처럼 감미로워 보였다.

11월 말의 토요일 저녁이었다. 다이스케가 평소보다 일찍 잠들었다. 하루키는 방해 없이 일할 수 있는 조용한 사무실에 남아 밀린 보고서를 쓰고 있었다. 아야메는 거실에서 영국 제빵 기술에 대한 책을 읽으려고 애썼지만 정신이 다른 데 팔려 있었다. 책을 덮은 아야메는 오늘 오후에 목욕을 했지만 한 번 더 목욕하기로 마음먹었다. 아야메가 집을 나섰을 때 다이스케는 나직하게 코를 골고 있었다.

공중목욕탕에서 뜨거운 물에 몸을 푹 담근 채 누군가 자기 얼굴에 드러난 욕망을 알아챌까 두려웠다. 남편한테 잠자리를 하자고 말할 용기를 낼 수 있을까 생각했다. 손가락 끝이 심하게 쭈글쭈글해지자 나와서 옷을 입고 머리를 빗었다. 바깥에는 가로등이 밝게 빛났고 한밤의 새카만 도로가 반짝였다. 아야메는 공동묘지를 향해 걸었다.

추위 속에서도 셀 수 없이 많은 연인이 있었다. 각자 짝을 지은 연인들이 다른 사람들이 성관계를 갖고 서로 수음을 하는 모습을 지켜봤다. 커다란 나무들 아래에서 벌거벗은 몸뚱이들이 뒤엉켜 성교를 했다. 한 줄로 늘어서 있는 남자들 앞에 다른 남자들이 무릎을 꿇고 앉아 상대방 아랫도리에 머리를 들이대고 까닥거렸다. 남자들의 얼굴을 바라보니 아야메의 몸이 달아올랐다. 그곳에서 하루키가 자신을 두 팔로 끌어안고 거칠게 관계를 맺어주기를 바랐다. 저녁 하늘에는 어렴풋한 빛이 남아 있을 뿐이었고 이지러진 작은 달과 희미하게 흩뿌려진 겨울 별들만 있었다. 아야메는 남자들과 여자들 사이를 걸어갔다. 눈에 뜨이는 참나무 옆에서 두 남자가 껴안고 성행위를 하고 있었다. 키 큰 남자가 더 젊은 남자를 꼭 끌어안고 있었는데 키 큰 남자의 회색 정장이 아야메가 남편에게 지어준 정장과 비슷했다. 아야메는 더 자세히 살피다가 남자를 보았다. 남자는 눈을 질끈 감고 흥분으로 헐떡거리는 하얀 면 러닝셔츠 차림의 젊은 남자를 꼭 잡고 있었다. 아야메는 다른 편 나뭇잎 사이로 물러나 몸을 숨겼다. 숨을 죽인 아야메는 성교를 하고 있는 자신의 남편을 지켜보았다. 남편이었다. 하루키였다.

하루키와 하얀 러닝셔츠 차림의 젊은 남자는 다 끝나자 말없이 옷을 입었고, 고개를 숙이거나 손을 흔들어 인사하지도 않고 각자 다른 방향으로 멀어졌다. 아야메는 하루키가 젊은 남자에게 돈을 주는 모습을 보지 못했지만 어쩌면 먼저 주었을 수도 있었다. 아야메는 이런 일이 어떻게 진행되는지 도무지 알 수 없었다. 젊은 남자가 돈을 받았는지가 무슨 상관일까? 아야메는 생각했다.

아야메는 숨 가쁘게 몸을 섞고 있는 한 쌍에게서 별로 떨어지지 않은 곳에 있는 고목 뿌리에 앉았다. 쭈글쭈글한 주름이 펴져 다시 매끈해진 손가락 끝을 빤히 바라보았다. 하루키가 멀어질 때까지 기다릴 수밖에 없었다. 하지만 하루키가 아야메보다 먼저 집에 도착하면 아야메는 공중목욕탕에 있었다고 말해야 했다. 그것은 사실이 아니었다.

"안녕."

여자는 이번에 하얀 블라우스를 입고 있었다. 어둠 속에서 은은하게 빛나는 블라우스 때문에 그녀는 천사처럼 보였다.

"돈 가져왔어요?"

여자가 아야메와 눈높이를 맞춰 쭈그리고 앉아 젖을 먹일 준비라도 하듯 가슴을 아야메의 얼굴 쪽으로 들이댔다. 블라우스를 젖히고 천으로 된 브래지어 컵 위로 양쪽 가슴을 꺼냈다.

여자는 아름다웠다. 아야메는 임신할 수 없고 사랑받을 수도 없는 자신의 말라비틀어진 몸은 왜 저렇게 아름답고도 매혹적인 모습이 될 수 없는지 궁금했다.

"원하면 돈은 나중에 줘도 돼요." 여자가 아야메의 가방을 힐끗 보았다. "착한 아기처럼 목욕했네요. 깨끗해요. 엄마한테 와요. 자, 여기 입을 대도 돼요. 난 그거 좋아해요. 그럼 나도 해줄게요. 우리 아가, 왜 겁먹었을까? 기분이 아주 좋고 달콤할 거야." 여자가 아야메의 오른손을 잡아 자기 치마를 밀어 올렸다. 아야메는 난생처음 다른 여자의 아래를 만졌다. 부드럽고 안락한 느낌이었다.

"괜찮아요?" 여자가 무릎을 꿇고 더 가까이 다가와 아야메의 왼손을 잡아 약지를 자기 입에 넣으면서 아야메의 무릎에 올라탔다. 아야메의 젖은 머리카락에 코를 대고 킁킁거렸다. "당신 샴푸를 마실 수도 있겠어요. 냄새가 아주 좋아요. 아가야, 아가야, 우리가 사랑을 나누면 기분이 더 좋아질 거예요. 천국에 가게 해줄게요."

아야메는 여자 몸의 온기에 자기 몸을 묻었다.

여자가 입을 열면서 아야메의 가방을 끌어당겼다.

"돈 여기 있어요? 나 돈 많이 필요한데. 이 엄마가 아기에게 예뻐 보이려면 이것저것 많이 사야 하거든요."

아야메가 흠칫 놀라 여자를 미는 바람에 여자가 뒤로 넘어졌다.

"역겨워. 역겹다고." 아야메가 자리에서 일어섰다.

"이 말라빠진 늙은 년!" 여자가 소리를 질렀다. 아야메는 멀리서도 여자의 걸걸한 웃음소리를 들을 수 있었다. "사랑을 원하면 돈을 내야지, 나쁜 년아!"

아야메는 공중목욕탕으로 달려갔다.

아야메가 마침내 다시 집으로 돌아왔을 때 하루키가 동생에게 간식을 내주고 있었다.

"다녀왔어요." 아야메가 조용히 말했다.

"어디 갔었어, 아야메 짱?" 다이스케가 걱정으로 찌푸려진 얼굴로 물었다. 다이스케는 얼굴 한쪽이 처진 창백하고 수척한 남자의 모습이었지만 어린아이의 특별한 눈을 가졌다. 솔직하고 기쁨을 표현할 줄 아는 눈이었다. 다이스케는 아침에 아야메가 다려 준 노란색 잠옷을 입고 있었다.

하루키가 아야메에게 고개를 끄덕이며 웃음을 지었다. 집에 혼자 있는 동생을 발견한 것은 처음이었다. 다이스케는 잠자리에서 엄마를 찾으며 울고 있었다. 하루키는 아야메가 늦었다고 미안해할까 봐 그 이야기를 하고 싶지 않았다.

"목욕탕에 갔다 왔어, 다이스케 짱. 늦어서 정말 미안해. 자고 있는 줄 알았어. 추워서 목욕을 한 번 더 하고 싶었어."

"무서웠어. 무서웠단 말이야." 다이스케의 눈에 다시 눈물이 고이기 시작했다. "엄마 보고 싶어."

아야메는 차마 하루키의 얼굴을 바라볼 수 없었다. 하루키는 아직 상의도 벗지 않은 채였다.

다이스케가 부엌 조리대 옆에서 센베 상자를 치우는 하루키를 두고 아야메에게 다가갔다.

"아야메 짱은 깨끗해. 목욕했어. 아야메 짱은 깨끗해. 목욕했어." 다이스케는 노래를 불렀다. 아야메가 공중목욕탕에 다녀오면 반복해서 부르기 좋아하는 노래 가사였다.

"지금 피곤해?" 아야메가 다이스케에게 물었다.

"아니."

"책 읽어줄까?"

"응."

하루키는 아야메가 다이스케에게 오래된 기차가 나오는 그림책을 읽어주는 모습을 보며 거실에서 나왔다. 하루키가 자러 가기 전에 잘 자라고 인사하자 아야메가 고개를 끄덕였다.

7

1976년 3월, 요코하마

퇴직하는 형사가 자살 사건 보고서를 마무리하지 못해서 결국 그 문서가 하루키 책상으로 내려왔다. 열두 살배기 조선인 남자아이가 집 건물 옥상에서 뛰어내린 사건이었다. 당시에 아이 어머니가 감정을 주체하지 못해서 진술을 끝내지 못했다. 그러나 아이 부모가 오늘 밤 일을 마치고 하루키를 만나겠다고 했다.

아이의 부모는 차이나타운에서 멀지 않은 곳에 살았다. 아버지는 배관공 조수였고 어머니는 장갑 공장에서 일했다. 옥상에서 뛰어내린 기무라 데쓰오는 장남이었고 여동생이 둘 있었다.

집 문이 열리기도 전에 조선인들이 좋아하는 마늘 냄새와 간장 냄새, 더 강한 된장 냄새가 눅눅한 복도에 배어 있었다. 조선인 소유의 이 6층 건물에 세 들어 사는 사람들도 모두 조선인들이었다. 아이 어머니가 기운 없는 유순한 얼굴로 세 칸짜리 집으로 하루키를 맞아들였다. 하루키가 신발을 벗고 어머니가 준 실내화를 신었다. 아이 아버지는 깨끗한 작업복 차림으로 안방의 파란색 방석에 책상다리를 하고 앉아 있었다. 어머니가 할인점에서 구입한 쟁반에 찻잔과 편의점에서 산 포장된 과자를 가득 담아 내왔다. 아버지는 무릎에 장정된 책 한 권을 올려놓고 있었다.

하루키가 아버지에게 두 손으로 명함을 건네고 방석에 앉았다. 어머니가 하루키에게 차를 따라주고 무릎을 꿇고 앉았다.

"이걸 아직 못 보셔서요." 아버지가 책을 내밀었다. "무슨 일이 있었는지 아셔야 합니다. 그 아이들은 벌을 받아야 해요."

상체가 길고 황갈색 피부에 턱이 네모진 아버지는 말하면서 눈을 마주치지 않았다.

아버지가 건넨 책은 중학교 졸업 앨범이었다. 하루키는 두꺼운 졸업 앨범에 빈 편지지 한 장을 끼워서 표시해둔 부분을 펼쳤다. 교복을 입은 학생들의 흑백사진이 열과 행을 맞춰 배열돼 있었다. 미소 짓고 있는 아이도 있었고 이를 드러내고 활짝 웃는 아이도 있었다. 전체적으로 별로 다르지 않은 사진들이었다. 하루키는 어머니의 길쭉한 얼굴과 아버지의 작은 입을 닮은 데쓰오를 금방 찾아냈다. 어깨가 가녀리고 온화한 표정의 소년이었다. 각 사진 속 얼굴 위에 손으로 쓴 문구가 몇 개 있었다.

"데쓰오, 고등학교에서 행운이 있길. 노다 히로시가."

"너 그림 아주 잘 그리더라. 미쓰야 가야코가."

하루키는 당황스러워 보였다. 특별히 이상한 점을 찾을 수 없어서였다. 그때 아버지가 표지 안쪽을 확인해보라고 했다.

"죽어라, 추잡한 조선인."

"보조비 그만 축내. 조선인들이 이 나라를 거덜내고 있어."

"구린내 나는 가난한 인간들."

"네가 자살하면 내년에 우리 고등학교에 더러운 조선인 한 명이 줄어들 텐데."

"아무도 널 좋아하지 않아."

"조선인들은 사고뭉치들이고 돼지들이야. 당장 꺼져. 도대체 왜 여기 사냐?"

"너한테 마늘이랑 쓰레기 냄새나!"

"할 수만 있다면 직접 네 목을 베어버리고 싶은데 내 칼을 더럽히긴 싫어!"

글씨체가 다양했지만 진짜 자기 필체는 아니었다. 어떤 글자들은 오른쪽이나 왼쪽으로 기울어져 있었다. 여러 사람이 정체를 숨기려고 일부러 공을 들인 것이었다.

하루키가 졸업 앨범을 덮어 옆쪽의 깨끗한 방바닥 위에 내려놓았다. 이어서 차를 한 모금 마셨다.

"아드님이 괴롭힘을 당하고 있다고 말한 적이 있습니까?"

"없어요." 어머니가 빠르게 대답했다. "한 번도 불평하지 않았어요. 단 한 번도요. 절대 차별받지 않는다고 했어요."

하루키가 고개를 끄덕였다.

"아이가 조선인이라서가 아니었어요. 그건 다 예전 일이죠. 지금은 나아졌어요. 우리도 마음씨 좋은 일본인들을 많이 알아요." 어머니가 말했다.

졸업 앨범을 덮었는데도 하루키는 아까 본 글들이 마음속에서 생생히 보이는 듯했다. 바닥에 놓인 선풍기에서 계속 더운 바람이 흘러나왔다.

"선생님들과 이야기를 해보셨어요?" 어머니가 물었다.

퇴직한 경찰이 교사들과 이야기했다. 교사들은 데쓰오가 성적이 우수한 학생이긴 했지만 너무 내성적이었다고 말했다.

"데쓰오는 최고 점수를 받았어요. 데쓰오가 자기들보다 더 똑똑해서 아이들이 질투했을 거예요. 우리 아들은 세 살 때부터 글을 읽을 줄 알았어요." 어머니가 말했다.

아버지가 한숨을 내쉬더니 손을 아내의 팔에 살며시 올렸고, 어머니는 더 이상 말하지 않았다.

아버지가 다시 말했다. "작년 겨울에 데쓰오가 학교를 그만두고 외삼촌이 하는 채소 가게에서 일해도 되냐고 하더군요. 길 아래 작은 공원 근처 자그마한 가게예요. 처남이 상자를 접고 계산원으로 일할 남자애를 구하고 있었거든요. 데쓰오는 외삼촌 밑에서 일하고 싶다고 했지만 우리는 안 된다고 했어요. 우리 둘 다 고등학교를 마치지 못했는데 데쓰오마저 중퇴시키고 싶지 않았어요. 그렇게 공부를 잘하는데 학교를 그만두고 허드렛일을 하는 게 말이 안 되잖아요. 처남도 겨우 먹고사는 처지라 우리 아들에게 봉급을 많이 못 줄 테고요. 아내는 데쓰오가 전자제품 공장에서 좋은 일자리를 얻기를 바랐어요. 고등학교만 마쳤다면 그 후에는……."

아버지가 커다랗고 거친 손으로 머리를 감싸고 굵은 머리카락을 짓눌렀다. "채소 가게 지하에서 일하고, 재고 수량을 세고. 그건 누구에게든 녹록한 삶이 아니에요." 아버지가 말을 이었다. "우리 아들은 재능이 있었어요. 어떤 얼굴이든 기억해서 완벽하게 그릴 수 있었어요. 우리는 어떻게 하는지 모르는 많은 것을 우리 아들은 할 수 있었어요."

어머니가 차분하게 말했다. "우리 아들은 열심히 공부했고 정직했어요. 누구도 괴롭히지 않았어요. 동생들 숙제도 도와줬고……."

어머니의 목소리가 갈라졌다.

갑자기 아버지가 하루키의 얼굴을 똑바로 바라보았다.

"그런 글을 쓴 애들은 처벌받아야 됩니다. 감옥에 가야 한다는 말이 아닙니다. 다시는 그런 글을 쓰지 못하게 해야 합니다." 아버지가 고개를 저었다.

"차라리 그때 학교를 그만두게 했어야 해요. 채소 가게 지하에서 일하거나 야키니쿠 식당에서 양파 껍질을 벗기는 게 나았을 텐데. 아들이 죽느니 그렇게라도 살아 있는 게 나아요. 아내와 나는 모진 대우를 받고 살았지만 그건 우리가 가난해서였어요. 처지가 좋은 부유한 조선인들도 있어요. 우리는 자식들이 다르게 살 수 있을 거라고 생각했어요."

"두 분은 여기서 태어나셨나요?" 하루키가 물었다. 두 사람의 억양은 일본어를 모국어로 사용하는 요코하마 사람들과 다르지 않았다.

"네, 그럼요. 부모님 고향은 울산입니다."

울산은 지금은 남한에 속해 있지만, 하루키는 이 가족도 다른 많은 재일조선인처럼 북한 정부 소속일 것이라고 생각했다. 민단은 훨씬 인기가 없었다. 기무라 가족은 북한 학교에 보낼 학비가 부족해서 아이들을 현지 일본 학교에 보냈던 것 같았다.

"조센진*이신가요?"

"네, 그런데 그게 무슨 상관이죠?" 아버지가 말했다.

"아닙니다. 그러면 안 되죠. 실례했습니다." 하루키가 졸업 앨범을 흘끗 보았다. "학교에서 이 사실을 알고 있나요? 보고서에는 다른 아이들 이야기가 전혀 없었습니다."

"교장한테 졸업 앨범을 보여주려고 오후 일을 쉬고 갔어요. 누가 그런 글을 썼는지 알아낼 수 없다고 하더군요." 아버지가 말했다.

"그래요, 그랬군요." 하루키가 말했다.

"왜 이걸 쓴 아이들을 처벌할 수 없나요? 왜죠?" 어머니가 물었다.

"아드님이 아무도 없는 지붕에서 뛰어내리는 걸 목격한 사람들이 있습니다. 아드님을 누가 밀어뜨린 게 아닌 이상 비열한 말을 하거나 쓴 모든 사람을 체포할 수는 없어서……."

"그럼 경찰에서 교장한테……." 아버지가 하루키를 똑바로 바라보았지만 하루키의 난감한 표정을 보고는 눈길을 돌려 문을 빤히 바라보았다. "당신네들은 똘똘 뭉쳐서 아무것도 바꾸지 않으려 하죠. '어쩔 수 없습니다. 어쩔 수 없습니다.' 내가 들은 것은 그 소리뿐이에요."

---

* 남한 국적을 선택하지 않은 재일조선인을 의미.

"죄송합니다. 죄송합니다." 떠나기 전에 하루키가 말했다.

저녁 8시의 파라다이스 요코하마는 북적북적했다. 양철 종들의 강렬한 울림, 작은 망치들이 소형 쇠 사발에 부딪치는 땡그랑 소리, 삐 소리와 다채로운 불빛의 번쩍거림, 알랑거리는 종업원들이 목이 쉬도록 외치는 환영 인사로 번잡했다. 덕분에 하루키는 머릿속 고통스러운 침묵에서 잠시 벗어날 수 있었다. 줄줄이 늘어선 생동감 넘치는 수직형 기계들 앞에 앉아 파친코를 하는 사람들의 머리 위에 부연 안개처럼 자욱한 담배 연기의 소용돌이도 신경 쓰이지 않았다. 하루키가 파친코장으로 들어서자마자 일본인 지배인이 서둘러 다가와 차를 마시겠냐고 물었다. 보쿠 상이 지금 사무실에서 기계 영업사원을 만나고 있고 곧 내려올 거라고 했다. 매주 목요일 하루키는 모자수를 데리러 와 함께 저녁을 먹었다.

파친코장에 있는 사람들 대부분은 도박으로 돈을 좀 따고 싶어서 오는 것이 맞았다. 하지만 사람들은 다양한 이유로 이곳을 찾았다. 인사를 건네는 이 하나 없는 으스스할 정도로 조용한 거리에서 도망치고 싶은 사람들, 아내가 아이들과 잠드는 애정 없는 집에서 달아나고 싶은 남편들도 있었다. 낯선 사람을 밀치는 건 허락돼도 말 거는 건 금지된, 지나치게 덥고 혼잡한 퇴근 시간의 전철을 피하러 오는 사람들도 있었다. 하루키는 더 젊었을 때는 파친코를 별로 하지 않았지만 요코하마로 온 후로는 이곳에서 위안을 찾았다.

하루키는 순식간에 몇천 엔을 잃고 구슬을 한 쟁반 더 샀다. 하루키가 유산을 헤프게 쓰는 것은 아니었지만 어머니가 워낙 많은 돈을 모아놓아서 직장에서 해고되거나, 큰돈을 날리더라도 넉넉할 만큼의 돈이 있었다. 젊은 남자들과 자는 대가를 치를 때도 선심을 쓸 여유가 있었다. 모든 죄악 중에서 파친코는 사소한 죄악 같았다.

작은 쇠구슬이 직사각형 기계 전면을 가로질러 경쾌하게 갈지자로 움직였고, 하루키는 쇠구슬이 계속 흘러가도록 다이얼을 적당히 돌렸다. 하루키는 데쓰오의 부모에게 말하고 싶었다. '아니요. 제가 어떻게 있지도 않은 범죄의 유죄를 증명하겠습니까? 전 처벌할 수도 막을 수도 없습니다.' 아니다, 하루키는 그런 말을 할 수 없었다. 누구에게도 할 수 없었다. 하루키가 절대 해서는 안 되는 말이 너무 많았다. 어렸을 때부터 목매달아 죽고 싶었고 여전히 그 생각을 했다. 하루키는 모든 범죄 중에서 살해 후 자살하는 경우를 가장 잘 이해했다. 할 수만 있다면 다이스케를 죽인 다음에 자살하고 싶었다. 하지만 절대 다이스케를 죽일 수 없었다. 입에 담지도 못할 그런 짓을 아야메에게 할 수는 없었다. 두 사람은 아무 잘못도 없었다.

파친코 기계가 갑자기 멈췄다. 고개를 드니 플러그를 뽑아 들고 있는 모자수가 보였다. 모자수는 상의 옷깃에 빨간 파라다이스 요코하마 배지가 달린 검은 정장을 입고 있었다.

"얼마나 잃었냐, 이 멍청아?"

"꽤 많이. 내 봉급의 절반 정도?"

모자수가 지갑을 꺼내 엔화 지폐 다발을 내밀었지만 하루키는 받지 않았다.

"내 잘못인데 뭐. 가끔 따기도 하잖아, 안 그래?"

"그리 자주는 아니잖아." 모자수가 하루키의 외투 주머니에 돈을 쑤셔 넣었다.

술집에 들어가자 모자수가 맥주를 주문했고, 큰 맥주병을 들어 먼저 하루키의 잔에 따라주었다. 두 사람은 기다란 카운터 앞에 무늬가 새겨진 등받이 없는 나무 의자에 나란히 앉아 있었다. 주인이 소금으로 간한 따뜻한 콩을 내놓았다. 두 사람이 늘 처음에 시키는 안주였다.

"무슨 일 있어?" 모자수가 물었다. "꼴이 말이 아니야."

"애가 건물에서 뛰어내렸어. 오늘 부모와 이야기해야 했어."

"윽. 몇 살인데?"

"중학생. 조선인이야."

"어?"

"빌어먹을 놈들이 그 애 졸업 앨범에 써놓은 걸 네가 봤어야 돼."

"내 졸업 앨범에 욕을 쓴 더러운 애새끼들과 똑같은 놈들이겠지."

"정말?"

"응, 매년 얼간이들이 나한테 조선으로 돌아가라거나 천천히 죽으라고 했어. 그저 못된 놈들이 하는 짓들이야."

"누가 그랬어? 내가 아는 애들이야?"

"오래전 일이야. 게다가 네가 뭘 어쩌겠냐? 체포라도 하게?" 모자수가 큰 소리로 웃었다. "그럼 그 일 때문에 슬픈 거야? 그 애 때문에?"

하루키가 고개를 끄덕였다.

"넌 조선인한테 약해." 모자수가 웃으며 말했다. "이 바보야."

하루키가 울기 시작했다.

"왜 그래? 어이, 어이." 모자수가 하루키의 등을 토닥였다.

카운터 뒤에 선 주인이 눈길을 돌리고는 방금 나간 손님의 카운터 자리를 닦았다.

하루키가 오른손으로 머리를 움켜쥐고 눈물 어린 두 눈을 감았다.

"그 불쌍한 애는 더 이상 견딜 수 없었던 거야."

"잘 들어, 이 친구야, 네가 할 수 있는 건 없어. 이 나라는 달라지지 않아. 나 같은 조선인들은 여길 떠날 수도 없지. 우리가 어디로 가겠어? 고국으로 돌아간 조선인들도 다를 바 없어. 서울에서는 나 같은 사람을 일본 놈이라고 불러. 일본에서는 내가 얼마나 돈을 많이 벌든, 얼마나 좋은 사람이든 더러운 조선인일 뿐이야. 도대체 어떡하라는 거야? 북한으로 돌아간 사람들은 죄다 굶어 죽거나 공포에 떨고 있다고."

모자수가 담배를 찾아 주머니를 두드렸다.

"인간은 끔찍해. 맥주나 마셔."

하루키는 맥주를 한 모금 마시고 사레들려 기침을 했다.

"어렸을 때는 죽고 싶었어." 하루키가 말했다.

"나도 그랬어. 엿같이 사느니 죽어버리는 게 낫겠다고 하루도

빠짐없이 생각했지만 엄마가 그런 일을 겪게 할 수 없었어. 그러다가 학교를 그만두고 나서는 그런 생각이 들지 않더라. 하지만 유미가 죽은 후로는 과연 내가 살아갈 수 있을지 모르겠다고 생각했어. 너도 알잖아? 그런데 또 솔로몬이 걸리는 거야. 게다가 엄마가, 음, 너도 알다시피 노아 형이 사라진 후에 엄마가 많이 변했잖아. 난 절대 그렇게 엄마를 실망시킬 수 없어. 엄마는 형이 와세다 대학교를 못 견뎌서 부끄러움 때문에 떠났다고 했지만. 사실일 리 없어. 형은 와세다에서 힘들어하지 않았어. 어딘가에 살고 있으면서 우리가 찾기를 원하지 않는 걸 테지. 내 생각에 형은 선량한 조선인이 되려고 애쓰는 것에 지쳐서 그만둔 거야. 나야 결코 선량한 조선인이 못 되지만."

모자수가 담배에 불을 붙였다.

"하지만 다 나아져. 삶은 엿 같지만 늘 그런 건 아니야. 에쓰코는 대단해. 그런 여자가 나타날 줄 꿈에도 몰랐어. 있잖아, 에쓰코가 식당을 열도록 도와주려고 해."

"참 좋은 여자야. 잘하면 너 다시 장가가겠다." 하루키는 모자수의 새 일본인 여자친구가 마음에 들었다.

"에쓰코는 다시 결혼하고 싶어 하지 않아. 이미 에쓰코 애들이 엄마를 지독히 미워하거든. 파친코를 하는 조선인 남자랑 결혼까지 하면 지옥 같을 거야." 모자수가 코웃음을 쳤다.

하루키의 슬픈 표정이 계속 가시지 않았다.

"야, 삶은 늘 고달프지만, 그래도 게임은 계속해야지."

하루키가 고개를 끄덕였다.

"아버지가 떠나지 않았다면 괜찮았을까 생각하곤 했어." 하루키가 말했다.

"아버지는 잊어. 너희 어머니는 훌륭한 분이셨어. 내 아내는 너희 어머니가 최고 중의 최고라고 생각했어. 강인하고 똑똑하고 항상 모든 사람들에게 공평하셨지. 너희 어머니 한 분이 아버지 다섯 명보다 나았어. 유미가 그랬는데 너희 어머니는 같이 일하고 싶은 유일한 일본인이었대."

"그래, 우리 엄마는 훌륭한 분이었어."

주인이 굴튀김과 꽈리고추볶음을 내왔다.

하루키가 칵테일 냅킨으로 눈물을 닦았고 모자수가 맥주를 한 잔 더 따라주었다.

"애들이 네 졸업 앨범에 그런 말을 쓴 걸 몰랐어. 네가 항상 날 지켜줬잖아. 난 전혀 몰랐어."

"잊어버려. 난 괜찮으니까. 이제 난 괜찮아."

8

1978년 8월, 나가노

한수의 운전사는 지시받은 대로 요코하마역 북쪽 출입구에서 기다리고 있던 선자를 찾아서 검은색 세단으로 안내했다. 한수가 뒷좌석에 앉아 있었다.

선자가 부드러운 벨벳 천을 씌운 뒷좌석에 앉아 매무새를 가다듬으며 나잇살을 가리려고 정장 상의를 끌어내렸다. 선자는 모자수의 여자친구 에쓰코가 골라준 프랑스제 유명 브랜드 원피스를 입고 이탈리아제 가죽 구두를 신고 있었다. 예순둘의 선자는 딱 그 나이대의 여자로 보였다. 다 큰 두 아들의 어머니이자 손주의 할머니이며 거의 평생을 바깥일을 하며 산 여자의 모습이었다. 도쿄의 부잣집 부인처럼 차려입었어도 주름지고 얼룩덜룩한 피부에 짧은 백발은 선자를 쭈글쭈글하고 평범해 보이게 할 뿐이었다.

"어디 갑니꺼?"

"나가노." 한수가 대답했다.

"그 애가 거기 있어예?"

"그래. 반 노부오라는 이름으로 통해. 거기서 16년 동안 살았어. 일본 여자랑 혼인해서 애가 넷이야."

"솔로몬 사촌이 넷이네예! 왜 우리한테 말을 못 했을까예?"

"이제 일본인이야. 나가노에서는 노아가 조선인인 걸 아무도 몰라. 아내와 아이들도 모르고. 그 애의 세상에서는 모두가 그 애를 순수한 일본인이라고 생각해."

"와예?"

"자기 과거를 아무한테도 알리고 싶어 하지 않으니까."

"그게 쉽게 돼예?"

"꽤 쉽지. 그 애의 세상에서는 아무도 뒷조사를 하는 데 관심이 없거든."

"무슨 소립니꺼?"

"노아는 파친코장을 운영해."

"모자수처럼예?" 파친코장을 비롯해 경품부터 기계 제조에 이르기까지 파친코 사업의 모든 부문에서 조선인들이 일하고 있었지만 선자는 노아가 모자수와 같은 일을 하리라고 예상하지 못했다.

"그래. 모자수는 어때?" 한수가 물었다.

"잘 있십니더." 선자가 집중하기 힘들어하며 고개를 끄덕였다.

"사업은 잘되고?"

"요코하마에 파친코장을 하나 더 샀십니더."

"솔로몬은? 이제 많이 컸겠네."

"학교 성적이 좋십니더. 공부를 열심히 해예. 노아 소식을 더 알고 싶십니더."

"부유하게 살아." 한수가 웃었다.

"우리가 보러 가는 거 압니꺼?"

"아니."

"그런데……."

"우리를 보고 싶어 하지 않아. 아니, 나를 보기 싫겠지. 너는 보고 싶어 할 수도 있겠네. 하지만 그랬다면 진즉 너한테 연락했겠지."

"그러면……."

"오늘은 노아와 이야기하지 않는 게 좋겠어. 그래도 넌 눈으로 직접 보고 싶을 것 같으니 그렇게 해. 본사 사무실에 있을 거야."

"어떻게 알아예?"

"그냥 알아." 한수는 눈을 감고 하얀 레이스를 덮은 목 받침대에 머리를 기댔다. 여전히 몇 가지 약을 복용하고 있었고 약 기운에 정신이 몽롱했다.

한수는 노아가 평소처럼 길 건너 메밀국숫집으로 점심을 먹으러 나올 때까지 기다릴 계획이었다. 노아는 평일에 요일마다 다른 식당에서 간단하게 점심을 먹었고 수요일에는 메밀국수를 먹곤 했다. 한수가 고용한 사설탐정들이 노아의 나가노 생활을 스물여섯 쪽짜리 보고서에 상세하게 적었다. 거기서 가장 눈에 띈 것은 노아가 늘 정해진 일과대로 생활한다는 사실이었다. 노아는 술을 마시지 않았고 도박을 하지 않았으며 여자들과 놀아나지도 않았다. 노아는 딱히 종교를 갖지 않았고 아내와 아이들은 평범한 집에서 중산층 일본인 가족처럼 살았다.

"혼자 점심을 먹을까예?"

"노아는 항상 혼자서 먹어. 오늘은 수요일이니까 자루소바를 먹을 거고 15분도 걸리지 않을 거야. 영어 소설책을 조금 읽다가 사무실로 돌아갈 거고. 그래서 그렇게 성공한 모양이야. 실수를 하지 않아. 노아한테는 계획이 있어." 한수의 목소리에 자기 자식에 대한 자부심이 있었다.

"그 애가 저를 볼라 카겠습니꺼?"

"잘 모르겠어." 한수가 말했다. "차 안에서 기다리다가 먼발치에서만 보도록 해. 그다음엔 운전사가 우리를 요코하마로 데려다줄 거야. 네가 괜찮다면 다음 주에 다시 오면 돼. 먼저 네가 편지를 쓰는 게 좋겠어."

"오늘 보나 다음 주에 보나 뭐가 다릅니꺼?"

"네가 노아를 보고 잘 있다는 것을 알고 나면 꼭 만나야 할 필요는 없어. 노아는 자기 삶을 선택했어, 선자야. 우리가 그 선택을 존중해주기를 바랄지도 몰라."

"노아는 지 아들입니더."

"내 아들이기도 해."

"노아랑 모자수. 그 애들은 지 목숨이나 마찬가지라예."

한수가 고개를 끄덕였지만 자기 자식들을 그런 식으로 생각해본 적이 없었다.

"지는 오직 그 애들을 위해서 살았십니더."

그런 말을 하는 것은 옳지 않았다. 교회에서 목사님은 어머니들이 자식들을 지나치게 아낀다며 가족을 맹목적으로 숭배하는 것도 일종의 우상숭배라고 설교했다. 하나님보다 가족을 더 사랑해서는 안 된다고 했다. 목사는 하나님만 줄 수 있는 것을 가족은 줄 수 없다고 말했다. 하지만 자식을 지극히 사랑하는 어머니가 되니 하나님이 겪은 일을 조금이나마 이해할 수 있을 것 같았다. 이제 노아한테 자식들이 생겼으니 선자가 얼마나 자신을 위해 살았는지 이해할 수 있을지도 몰랐다.

"저기 봐. 노아가 나오고 있어." 한수가 말했다.

아들의 얼굴은 거의 달라지지 않았다. 관자놀이를 따라 희끗해진 머리카락을 보고 깜짝 놀랐지만 노아는 마흔다섯이었고 더 이상 대학생이 아니었다. 노아는 이삭이 쓰던 안경과 비슷한 둥그런 금테 안경을 썼고, 호리호리한 몸에 수수한 검은색 정장을 입었다. 노아의 얼굴은 한수를 똑 닮았다.

선자가 자동차 문을 열고 밖으로 나갔다.

"노아야!" 선자가 외치며 아들을 향해 달려갔다.

노아가 고개를 돌려 열 걸음도 채 떨어지지 않은 곳에 서 있는 어머니를 빤히 바라보았다.

"엄마." 노아가 중얼거렸다. 노아가 가까이 다가와 선자의 팔을 만졌다. 이삭의 장례식 이후 어머니가 우는 모습을 본 적이 없었다. 선자는 쉽게 우는 사람이 아니었기 때문에 노아는 어머니가 안쓰러웠다. 언젠가 이런 날이 오리라 상상했고 마음의 준비도 했지만 막상 어머니가 눈앞에 나타나니 안도감이 들어 노아 자신도 놀랐다.

"진정하세요. 제 사무실로 가요." 노아가 말했다. "여기는 어떻게 오셨어요?"

선자가 숨을 헐떡이느라 말을 하지 못했다. 숨을 깊게 몰아쉬었다. "고한수가 여기로 데려다줬데이. 그 사람이 널 찾아서 내를 데려왔다. 내가 니를 보고 싶어 해서. 지금 차에 있다."

"그렇군요." 노아가 말했다. "그럼 그 사람은 거기 있으면 되겠네요."

노아가 사무실로 들어가자 직원들이 고개 숙여 인사했고 선자는 아들의 뒤를 따라갔다. 노아는 자기 사무실에서 선자에게 자리를 권하고 문을 닫았다.

"좋아 보여요, 엄마." 노아가 말했다.

"아주 오랜만이데이, 노아야. 니 걱정을 억수로 많이 했다."

아들의 상처 입은 표정을 본 선자가 말을 멈췄다. "그래도 니가 편지를 보내서 기뻤다. 니가 보낸 돈은 다 모아놨데이. 그렇게 마음을 써줘서 참 고맙다."

노아가 고개를 끄덕였다.

"고한수 말이 니가 장가를 가서 애도 있다 카더라."

노아가 미소를 지었다. "아들 하나와 딸 셋이에요. 아주 착한 아이들이에요. 아들 빼고는 다 공부를 잘해요. 아들은 야구를 잘하고요. 아내가 아들을 제일 예뻐해요. 모자수랑 꼭 닮았고 행동도 딱 모자수 같아요."

"모자수가 형을 보고 싶어 할 기다. 우리 보러 언제 올 기고?"

"글쎄요. 갈 수 있을지 모르겠네요."

"우리가 너무 많은 시간을 헛되이 보냈다 아이가? 그 오랜 세월을. 노아야, 용서하래이, 제발 용서하거래이. 엄마가 고한수를 만났을 때는 어렸다. 그 사람이 혼인했는지 몰랐데이. 알고 나서는 첩이 되는 거를 거절했다. 그러다가 니 아부지랑 혼인해서 니한테 제대로 된 성을 줄 수 있었고. 내 평생 니 아부지 백이삭한테 충실했데이. 그분은 훌륭한 사람이었다. 니 아부지가 죽은 후에도 내는 니 아버지한테 충실……."

"엄마가 그랬던 건 이해해요. 하지만 제 친아버지는 고한수잖아요. 그 사실은 바꿀 수 없어요." 노아가 단호히 말했다.

"그래."

"전 이 더러운 업계에서 일하는 조선인이에요. 야쿠자의 피가 흘러서 어쩔 수 없나 봐요. 결코 그 사람의 피를 씻어낼 수 없어요." 노아가 소리 내어 웃었다. "제가 받은 저주죠."

"그래도 니는 야쿠자가 아니다." 선자가 반박했다. "안 그렇나? 모자수도 파친코장을 하지만 아주 정직하데이. 그 애가 항상 좋은 사장이 될 수 있고 나쁜 사람들을 피할 수 있다 카는……."

노아가 고개를 저었다.

"엄마, 저도 정직하지만 이 업계에는 피할 수 없는 사람들이 있어요. 전 아주 큰 회사를 운영하고 있고 제 할 일을 해야 해요." 노아가 속에서 신물이 올라오는 듯한 표정을 지었다.

"니는 착한 아이데이, 노아야. 내는 니가……." 문득 선자는 노아를 아이라고 부른 것이 어리석게 느껴졌다. "내 말은, 니는 착한 사업가데이. 정직하고."

두 사람은 말없이 앉아 있었다. 노아가 오른손으로 입을 막았다. 어머니가 기진맥진한 노인처럼 보였다.

"차 좀 드실래요?" 노아가 물었다. 지난 세월 동안 노아는 어머니나 동생이 이런 햇빛이 쏟아지는 하얀 사무실이 아니라 집으로 찾아오는 상상을 했다. 어머니가 여기로 온 덕분에 오히려 더 수월했다. 다음에는 한수가 사무실로 찾아올까? 노아는 궁금했다. 한수가 자신을 찾아내기까지 생각보다 시간이 오래 걸렸다.

"아니면 뭐 좀 드실래요? 전화로 뭐 좀 주문이라도……."

선자가 고개를 저었다. "집에 와야 한데이."

노아가 소리 내어 웃었다. "여기가 집이에요. 전 아이가 아니에요."

"내는 니를 낳아서 후회한 적이 한 번도 없데이. 니는 내한테 보물이다. 내는 안 떠날……."

"제가 조선인인 걸 아무도 몰라요. 한 사람도요."

"아무한테도 말 안 할 기다. 이해한데이. 내 뭐든지……."

"아내가 몰라요. 장모님은 절대로 용서하지 않을 거예요. 제 아이들도 모르고, 전 아이들에게 말하지 않을 거예요. 사장님은 날 해고할 거예요. 사장님은 외국인을 고용하지 않아요. 엄마, 아무도 알면 안……."

"조선인이 되는 게 그리 비참하나?"

"제가 되는 게 비참해요."

선자가 고개를 끄덕이고 자신의 모아 쥔 손을 멍하니 바라보았다.

"노아야, 니를 위해 기도했데이. 하나님한테 니를 지켜달라꼬 기도했다. 엄마가 할 수 있는 게 그것뿐이라서. 니가 잘 지내서 다행이데이." 매일 아침, 선자는 새벽 예배에 가서 자식들과 손자를 위해 기도했다. 이 순간을 위해 기도했다.

"니 애들, 그 애들 이름이 뭐꼬?"

"그게 중요한가요?"

"노아야, 참말로 미안타. 니 아부지가 우리를 일본에 데려왔다. 그러고 나서는 니도 알다시피 여기서 전쟁이 났고 나중에는 거기서도 전쟁이 터져서 떠날 수 없었다. 우리가 고국에 돌아가서 살 길이 없었다. 이제는 너무 늦었데이. 내한테도 그렇고."

"전 가봤어요." 노아가 말했다.

"무슨 말이고?"

"전 이제 일본 시민이라 여행할 수 있어요. 남한에 다녀왔어요. 이른바 제 모국이라는 곳을 보려고요."

"니가 일본 시민이라꼬? 어떻게? 참말이가?"

"가능해요. 항상 가능한 일이에요."

"그러면 부산에 갔었나?"

"네. 영도에도 갔어요. 작지만 아름다웠어요." 노아가 말했다.

선자의 눈에 눈물이 가득 고였다.

"엄마, 이제 회의가 있어요. 죄송하지만 우리 다음 주에 보면 어떨까요? 제가 들를게요. 모자수를 보고 싶어요. 지금은 급한 일을 좀 처리해야 해요."

"참말이가? 니가 온다꼬?" 선자가 미소 지었다. "아이고, 고맙다, 노아야. 억수로 기쁘데이. 니는 아주 착한……."

"이제 가시는 게 좋겠어요. 집에 돌아가 계시면 이따가 밤에 전화드릴게요."

선자가 서둘러 자리에서 일어났고, 노아가 두 사람이 만난 곳까지 선자를 바래다주었다. 노아는 한수의 자동차 안을 들여다보지 않았다.

"나중에 이야기해요." 노아가 사무실 건물을 향해 길을 건넜다.

선자는 아들이 사무실 건물로 들어가는 모습을 지켜보고 나서 한수의 자동차 문을 두드렸다. 운전사가 나와 뒷좌석 문을 열어주었다.

한수가 고개를 끄덕였다.

선자가 가벼워진 마음으로 희망에 차서 웃음을 지었다.

한수가 선자의 얼굴을 유심히 바라보다가 얼굴을 찌푸렸다.

"노아를 만나지 말았어야 했는데."

"다 잘됐십니더. 다음 주에 요코하마로 온다 캅니더. 모자수가 억수로 기뻐할 기라예."

한수가 운전사에게 출발하라고 지시하고 선자가 두 사람의 만남이 어땠는지 이야기하는 것에 귀를 기울였다.

그날 저녁, 노아에게 전화가 오지 않자 선자는 노아에게 요코하마 집 전화번호를 알려주지 않았다는 사실을 깨달았다. 다음

날 아침, 한수에게 전화가 왔다. 선자가 사무실에서 나가고 몇 분 후, 노아가 총으로 자살했다.

9

1979년, 요코하마

나가토미 에쓰코는 자식 셋을 모두 사랑했지만 다 똑같이 사랑하지는 않았다. 엄마로 살면서 그런 편애를 피할 수 없다는 것을 배웠다.

아침나절, 에쓰코는 솔로몬의 생일 파티 준비를 모두 마치고 자작나무 벽널을 두른 식당의 바람이 잘 통하는 뒤쪽 사무실에 앉아 있었다. 마흔둘의 에쓰코는 홋카이도 토박이였고, 6년 전 이혼한 후에 요코하마로 왔다. 식당 주인을 하려면 예쁘고 젊어 보이는 것이 중요하다고 생각해서 외모를 잘 가꾸었다. 생기 있는 달걀형 얼굴이 돋보이도록 칠흑 같은 머리를 모아 틀어 올렸다. 멀리서 보면 엄격해 보일 수 있었지만 바로 가까이에서 보면 얼굴에 활력이 넘쳤다. 자그마하고 다정한 두 눈은 뭔가를 놓치는 법이 없었다. 중학교 시절부터 입술연지와 분을 칠한 실력으로 화장을 완벽하게 했고, 모자수가 사준 빨간색 생로랑 모직 정장이 호리호리한 몸매를 부각시켰다.

평소라면 예정보다 일이 일찍 마무리돼 기분이 좋았겠지만 오늘은 달랐다. 고등학생인 딸 하나에게 전화가 왔다는 쪽지를 빤히 바라보았다. 낯선 도쿄 전화번호가 적혀 있었다. 어떻게 하나가 홋카이도에서 거기까지 갔을까? 딸과의 통화는 때에 따라서 5분이 걸릴 수도, 한 시간이 걸릴 수도 있었다. 모자수가 데리러 오기로 한 시간이 얼마 남지 않았다. 에쓰코의 남자친구 모자수는 여러 면에서 참을성 있는 남자였지만 에쓰코가 약속 시간을 정확히 지켜주기를 바랐다. 어쨌든 에쓰코는 전화를 걸었고, 첫 번째 신호가 울리자마자 하나가 전화를 받았다.

"한참 기다렸잖아."

"미안해. 쪽지를 방금 받았어." 에쓰코는 열다섯 살인 딸을 무서워했지만 식당 직원들에게 하듯 더 단호하게 말하려고 애썼다.

"너 어디니?"

"임신 4개월이야."

"뭐?"

커다란 눈을 깜박이지도 않고 말하는 딸의 모습이 눈앞에 보이는 것 같았다. 너무 말라서 막대 사탕같이 커 보이는 귀여운 머리에 작고 소녀다운 몸매를 지닌 하나는 만화책에 나오는 여자들을 닮았다. 짧은 치마와 속이 비치는 블라우스, 굽 높은 부츠처럼 눈길을 끄는 차림새를 해서 온갖 남자들의 관심을 받았다. 에쓰코는 그것이 하나의 운명이라고 생각했다. 에쓰코의 전남편은 운명을 믿는 이런 사고방식에 대해 잘못된 선택을 한 사람들의 게으른 변명이라고 일축했다. 그럼에도 살아갈수록 정말로 정해진 삶이 있다는 생각이 강해졌다. 에쓰코가 보기에 이 일은 일어나게 돼 있었다. 어렸을 때 에쓰코도 별로 다르지 않아서였다. 하나의 큰오빠 다쓰오를 임신했던 게 열일곱 살 때였다.

에쓰코와 하나는 계속 묵묵히 있었지만, 전화 수신 상태가 좋지 않아 모닥불이 타는 것 같은 탁탁 소리가 들렸다.

"도쿄에 있는 친구 집이야."

"친구 누구?"

"그냥 여기 사는 친구의 사촌. 저기, 당장 엄마 집으로 갈게."

"왜?"

"지금까지 뭐 들었어? 엄마가 나를 도와줘야지."

"네 아빠도 알아?"

"엄마 바보야?"

"하나야……."

"엄마한테 가는 방법은 알아. 돈도 있고. 도착하면 전화할게."

하나가 전화를 끊었다.

이혼한 지 2년이 지나고 하나가 열한 살이 됐을 때, 하나가 에쓰코에게 엄마와 딸이 아니라 친구처럼 이야기해도 되냐고 물어보았다. 에쓰코는 딸이 자신과 조금이라도 대화를 계속한다는 사실에 고마워서 그러자고 했다. 게다가 자신이 어렸을 때 부모에게 항상 거짓말을 했었기 때문이기도 했다. 하지만 엄마로서 다가갈 수 없는 것도 나름대로 힘든 일이라는 사실을 알게 됐다. 에쓰코는 딸의 사생활을 물어볼 수도 없었고, 걱정하는 낌새를 보이기라도 하면 하나가 전화를 끊어버리고 몇 주 동안 연락하지 않았다. 하나는 에쓰코의 걱정하는 목소리를 싫어했다.

홋카이도의 삶에서 후회되는 일이 많았지만 자신의 평판 때문에 아이들에게 피해를 준 것이 제일 미안했다. 다 큰 아들들은 여전히 엄마와 말하지 않으려 했다. 게다가 모자수를 만나는 통에 상황이 악화됐다. 여동생 마리와 어머니는 모자수와의 관계를 끝내라고 충고했다. 두 사람은 핀볼(pinball) 사업이 더럽다고 했다. 파친코는 가난과 범죄의 냄새를 강하게 풍겼다. 그렇지만 에쓰코는 모자수를 포기할 수 없었다. 모자수는 에쓰코의 삶을 바꾸어 놓았다. 에쓰코는 모자수와 만나는 동안 한 번도 바람을 피우지 않았는데, 그런 남자는 모자수가 유일했다. 에쓰코는 그런 일이 가능하리라고 믿지 않았었다.

홋카이도에서 아직 유부녀로 살고 있을 때였다. 서른여섯 살 생일을 앞둔 봄에 또다시 고등학교 시절 남자친구들 중 한 명을 유혹했다. 학창 시절에 만난 여러 남자들과 연속으로 불륜을 저지른 지 거의 3년째였다. 처음은 어려웠지만 놀랍게도 그 후에는 별로 힘들이지 않고 남자들을 만날 수 있었다. 유부남들은 유부녀들의 초대를 받고 싶어 했다. 20년 전에 같이 잔 남자에게 전화해서 아이들이 학교 갔을 때 점심을 먹자고 집으로 초대하는 것은 간단한 일이었다.

그해 봄, 고등학교 1학년 때의 남자친구와 잠자리를 하기 시작했다. 남자는 잘생긴 바람둥이 유부남이 돼 있었고 여전히 수다스러웠다. 어느 날 오후, 바람둥이가 홋카이도에 있는 에쓰코의 집 좁은 거실에서 직장으로 돌아가려고 옷을 입을 때였다. 그는 아내보다 직장 동료들과 어울리기를 더 좋아하는 남편을 에쓰코가 떠나지 않는다는 사실에 한탄했다. 에쓰코의 작은 가슴 사이에 얼굴을 파묻으며 말했다. "하지만 난 아내를 떠날 수 있어. 그러라고 말해줘." 에쓰코는 이 말에 아무 말도 하지 않았다. 남편 노리와 아이들을 떠날 생각이 없었다. 남편이 따분한 사람이라거나 집을 자주 비운다고 해서 불만이 있지는 않았다. 남편은 나쁜 사람이 아니었다. 그저 결혼한 지 19년이 흘렀는데도 남편을 잘 모른다는 느낌이 들었고 앞으로도 그럴 것 같았다. 남편한테는 명목상의 아내와 아이들 엄마로만 에쓰코가 필요한 것 같았다. 노리한테는 그것으로 충분했다.

자신의 행동에는 변명의 여지가 없었다. 에쓰코는 그 사실을 잘 알았다. 하지만 회사 일로 또다시 늦게 들어온 노리가 식탁에 홀로 앉아 차갑게 식어버린 저녁을 먹을 때면 에쓰코는 무슨 일이든 일어나기를 기대했다. 어떤 깨달음이나 감정이 생기기를 기다렸다. 밥그릇에 시선을 고정하고 있는 남편을 보고 있노라면 에쓰코는 남편을 마구 흔들고 싶었다. 이런 외로움을 느끼는 건 전혀 예상했던 바가 아니었다. 그 무렵, 식품점에서 나오는데 누군가 사이비 종교 집단의 홍보 책자를 건넸다. 조잡한 표지에 반은 해골이고 반은 살이 붙어 있는 중년 여자의 그림이 있었다. 맨 밑에 이렇게 적혀 있었다. "매일 당신은 죽음에 가까워지고 있습니다.

당신은 이미 반쯤 죽어 있습니다. 당신의 정체성은 어디에서 나오나요?" 책자를 받자마자 내던졌지만 그 그림은 오래도록 머릿속에 남아 있었다.

마지막으로 만났을 때 바람둥이는 에쓰코를 위해 쓴 시 한 묶음을 주었다. 부엌문으로 나가면서 에쓰코만을 사랑했다고 고백했다. 에쓰코가 자신의 심장이었다고 말하는 남자의 눈에 눈물이 고였다. 에쓰코는 온종일 집안일을 팽개친 채 감상적이고 야한 시들을 읽고 또 읽었다. 잘 쓴 시인지 아닌지 알 수 없었지만 시를 보며 기뻤다. 시를 쓰며 들인 정성에 속으로 감탄했고 허세 가득한 방식이라도 어쨌든 자신을 진짜로 사랑했다고 믿었다. 마침내 이 한 번의 불륜은 에쓰코가 다른 모든 남자들에게 원했던 것을 채워주었다. 젊은 시절에 아낌없이 내주던 것들이 없어지거나 사라지지 않았다는 확신이었다.

그날 밤, 식구들이 자고 있을 때 에쓰코는 나무 목욕통에 몸을 푹 담갔고 승리를 거둔 듯한 기분에 도취됐다. 목욕을 하고 나서 파란색과 하얀색이 섞인 유카타를 입고 아무것도 모르는 남편이 조용히 코를 골며 자고 있는 안방으로 들어갔다. 문득 한 가지 슬픈 사실을 깨달았다. 자신을 사랑한 모든 남자들의 사랑을 계속 받고 싶다면 그녀의 마음은 항상 나누어져 있어야 했다. 늘 바람을 피울 터였고 절대 좋은 사람이 될 수 없었다. 결국 자신이 완전히 포기하지 못한 것은 바로 좋은 사람이 되는 것임을 그때 깨달았다. 이렇게 살다가 죽을 것인가? 다음 날 아침, 에쓰코는 바람둥이에게 더 이상 연락하지 말라고 말했다. 그 남자는 연락을 끊었고 그저 동네의 다른 예쁜 유부녀한테로 옮겨 갔다.

하지만 몇 달 후, 버렸어야 했던 시들을 노리가 발견했고 결혼 생활 중 처음으로 에쓰코를 때렸다. 아들들이 아빠를 말리려고 기를 썼고 고작 아홉 살이던 하나는 비명을 지르고 또 질렀다. 그 날 저녁, 노리가 에쓰코를 쫓아내 에쓰코는 동생 집으로 갔다. 얼마 후, 변호사가 특별한 직업과 기술이 없는 에쓰코는 양육권을 가지려고 해봤자 소용없을 거라고 말했다. 변호사는 예의상인지 아니면 불편해서인지 헛기침을 하고는 애초에 에쓰코가 저지른 일 때문에 혼인이 파탄이 나서 양육권 주장이 무의미하다고 덧붙였다. 에쓰코는 고개를 끄덕였고 더 이상 아이들을 힘들게 하면 안 된다는 생각에 양육권을 포기하기로 마음먹었다. 그러고 나서 식당 여종업원을 구하는 광고를 보고 아는 사람이 하나도 없는 요코하마로 이사했다.

에쓰코는 모자수와 교제하면서 자신이 달라지고 있다고 믿고 싶었다. 모자수에게 충실하다는 것이 증거였다. 언젠가 동생 마리에게 이렇게 설명했더니 마리가 대답했다. “뱀은 허물을 벗어도 뱀이야.” 어머니는 모자수가 자신과 결혼하고 싶어 한다는 이야기를 듣고 말했다. “뭐? 파친코장 하는 조선인이랑? 불쌍한 네 자식들한테 여태까지 한 짓으로는 부족했어? 그냥 애들을 죽이지 그래?”

자신의 실수에 따른 죗값을 가족들에게 모두 치러야 했다. 하지만 에쓰코는 결코 죗값을 다 치르지 못할 것이라고 생각했다.

정오에 모자수가 에쓰코를 데리러 왔다. 두 사람은 솔로몬의 외국인등록증을 발급받으려고 학교로 솔로몬을 데리러 갈 예정이었다. 1952년 이후 일본에서 태어난 조선인들은 열네 살 생일이 되면 일본 거주 허가를 받기 위해 해당 지방 관청에 신고해야 했다. 솔로몬이 일본을 영원히 떠나지 않는 한, 3년마다 등록증을 갱신해야 했다.

에쓰코가 자동차에 올라타자마자 모자수가 안전띠를 매라고 일깨워주었다. 에쓰코는 여전히 하나를 생각하고 있었다. 에쓰코는 나오기 전에 의사에게 전화했고 이번 주말로 수술 날짜를 잡았다.

모자수가 에쓰코의 손을 잡았다. 에쓰코는 모자수의 얼굴에 힘이 있다고 생각했다. 곧은 목에도 힘이 있었다. 모자수를 만나기 전에는 조선인들을 많이 알지는 못했지만 모자수의 각진 얼굴이 전형적인 조선인의 이목구비라고 생각했다. 모자수의 넓은 턱뼈, 고르고 하얀 치아, 숱 많은 검은 머리, 웃고 있는 듯한 평평하고 가는 눈을 보며 그렇게 생각했다. 군살이 없고 느슨한 모자수의 몸은 금속을 떠올리게 했다. 모자수는 사랑을 나눌 때 화가 났나 싶을 만큼 진지했고 에쓰코는 그런 모습에 커다란 쾌감을 느꼈다. 모자수의 움직임은 신중하면서 강렬했고 에쓰코는 그 움직임에 온몸을 내맡기고 싶었다. 에쓰코는 조선이나 조선인에 대해 읽을 때마다 조선이 어떤 곳인지 궁금했다. 기독교 목사였고 고인이 된 모자수의 아버지는 북한에서 왔고, 당과 가게를 했던 모자수 어머니는 남한에서 왔다. 꾸밈없이 말하는 모자수 어머니는 아주 겸손했고 옷차림을 보면 큰 부자인 파친코 사장의 어머니가 아니라 평범한 주부라고 착각할 정도였다.

모자수는 두부 한 모 크기의 선물을 들고 있었다. 에쓰코는 모자수가 자주 가는 보석상의 은색 포장지를 알아보았다.

"솔로몬 줄 거예요?"

"아니, 당신 거야."

"네? 왜요?"

암적색 벨벳 상자에 다이아몬드가 박힌 금시계가 들어 있었다.

"정부(情婦)에게 선물하는 시계래. 지난주에 샀어. 새로운 야간 담당 지배인 구보타 상한테 보여줬더니 이런 고급 시계는 정부한테 주는 거라더군. 다이아몬드 반지만큼 비싸지만 이미 결혼한 남자가 정부한테 반지를 줄 수 없을 때 준다고."

모자수가 재미있다는 듯이 눈썹을 추켜세웠다.

에쓰코는 운전석과 뒷좌석을 나누는 유리 칸막이가 끝까지 닫혀 있는지 확인했다. 얼굴이 확확 달아올랐다.

"차 세우라고 해요."

"무슨 일이야?"

에쓰코가 손을 뿌리쳤다. 자신이 모자수의 정부가 아니라고 말하고 싶었지만 차마 말은 꺼내지 못하고 울음을 터트렸다.

"왜 그래? 왜 울어? 지난 3년 동안 해마다 다이아몬드 반지를 가져다줬잖아. 매번 더 큰 걸로. 당신은 거절하고. 난 보석상에 돌아가서 주인이랑 취하도록 술을 마셔야 했지. 난 전혀 변한 게 없어." 모자수가 한숨을 내쉬었다. "거절하는 건 당신이잖아. 파친코장이나 하는 야쿠자라 거절하는 거지."

"당신은 야쿠자가 아니잖아요."

"난 야쿠자가 아니지. 그렇지만 모두가 조선인은 다 폭력배라고 생각해."

"난 그런 거 다 신경 안 써요. 우리 가족 때문이에요."

모자수가 창밖을 내다보다가 아들을 발견하고 손을 흔들었다.

자동차가 멈추고 솔로몬이 조수석에 올라탔다. 유리 칸막이가 열렸고 솔로몬이 고개를 쑥 들이밀며 인사했다. 에쓰코가 손을 뻗어 솔로몬의 구겨진 하얀 셔츠 깃을 펴주었다.

"아리가토 베리 머치." 솔로몬이 말했다. 그들은 종종 농담으로 여러 언어를 섞어서 말했다. 솔로몬이 운전사 야마모토와 어젯밤 열린 타이거스의 야구 경기 이야기를 하려고 유리 칸막이를 닫고 자기 자리로 돌아앉았다. 타이거스가 올해 미국인 감독을 영입했고 솔로몬은 이번 시즌을 기대하고 있었다. 야마모토는 그리 낙관적이지 않았다.

모자수가 에쓰코의 왼쪽 손목을 부드럽게 들어 올려 시계를 채워주었다.

"당신은 참 재미있는 여자야. 내가 당신한테 선물을 사줬잖아. 그냥 고맙다고 하면 돼. 난 절대 다른 뜻이 있어서 그런 게……."

에쓰코의 콧마루가 시큰해졌고 다시 눈물이 날 것 같았다.

"하나가 전화했어요. 요코하마에 온대요. 오늘이요."

"하나는 괜찮아?" 모자수가 깜짝 놀란 듯했다.

에쓰코는 1년에 두 번 홋카이도로 아이들을 보러 갔다. 모자수는 에쓰코의 자식들을 본 적이 없었다.

"솔로몬의 생일 파티에 오면 되겠네. 유명한 가수도 보고." 모자수가 말했다.

"하나가 히로미 상을 좋아할지 모르겠어요." 에쓰코가 대답했다. 에쓰코는 하나가 대중가요를 좋아하는지 어떤지 전혀 몰랐다. 어렸을 적 하나는 노래하거나 춤추는 아이가 아니었다. 에쓰코가 운전사의 희끗희끗한 뒷머리를 바라보았다. 솔로몬이 말하는 동안 운전사가 생각에 잠겨 고개를 끄덕였고, 두 사람의 조용한 몸짓이 친밀해 보였다. 에쓰코는 야구처럼 딸과 함께 나눌 수 있는 이야깃거리가 있으면 좋겠다고 생각했다. 비꼬거나 공격하지 않고 말할 수 있는 안전한 이야깃거리가 있었으면 했다.

에쓰코는 하나가 요코하마에 있는 의사에게 가기로 예약해놨다고 모자수에게 말했다. 모자수가 하나가 아프냐고 묻자 에쓰코가 아니라고 고개를 저었다.

결국 이런 삶이 됐다. 큰아들 다쓰오는 스물다섯이었고 삼류 대학을 졸업하는 데도 8년이 걸렸다. 내성적인 열아홉 살의 둘째 아들 다리는 대학 시험에 떨어졌고 영화관 매표소에서 일하고 있었다. 에쓰코는 자기 자식들이 다른 중산층 가정의 자식들처럼 도쿄대학교를 나와 일본산업은행에 사무직으로 취직하고 좋은 집안 출신과 결혼하기를 기대할 자격이 없었다. 에쓰코 때문에 자식들은 동네에서 따돌림을 받았고, 이제 사회에서 인정받을 수 있는 길이 없었다.

에쓰코가 시계를 풀어 상자 안에 집어넣었다. 상자를 두 사람 사이 검정색 가죽 시트 위 풀 먹인 레이스 덮개에 올려놓았다. 모자수가 상자를 다시 건넸다.

“반지가 아니잖아. 보석상에 무르러 가지 않게 해줘.”

에쓰코가 시계 상자를 두 손에 쥔 채 포기하지 않는 모자수와 이를 받아들일 수 없는 자신이 과연 함께할 수 있을지 생각했다.

요코하마 관청은 희미한 간판이 달린 거대한 회색 상자 같았다. 그들이 만난 첫 번째 직원은 길쭉한 얼굴에 키가 컸고 부스스한 검은 머리카락이 양옆으로 붕 떠 있었다. 직원이 뻔뻔스럽게 에쓰코를 빤히 바라보면서 가슴과 엉덩이, 보석 반지를 낀 손가락을 내리훑었다. 에쓰코는 하얀 셔츠와 검은 바지를 입고 검은 구두를 신은 모자수와 솔로몬에 비해서 지나치게 차려입었다. 모자수와 솔로몬은 에쓰코가 어린 시절에 봤던, 마을을 돌아다니던 점잖은 모르몬교 선교사들처럼 보였다.

“이름이…….” 직원은 솔로몬이 작성하고 있는 서류를 눈을 가늘게 뜨고 보았다. “소-로-모-온? 무슨 이름이 이러냐?”

“성경에 나오는 왕의 이름이에요. 다윗 왕의 아들이요. 위대한 지혜의 왕이죠. 우리 큰할아버지가 지어주신 이름이에요.” 솔로몬이 비밀을 알려주는 양 직원에게 웃음을 지었다. 솔로몬은 예의 바른 아이였지만 미국인들과 다른 외국인들이 있는 국제학교에 다녀서 일본인이라면 절대 하지 않을 말을 이따금 했다.

“소-로-모-온, 왕. 위대한 지혜라.” 직원이 능글맞게 웃었다. “조선인들한테는 이제 왕이 없어.”

“뭐라고요?” 에쓰코가 물었다.

모자수가 재빨리 에쓰코를 끌어당겼다.

에쓰코가 곁눈으로 모자수를 슬쩍 보았다. 모자수는 에쓰코보다도 더 발끈하는 성깔이 있었다. 한번은 식당 손님이 에쓰코를 자기 옆에 앉히려고 하자 그날 밤 마침 식당에 있던 모자수가 다가오더니 손님의 멱살을 잡고 식당 밖으로 내던져서 갈비뼈를 부러뜨리기도 했다. 에쓰코는 지금도 그날 못지않은 반응을 예상했지만 모자수는 직원한테서 눈을 돌려 솔로몬의 오른손을 응시했다.

모자수가 미소를 지어 보였다.

"실례합니다, 선생님." 모자수가 짜증 나거나 화난 기색이 전혀 없이 말했다. "아이 생일이라 서둘러 집에 가야 합니다. 우리가 해야 할 게 더 있습니까?" 모자수가 양손을 등 뒤로 마주 잡았다. "이해해주셔서 아주 감사합니다."

어리둥절한 솔로몬이 에쓰코를 돌아보자 에쓰코가 솔로몬에게 얌전히 있으라고 눈짓했다.

직원이 뒤쪽을 가리키며 모자수와 에쓰코에게 앉으라고 말했다. 솔로몬은 직원의 맞은편에 그대로 서 있었다. 기차 객실처럼 생긴 기다란 직사각형 사무실의 양쪽 벽을 따라서 은행 창구 같은 접수대가 늘어서 있었고, 대여섯 사람이 긴 의자에 앉아 신문이나 만화를 보고 있었다. 에쓰코는 그 사람들도 조선인들인지 궁금했다. 에쓰코와 모자수의 자리에서 직원과 말하고 있는 솔로몬이 보이기는 했지만 말소리는 들리지 않았다.

모자수가 앉아 있다가 다시 일어났다. 모자수가 자판기의 캔

녹차를 마시겠냐고 물었고 에쓰코가 그러겠다고 고개를 끄덕였다. 에쓰코는 직원의 뺨을 후려치고 싶었다. 중학교 때 대장 노릇을 하려는 여자아이의 뺨을 때린 적이 있었는데 그때 참 통쾌했다.

모자수가 차를 가지고 돌아오자 에쓰코가 고맙다고 말했다.

"당신은 이럴 줄 알고……." 에쓰코가 잠시 말을 멈췄다. "솔로몬에게 주의를 줬겠군요. 그러니까, 오늘 좀 수월하지 않을 거라고 솔로몬에게 말했죠?" 따질 생각은 아니었지만 막상 말을 내뱉고 보니 모질게 들려서 미안했다.

"아니. 솔로몬한테는 아무 말도 안 했어." 모자수는 반복해서 주먹을 쥐었다 폈다 했다. "난 처음 등록증을 발급받을 때 어머니와 노아 형이랑 왔었어. 그때 직원은 무난했고 친절하기까지 했지. 그래서 당신한테 같이 오자고 한 거야. 여자가 같이 오면 솔로몬에게 도움이 될 줄 알았거든." 모자수가 코로 숨을 내쉬었다. "친절을 기대하다니 어리석었어."

"아니요, 아니에요. 당신은 솔로몬에게 주의를 줄 필요 없어요. 내가 그렇게 말하지 말걸 그랬어요."

"어쩔 수 없어. 내가 아이의 운명을 바꾸어줄 수 없으니. 솔로몬은 조선인이야. 등록증을 받아야 하고, 법 절차를 모두 완벽하게 따라야 해. 한번은 어떤 관청 직원이 나한테 자기 나라에 머무는 손님이라더군."

"당신과 솔로몬은 여기서 태어났잖아요."

"그래, 노아 형도 여기서 태어났지. 그리고 지금은 죽었고." 모자수가 두 손으로 얼굴을 감쌌다.

에쓰코가 한숨을 내쉬었다.

"어쨌든 직원 말이 틀리지는 않지. 그리고 솔로몬도 이 상황을 이해해야 돼. 우리는 자칫하면 추방될 수 있어. 우리에게는 조국이 없어. 삶은 솔로몬이 통제할 수 없는 일투성이니까 적응해야지. 내 아들은 살아남아야 해."

솔로몬이 두 사람에게 돌아왔다. 이어서 사진을 찍은 후에 다른 사무실로 가서 지문 날인을 해야 했다. 그런 다음에야 집에 갈 수 있었다. 마지막 직원은 통통한 여자였다. 연두색 제복이 커다란 가슴과 동그란 어깨를 꽉 조이고 있다. 직원은 솔로몬의 왼손 둘째손가락을 잡아 걸쭉한 검은 잉크가 든 병에 조심스럽게 담갔다. 솔로몬은 그림을 그리는 아이처럼 하얀 종이에 손가락을 찍었다. 모자수가 눈길을 돌리며 크게 한숨을 내쉬었다. 직원이 솔로몬에게 웃음을 짓고는 옆방에서 등록증을 받으라고 말했다.

"자, 개 목걸이를 받으러 가자." 모자수가 말했다.

솔로몬이 아빠를 마주 보았다. "네?"

"그건 우리 같은 개들이 꼭 가지고 있어야 하는 거란다."

돌연 직원이 아주 화난 표정을 지었다.

"지문 날인과 등록증은 정부 기록에 아주 중요해요. 이걸 모욕으로 여기면 안 되죠. 이민자 규정에 따르면 외국인은……."

에쓰코가 앞으로 나섰다. "하지만 당신 아이들한테는 생일날 지문을 찍으라고 하지 않잖아요?"

직원의 목이 벌게졌다.

"우리 아들은 죽었어요."

에쓰코가 입술을 깨물었다. 에쓰코는 이 여자에게 어떤 감정도 느끼고 싶지 않았지만, 자식을 잃는 심정이 어떤지 알았다. 저주를 받은 것 같았고 그 쓸쓸한 삶은 무엇으로도 채워지지 않았다.

"조선인들은 이 나라를 위해 좋은 일을 많이 해요." 에쓰코가 말했다. "조선인들은 일본인들이 하기 싫어하는 힘든 일을 해요. 세금을 내고, 법을 지키고, 가정을 꾸리고, 일자리를 만들고……."

직원이 측은하다는 듯 고개를 끄덕였다.

"당신네 조선인들은 늘 그렇게 말하죠."

솔로몬이 불쑥 말했다. "아줌마는 조선인이 아닌데요."

에쓰코가 솔로몬의 팔에 가볍게 손을 얹었고 세 사람은 답답한 사무실에서 나왔다. 에쓰코는 회색 상자에서 기어 나가서 바깥의 빛을 다시 보고 싶었다. 홋카이도의 설산이 그리웠다. 어린 시절에 한 번도 해보지 않았지만, 눈 덮인 추운 숲속에서 나뭇잎이 다 떨어진 검은 나무들 아래를 걷고 싶었다. 삶에는 모욕당하고 상처받을 일들이 너무 많았고, 에쓰코는 자기 몫을 감당하기에도 벅찼다. 하지만 이미 수많은 치욕이 쌓여 있는 처지이면서도 솔로몬의 치욕을 가져다가 자신이 떠안고 싶었다.

10

에쓰코의 여종업원 한 명이 콜라를 가져다주었다. 하나는 바 근처 식탁 앞에 앉아 빨대를 가지고 장난치고 있었다. 이제 파마를 하지 않아 원래대로 붉은빛을 띤 검은색 생머리였다. 반듯하게 자른 머리카락이 자그마한 어깨까지 내려왔다. 깔끔하게 다린 하얀 면 블라우스에 무릎까지 오는 짙은 색 주름치마를 입었고, 회색 울 스타킹에 굽이 낮은 여학생 구두를 신었다. 초등학교 때 이후로 이렇게 입은 것은 처음이었다. 배는 납작했지만 봉오리 같은 가슴이 더 부푼 것 같았다. 그 외에는 임신한 티가 나지 않았다.

사적인 행사를 위해 문을 닫은 식당 안에는 생일 파티 준비가 돼 있었다. 10여 개의 둥근 식탁에 하얀 리넨 식탁보가 깔려 있었고 각 식탁의 한가운데에는 우아하게 꽃을 꽂은 화병과 촛대가 놓여 있었다. 식기를 치우는 일을 담당하는 종업원이 한쪽 구석에 서서 헬륨 탱크로 빨간 풍선에 하나씩 바람을 넣었다. 그러고는 모든 풍선을 천장으로 띄워 올렸다.

에쓰코와 솔로몬이 식당으로 조용히 들어왔다. 솔로몬이 옷을 갈아입으러 집으로 가기 전에 식당에 들러 에쓰코의 딸에게 인사하겠다고 고집을 부렸다. 식당의 장식과 극적인 변화에 먼저 깜짝 놀라 솔로몬의 입이 딱 벌어졌다. 그러고 나서 빈 식탁 앞에 앉아 있는 여자아이를 발견하고 물었다. "저 누나예요?"

"그래."

하나가 두 사람을 향해 수줍게 웃었다.

솔로몬과 하나가 정식으로 인사를 나눴다. 둘 다 서로에게 호기심이 생긴 것이 분명했다. 하나가 천장을 가리고 있는 풍선들을 가리켰고 에쓰코가 말을 꺼내기도 전에 솔로몬이 재빨리 일본어로 대답했다. "내 생일이거든. 생일 파티에 올래? 오늘 밤에 여기서 미국식 저녁을 먹고 나서 진짜 디스코텍에 갈 거야."

하나가 대답했다. "네가 정 원하면. 갈 수도 있고."

에쓰코가 얼굴을 찌푸렸다. 주방장과 음식 종류를 의논해야 했지만 두 아이만 두고 가기가 꺼려졌다. 몇 분 후, 에쓰코가 부엌에서 돌아오니 두 아이가 어린 연인 한 쌍처럼 속삭이고 있었다. 에쓰코가 손목시계를 보고 나서 솔로몬한테 집에 가라고 재촉했다. 솔로몬이 문 옆에서 소리쳤다. "파티에서 봐." 하나가 손을 흔들면서 고급 창부처럼 웃었다.

"왜 보내고 그래? 재미있었는데."

"옷을 갈아입어야 하니까."

"저거 들여다봤어." 하나가 입구 근처에 있는 가방들을 흘낏 보았다. 디스코텍으로 가져갈 파티 답례품 가방 백 개가 네 줄로 길게 놓여 있었다. 가방에는 테이프, 소니 워크맨 카세트 플레이어, 수입한 10대 잡지, 초콜릿 상자로 꽉 차 있었다.

"우리 아빠도 야쿠자면 좋겠어."

"하나야, 그이는……." 에쓰코는 누가 듣고 있지 않은지 주위를 둘러보았다.

"엄마 남자친구의 아들이 버릇없는 녀석은 아닌 거 같아."

"솔로몬이 쉽게만 사는 건 아니야."

"쉽지 않다고? 외국인 사립학교에 다니고 은행에 수백만 엔이 있고 개인 운전기사가 있잖아. 현실을 좀 봐요, 어머니."

"오늘 그 아이는 일본에 3년 동안 거주할 수 있는 허가를 받으러 관청에 가야 했어. 허가받지 못했다면 추방됐을 거야. 외국인 등록증을 가지고 다녀야 하고……."

"아, 정말? 근데 추방은 안 됐잖아, 그치? 이제 웬만한 결혼식보다 성대하고 화려한 생일 파티를 열 거고."

"솔로몬은 이 나라에서 태어났는데 범죄자처럼 자기 생일에 지문을 찍어야 했어. 아무 잘못도 없는 그저 어린아이일 뿐인데."

"우리는 다 범죄자야. 거짓말쟁이, 도둑, 창부. 그게 우리야." 하나의 새까만 눈동자가 매정하고 풍파에 찌들어 보였다. "여기에 아무 잘못 없는 사람은 없어."

"왜 그렇게 냉담하게 굴어?"

"아직 엄마랑 말이라도 하는 사람은 나뿐이야."

"미안하다고 수없이 말했잖아." 에쓰코는 목소리를 높이지 않으려고 애썼지만 여자 종업원들은 이미 다 들었을 테고, 갑자기 다 상관없다 싶었다.

"예약해놨어."

하나가 고개를 들었다.

"모레 네 문제를 해결할 거야." 에쓰코가 딸의 창백하고 화난 얼굴을 쏘아보았다. "넌 아직 엄마가 되기엔 일러. 아이를 키우는 일이 얼마나 힘든지 전혀 모르잖아."

하나의 꾹 다문 입술이 일그러졌다. 하나는 만화처럼 예쁜 얼굴을 두 손에 묻고 울기 시작했다.

에쓰코는 뭐라고 말해야 하는지 알 수 없었다. 말하는 대신에 한 손을 딸의 머리에 올렸다. 하나가 움찔했지만 에쓰코는 손을 바로 내리지 않았다. 딸의 윤기 나는 머리카락을 만져본 지 너무 오래됐다.

에쓰코가 지붕에서 비가 새고 부엌이 아주 작은 홋카이도의 세 칸짜리 비좁은 집에 살 때는 해야 할 일이 있어서 버틸 수 있었다. 지금 이 순간, 에쓰코는 가슴을 찌르는 통증을 느꼈다. 저녁 반찬으로 새우를 튀겨서 종이를 깐 접시에 수북이 담아놓으면 아들들이 허겁지겁 먹던 모습을 지켜보던 기억이 떠올라서였다. 7월 중순에 뜨거운 튀김 팬 앞에 서서 지글지글 끓는 땅콩기름에 튀김옷을 입힌 새우를 넣은 보람이 있었다. 아들들이 엄마가 해준 새우튀김이 사탕보다 맛있다고 말해서였다. 김 나는 목욕물에서 막 나와 빰이 발그레한 하나의 물기 어린 머리를 빗겨주곤 했던 기억이 높고 어두운 파도처럼 에쓰코를 덮쳤다.

"엄마가 우리를 원하지 않았다는 거 알아. 오빠들이 말해줬어. 난 사실인 걸 알면서도 오빠들 말이 틀렸다고 했어. 난 엄마가 뿌린 씨를 거두지도 않고 떠나게 둘 수 없어서 엄마한테 매달렸어. 어떻게 아이를 키우기가 힘들다는 말을 나한테 할 수 있어? 엄마가 되려고 노력한 적도 없으면서. 무슨 권리로 그런 소리를 해? 엄마가 무슨 자격이 있어서?"

에쓰코는 자기가 보는 자신의 모습이 사실상 아이들이 보는 자신의 모습과 마찬가지라는 깨달음에 꼼짝도 하지 못하고 침묵했다. 아이들은 에쓰코가 괴물이라고 생각했다.

"어떻게 내가 너희를 원하지 않았다고 생각할 수 있어?" 에쓰코는 아들들에게 보냈던 모든 편지와 선물, 돈이 그대로 되돌아온 기억이 떠올랐다. 더 심한 기억은 아이들이 잘 있는지 안부를 물으려고 전화를 걸었을 때 남편이 받아 "여보세요"라는 첫마디 말고는 아무 말도 하지 않고 하나에게 수화기를 건네는 것이었다. 하나가 에쓰코의 전화를 받아주는 유일한 사람이어서였다. 에쓰코는 변명하고 싶었다. 수없이 되풀이한 노력을 증거로 내놓고 싶었다. 엄마라는 것은 딸이나 아내, 이혼녀, 여자친구, 식당 주인이 되는 것보다 훨씬 더 에쓰코의 본질에 가까웠다. 잘하지는 못했지만 그 일은 에쓰코 자체였고, 내면을 완전히 바꾸어놓았다. 다쓰오가 태어난 순간부터 좋은 엄마가 되지 못했다는 생각에 슬픔과 회의감에 젖어 있었다. 하지만 좋은 엄마가 되지 못했더라도 한번 엄마는 영원한 엄마였다. 엄마라는 에쓰코의 삶의 일부는 죽어서도 끝나지 않을 터였다.

"하지만, 하지만, 모자수와 결혼하지 않았어. 모자수와 동거도 안 해. 너랑 네 오빠들한테 더 곤란한 일이 생기지 않게 하려고."

하나가 고개를 뒤로 젖히고 크게 웃었다.

"그 대단한 희생에 내가 고마워해야 해? 조선인 폭력배랑 결혼 안 했다고 칭찬해달라는 거야? 고생하기 싫어서 결혼 안 한 거잖아. 엄마는 내가 아는 사람들 중에서 제일 이기적이야. 그 남자랑 자고 싶고 그 남자 돈으로 그럴싸한 가게를 열고도 싶은데 결혼은 안 하면 그건 자기 잇속만 차리는 선택이지, 나나 오빠들을 위해서 그런 게 아니라고." 하나는 블라우스 소매로 얼굴을 닦았다. "엄마는 비난받기 싫은 거야. 그래서 그 남자랑 결혼을 안 하는 거고. 그래서 큰 도시에 숨으려고 홋카이도를 떠난 거라고. 자기가 피해자라고 생각하지만 그렇지 않아. 두려워서 도망쳤고, 늙어가는 게 두려워서 그 남자들이랑 놀아났어. 나약하고 한심해. 나한테 희생이니 뭐니 그딴 말 하지 마. 난 그런 헛소리는 안 믿으니까."

하나가 다시 울기 시작했다.

에쓰코가 의자에 털썩 앉았다. 모자수와 결혼한다면 점잖은 일본 남자는 자기 같은 여자를 상대해주지 않는다는 것을 홋카이도의 모든 사람들에게 증명하는 셈이었다. 야쿠자의 아내라고 불릴 터였다. 모자수와 결혼한다면 더 이상 요코하마의 제일 좋은 지역에서 잘나가는 식당의 고상한 사장으로 인정받지 못할 터였다. 물론 그런 모습은 에쓰코 스스로도 믿지 않았다. 모자수는 에쓰코를 실제보다 훨씬 좋은 사람이라고 생각하는 것이 분명했지만, 하나는 속지 않았다. 에쓰코는 의자 옆에 있는 하나의 여행가방을 집어 들고는, 하나를 팔꿈치로 살짝 찔러 가자고 했다.

에쓰코의 집은 식당에서 네 구역 떨어진 호화로운 건물에 있었다. 집에 가는 길에 하나는 이제 솔로몬의 생일 파티에 가기 싫어졌다고 말했다. 아침까지 자게 혼자 내버려두라고 했다. 에쓰코가 집 현관문을 열고 하나를 자기 방으로 데려갔다. 오늘 밤은 소파에서 자야 했다.

하나가 요에 드러눕자 에쓰코는 딸의 마르고 어린 몸에 가벼운 이불을 덮어주고 불을 껐다. 하나가 몸을 웅크렸다. 눈을 아직 뜨고 있었지만 아무 말도 하지 않았다. 에쓰코는 하나를 두고 나가고 싶지 않았다. 이런저런 일이 있었음에도 자신이 이 상황에 만족스러워하고 있다는 생각이 문득 들었다. 두 사람이 다시 함께 있었다. 하나가 돌봐달라고 자신을 찾아왔다. 에쓰코가 요 가장자리에 앉아서 딸의 머리를 쓰다듬었다.

"엄마한테 그 향기가 나." 하나가 조용히 말했다. "예전에는 그게 엄마 향수 냄새라고 생각했어. 조이 맞지?"

"아직 그걸 뿌려."

"알아." 하나가 말했다. 에쓰코는 손목에 코를 대고 냄새를 맡고 싶은 충동을 참았다.

"근데 향수 냄새만이 아냐. 엄마가 바르는 크림이랑 화장품 냄새가 다 섞여서 나는 향기야. 그게 무슨 향수인지 궁금해하면서 백화점을 돌아다니곤 했는데. 그냥 엄마 냄새였어."

에쓰코는 많은 말을 하고 싶었지만 무엇보다 더 이상 실수를 저지르지 않도록 노력하겠다고 말하고 싶었다. "하나코……."

"이제 그만 잘래. 그 애 생일 파티에 가. 나 혼자 내버려둬." 감정 없는 목소리였지만 이번에는 조금 더 부드러웠다.

에쓰코가 집에 있겠다고 했지만 하나는 어서 가라고 손짓했다. 그러자 에쓰코는 내일 일이 없다고 말했다. 둘이 함께 이부자리와 서랍장을 사러 갈 수도 있었다. "그럼 네가 언제든 엄마한테 올 수 있잖아. 네 방을 마련해줄게." 에쓰코가 말했다.

하나가 한숨을 내쉬었지만 얼굴에 아무런 감정도 드러나지 않았다.

에쓰코는 딸이 무엇을 원하는지 알 수 없었다. "돌아가라는 말이 아니야. 특히 그런 일이 있었으니……." 에쓰코가 손가락으로 자기 입을 막았다가 재빨리 내렸다. "계속 있어도 돼. 여기서 학교를 다녀도 되고."

하나가 베개를 벤 머리를 돌리고 숨을 들이마셨지만 여전히 아무 말도 하지 않았다.

"내가 네 아빠한테 전화하면 돼. 부탁해볼게."

하나가 이불을 턱 밑까지 끌어 올렸다. "하고 싶으면 그러든가."

에쓰코는 식당으로 돌아가야 했지만 잠시 동안 소파에 앉아 있었다. 에쓰코가 젊은 엄마이던 시절에 깨어 있는 동안 마음의 평화를 느낀 유일한 시간은 밤에 아이들이 자러 간 후였다. 에쓰코는 그 시절 모습 그대로의 아들들을 보고 싶었다. 통통하고 하얀 다리, 이발소에서 가만히 앉아 있지 못해서 이상하게 잘린 바가

지머리를 보고 싶었다. 그저 피곤해서 아이들을 야단치던 그 시절로 다시 돌아가고 싶었다. 잘못을 너무 많이 저질렀다. 시간을 되돌릴 수만 있다면 아이들이 조금 더 오래 욕조에서 놀게 두고 자기 전에 이야기책을 하나 더 읽어주고 새우튀김을 한 접시 더 만들어주고 싶었다.

11

솔로몬의 생일 파티에 초대된 아이들은 미국과 유럽에서 온 외교관과 은행가, 부유한 주재원의 아들딸이었다. 모두가 일본어보다는 영어로 이야기했다. 모자수는 서양인들의 사고방식을 좋아했기 때문에 솔로몬을 요코하마의 국제학교에 보냈다. 아들을 위한 구체적인 계획을 마음속에 품고 있었다. 솔로몬은 일본어는 물론이고 영어를 완벽하게 할 줄 알아야 했다. 세상 경험이 풍부한 상류층 사람들 사이에서 자라야 했고, 궁극적으로는 도쿄나 뉴욕의 미국 회사에서 일해야 했다. 모자수는 뉴욕에 가본 적이 없지만 그곳이 누구나 공정한 대우를 받는 곳이라고 상상했다. 모자수는 아들이 세계를 무대로 활동하는 국제적인 사람이 되기를 바랐다.

검은색 리무진들이 거리에 구불구불 길게 늘어섰다. 아이들이 식당을 떠나면서 모자수와 에쓰코에게 훌륭한 저녁 식사를 잘 먹었다고 인사했다. 모자수는 식당 앞에 아이들을 줄 세우고 말했다. "레이디 퍼스트." 미국 영화를 보다가 들은 말이었다. 여자아이들이 번쩍거리는 자동차에 여섯 명씩 무리 지어 탄 뒤 떠났다. 남자아이들이 그 뒤를 따랐다. 솔로몬은 제일 친한 친구들인 영국인 은행가의 아들 나이절과 인도 해운업체 중역의 아들 아자이와 함께 마지막 자동차에 탔다.

디스코텍 안은 어둑하고 화려했다. 높은 천장에 각기 다른 높이로 달려 있는 미러볼 스무 개 정도가 돌아가면서 작은 판유리들에 반사된 빛이 넓은 실내를 비추며 움직였다. 그 때문에 바닥을 가로지르는 사람들이 물속의 물고기처럼 아른거리는 효과가 있었다. 모두가 도착해 널찍한 탁자 주위에 앉자 잘생긴 필리핀인 지배인이 높이 솟아 있는 무대로 올라갔다. 이어서 아름답고 낭랑한 목소리로 외쳤다.

"솔로몬 백의 친구 여러분! 링고스에 오신 걸 환영합니다!" 지배인이 아이들이 지르는 환호성에 말을 멈췄다. "솔로몬의 생일 파티를 위해 링고스는 일본 최고의 인기 스타를 소개합니다. 오늘만 볼 수 있는 세계적인 스타, 히로미 겐과 세븐 젠틀맨!"

아이들은 믿기지 않는 듯했다. 휘장이 올라가면서 일곱 명으로 구성된 록 밴드의 모습이 나타났고 가수가 뒤에서 등장했다. 히로미는 실망스러울 정도로 평범해 보였다. 넥타이를 깜빡하고 매지 않은 회사원처럼 입고 있었고 앨범 재킷에서처럼 테가 두꺼운 안

경을 썼다. 머리는 완벽하게 빗어 넘겼다. 서른을 넘은 것 같지 않았다.

솔로몬은 어리둥절하면서도 기뻐서 계속 머리를 흔들었다. 연주 소리가 커다랗게 울렸고 아이들이 서둘러 무대로 나가 격렬하게 춤을 췄다. 긴 공연이 끝나자 사회자가 모두 무대 주위로 모이라고 말했고, 요리사 이치로가 야구장 모양의 화려한 아이스크림 케이크가 담긴 수레를 솔로몬 쪽으로 밀고 왔다. 길고 가느다란 촛불이 널따란 케이크 위에서 빛났다. 한 여자아이가 소리쳤다.

"소원 비는 거 잊지 마, 자기야!"

솔로몬은 한 번에 촛불을 다 껐고 모두가 손뼉을 치며 환호성을 질렀다.

케이크 첫 조각을 자를 수 있게 리본으로 장식한 칼을 에쓰코가 솔로몬에게 건넸다. 솔로몬이 톱니가 있는 칼을 케이크 위로 올리는 자세를 취하자 조명이 솔로몬을 비추었다.

"도와줄까?" 에쓰코가 물었다.

"내가 할 수 있을 것 같아요." 솔로몬이 대답하고는 반듯하게 자르려고 양손을 썼다.

"아!" 에쓰코가 솔로몬의 손톱 밑에 낀 잉크를 발견하고 소리를 냈다. 대부분 씻어내긴 했지만 손가락 끝에 옅은 자국이 남아 있었다.

솔로몬이 케이크를 자르다가 고개를 들고 웃었다.

에쓰코가 솔로몬의 한쪽 팔을 가볍게 잡고 계속 케이크를 자르게 도와주었다. 한 조각을 자른 후, 솔로몬이 돌려준 칼로 에쓰코가 나머지를 잘랐다. 종업원들이 케이크를 나누어주었고, 혼자 앉아 있던 히로미도 한 조각을 받았다. 모자수가 지폐가 가득 든 두툼한 파란색 봉투를 솔로몬에게 건네며 가수에게 주라고 말했다. 히로미 겐이 솔로몬에게 앉으라고 손짓했다. 에쓰코는 이런 불빛 속에서는 아무도 잉크 자국을 알아차리지 못할 것이라고 생각했다.

밴드가 다른 곡들을 연주했고 그 후에 디제이가 아이들에게 인기 있는 노래들을 틀었다. 생일 파티가 끝날 때쯤 되자 에쓰코는 기분 좋은 피로감을 느꼈다. 식당 문을 닫은 후와 비슷한 기분이었다. 모자수는 칸막이 좌석에 혼자 앉아서 샴페인을 마시고 있었다. 에쓰코가 옆에 앉았다. 모자수가 자기 잔을 채워 에쓰코에게 건네자 에쓰코가 두 모금 만에 잔을 비웠다. 에쓰코가 소리내어 웃었다. 모자수가 에쓰코에게 솔로몬을 위해 애를 많이 썼다고 말하자 에쓰코가 고개를 저었다. "아니에요."

에쓰코가 무심코 말했다. "그 사람도 기뻐했을 거예요."

모자수가 어리둥절한 표정을 지었다가 잠시 후 고개를 끄덕였다. "그래, 그 사람도 아주 행복해했을 거야."

"어떤 사람이었어요?" 에쓰코가 모자수의 얼굴을 보려고 몸을 돌렸다. 네모난 작은 불빛들이 모자수의 날렵한 이목구비를 스치며 춤추듯 움직였다.

"전에 말했잖아. 좋은 여자였어. 당신처럼." 유미에 대해서 그 이상 말하기가 힘들었다.

"아뇨, 자세히 이야기해줘요." 에쓰코는 유미와 자신의 닮은 점이 아니라 다른 점이 궁금했다. "더 알고 싶어요."

"왜? 그 사람은 이미 죽었어." 모자수는 스스로 한 말에 상처받은 듯했다. 솔로몬이 짧은 머리의 키 큰 중국인 여자아이와 춤추는 모습이 모자수의 눈에 띄었다. 여자아이의 우아한 동작을 따라가느라 솔로몬의 이마가 땀으로 번들거렸다. 에쓰코가 텅 빈 샴페인 잔을 빤히 바라보았다.

"그 사람은 솔로몬 이름을 세종이라고 짓고 싶어 했어." 모자수가 말했다. "하지만 할아버지가 손자 이름을 지어주는 게 전통이거든. 돌아가신 우리 아버지를 대신해 큰아버지가 솔로몬이라고 이름을 지어주셨지." 모자수가 잠시 멈췄다. "세종은 조선의 왕 이름이야. 한글을 만들었지. 큰아버지는 그 대신 성경에 나오는 왕 이름을 아이에게 주셨어. 우리 아버지가 목사라서 그러셨나 봐." 모자수가 웃었다.

"왜 웃어요?"

"유미가……." 모자수는 유미의 이름을 입 밖에 내놓고는 그 두 음절의 소리를 들으며 깜짝 놀랐다. "솔로몬을 아주 자랑스러워했어. 자기 아들을 말이야. 아들을 왕처럼 살게 해주고 싶어 했어. 그 사람은 우리 아버지나 큰아버지와 비슷했던 것 같아. 자랑스러워했지. 나와 내 일을 자랑스러워했어. 그게 좋았어. 하지만 이제 나이를 먹고 나니까 왜 그랬나 싶네." 모자수가 지난 일을 아쉬워하는 듯 말했다. "우리 조선인이 자랑스러워할 게 뭐가 있다고."

"자식을 자랑스러워하면 좋죠." 에쓰코가 치마를 매만졌다. 에쓰코는 아이들이 태어났을 때 신체의 완벽함에 놀랐다. 작은 인간의 모습과 건강한 상태가 경이로웠다. 하지만 역사 속 인물의 이름이라니, 그것도 왕의 이름을 고려해본 적은 한 번도 없었다. 가족이나 태어난 나라를 자랑스러워한 적이 없었다. 오히려 창피하다고 생각했다.

"저기 여자애들 중 한 명이 오늘 나한테 와서는 솔로몬이 엄마를 많이 닮았다고 하더군." 모자수가 한쪽 구석에 있는 여자아이들 무리를 가리켰다. 여자아이들은 어깨끈이 없는 상의와 늘씬한 엉덩이에 달라붙는 저지 치마를 입고 있었다.

"저 애가 그 사람을 어떻게 알아요?"

"당신을 말한 거야."

"아." 에쓰코가 고개를 끄덕였다. "내가 솔로몬 엄마였다면 좋았을 텐데요."

"아냐, 그건 당신이 원하는 게 아니잖아." 모자수가 차분하게 말했고 에쓰코는 자신이 그런 소리를 들을 만하다고 느꼈다.

"나도 오늘 오후에 본 그 여자 직원과 별로 다를 게 없어요, 그렇죠?"

모자수가 고개를 젓고 한 손을 에쓰코의 양손 위에 올렸다.

왜 에쓰코네 가족은 파친코 사업을 그리 안 좋게 생각할까? 외판원이었던 에쓰코의 아버지는 형편이 안 되는 외로운 주부들에게 비싼 생명보험을 들게 했고, 모자수는 성인 남녀들이 돈을 따려고 핀볼을 할 수 있는 공간을 만들었다. 그들은 모두 가능성과 두려움, 외로움을 이용해 돈을 벌었다. 매일 아침, 모자수와 직원들은 당첨 결과를 조작하려고 기계를 살짝 손봐서 돈을 따는 사람은 적고 잃는 사람은 많게 했다. 그래도 사람들은 자신이 행운아일 거라는 희망을 품고 게임을 계속했다. 어떻게 성공하고 싶어하는 사람들에게 화를 내겠는가. 에쓰코는 이 중요한 면에서 실패했다. 아이들에게 희망을 가지라고, 이길지 모른다는 터무니없는 일말의 가능성이라도 믿어보라고 가르치지 않았다. 파친코는 바보 같은 게임이지만, 인생은 그렇지 않았다.

에쓰코가 새 시계를 풀어 모자수의 손에 쥐여주었다. "내가 반지를 원하지 않아서가 아니라……."

모자수가 에쓰코를 보지 않고 시계를 주머니에 넣었다.

"늦었군. 자정이 다 됐네." 모자수가 다정하게 말했다. "아이들을 집에 보내야 해."

에쓰코가 자리에서 일어나서 생일 파티 답례품이 든 가방을 아이들에게 나누어주러 갔다.

그날 저녁을 끝내고 싶지 않았던 솔로몬이 배고프다고 졸라서 세 사람은 에쓰코의 식당으로 돌아갔다. 식당은 다시 깨끗해져 영업할 준비가 돼 있었다.

"모두 조금씩이요." 에쓰코가 무엇을 먹고 싶은지 물어보자 솔로몬이 말했다. 솔로몬은 아주 행복해 보였고 에쓰코는 그런 솔로몬을 보면서 기뻤다. 에쓰코는 솔로몬이 행복한 사람이 될 것이라고 믿었다. 솔로몬이 에쓰코와 모자수에게 행복을 주는 존재일지도 몰랐다.

모자수가 식당 제일 안쪽 4인용 식탁에 앉아 석간신문을 펼쳤다. 기차가 도착하기를 차분히 기다리는 중년 남자 같았다. 에쓰코가 부엌으로 향했고 솔로몬이 뒤를 따라갔다.

에쓰코가 조리대에 하얀 접시 세 개를 놓았다. 냉장고에서 닭튀김 한 쟁반과 감자샐러드 한 접시를 꺼냈다. 이치로가 미국 요리책을 따라서 만든 음식이었다.

"하나 누나는 왜 안 왔어요? 아파요?"

"아니." 에쓰코는 직접적인 질문에 거짓말하기 싫었다.

"하나 누나는 참 예뻐요, 그렇죠?"

"너무 예쁘지. 그게 문제야." 언젠가 가족의 지인이 에쓰코를 칭찬했을 때 에쓰코의 어머니도 이렇게 말한 적이 있었다.

"오늘 밤 즐거웠어?" 에쓰코가 물었다.

"네. 아직도 못 믿겠어요. 히로미 상이 나한테 말을 걸다니."

"그 사람이 뭐라고 하던?" 에쓰코가 모자수와 솔로몬의 접시에는 큼지막한 닭튀김 두 조각을 놓고 자기 접시에 작은 닭다리 하나를 놓았다. "친절했어?"

"엄청나게 친절하고 멋있었어요. 제일 친한 친구들이 조선인이래요. 부모님한테 잘하라고 했어요."

솔로몬은 사람들이 에쓰코를 어머니라고 해도 부인하지 않았고, 이것은 기뻐해야 할 일이었지만 그럴수록 에쓰코는 불안했다.

"네 아빠가 오늘 밤에 말해줬는데 네 엄마가 너를 자랑스러워했대. 네가 태어난 순간부터."

솔로몬은 아무 말도 하지 않았다.

에쓰코는 이제 솔로몬에게 엄마가 필요하다고 생각하지 않았다. 솔로몬은 이미 다 컸고 엄마가 있는 대부분의 아이들보다 착했다. 거의 어른이나 마찬가지였다.

"개수대로 와. 왼손 내밀어보렴."

"선물이에요?"

에쓰코가 소리 내어 웃고는 솔로몬의 왼손을 개수대로 가져와 물을 틀었다. "아직 잉크 자국이 남았어."

"그 사람들이 날 쫓아낼 수 있어요? 정말 추방할 수 있어요?"

"오늘은 다 잘됐어." 에쓰코가 대답하고는 식기를 닦는 솔로 솔로몬의 손가락과 손톱을 부드럽게 문질렀다. "걱정할 필요 없어, 솔로몬 짱."

솔로몬은 에쓰코의 대답에 만족하는 듯했다.

"하나 누나가 작은 문제를 처리하러 요코하마에 왔다던데요. 임신했나요? 나이절이 여자친구를 임신시켜서 그 여자애는 중절 수술을 받아야 했어요."

"네 친구 나이절?" 에쓰코는 주말마다 솔로몬과 아타리*게임을 하던 금발 남자아이를 떠올렸다. 솔로몬보다 고작 한 살 위였다.

솔로몬이 고개를 끄덕였다. "넵. 하나 누나는 아주 멋져요."

"우리 아이들은 나를 미워해."

솔로몬이 손톱 밑에 낀 잉크를 조금씩 파냈다. "아줌마 아이들은 아줌마가 떠나서 아줌마를 미워하는 거예요." 솔로몬의 표정

---

* 세계 최초로 비디오 게임을 만든 미국의 게임 회사이자 게임기의 이름.

이 진지해졌다. "어쩔 수 없어요. 아줌마가 보고 싶어서 그런 거니까."

에쓰코가 아랫입술 안쪽을 깨물었다. 입안 작은 근육들이 느껴졌고 피가 날까 봐 깨무는 것을 멈추었다. 솔로몬의 얼굴을 보기가 두려웠고 참으려고 애썼지만 눈물이 왈칵 쏟아졌다.

"왜 그래요? 왜 울어요?" 솔로몬이 물었다. "죄송해요." 솔로몬의 눈에 눈물이 글썽거렸다.

에쓰코가 호흡을 가라앉히려고 숨을 들이마셨다.

"하나가 태어났을 때 간호사들이 카드에 하나의 지문을 찍었어. 간호사들이 잉크를 씻어냈지만 제대로 해놓지 않아서 집에 가서 내가 다시 씻어줘야 했어. 갓 태어났으니까 잘 볼 수 없었겠지만 내가 자기를 아프게 하는 것처럼 날 쳐다보는 것 같더라. 울고 또 우는데……."

"에쓰코 짱, 하나 누나는 괜찮을 거예요. 나이절 여자친구도 괜찮거든요. 두 사람은 대학을 졸업하면 결혼할지 몰라요. 나이절이 그랬는데……."

"아니, 아니, 그런 게 아니야. 내가 네 엄마가 되기 싫어한다고 생각했다면 정말 미안해." 에쓰코는 배를 움켜쥐고 숨을 가다듬으려고 애썼다. "난 너무 많은 사람에게 상처를 줬어. 넌 아주 착한 아이야, 솔로몬. 네가 이렇게 잘 큰 게 내 공이라면 좋을 텐데."

솔로몬의 곧고 검은 머리카락이 두 뺨으로 흘러내렸지만 솔로몬은 머리카락을 넘기지 않았다. 솔로몬의 두 눈에 걱정이 서려 있었다.

"근데 난 오늘 태어났잖아요. 자기가 태어난 순간과 거기 있던 사람들을 기억하지 못한다는 게 우습지 않아요? 다 나중에 남한테 듣잖아요. 아줌마는 지금 여기 있어요. 나한테는 아줌마가 엄마예요."

에쓰코가 손바닥을 펴서 입을 틀어막고 솔로몬의 말을 되새겼다. 후회스러운 날들 다음에는 또 다른 날이 오기 마련이었고, 재판에서 유죄 선고를 받았다고 해도 좋은 결과로 이어질 수 있었다. 마침내 에쓰코가 물을 잠그고 물 먹은 노란 스펀지를 개수대에 내려놓았다. 구부러진 청동 수도관에서 마지막 물 몇 방울이 떨어졌고 이내 부엌이 조용해졌다. 에쓰코가 손을 뻗어 생일을 맞은 아이를 끌어안았다.

12

1979년, 오사카

선자는 요코하마에 아들과 손자를 두고 오사카로 돌아갔다. 어머니 양진이 위암을 진단받았다고 들었기 때문이었다. 가을과 겨울 내내 선자는 지친 경희를 대신해서 어머니의 발치에서 잠들었다. 경희는 남편 요셉이 마침내 세상을 떠난 후 양진을 극진히 보살폈다.

양진은 거의 움직이지 못하는 상태로 거실의 두꺼운 면 요에 누워 있었고, 사실상 거실이 양진의 침실이 됐다. 집에서 가장 큰 공간인 그곳에서 유칼립투스와 귤 냄새가 났다. 최근에 다다미를 새로 깔았고, 반짝거리는 두 창문 옆에 두 줄로 늘어서 있는 사기 화분에서는 초록빛 식물들이 잘 자라고 있었다. 요 옆에 놓인 커다란 바구니 안에 가득 담긴 규슈산 귤이 상큼한 향기를 풍겼다. 오사카의 조선인 교회에서 교인들이 보낸 값비싼 선물이었다. 신형 소니 컬러텔레비전이 소리를 낮게 줄인 채 켜져 있었고 세 여자는 양진이 좋아하는 프로그램인 〈이국의 땅〉을 보려고 기다리고 있었다.

양진은 최대한 몸을 일으켜 앉았고, 그 옆에 선자가 있었다. 경희는 그 반대편에서 늘 앉던 대로 양진의 머리맡에 자리했다. 선자와 경희는 솔로몬에게 줄 감청색 스웨터를 서로 나눠서 짜고 있었다.

양진의 팔다리와 관절이 차례로 굳어지고 근육이 젤리처럼 흐물흐물해졌지만 이상하게도 정신은 더욱 맑고 자유로워졌다. 상상으로는 자신의 몸을 떠나 사슴처럼 날래게 껑충껑충 뛰어다닐 수 있었다. 하지만 실상은 거의 움직일 수 없었다. 음식이라고 할 만한 것을 거의 삼키지 못했다. 그렇지만 이 병의 뜻밖의 이점은 양진이 걸음마를 배우고 심부름을 할 수 있게 된 이래 처음으로 일해야 한다는 강박에 시달리지 않게 되었다는 것이었다. 이제 밥을 짓고 설거지를 하거나 바닥을 쓸 수 없었다. 바느질도 할 수 없었고 변소를 문질러 닦을 수 없었다. 아이들을 돌보거나 빨래를 할 수 없었으며 내다 팔 음식을 만들거나 그 밖에 필요한 어떤 일도 할 수 없었다. 남은 일은 죽을 때까지 쉬는 것뿐이었다. 양진이 해야 할 일은 아무것도 없었다. 살날이 기껏해야 며칠 남지 않았다.

삶이 끝나면 무슨 일이 벌어질지 확실히 알 수는 없지만 고향으로 돌아가서, 먼저 세상을 떠난 사람들을 만나거나, 예수 그리스도와 그의 왕국에 갈 것이라고 느꼈다. 남편 훈이를 다시 보고 싶었다. 언젠가 교회에서 천국에서는 절름발이가 걸을 수 있고 장님이 앞을 볼 수 있다는 설교를 들었다. 남편은 하나님의 존재를 믿지 않았지만, 양진은 하나님이 있다면 훈이가 불편한 몸으로 잘 견디며 살았고 몸이 나을 자격이 있는 착한 사람이었음을 알아주기를 바랐다. 양진이 죽음에 대해 이야기하려고 할 때마다 선자와 경희는 말을 돌렸다.

"솔로몬한테 돈 보냈다꼬?" 양진이 물었다. "은행에서 찾은 빳빳한 새 돈으로 보내라 캤는데."

"예, 지가 어제 보냈어예." 선자가 어머니가 더 편하게 텔레비전을 볼 수 있도록 베개를 바로잡아주며 말했다.

"그 애가 돈을 언제 받나? 아직 그 애한테 연락이 없었데이."

"오늘 밤이나 내일, 카드를 받을 깁니더."

선자는 솔로몬이 이번 주에 증조할머니한테 안부 전화를 하지 않은 것을 이해할 수 있었다. 성대한 생일 파티가 막 끝났기 때문이다. 선자는 편지나 전화로 감사 인사를 하거나 안부를 물어보라고 솔로몬에게 말해줄 유일한 사람이었다. "학교 댕기느라 바쁜가 봐예. 이따가 지가 전화할게예."

"근데 그 가수가 참말로 그래 유명한 연예인이가?" 양진이 물었다. 세 여자가 당과 장사를 그만둔 후로 모자수가 집에 가구를 마련해주었고 생활비를 대고 있었다. 양진은 손자 모자수가 아들 생일에 유명한 가수를 부를 정도로 큰돈을 번다는 사실을 믿기 어려웠다.

"돈이 억수로 들었을 긴데! 진짜로 유명인이가?"

"에쓰코가 그카대에." 선자도 솔로몬이 어떻게 지내는지 궁금했다. 처음으로 등록증을 받으러 가야 했을 솔로몬이 걱정스러웠다.

방송이 시작됐고, 경희가 잽싸게 일어나 안테나를 움직였다. 화면이 나아졌다. 귀에 익은 일본 민요가 방에 퍼졌다.

"히구치 상이 오늘은 어데 갈꼬?" 양진이 활짝 웃었다.

〈이국의 땅〉에서 머리를 검게 염색해 언제나 젊어 보이는 활기찬 진행자 히구치 상이 전 세계를 돌아다니면서 이국땅으로 이민을 간 일본인들과 이야기를 나누었다. 히구치 상은 같은 세대의 평범한 여성과 달랐다. 결혼하지 않았고 아이가 없었으며 세계를 여행하며 민감한 질문도 능숙하게 할 수 있는 노련한 언론인이었다. 히구치 상에게 조선인의 피가 섞여 있다고 알려져 있었고, 그 소문만으로도 양진과 경희는 히구치 상의 용기와 방랑벽이 이해가 됐다. 두 사람은 히구치 상에게 폭 빠졌다. 작은 당과 가게를 하고 있었을 때에도 방송을 1분도 놓치지 않으려고 가게 문을 닫자마자 곧장 집에 오곤 했다. 선자는 방송에 별 관심이 없었지만 지금은 어머니를 위해서 끝까지 앉아서 보았다.

"베개!" 양진이 소리치자 선자가 베개를 바로잡아주었다.

방송 시작을 알리는 자막이 나오니 경희가 손뼉을 쳤다. 온갖 제약이 있겠지만 경희는 히구치 상이 어떻게든 북한에 갈 수 있기를 항상 바랐다. 고한수가 남편에게 경희 부모님과 시부모님이 죽었다고 했지만 경희는 여전히 고향 소식을 듣기를 간절히 바랐다. 게다가 김창호가 안전하게 잘 있는지도 알고 싶었다. 고향으로 돌아간 사람들의 가족들에게 슬픈 이야기를 아무리 많이 들었어도 두꺼운 안경을 쓴 그 잘생긴 젊은이가 죽었다고는 상상할 수 없었다.

음악이 잦아들면서 누군지 알 수 없는 남자 목소리로 오늘은 히구치 상이 콜롬비아에서 제일 큰 양계 농장을 운영하는 놀라운 농가를 만나러 메데인에 갔다고 했다. 밝은색 우의를 입고 자신의 상징인 녹색 모자를 쓴 히구치 상이 어떻게 와카무라 가족이 19세기 말에 라틴아메리카로 이민하기로 결정했는지, 어떻게 이국땅에서 아이들을 훌륭한 일본인으로 키웠는지 놀랍다고 말했다. "모두들 일본어를 할 수 있군요!" 히구치 상의 목소리에 놀라움과 경외심이 가득 찼다.

와카무라 상의 얼굴이 화면 가득 크게 나왔다. 살아남은 여자이자 가장인 와카무라 상은 자그마한 몸집에 얼굴에는 주름이 가득했고 예순일곱이라는 실제 나이보다 훨씬 늙어 보였다. 여러 겹으로 주름진 피부 아래에 묻힌 커다랗고 처진 눈은 현명하고 사려 깊어 보였다. 와카무라 상은 다른 자매들처럼 메데인에서 태어났다.

"물론 부모님들은 아주 힘든 상황이었지요. 두 분은 스페인어를 못했고 닭에 대해서 아무것도 몰랐어요. 아버지는 제가 여섯 살 때 심장마비로 돌아가셨고 어머니 혼자서 우리를 키웠어요. 큰오빠는 어머니와 여기서 살았지만 다른 두 오빠들은 몬트리올로 공부하러 떠났다가 돌아왔지요. 언니들과 저는 농장에서 일했고요."

"그야말로 힘들고, 힘든 일이었겠군요." 히구치 상이 숨을 헐떡이며 외쳤다.

"고생은 여자의 운명이지요." 와카무라 상이 말했다.

"네, 그렇죠."

화면에 동굴 같은 양계장 안이 나왔다. 털로 뒤덮인 닭 수만 마리가 모여 하얀 깃털의 바다처럼 넘실거렸다. 파닥거리는 하얀 닭 무리 사이로 붉은 닭 볏들이 줄무늬처럼 이어졌다.

와카무라 상이 히구치 상의 요청에 따라 닭에게 쪼이지 않고 모이를 줄 수 있을 만큼 키가 자란 후로 해온 수많은 일을 세세하게 늘어놓았다.

"그 모든 일을 다 해야 했다니 정말 힘드셨겠군요." 히구치 상이 고약한 냄새에 얼굴을 찡그리지 않으려고 애쓰며 반복해서 말했다.

와카무라 상이 어깨를 으쓱했다. 진흙땅을 터벅터벅 걸어가며 무거운 기계를 드는 일을 포함해서 양계장의 온갖 작업을 보여주었다. 와카무라 상의 희생과 인내를 잘 알 수 있었다.

30분짜리 방송이 끝날 무렵에 히구치 상이 일본의 시청자들에게 한마디 해달라고 와카무라 상에게 부탁했다.

풍파에 찌든 얼굴을 한 여자 농장주가 수줍게 카메라로 고개를 돌렸다가 생각에 잠긴 듯 눈길을 돌렸다.

"저는 일본에 한 번도 가본 적이 없어요." 농장주가 얼굴을 찡그렸다. "하지만 내가 어디에서 무엇을 하며 살든 훌륭한 일본인으로 살 수 있기를 바랍니다. 동포들에게 부끄럽지 않도록요."

히구치 상이 눈물을 글썽이며 방송을 끝맺었다. 자막이 올라가면서 아나운서가 히구치 상이 〈이국의 땅〉의 다음 목적지를 향해 지금 공항에 가고 있다고 말했다. "새로운 동포들을 모시고 다시 뵙겠습니다!" 아나운서가 밝게 인사했다.

선자가 자리에서 일어나 텔레비전을 껐다. 찻물을 끓이러 부엌에 가려 했다.

"다 고생인 기라." 양진이 큰 소리로 말했다. "고생은 여자의 운명이다."

"네, 고생이에요." 경희가 고생이라는 말을 되풀이하며 고개를 끄덕였다.

선자는 평생 다른 여자들에게 여자는 고생해야 한다는 말을 들었다. 여자는 어릴 때도 고생하고 아내가 돼서도 고생하고 엄마가 돼서도 고생하다가 고통스럽게 죽었다. 고생이라는 말에 신물이 났다. 고생 말고 다른 것은 없을까? 선자는 노아에게 더 나은 삶을 주려고 고생했지만 그것만으로는 부족했다. 자신이 물을 마시듯 들이마시던 수치를 참아야 한다고 아들에게 가르쳤어야 했을까? 결국 노아는 자신의 출생을 받아들이지 못했다. 어머니가 아들에게 앞으로 고생하게 될 것이라고 말하지 않았다고 해서 그것이 잘못한 일일까?

"니 노아 때문에 속상하제." 양진이 말했다. "내도 안다. 니는 노아 생각만 한다 아이가. 처음에는 고한수였고 이제는 노아제. 니가 그 흉악한 남자를 원했던 바람에 고생하는 기다. 여자는 그런 실수를 하면 안 된데이."

"그러면 지가 달리 우째야 했는데예?" 선자가 불쑥 말을 내뱉고는 곧바로 후회했다.

양진은 여자 농장주를 흉내 내듯 우스꽝스럽게 어깨를 으쓱했다. "니가 그 남자를 노아의 아버지가 되게 해서 그 애를 부끄럽게 했데이. 니 고생은 니가 자초한 기다. 그 불쌍한 아이 노아는 나쁜 씨를 물려받았다. 이삭이랑 혼인했으니 니가 운이 좋았데이. 억수로 좋은 사람이었다 아이가. 모자수는 더 좋은 핏줄을 받았다. 그래서 일이 아주 잘되는 기다."

선자는 양손으로 입을 틀어막았다. 노인들은 말이 너무 많고 쓸데없는 소리를 한다고 종종 듣기는 했지만, 선자 어머니는 딸에게 말하고 싶은 구체적인 생각들을 쌓아놓았던 것 같았다. 어머니가 선자에게 물려주려고 한 인색한 유산 같았다. 선자는 어머니와 다툴 수 없었다. 그래봤자 무슨 소용이 있겠는가?

양진은 입술을 오므렸다가 코로 깊이 숨을 들이마셨다.

"참 나쁜 사람이었다."

"엄마, 그 사람이 엄마를 여기까지 데리고 왔어예. 그 사람이 엄마를 안 데리고 왔으면……."

"그 사람이 내를 여기까지 데리고 온 거는 맞아도 흉악한 사람이다. 그건 바뀌지 않는데이. 그 불쌍한 애한테는 가망이 없었다." 양진이 말했다.

"노아한테 가망이 없었다면 왜 지가 고생했십니꺼? 왜 지가 애써야 했십니꺼? 지가 그리 모자랐다면, 그리 용서받지 못할 실수를 했다면, 그거는 엄마 잘못이겠네예?" 선자가 물었다. "아니라예, 됐어예…… 엄마 탓 안 할랍니더."

경희가 사정하듯 양진을 바라보았지만 노인은 경희의 조용한 애원을 알아차리지 못한 듯했다.

"어머님." 경희가 다정하게 말했다. "뭐 좀 가져올까요? 마실 거 갖다드릴까요?"

"됐데이." 양진이 선자를 돌아보며 경희를 가리켰다. "경희가 니보다도 내한테 잘했데이. 니보다 더 내를 잘 보살펴준다꼬. 니는 온통 노아랑 모자수한테만 신경 쓰제. 이번에도 내가 죽는다 카니까 온 거 아이가. 니는 내한테 관심도 없데이. 니 자식들 말고 아무한테도 신경 안 쓴데이." 양진이 소리를 질렀다.

경희가 양진의 팔에 다정하게 손을 댔다.

"어머님, 진심으로 하시는 말씀 아니잖아요. 선자는 솔로몬을 돌봐야 했어요. 아시잖아요. 몇 번이나 그렇게 말씀하셨잖아요. 모자수도 유미가 죽은 후에 엄마의 도움이 필요했고요." 경희가 조용히 말했다. "선자가 고생을 아주 많이 했어요. 특히 노아가……." 경희는 노아의 이름을 입에 담는 것조차 힘들었다. "그리고 어머님은 여기서 불편함 없이 사셨잖아요, 그렇죠?" 경희가 최대한 부드럽게 말하려고 애썼다.

"그럼. 자네가 항상 내한테 최선을 다했데이. 김창호가 일본에 머물렀으면 얼마나 좋았을꼬. 그러면 자네 남편이 죽고 나서 김창호가 자네랑 혼인했을 긴데. 내가 죽으면 누가 자네를 돌볼지 걱정이데이. 선자야, 니가 경희를 돌봐야 한다. 여기서 혼자 못 산다. 아이고, 북한으로 떠난 김창호는 아마 죽었을 기다. 안 그랬으면 좋았을 것을. 아이고, 그 불쌍한 사람이 허망하게 죽었을지도 모른데이."

경희가 눈에 띄게 풀이 죽었다.

"엄마, 약 기운 때문에 이상한 소리를 하는 기라예." 선자가 말했다.

"김창호는 경희랑 혼인할 수 없어서 북한으로 간 기다. 더는 못 기다리고." 양진이 울음을 그치고 말했다. 자기 마음대로 눈물을 멈출 수 있는 아기를 보는 것 같았다. "김창호가 요셉보다 훨씬 나았데이. 요셉은 사고 후에 술꾼이 됐지만 김창호는 진짜 사내였다. 김창호라면 우리 훌륭한 경희를 행복하게 해줬을 긴데 죽어버렸으니. 아이고 불쌍한 김창호, 불쌍한 경희."

충격받은 경희의 표정을 본 선자가 단호히 말했다. "엄마, 이제 그만 주무시소. 엄마 쉬시게 저희는 나갈랍니더. 고단하실 기라예. 자, 우리는 방에 가서 뜨개질을 마저 해예." 선자가 경희를 일으켜 세웠다. 문간에서 불을 껐다.

"안 고단하다! 또 내를 두고 떠날라 카나? 어려운 일이 있을 때 떠나기는 쉽제. 좋데이. 이제 내는 죽을 기니 니는 여기 있을 필요 없데이. 그 귀한 모자수한테 어서 돌아가라! 내는 살면서 니한테 단 하루도 짐이 된 적 없었데이. 움직이지 못할 때까지, 여기 와서 있는 내내 내 밥벌이를 했다. 먹고 자는 거 말고 돈 한 푼 허투루 안 썼데이. 항시 내 몫을 했다 아이가. 맴씨 고운 니 아부지가 죽고 나서 니를 키운다꼬……." 남편 이야기를 하며 양진이 다시 울기 시작했고, 그 안쓰러운 모습을 차마 볼 수 없는 경희가 서둘러 양진에게 돌아갔다.

선자는 어머니가 차분해질 때까지 다정하게 토닥이는 경희를 지켜보았다. 어머니가 몰라보게 달라졌다. 병 때문이라고 하기 쉽겠지만 그렇게 간단한 문제가 아니지 않을까? 병에 걸려 죽어가면서 어머니의 본심이 드러난 거였다. 선자에게 숨겨온 마음이었다. 선자는 실수를 저질렀다. 하지만 선자는 아들이 나쁜 씨를 물려받았다고 믿지 않았다. 일본인들은 조선인들이 화와 열이 너무 많은 핏줄이라고 말했다. 씨, 핏줄. 이런 한심한 생각에 어떻게 맞설 수 있단 말인가? 노아는 규칙을 모두 지키면서 최선을 다하면 적대적인 세상이 바뀔 수 있다고 믿는 감수성이 예민한 아이였다. 노아의 죽음은 그런 잔인한 이상을 믿게 내버려둔 선자의 잘못일지도 몰랐다.

선자가 어머니의 요 옆에 무릎을 꿇고 앉았다.

"죄송해예, 엄마. 죄송해예. 지가 떠나 있어서 죄송해예. 모두 다 죄송해예."

노인은 하나뿐인 자식을 힘없이 바라보다가 갑자기 자신이 미워졌다. 딸에게 미안하다고 말하고 싶었지만 몸에서 힘이 쭉 빠져서 눈을 감을 수밖에 없었다.

13

“너 기독교인 아니지, 그치?” 하나가 솔로몬에게 물었다. 하나는 교인석에서 솔로몬 옆에 앉아 있었다. 목사님이 솔로몬의 증조할머니를 위한 추도사를 막 끝마쳤고 오르간 연주자가 〈죄 짐 맡은 우리 구주〉를 연주하기 시작했다. 찬송 다음에 마무리 기도를 하면 장례식 예배가 끝날 터였다.

솔로몬은 점잖게 하나를 조용히 시키려고 애썼지만 늘 그렇듯 하나는 끈질겼다.

“이거 광신적 종교 같은 거야? 근데 넌 다 같이 발가벗고 밖에서 돌아다니거나 아기들을 갖다 바치는 것 같은 별난 일은 안 해? 미국에서는 독실한 기독교인들이 그런 짓을 한다던데. 근데 넌 그런 사람 같진 않아. 부자니까 돈을 잔뜩 바쳐야겠네, 맞지?”

하나가 솔로몬의 귀에 입술을 바짝 붙이고 일본어로 속삭였고 솔로몬은 예배에 집중하려고 노력하는 진지한 표정을 지었다. 하나에게서 딸기 향 립글로스 냄새가 났다.

솔로몬은 뭐라고 대답해야 할지 몰랐다. 몇몇 일본인은 기독교가 광신적 종교라고 믿었다. 외국인인 학교 친구들은 그런 식으로 생각하지 않았지만, 솔로몬은 기독교인인 일본인을 많이 알지 못했다.

하나가 앞쪽 성가대를 똑바로 바라보면서 왼쪽 새끼손가락으로 솔로몬의 갈비뼈를 쿡 찔렀다.

성가대가 솔로몬의 증조할머니가 제일 좋아하던 찬송가를 부르고 있었다. 증조할머니는 그 찬송가를 자주 흥얼거렸다.

솔로몬은 다른 가족들처럼 기독교인이었다. 할아버지 백이삭은 오사카의 초기 장로교회 목사들 중 한 명이었다. 솔로몬이 자랄 때 교회 사람들이 할아버지를 순교자라고 불렀다. 신앙 때문에 감옥에 갇혔다가 풀려난 뒤 돌아가셔서였다. 선자와 모자수, 솔로몬은 일요일마다 예배를 드리러 갔다.

"이제 거의 끝난 거지? 맥주가 필요해, 솔로몬. 우리 나갈까? 나 오늘 착하게 굴었잖아. 내내 얌전히 앉아 있었다고."

"하나 누나, 돌아가신 분은 우리 증조할머니야." 솔로몬이 마침내 말했다. 솔로몬은 증조할머니를 오렌지 기름과 비스킷 냄새가 나는 온화한 노인으로 기억했다. 증조할머니는 일본어에 서툴렀지만 항상 짙은 청색 조끼 주머니에서 과자와 동전을 꺼내주곤 했다.

"우린 더 공손하게 있어야 해."

"증조할머니는 지금 천국에 있잖아. 기독교인들이 그렇게 말하지 않아?" 하나가 평온한 표정을 흉내 냈다.

"그래도 증조할머니가 돌아가셨잖아."

"흠, 넌 별로 속상해 보이지도 않는데 뭐. 너희 선자 할머니도 엄청 슬퍼 보이지는 않고." 하나가 소곤거렸다. "어쨌든 너 기독교인이지, 맞지?"

"응, 난 기독교인이야. 왜 그렇게 거기에 신경 써?"

"죽고 나면 무슨 일이 생기나 알고 싶어서. 아기들이 죽으면 어떻게 돼?"

솔로몬은 무슨 말을 해야 할지 몰랐다.

하나는 중절 수술을 한 후에 에쓰코와 살고 있었다. 홋카이도로 돌아가기 싫다고 했고 에쓰코의 식당에서 하루하루를 보내며 만사에 지루해하고 짜증을 냈다. 하나의 영어 실력으로 솔로몬의 학교는 어림없었고, 또래 아이들을 질색해서 지역 고등학교도 다니지 않으려 했다. 에쓰코가 하나에게 무슨 일이 맞을지 알아내려고 고심하는 동안 하나는 솔로몬을 목표로 삼아서 틈날 때마다 따라다녔다.

다른 사람들처럼 솔로몬도 하나가 굉장히 예쁘다고 생각했다. 하지만 에쓰코는 딸이 문제아라면서 학교 여자아이들과 친하게 지내는 게 더 나을 거라고 솔로몬에게 신신당부했다.

"드디어! 기도가 끝났어. 어서, 출입구에 사람들이 몰리기 전에 지금 나가자." 하나가 팔꿈치로 솔로몬을 살짝 찌르고 나서 의자 밖으로 잡아 끌었다. 솔로몬은 하나가 이끄는 대로 건물에서 나왔다.

햇빛이 밝게 비치는 교회 뒷골목에서 하나가 한 발로 땅을 짚고 다른 한 발은 구부려서 벽에 댄 채로 몸을 뒤로 기댔다. 하나는 담배를 피우고 있었다. 왜 맥주를 마시면 안 되느냐고 또다시 솔로몬에게 물었다.

솔로몬의 학교에도 술을 마시는 아이들이 있었지만 솔로몬은 그 맛을 별로 좋아하지 않았다. 친구들은 술만 마시면 반드시 말썽을 일으켰다. 아버지가 그런 일로 솔로몬에게 화를 낼 리 없었으나, 솔로몬은 파티에서 친구들이 술을 권하면 딱 잘라 거절했다. 대수롭지 않았다. 하지만 하나는 원하는 것이 있으면 끈질겼기 때문에 하나의 권유를 거절하기가 어려웠다. 그전부터 하나는 솔로몬이 너무 고지식하다고 생각했다.

하나가 담배 연기를 깊이 들이마셨다가 내뿜으며 아름다운 입술을 내밀었다.

"맥주도 안 마시고. 증조할머니 장례식이니 공손해야 하고, 아빠한테 절대 화도 안 내고. 세상에, 솔로몬, 너 목사해도 되겠다."

하나가 기도하듯 두 손을 꼭 쥐고 눈을 감았다.

"목사는 안 될 거야. 근데 나중에 크면 뭘 해야 할까?" 솔로몬이 물었다.

학교에서 알게 된 형이 남자아이들에게 모든 여자는 창부이고 모든 남자는 살인자라고 했다. 여자아이들은 부자와 결혼하고 싶어서 남자아이들의 장래 직업에 관심을 갖는다고도 했다.

"나도 몰라, 파친코 목사님." 하나가 깔깔거리며 웃었다. "어이, 기독교인들은 결혼 전에 떡치면 안 된다며? 맞아?"

솔로몬이 윗도리 단추를 채웠다. 밖은 쌀쌀했고 솔로몬의 외투는 아직 위층 복도 벽장에 걸려 있었다.

"너 아직 해본 적 없지?" 하나가 생글거리며 말했다. "난 알아. 뭐 괜찮아. 고작 열네 살이잖아. 하고 싶어?"

"뭐?"

"나랑 하고 싶어? 난 할 수 있는데." 하나가 더욱 도발적으로 담배를 다시 빨아들였다. "난 해봤어. 많이. 네가 뭘 좋아할지 알아." 하나가 아침에 모자수가 매어준 솔로몬의 넥타이 매듭을 쥐었다가 서서히 손에서 놓았다.

솔로몬은 하나의 얼굴을 보지 않으려 했다.

교회 뒷문이 천천히 열렸다. 에쓰코가 문가에서 두 사람에게 손을 흔들었다.

"춥잖아. 안으로 들어오지 그래? 솔로몬, 아빠랑 같이 손님들한테 인사해야지, 그렇지?"

솔로몬은 에쓰코의 목소리에 서린 불안을 감지했다. 하나가 담배꽁초를 내던지고 솔로몬을 따라 안으로 들어갔다.

장례식장에서 하나는 계속 솔로몬의 뒤를 졸졸 따라다녔다. 하나는 솔로몬에게 자기 브래지어 사이즈를 맞혀보라고 했다. 솔로몬이 알 리 없었지만, 이제 솔로몬은 하나의 가슴을 생각하고 있었다.

조문객들이 대부분 노인들이어서 두 사람에게 간섭하지 않았고, 둘은 장례식장을 이리저리 돌아다녔다.

"세븐일레븐에 맥주 사러 가자. 우리 집에 가서 마시면 돼. 아니면 공원에 가도 되고."

"맥주 마시기 싫어."

"그럼 보지를 맛보고 싶나 봐."

"하나 누나!"

"아, 시끄러워. 너 나 좋아하잖아. 다 알아."

"왜 그런 식으로 말하는 거야?"

"난 착한 여자애가 아니니까. 너도 착한 여자애랑 그 짓 하고 싶지는 않잖아. 특히 처음 할 때는. 다른 남자애들도 다 그래. 난 너랑 결혼 안 할 거야, 솔로몬. 네 돈도 필요 없어."

"무슨 소리를 하는 거야?"

"꺼져." 하나가 말하고는 돌아서서 걸어갔다.

솔로몬이 하나를 따라잡아 팔을 붙잡았다.

하나가 솔로몬을 보며 차갑게 웃었다. 마치 다른 사람이 된 것 같았다. 하얀 피터팬 칼라가 달린 감청색 모직 원피스를 입고 있어서 솔로몬보다 어려 보였다.

솔로몬의 할머니인 선자가 나타났다.

"할머니." 솔로몬이 선자를 보고 안심했다. 하나 곁에 있으면 흥분됐지만 불안하고 두렵기도 했다. 하나와 있을 때는 주변에 어른이 있는 것이 더 안전하게 느껴졌다. 어제만 해도 솔로몬은 하나가 편의점에서 초콜릿웨하스를 훔치는 모습을 목격했다. 하나가 가게에서 나갔을 때 솔로몬은 직원이 곤란해질까 봐 남아 있다가 값을 대신 치렀다. 아빠 가게에서는 물건이 없어지면 직원들이 즉시 해고됐다.

선자가 두 사람에게 웃음을 지었다. 솔로몬을 진정시키기라도 하듯 솔로몬의 팔에 손을 가볍게 얹었다. 솔로몬이 당황한 것처럼 보였다.

"정장을 입으니 아주 잘생겨 보인데이."

"이쪽은 하나예요." 솔로몬이 말하자 하나가 정중하게 고개를 숙여 인사했다.

선자가 고개를 끄덕였다. 여자아이는 아주 예뻤지만 턱이 반항적으로 보였다.

선자는 모자수와 이야기하러 가던 길이었지만 솔로몬과 아름다운 여자아이를 남겨두고 가자니 꺼림칙했다.

"이따가 집에서 보는 기가?" 선자가 물었다.

솔로몬이 고개를 끄덕였다.

선자가 다른 방향으로 돌아서자마자 하나가 솔로몬을 건물 밖으로 데리고 나갔다.

고한수는 지팡이를 짚고 걷고 있었다. 장례식장을 대각선으로 가로질러 걸어가는 선자를 발견하자 큰 소리로 불렀다.

선자가 고한수의 목소리를 들었다. 도를 넘어선 짓이었다.

"네 어머니는 강한 여자였어. 난 항상 네 어머니가 너보다 더 강하다고 생각했어."

선자가 고한수를 물끄러미 바라보았다. 어머니는 죽기 직전에 이 남자가 선자의 삶을 망쳤다고 했지만 정말 그랬을까? 고한수

덕분에 노아가 생겼다. 임신하지 않았다면 이삭과 혼인하지 않았을 것이고, 이삭이 없었다면 모자수와 손자 솔로몬도 없었을 터였다. 선자는 더 이상 한수를 미워하고 싶지 않았다. 성경에서 요셉이 자신을 노예로 팔아넘긴 형들을 다시 만났을 때 뭐라고 말했던가? "당신들은 나를 해하려 하였으나 하나님은 그것을 선으로 바꾸사 오늘과 같이 만민의 생명을 구원하게 하시려 하셨나니." 선자가 이 세상의 악에 대해 물었을 때 이삭이 이 구절을 가르쳐주었다.

"네가 괜찮은지 보러 왔어. 필요한 게 있을까 하고."

"고맙십니더."

"내 아내가 죽었어."

"유감이네예."

"아내 아버지가 내가 모시는 분이라 끝내 아내와 이혼할 수 없었어. 그분이 나를 양자로 삼았어."

얼마 전에 모자수는 한수의 장인이 은퇴했고 한수가 간사이 지역에서 두 번째로 강력한 야쿠자 조직의 우두머리가 됐다고 선자에게 설명해주었다.

"지한테 아무것도 해명할 필요 없십니더. 우리는 할 이야기가 하나도 없어예. 오늘 와줘서 고맙십니더."

"왜 그렇게 차갑게 대해? 이제 네가 나랑 결혼할 거라고 생각했어."

"뭐라꼬예? 여기 우리 엄마 장례식입니더. 왜 당신은 살아 있고 노아는 죽었어예? 지는 지 아들한테 갈 수도 없고……."

"노아는 내 유일한……."

"아니, 아니라예, 아니라꼬예. 그 애는 지 아이라예. 지 아들이라꼬예."

선자가 지팡이에 기대 서 있는 한수를 두고 단호히 부엌으로 향했다. 선자는 흐느낌을 멈출 수 없었고, 부엌에 있던 여자들이 선자를 발견하고는 껴안았다. 선자도 모르는 여자가 선자의 등을 다정하게 쓰다듬었다. 여자들은 선자가 어머니 때문에 슬퍼한다고 생각했다.

14

1980년, 요코하마

너무 흥분됐다. 솔로몬은 여자와 자본 적이 없었다. 하나는 많은 것을 알고 있었다. 솔로몬에게 다른 생각을 하라고, 너무 흥분되면 눈을 감으라고 가르쳐주었다. 여자가 절정에 도달할 때까지 기다려주는 것이 중요하기 때문이라고 했다. 여자들은 순식간에 혼자 끝내버리는 남자와 다시 자고 싶어 하지 않는다고 말했다. 솔로몬은 하나가 하라는 대로 했다. 하나가 두려워서만이 아니라 하나를 행복하게 해주고 싶어서였다. 하나를 웃게 할 수 있다면 무엇이든 할 수 있었다. 하나는 영리했고 참을 수 없을 정도로 아름답고 황홀했지만, 동시에 슬픔과 불안을 품고 있었다. 하나는 가만히 있지 못했다. 날마다 술을 마시지 않으면 견디질 못했다. 하나에게는 성관계도 중요해서 지난 여섯 달 동안 아직 열다섯 살도 되지 않은 솔로몬을 자신의 이상적인 연인으로 만들었다. 하나는 이제 열일곱 살이 될 참이었다.

이 관계는 양진의 장례식 후에 시작됐다. 하나가 맥주를 샀고 두 사람은 에쓰코의 집으로 갔다. 하나는 원피스와 블라우스를 벗고 나서 솔로몬의 옷을 벗겼다. 솔로몬을 침대로 끌어당겨 콘돔을 씌워주고 무엇을 해야 하는지 가르쳐주었다. 솔로몬은 하나의 몸에 감탄했고 하나는 솔로몬이 만족해해서 기뻤다. 솔로몬이 참지 못하고 바로 끝내버렸지만 하나는 화내지 않았다. 예상한 일이었다. 그렇지만 그 후에 하나는 솔로몬을 가르치기 시작했다.

두 사람은 거의 날마다 에쓰코의 집에서 만났고 여러 번씩 관계를 가졌다. 에쓰코는 늘 집에 없었고, 솔로몬은 친구들과 있었다고 할머니에게 둘러댔다. 아버지가 솔로몬이 꼭 저녁 식사를 함께하기를 바라서 저녁에는 집으로 갔고 하나는 대개 에쓰코의 식당에서 끼니를 해결했다.

솔로몬은 하나와 함께하면서 달라졌다고 느꼈다. 더 나이가 든 것 같았고 삶에 대해서도 더 진지해졌다. 하지만 솔로몬은 아직 어렸다. 솔로몬도 그 사실을 알았지만 어떻게 하면 방과 후나 쉬는 시간만이 아니라 항상 하나와 함께할 수 있을지 궁리하기 시작했다. 숙제 걱정 없이 하나를 만날 수 있도록 학교에서 최대한 많이 해두었다. 아버지는 좋은 성적을 기대했고 솔로몬은 공부를 잘하는 학생이었다. 솔로몬은 자신과 같이 있지 않을 때 하나가 나가서 무엇을 하는지 궁금했다. 이따금 더 나이가 많은 남자아이에게 하나를 뺏길까 봐 걱정했지만 하나는 걱정할 필요가 없다고 말했다.

에쓰코와 모자수는 두 사람의 관계를 몰랐다. 하나는 절대로 에쓰코와 모자수가 알게 되면 안 된다고 솔로몬에게 말했다. "난 네 비밀 여자친구고 넌 내 비밀 남자친구야, 그렇지?"

넉 달 정도 지난 어느 날 오후, 솔로몬이 에쓰코의 집에 가니 하나가 살구색 속옷에 굽 높은 구두를 신고 기다리고 있었다.《플레이보이》 중간에 접혀 들어가 있는 사진 속 자그마한 반나체 여자 같았다.

"돈 좀 있어, 솔로몬?" 하나가 물었다.

"응, 있어. 왜?"

"돈이 좀 필요해서. 널 흥분시키려면 뭘 좀 사야 하거든. 이런 거. 예쁘지?"

솔로몬이 하나를 안으려 했지만 하나가 왼손으로 부드럽게 솔로몬을 밀었다.

"돈 줘, 어서."

솔로몬이 지갑을 꺼내서 천 엔짜리 지폐를 꺼냈다.

"돈이 왜 필요해?" 솔로몬이 물었다.

"그냥 필요해. 좀 더 있어?"

"어, 있어." 솔로몬은 지갑 크기의 어머니 사진 뒤에 네모나게 접어서 넣어놓은 비상금 5천 엔짜리 지폐를 꺼냈다. 아버지가 중요한 일이 있을지 모르니 항상 돈을 조금 가지고 있어야 한다고 솔로몬에게 당부했다.

"그 돈도 하나 짱한테 줘."

솔로몬이 돈을 건네자 하나는 앞서 받은 천 엔과 함께 탁자 위에 올려놓았다.

하나는 에쓰코가 라디오를 올려둔 선반으로 천천히 걸어가서 좋아하는 가요가 나올 때까지 채널을 돌렸다. 하나는 솔로몬이 지켜보고 있는지 곁눈질하며 몸을 숙이고 음악에 맞춰 엉덩이를 흔들기 시작했다. 솔로몬이 다가가자 하나가 돌아서서 솔로몬의 청바지 단추를 풀었다. 아무 말 없이 옆에 있는 안락의자로 솔로몬을 밀치고 그 앞에 무릎을 꿇었다. 솔로몬은 하나가 무엇을 하려는지 전혀 짐작할 수 없었다.

하나가 가장자리에 레이스가 달린 브래지어의 끈을 어깨에서 미끄러뜨리고 젖꼭지가 보이도록 작은 브래지어 컵 위로 가슴을 꺼냈다. 솔로몬이 가슴을 만지려 했지만 하나가 손을 찰싹 때렸다. 하나가 두 손으로 솔로몬의 엉덩이를 부드럽게 잡고 아랫도리를 빨기 시작했다.

솔로몬이 끝냈을 때 하나는 울고 있었다.

"하나 짱, 왜 그래?"

"집에 가, 솔로몬."

"뭐라고?"

"끝났잖아."

"누나 보려고 온 거야. 왜 이러는 거야?"

"집에 가라고, 솔로몬! 넌 그저 그 짓만 하고 싶어 하는 꼬맹이일 뿐이야. 난 돈이 필요한데 이걸로는 어림도 없어. 이제 어떻게 해야 하지?"

"무슨 소리를 하는 거야?"

"집에 가서 숙제나 해. 너희 아빠와 할머니랑 저녁이나 먹으러 가라고! 너도 다를 게 없어. 난 부모가 이혼한 아이일 뿐이고 넌 내가 하잘것없다고 생각하겠지. 우리 엄마가 동네 창녀였고 나는 패배자라고 말이야."

"도대체 무슨 소리야? 왜 나한테 화났어? 난 그렇게 생각하지 않아, 하나 누나. 절대로 그렇게 생각할 수 없어. 우리 집에 같이 가도 돼. 난 내가 집에 가고 나면 누나가 아줌마 식당에 가려는 건 줄 알았어."

하나가 가슴을 가리고 가운을 가지러 욕실로 갔다. 그리고 빨간 유카타를 입고 돌아왔다. 하나는 잠시 침묵하다가 돈을 더 마련해서 내일 오라고 말했다.

"하나 누나, 우린 친구 맞지? 누나를 사랑해. 나한테 있는 돈 다 누나가 가져도 돼. 생일 선물로 받은 현금이 집에 있는데 할머니가 서랍에 보관해두셔. 한 번에 다 가져올 수는 없어. 돈이 왜 필요해?"

"난 가야 해, 솔로몬. 더 이상 여기 머물 수 없어. 독립해야 해."

"왜? 안 돼. 가면 안 돼."

솔로몬은 둘이 함께 살기 위해 뭘 해야 할지 매일 밤낮으로 생각했다. 두 사람은 결혼하기에 너무 어렸지만 솔로몬은 고등학교를 졸업한 후에 일자리를 구해서 하나를 보살필 수 있다고 생각했다. 솔로몬은 하나와 결혼하겠다고 마음먹었다. 언젠가 하나가 결혼하면 절대 이혼하지 않을 것이라고 말한 적이 있었다. 자식들에게 몹쓸 짓이기 때문이었다. 하나의 오빠들과 하나는 어머니가 떠난 후에 나환자보다 못한 취급을 받았다고 했다. 하지만 솔로몬의 아버지는 솔로몬이 미국에 있는 대학에 진학하기를 바랐다. 어떻게 하나를 두고 떠날 수 있을까? 솔로몬은 하나가 자신과 함께 미국으로 가려고 할지 궁금해했다. 대학을 졸업하고 나서 두 사람이 결혼할 수도 있었다.

"난 도쿄에 가서 제대로 살 거야. 이 집에 처박혀 열다섯짜리 애가 그 짓 하러 찾아오는 거나 기다리며 살지는 않을 거라고."

"뭐라고?"

"내 인생을 살려면 나도 무언가를 해야 해. 요코하마는 시시해. 홋카이도로 돌아가느니 죽는 게 낫고."

"누나 엄마가 알아봐둔 학교는 어쩌고?"

"난 학교 못 다녀. 너처럼 똑똑하지 않아. 드라마 속 여자애들처럼 텔레비전에 나오고 싶은데 연기를 할 줄 몰라. 노래도 못 부르고. 내 목소리는 형편없어."

"연기하고 노래하는 법을 배우면 되잖아. 그런 학교도 있지 않아? 우리가 누나 엄마한테 학교를 찾아달라고 부탁하면 안 될까?"

하나의 얼굴이 잠시 밝아졌다가 이내 다시 낙담한 표정을 지었다.

"엄마는 바보 같은 짓이라고 생각하고 나를 도와주지 않을 거야. 그런 쪽으로는. 게다가 난 글을 잘 못 읽는데, 연기를 하려면 대사를 잘 읽고 외울 수 있어야 하잖아. 진짜 멋진 여배우가 인터뷰하는 걸 텔레비전에서 본 적 있어. 읽고 외우느라 엄청나게 열심히 노력한대. 난 잘하는 게 하나도 없어. 남자랑 자는 거 말곤.

근데 내가 더 이상 예쁘지 않게 되면 뭘 해야 하지?"

"누나는 항상 예쁠 거야."

하나가 소리 내어 웃었다.

"아냐, 멍청아. 여자의 외모는 빨리 사라져. 우리 엄마도 늙어 보이잖아. 엄마가 너희 아빠를 꼭 붙드는 게 좋을걸. 더 좋은 남자를 잡을 수는 없을 테니까."

"누나 엄마 밑에서 일하면 되잖아?"

"싫어, 차라리 죽는 게 낫지. 내 머리카락에서 간장이랑 기름 냄새 풍기는 거 싫어. 역겨워. 별거 아닌 일로 트집 잡는 게으른 뚱뚱보 손님들한테 종일 굽실거리는 건 상상도 하고 싶지 않아. 엄마도 그런 손님들 싫어해. 엄마는 위선자야."

"에쓰코 아줌마는 그런 사람이 아니야."

"네가 우리 엄마를 몰라서 그래."

솔로몬이 하나의 머리를 쓰다듬었다. 하나가 유카타를 젖히고 팬티를 벗었다.

"지금 할 수 있겠어? 다시?" 하나가 물었다. "안에 넣어줘, 알지? 난 항상 두 번째가 더 좋더라. 더 오래가니까."

솔로몬이 하나를 어루만졌고, 다시 할 수 있었다.

하나는 날마다 돈을 달라고 했고, 솔로몬은 더 이상 남지 않을 때까지 생일 선물로 받은 돈을 매일 서랍에서 꺼내 하나에게 줬다. 하나는 솔로몬이 들를 때마다 새로운 체위를 시험해보려 했고 심지어 자신이 많이 아픈 자세도 불사했다. 기술에 통달해야 되기 때문이라고 했다. 솔로몬이 싫어하는 방식도 있었지만 하나는 솔로몬에게 연습을 시켰고, 특정한 역할을 맡기기도 했다. 하나는 성인영화 속 여자들처럼 신음을 내고 말하는 방법을 익혔다. 솔로몬의 돈이 다 떨어지고 일주일 후, 솔로몬은 하나가 자신의 필통에 숨겨놓은 쪽지를 발견했다. "언젠가 넌 나 같은 여자가 아니라 정말로 좋은 여자를 만날 거야. 내가 장담해. 그래도 재미있었지? 난 너의 더러운 꽃이야, 솔로몬." 그날 오후, 에쓰코의 집으로 달려간 솔로몬은 하나가 떠난 것을 알게 됐다. 솔로몬은 그 후 3년이 지나도록 하나를 보지 못했다. 나중에, 도쿄의 유명한 장엇집에서 하나를 다시 만나 스웨터를 선물받은 후에 솔로몬은 뉴욕에 있는 대학교로 떠났다.

15

1985년, 뉴욕

"지금 어디 있어?" 솔로몬이 일본어로 물었다. "누나 엄마도 누나가 어디 있는지 모른대. 모두 걱정하고 있어."

"엄마랑 이야기하기 싫어." 하나가 대답했다. "그래, 여자친구는 생겼어?"

"응." 솔로몬이 무심코 대답했다. "하나 누나, 별일 없는 거지?" 하나는 아무리 술을 많이 마셔도 목소리에서 술 취한 티가 나지 않는 편이었다.

"여자친구 이야기 좀 해봐. 일본인이야?"

"아니." 솔로몬은 하나와 계속 통화하고 싶었다. 하나는 5년 전쯤 에쓰코의 집에서 나간 후 도쿄에서 접대부 일을 하며 여러 곳을 전전했고 어디에 사는지 누구에게도 알리지 않았다. 에쓰코는 더 이상 어떻게 해야 할지 몰랐다. 조사원까지 동원했지만 하나를 찾아내지 못했다. "하나 누나, 어디 있는지 말해줘. 제발 누나 엄마한테 전화……."

"닥쳐, 대학생. 안 그러면 전화 끊어버린다."

"아, 하나 누나. 왜 그래?" 솔로몬은 하나의 그런 토라짐까지 그리워져 웃음이 나왔다. "왜 그렇게 까다로워, 하나 짱?"

"그러는 넌 왜 그렇게 멀리 있는데?"

하나가 작은 잔에 포도주를 따랐고 솔로몬의 귀에도 술이 콸콸 쏟아지는 소리가 들렸다. 도쿄는 아침이었고 하나는 다른 접대부 세 명과 살고 있는 롯폰기의 좁은 집 맨바닥에 앉아 있었다. 두 명은 지난밤에 마신 위스키 홍차가 깨지 않아 자고 있었고 나머지 한 명은 남자를 만나러 나가서 돌아오지 않았다.

"보고 싶어, 솔로몬. 옛 친구가 보고 싶다고. 그거 알아? 넌 하나밖에 없는 친구였어."

"술 마시고 있구나. 괜찮아?"

"난 술 좋아해. 마시면 행복해지거든. 나 엄청 잘 마셔." 하나가 소리 내어 웃으면서 포도주를 아주 조금 삼켰다. 병에 남은 술을 한꺼번에 들이켜지 않고 오래도록 마시고 싶었다. "술도 잘 마시고 남자랑 그것도 잘하고. 그렇지?"

"제발 어디 있는지 말해줄래?"

"도쿄에 있어."

"아직 롯폰기에 있는 술집에서 일해?"

"응. 근데 다른 술집이야. 넌 모르는 곳이야." 하나는 이틀 전에 해고됐지만 다른 술집의 일자리를 구하는 것은 어렵지 않았다.

"난 뛰어난 접대부야."

"난 누나가 뭐든 마음만 먹으면 아주 잘할 거라고 믿어."

"넌 내 일을 못마땅하게 여기겠지만 상관없어. 난 창녀가 아니야. 엄청나게 지루한 남자들에게 술을 따라주고, 같이 이야기를 나누면서 그 사람들 기분을 황홀하게 해줄 뿐."

"못마땅하다고 한 적 없어."

"거짓말 마."

"하나 누나, 학교에 다니는 게 어때? 누나도 대학을 좋아할 거야. 여기 애들 대부분은 누나보다 똑똑하지 않아. 누나도 미국에서 공부할 수 있을 거야. 우선 영어부터 배우고 나서 여기 대학에 지원해. 누나 엄마랑 우리 아빠가 학비를 대주실 거야. 누나도 알잖아."

"고등학교를 졸업하는 게 먼저 아닐까?" 하나가 신랄하게 대답했다. "잠깐, 지금 여자친구랑 있어?"

"아니. 곧 만나기는 하지만."

"아니야, 넌 그 애를 안 만날 거야, 솔로몬. 나랑 통화할 거야. 넌 내 옛 친구고 난 오늘 밤 내 옛 친구랑 통화하고 싶으니까. 약속 취소할 수 있어? 내가 다시 전화할게."

"내가 전화할게. 그래, 약속 취소하고 내가 다시 걸게."

"전화번호 안 알려줄 거야. 여자친구랑 약속이나 취소해. 5분 후에 다시 걸 테니까."

"괜찮아, 하나 누나?"

"너도 날 보고 싶다고 왜 말 안 해, 솔로몬? 예전에는 보고 싶어

안달했잖아. 기억 안 나?"

"아니, 다 기억나."

두 사람이 3년 만에 만나 점심을 함께 먹었을 때 하나는 솔로몬에게 고등학교 졸업 선물로 진홍색 버버리 캐시미어 스웨터를 주었다. "맨해튼은 춥지? 이 스웨터 불타는 우리 사랑 같지 않아? 새빨갛고 뜨거워." 하지만 밥을 먹는 동안 하나는 솔로몬과 거리를 두었다. 솔로몬의 팔에 손을 대지도 않았다. 하나한테 재스민이나 백단유 같은 좋은 향이 났다.

"내가 누나를 어떻게 잊어?" 솔로몬이 나지막하게 말했다. 피비가 곧 올 것이었다. 솔로몬의 방 열쇠를 가지고 있었다.

"아, 그렇지. 역시 나의 솔로몬이야. 난 네가 나한테 굶주려 있는 것을 알거든."

솔로몬은 눈을 감았다. 하나의 말이 옳았다. 마치 굶주림 같았다. 하나가 떠났을 때 육체적 고통과 다름없는 고통을 느꼈고, 하나가 사라졌을 때의 기분을 말로 표현할 수 없었다. 피비를 사랑하지만 하나에게 느낀 감정과는 달랐다.

"하나 짱, 이제 끊어야 해. 나중에 내가 전화해도 될까? 제발 전화번호 좀 가르쳐줄래?"

"안 돼, 솔로몬. 전화번호는 못 가르쳐줘. 내가 너랑 이야기하고 싶을 때 전화할게. 넌 나한테 전화하면 안 돼. 아무도 나한테 전화하면 안 돼."

"그래야 떠나고 싶을 때 떠날 테니까." 솔로몬이 말했다.

"그래, 떠날 거야. 하지만 솔로몬, 넌 나한테 절대 질리지 않을걸.

난 너한테 아무것도 부탁하지 않을 거니까. 오늘만 빼고. 내가 잠들 수 있게 네가 나한테 이야기를 해주면 좋겠어. 나 잠을 못 자, 솔로몬. 왜 그런지 모르겠지만 더 이상 잠이 안 와. 하나 짱은 너무 피곤해."

"왜 엄마의 도움을 받지 않으려 해? 난 뉴욕에 있어. 누나는 나한테 전화번호도 말 안 하려 하고. 내가 어떻게 도울 수……."

"알아, 알아, 넌 공부를 하고 세상일에 훤한 국제적 사업가가 되겠지! 너희 부자 아빠가 원하는 게 그거고, 솔로몬은 착한 아들이니까 파친코 아빠가 자랑스러워할 거야!"

"누나, 술 적당히 마셔야 해, 알겠지?" 솔로몬은 차분한 목소리를 내려고 애썼다. 조금이라도 짜증스러운 기색이 보이면 하나가 사라져버릴 것 같았다.

문이 열리고 피비가 들어왔다. 밝은 표정으로 들어온 피비는 통화 중인 솔로몬을 보고 어리둥절한 표정이 되었다. 솔로몬이 웃어 보이며 옆에 앉으라고 손짓했다. 좁은 침대와 책상밖에 없는 기숙사 방이지만 운 좋게 1인실을 쓸 수 있었다. 솔로몬이 손가락을 입술에 대고 조용히 하라는 신호를 보내자 피비가 입 모양으로 자리를 피해줘야 하는지 물었다. 솔로몬은 멈칫했다가 아니라고 고개를 저었다.

"여자친구랑 한 약속은 취소하고 나 좀 재워줄래?" 하나가 물었다. "네가 여기 있다면 네가 나랑 몸을 섞을 테고 네 품에 안겨 잠들 텐데. 우리는 같은 이불에서 잠을 잔 적이 없잖아. 넌 그때 어렸으니까. 이제 넌 스무 살이야. 남자가 된 네 물건을 빨고 싶어."

"내가 어떻게 하면 좋겠어? 어떻게 도와줄 수 있을까?"

"솔-로-몬-울-트-라-맨. 노래 불러줘. 나한테 노래 불러줘. '선샤인' 노래 알잖아. 난 그 자장가가 좋더라."

"전화번호 알려주면 노래 부를게."

"우리 엄마한테 알리지 않는다고 약속해야 해."

"그럴게. 전화번호가 뭐야?" 솔로몬이 거시경제학 교재 뒷날개에 번호를 받아 적었다. "전화 끊었다가 금방 다시 걸게, 알겠지?"

"알았어." 하나가 힘없이 말했다. 이미 두 번째 병을 다 마셨다. 정신은 맑았지만 물 먹은 솜처럼 팔다리가 무거웠다. "이제 끊을 거야. 전화해. 네 노래를 듣고 싶어."

솔로몬이 전화를 끊자 피비가 물었다. "헤이, 무슨 일이야?"

"잠깐만. 잠깐이면 돼. 나중에 설명할게."

솔로몬이 집으로 전화를 걸었고 모자수가 받았다.

"아빠, 이거 하나 누나 전화번호예요. 지금 굉장히 몸이 안 좋은 것 같아요. 이 번호로 누나가 어디 있는지 찾을 수 있을까요? 아빠가 하루키 삼촌이나 새엄마의 조사원에게 부탁해줄래요? 끊어야겠어요. 지금 하나 누나한테 전화해야 해요. 술이나 약에 취한 거 같아요."

솔로몬이 그 번호로 전화를 걸었다. 롯폰기에 있는 중국 음식점 전화번호였다.

피비가 외투를 벗고 나서 나머지 옷들까지 다 벗어버리고 침대 위로 올라갔다. 갈색 머리카락이 하얀 쇄골 위로 흘러내렸다.

"누구였어?"

"하나 누나, 새엄마의 딸이야."

"그럼 네 의붓누나네? 창부로 일한다는 여자."

"창부 아니야. 접대부야."

"그 여자들도 돈 받고 성관계를 하잖아, 그렇지?"

"아냐. 항상 그렇진 않아. 그런 경우도 있지만. 상황에 따라 달라."

"이런, 세상에, 그런 커다란 차이가 있었구나. 또다시 일본 문화의 미세한 부분을 알려줘서 고마워."

전화기가 울렸고 솔로몬이 서둘러 받으러 갔다. 이번에는 에쓰코였다.

"솔로몬, 그 전화번호는 중국 음식점이었어."

"네, 죄송해요. 그래도 하나 누나랑 통화는 했어요. 잔뜩 취했더라고요. 지금은 다른 술집에서 일한대요. 이전 마담이 하나 누나가 지금 어디 있는지 말해주지 않았나요?"

"아무것도 알아내지 못했단다. 두 군데에서 해고됐대. 우리가 가까이 다가갈 때마다 하나가 술을 너무 많이 마셔서 해고됐다는 이야기만 듣는구나."

"소식 들으면 바로 알려드릴게요, 아셨죠?"

"거기는 지금 밤이지?"

"네. 하나 누나가 잠을 잘 못 잔대요. 혹시 술 마시면서 각성제를 먹는 건 아닌지 걱정이에요. 술집에서 여자애들이 그런다고 들었거든요."

"너도 이제 자려무나, 솔로몬. 네 아빠가 네가 학교생활을 잘하고 있다더라. 우린 네가 자랑스럽단다." 에쓰코가 말했다. "잘 자렴, 솔로몬."

피비가 솔로몬을 보며 웃었다.

"그러니까 넌 창부인 의붓누나한테 동정을 바쳤는데, 지금 그 여자가 곤경에 처한 거네."

"동정심 좀 가져."

"나는 참 개방적이고 너그럽지 뭐야. 전문적 성매매 종사자인 네 전 여자친구가 술에 취해서 전화해도 화를 안 내잖아. 내가 내 가치를 확신하거나 우리 관계를 확신하거나 둘 중 하나겠지. 아니면 네가 구해주고 싶어 안달인 그 안타까운 아가씨한테 가버리고 나에게 상처를 줄 거라는 사실을 내가 영 모르고 있거나."

"난 하나 누나를 구해줄 수 없어."

"방금 시도했다가 실패했잖아. 그 여자는 네 도움을 원하지 않아. 죽고 싶어 할 뿐이야."

"뭐?"

"그래, 솔로몬. 그 여자는 죽고 싶어 해." 피비가 솔로몬의 앞머리를 뒤로 넘기고 다정하게 바라보았다. 솔로몬의 입술에 입을 맞췄다. "이 세상에는 괴로워하는 젊은 여자들이 많아. 우리가 그 여자들을 다 구할 수는 없어."

하나는 솔로몬에게 다시 전화하지 않았다. 몇 달 후, 에쓰코는 하나가 돈을 받고 남자들을 목욕시켜주는 가부키초의 도루코부로에서 일하고 있다는 사실을 알아냈다. 조사원이 하나의 교대 근무가 끝나는 시간을 에쓰코에게 알려주었고, 에쓰코는 건물 밖에서 기다렸다. 여자들이 몇 명 나오고 마지막으로 하나가 나왔다. 하나가 너무 늙어 보여서 에쓰코는 믿을 수가 없었다. 조사원이 하나가 이전보다 훨씬 나이 들어 보여서 알아보지 못할 수도 있다고 했다. 하나의 얼굴이 시들고 메말라 있었다. 화장을 전혀 하지 않았고 옷도 지저분했다.

"하나야." 에쓰코가 말했다.

하나가 에쓰코를 보고 다른 방향으로 걸어갔다.

"내버려둬."

"하나야, 제발, 하나야."

"가라고."

"하나야, 우리 모두 다 잊고 다시 시작하자. 널 학교에 보내려고 하지 말았어야 했는데. 미안해."

"됐어."

"여기서 일할 필요 없어. 엄마한테 돈 있어."

"엄마 돈 받기 싫어. 파친코 아저씨 돈도 받기 싫고. 내 힘으로 벌 수 있어."

"어디 살아? 너 사는 데 가서 이야기할까?"

"싫어."

"난 떠나지 않을 거야."

"아니, 엄마는 떠날 거야. 엄마는 이기적이잖아."

에쓰코는 그 자리에 서 있었다. 자신이 다 들어주고 감수한다면 딸을 구할 수 있을지도 모른다고 믿었다.

"난 형편없어. 그래. 용서해줘, 하나야, 이러지만 말아줘."

하나의 커다란 가방이 어깨에서 흘러내려 떨어졌고, 수건으로 감싼 포도주 두 병이 인도에 부딪쳐 희미한 소리가 났다. 하나가 두 팔을 늘어뜨리고 목 놓아 울었고, 에쓰코는 땅바닥에 무릎을 꿇고 앉아 딸을 보내지 않으려고 딸의 무릎을 꽉 붙잡았다.

16

1989년, 도쿄

솔로몬은 고향에 돌아오게 되어 기뻤다. 트래비스 브러더스에서 하는 일은 예상보다 훨씬 더 괜찮았다. 대학 졸업 1년 차가 하는 일에 비해 월급도 많았고, 현지인이 아닌 국외 거주자로 채용돼서 수많은 혜택을 누렸다. 인사과에서 소개해준 유능한 부동산 중개인을 통해, 도쿄의 미나미아자부에 적당한 방 하나짜리 집을 구했다. 피비도 그리 싫어하지 않았다. 솔로몬은 일본에서 법적으로 외국인이라서 임대차계약 시 솔로몬의 회사 트래비스가 보증인 역할을 했다. 요코하마의 아버지 집에서 살던 솔로몬은 집을 빌려본 적이 없었다. 일본에서는 외국인 세입자에게 보증인을 요구하는 것이 관행이었는데, 물론 피비는 이 관행에 몹시 화를 냈다.

솔로몬이 좋게 잘 설득해서 피비는 솔로몬을 따라 도쿄로 오기로 마음먹었다. 두 사람은 결혼할 생각이었고 함께 일본으로 건너오는 것은 그 첫 단계였다. 보기에 안쓰럽기는 했지만, 이제 피비가 여기 있었다. 솔로몬은 영국 투자은행의 일본 자회사 직원이었다. 토박이들에 비해 덜 편협하고 서구식 교육을 받은 일본인들 사이에서 영국인과 미국인, 오스트레일리아인, 뉴질랜드인, 드물게 남아프리카공화국 사람들과 함께 일했다. 솔로몬은 미국에서 교육받은 조선계 일본인으로서 현지인이자 외국인이었고, 현지 사정을 잘 아는 국외 거주자로서 금전적 혜택도 누렸다. 그렇지만 피비는 솔로몬의 지위와 특혜를 누리지 못했다. 집에서 책을 읽거나 도쿄를 돌아다니면서 하루하루 보냈다. 솔로몬이 집에 있는 시간이 거의 없는데 도대체 왜 자신이 여기에 왔는지 알 수 없었다. 피비는 솔로몬과 아직 결혼하지 않아서 취업 비자를 받을 수 없었다. 영어를 가르치려고 생각하고 있었지만 과외 일자리를 찾는 방법을 몰랐다. 이따금 일본인들이 피비에게 남한 사람이냐고 묻거나 악의 없는 질문만 해도 피비는 지나치게 예민하게 반응하는 편이었다.

"미국에는 '간코쿠진[韓國人]'이니 '조센진[朝鮮人]'이니 하는 건 없어. 대체 왜 내가 남한 사람이나 북한 사람이 돼야 해? 말도 안 돼. 난 시애틀에서 태어났고 우리 부모님은 분단되기 이전에 미국으로 건너갔어." 피비가 그날 하루 동안 접한 편협한 사고방식들 중 한 가지를 언급하며 언성을 높였다. "왜 아직도 일본은 여기서 4대째 살고 있는 조선계 주민들을 두 나라로 구분하지? 넌 여기서 태어났어. 외국인이 아니라고! 정말 미친 짓이야. 너희 아버지도 여기서 태어났고. 근데 왜 두 사람이 남한 여권을 가지고 다녀야 해? 참 이상해."

피비는 한반도가 둘로 갈라진 후에 일본에 사는 조선인들이 종종 여러 차례 남북한 중 한쪽을 선택해야 했고 이에 따라 거주 신분이 달라진다는 사실을 솔로몬만큼이나 잘 알고 있었다. 조선인이 일본 시민이 되는 것은 여전히 어려웠고, 한편으로는 그런 일을 수치스럽게 여기는 사람들도 많았다. 조선인으로서 강제로 식민 통치를 자행했던 나라의 시민이 되려 하는 것을 부끄러워했다. 피비가 뉴욕의 친구들에게 역사적으로 기이한 상황과 만연한 민족적 편견에 대해 이야기하면, 친구들은 자신들이 아는 친절하고 예의 바른 일본인들이 피비를 범죄자나 게으르고 더러우며 공격적인 사람으로 생각한다는 사실을 믿지 않았다. 일본에서 조선인을 바라보는 부정적인 고정관념이 이런 것들인데도 말이다. "음, 한국인들이 일본인들과 사이가 좋지 않다는 건 모두가 알지." 피비의 친구들은 양쪽이 피차일반이라는 양 순진하게 말했다. 결국 피비는 미국 친구들에게 그런 이야기를 하지 않게 되었다.

솔로몬은 피비가 일본에 사는 조선인들의 역사에 그토록 분노하는 것이 별나다고 생각했다. 피비는 도쿄에서 석 달 동안 지내면서 역사책을 몇 권 읽은 후, 일본인들이 절대로 변하지 않을 것이라는 결론을 내렸다. "일본 정부는 여전히 전쟁 범죄를 인정하지 않아!" 이상하게도 솔로몬은 피비와 그런 대화를 나눌 때면 자기도 모르게 일본을 두둔했다.

거래 건이 마무리되고 일이 한가해지면 두 사람은 일주일 동안 서울에 갈 예정이었다. 솔로몬은 서울이 그들에게 일종의 중립 지대가 되기를 바랐다. 두 사람 다 비슷하게 조선인 이민자였기에 자신들이 평범하다고 느낄 수 있으리라 여겼다. 피비가 조선어를 아주 잘한다는 점도 유용할 터였다. 반면에 솔로몬의 조선어는 형편없었다. 솔로몬은 그동안 모자수와 함께 남한에 여러 차례 방문했다. 그곳 사람들은 모두 두 사람을 일본인으로 대했다. 귀향이라고는 할 수 없었다. 그래도 대단히 즐거운 방문이었다. 얼마 후에는, 으스대며 자기만 옳다고 믿는 한국인들에게 그들의 모국어가 일본어인 이유를 설명하려고 애쓰느니 맛있는 숯불구이를 먹으러 온 일본인 관광객 행세나 하는 것을 훨씬 편안하게 여기게 됐다.

솔로몬은 피비를 사랑했다. 두 사람은 대학교 2학년 때부터 함께했다. 솔로몬은 피비가 없는 삶을 상상할 수 없었지만 일본에서 불편해하는 피비를 보면서 두 사람이 얼마나 다른지 깨달았다. 민족으로 보면 두 사람은 모두 조선 밖에서 자란 조선인이지만 결코 같지 않았다. 솔로몬의 고향인 일본 땅에서 두 사람의 차이가 훨씬 두드러져 보였다. 두 사람은 2주 동안 잠자리를 하지 않았다. 결혼한 후에도 이렇게 지내게 될까? 아니면 상황이 더 나빠질까? 솔로몬은 게임을 하러 가면서 이런 생각을 했다.

오늘 밤은 직장 동료들과 네 번째 갖는 포커 게임 자리였다. 솔로몬과 파리 출신의 아시아계 혼혈로 기업인수 담당자인 루이가 초대받았다. 나머지 사람들은 상무이사들과 전무이사들이었다. 조금씩 차이는 있었지만 대개 예닐곱 명이 참가했다. 여자는 한 명도 없었다. 솔로몬은 포커 솜씨가 뛰어났다. 첫 모임에서 가볍게 몸을 풀며 중간 순위를 유지했다. 두 번째 모임에서는 더 긴장이 풀려서 2등을 했고, 세 번째 모임에서는 판돈 35만 엔 중 대부분을 쓸어담았다. 다른 참가자들이 짜증스러워하는 것 같았지만 솔로몬은 마음만 먹으면 이길 수 있다는 사실을 확실하게 보여주는 게 좋겠다고 생각했다.

오늘 밤은 돈을 좀 되돌려줄 계획이었다. 참가자들은 패배를 인정할 줄 모르는 사람들이 아닌 꽤 괜찮은 사람들이었다. 솔로몬은 그들과 계속 카드를 치고 싶었다. 분명히 솔로몬을 만만한 호구로 생각하고 초대했을 것이었다. 그들은 몰랐겠지만, 솔로몬은 컬럼비아대학교에서 경제학을 전공했으나 포커와 당구가 부전공이었다.

참가자들은 아나콘다 게임을 했다. 나쁜 패가 들어오면 왼쪽에 있는 사람에게 넘길 수 있어서 '쓰레기 넘겨주기'라고도 불렀다. 처음에는 카드 석 장, 그런 다음에는 카드 두 장, 마지막으로 카드 한 장을 옆 사람에게 넘길 수 있었고 그동안 돈을 계속 걸 수 있었다. 워낙 운이 좌우하는 방식이라 멍청이도 이길 수 있었지만 솔로몬이 즐기는 것은 베팅이었다. 솔로몬은 다른 사람들이 베팅을 하거나 게임을 포기하는 모습을 지켜보는 것을 좋아했다.

참가자들은 롯폰기에 있는 이름 없는 술집의 벽널을 댄 지하실에서 만났다. 주인은 솔로몬의 상사이면서 트래비스의 상무이사인 가즈 상의 친구였고 술을 충분히 마시고 안주를 넉넉히 주문하기만 하면 한 달에 한 번씩 그곳을 사용하게 해주었다. 매달 한 사람씩 돌아가며 모임을 주최했고 술과 음식값을 계산했다. 처음에 상무이사들은 월급을 적게 받는 직원들에게 계산을 맡기는 것이 공평하지 않다고 생각했다. 하지만 솔로몬이 세 번째 모임에서 이기자 대부분이 말했다. "신참이 저녁을 살 수 있겠군." 이번에는 솔로몬이 주최자였다.

모두 여섯 명이 참가했고 판돈은 30만 엔이었다. 솔로몬은 카드 석 장을 쥐고 몸을 사렸다. 따지도 잃지도 않았다.

"이봐, 솔리." 가즈가 말했다. "무슨 일이야? 운이 달아났나, 친구?"

솔로몬의 상사인 가즈는 캘리포니아와 텍사스에서 유학한 일본인이었다. 맞춤 정장을 차려입고 고상한 도쿄 억양으로 말했지만 영어만 들으면 영락없는 미국 대학교 남학생 사교 클럽 회원이었다. 가즈 집안의 족보에는 태평양전쟁 이후 작위를 빼앗긴 공작들과 백작들이 가득했고 어머니 쪽은 쇼군* 집안과 연결돼 있었다. 트래비스에서 가즈는 대단한 실적을 올렸다. 지난해에는 제일 중요한 금융 거래 여섯 건 중 다섯 건이 가즈의 주도로 성사됐다. 솔로몬을 이 모임에 초대한 사람도 가즈였다. 다른 중역들은 신참에게 졌다고 불평을 늘어놓았지만 가즈가 경쟁은 모두에게 좋다면서 그들의 입을 막았다.

솔로몬은 가즈를 좋아했다. 사실 모두 가즈를 좋아했다. 솔로몬은 운 좋게 가즈 사단의 일원이 됐고 매달 열리는 유명한 포커 게임 자리에도 초대를 받았다. 가즈의 부서에는 10년 동안 트래비

* 일본 도쿠가와 막부의 우두머리.

스에서 일하고도 초대받지 못한 사람들이 있었다. 피비가 일본인들이 인종차별주의자라고 할 때마다 솔로몬은 에쓰코와 가즈를 증거로 대면서 반박했다. 에쓰코는 마음씨 곱고 민족을 차별하지 않는 일본인이라고 분명히 말할 수 있었지만 피비는 에쓰코를 거의 이해할 수 없었다. 에쓰코가 영어를 못했기 때문이었다. 가즈는 일본인이었고 일본에 사는 조선인들보다도 훨씬 더 솔로몬에게 친절했다. 일본에 사는 조선인들은 솔로몬을 부잣집 아들이나 학교의 경쟁 상대로만 취급하며 때때로 의심의 눈초리를 보냈다. 물론 일부 일본인은 조선인을 쓰레기 같은 인간이라고 생각했지만 실제로 쓰레기 같은 조선인도 있다고 솔로몬은 피비에게 말했다. 물론 쓰레기 같은 일본인도 있기 마련이었다. 과거를 계속 들먹일 필요는 없었다. 솔로몬은 피비가 언젠가 그런 감정을 극복하기를 바랐다.

이제 카드를 버리고 새 카드를 받아 돈을 걸 때가 왔다. 솔로몬은 쓸모가 없어진 다이아몬드 9와 하트 2를 버리고 풀 하우스에 필요한 잭과 숫자 3을 받았다. 행운은 결코 솔로몬을 떠나지 않았다. 카드를 할 때마다 절대로 질 수 없을 것 같은 강렬하고 순조로운 느낌을 받았다. 판돈에 신경을 쓰지 않아서 그렇지 않나 싶었다. 게임 테이블에 앉아 있는 것이 좋았고 남자들만의 이야기가 좋았다. 이 패라면 10만 엔을 훨씬 넘는 지금의 판돈을 차지할 게 확실해 보였다. 솔로몬은 3만 엔을 걸었다. 루이와 일본계 오스트레일리아인 야마다 상은 이번 판을 포기했고, 이제 솔로몬과 오노와 장칼로, 가즈만 남았다. 오노의 얼굴에는 아무 감정도 드러나지 않았고 장칼로는 귀를 긁었다.

오노가 다시 2만 엔을 걸었고 즉시 가즈와 장칼로가 판을 포기했다. 장칼로가 소리 내어 웃었다. "너희 둘 밥맛없어." 장칼로가 위스키를 한 모금 쭉 들이켰다. "꼬치에 꿴 닭고기 좀 더 있나?"

"야키토리라네." 가즈가 말했다. "자넨 일본에 살잖나. 이 친구야, 꼬치에 꿴 닭고기를 뭐라고 부르는지 정도는 배워둬."

장칼로가 작고 고른 치아를 드러내고 웃으면서 가즈에게 가운뎃손가락을 들었다.

가즈가 종업원을 불러 안주를 더 주문했다.

패를 확인할 차례였다. 오노에게는 투 페어밖에 없었다. 허세를 부린 모양이었다.

솔로몬이 쥔 패를 펼쳤다.

"이 망할 자식이." 오노가 말했다.

"죄송합니다, 이사님." 솔로몬이 편안하고 익숙한 손놀림으로 판돈을 쓸어 모으며 말했다.

"절대 이겼다고 사과하지 말게, 솔리." 가즈가 말했다.

"내 돈을 따 갔는데 저 정도 사과는 할 수 있잖아." 장칼로가 쏘아붙이자 다른 사람들이 크게 웃었다.

"이봐, 자네를 어서 내 거래 중 하나에 배정하고 싶군. 빌어먹을 주말 내내 자산 실사 서류를 붙들고 있어야 할걸. 내가 못생긴 여직원들하고만 일하게 엄선해주지." 오노가 말했다. 오노는 MIT에서 경제학 박사 학위를 취득했고 네 번째 결혼 생활 중이었다. 새 아내는 매번 전부인보다 훨씬 매력적이었다. 일본의 호황기에 전자 부문 금융 책임자로 있으면서 말도 안 되게 많은 돈을 벌었고 여전히 쉬지 않고 일했다. 오노는 자신이 열심히 일하는 목적은 단순하다고 했다. 예쁜 여자들과의 잠자리는 어떤 대가든 치를 가치가 있다고 했다.

"실사 작업이 엄청나게 많은 제일 고약한 거래를 찾아주겠네. 자네만을 위해서, 이 꼬마 친구야." 오노가 두 손을 비비면서 말했다.

"저 친구가 자네보다 크잖아." 장칼로가 말했다.

"키보다 지위가 높잖아." 오노가 말했다.

"죄송합니다, 오노 상. 죄송합니다." 솔로몬이 과장되게 고개를 숙였다.

"걱정하지 말게, 솔리." 가즈가 말했다. "오노는 너그러운 사람이니까."

"천만에. 난 앙심을 품고 있다가 제일 좋은 때를 틈타 복수할 수 있는 사람이라고." 오노가 말했다.

솔로몬이 눈썹을 추켜세우고 몸서리치는 척했다. "전 하룻강아지에 불과합니다, 이사님." 솔로몬이 간청했다. "좀 봐주십쇼." 솔로몬이 현금 더미를 자기 앞에 착착 쌓아 올렸다. "좀 봐주셔도 되는 부자 꼬마랍니다."

"자네가 대단히 부유하다고 들었어." 장칼로가 물었다. "자네 아버지가 파친코를 하신다지?"

어떻게 알았는지 솔로몬이 감을 잡지 못한 채 고개를 끄덕였다.

"파친코를 아주 좋아하는 끝내주는 일본계 혼혈 아가씨랑 좀 만났지. 돈이 많이 들어가는 취미가 있더라고. 자네는 도박을 할 줄 알아. 똑똑한 조선인 피가 섞여서 그런가." 장칼로가 말했다. "그 아가씨가 파친코장들을 몽땅 손에 넣고 일본인들을 바보로 만든 교묘하고 똑똑한 조선인들 이야기를 쉬지 않고 주절거리더라고. 그런데 그 아가씨가 젖가슴으로 무슨 짓을 했나면……."

"설마." 가즈가 말했다. "끝내주는 아가씨랑 데이트한 적이 없잖나."

"이런, 들켰네요, 선생님. 사실 네 마누라랑 데이트했는데 영 매력이 없어. 그 여자는 그저……."

가즈가 소리 내어 웃었다. "이봐, 포커나 하자고." 가즈가 자기 위스키 잔에 탄산수를 따라 묽게 만들었다. "솔리는 정정당당하게 이겼어."

"내가 뭐 나쁜 말을 한 것도 아니잖아. 여기 사는 조선인들은 똑똑하고 부자야. 우리 꼬마 솔로몬처럼. 내가 솔리를 야쿠자라고 부른 것도 아니고! 설마 사람을 시켜서 날 죽이는 건 아니겠지, 솔리?" 장칼로가 너스레를 떨며 물었다.

솔로몬이 주뼛주뼛 웃음을 지었다. 이런 말을 처음 듣는 것은 아니었지만 누군가 아버지의 사업을 언급한 것은 정말 오랜만이었다. 미국에서는 파친코가 무엇인지 제대로 아는 사람이 없었다. 서양 은행이라면 편견이 적을 거라고 장담하며 이 일자리를 받아들이라고 등을 떠민 사람은 아버지였다. 장칼로는 중산층 일본인들이 생각하거나 수군거리는 것과 똑같은 말을 하고 있었다. 일본에서 20년 동안 산 이탈리아계 백인에게 그런 소리를 들으니 이상했다.

루이가 카드를 떼어냈고 가즈가 카드를 섞어서 사람들에게 돌렸다.

솔로몬은 킹 석 장을 받았지만 세 판 연속으로 한 장씩 버리고 판을 포기해 거의 1만 엔을 잃었다. 모임이 끝나고 솔로몬이 계산했다. 가즈가 솔로몬에게 이야기를 하자고 해서 두 사람은 택시를 잡으러 거리로 나갔다.

17

"자네는 일부러 졌어. 킹 석 장이 자네한테서 나왔잖아." 가즈가 솔로몬에게 말했다. 두 사람은 술집 건물 밖에 서 있었다. 가즈가 말보로 라이트에 불을 붙였다.

솔로몬이 어깨를 으쓱했다.

"멍청하긴. 장칼로는 사회성 떨어지는 저능아야. 자기 나라의 다른 백인들한테 인정을 못 받아서 아시아에서 빌붙어 살아야 하는 백인 중 한 명일 뿐이지. 일본에 너무 오래 있어서 자기가 아주 특별한 사람이라 일본인들이 자기한테 아첨한다고 생각해. 빌어먹을 환상에 빠져서는. 그래도 아주 나쁜 사람은 아니야. 능력 있어. 일처리도 깔끔하고. 이제 대강 눈치챘겠지만 여기 사람들은 일본인이 아니라도 조선인에 대해 지독히 멍청한 소리를 지껄인다네. 그런 소리는 무시해야 해. 내가 미국에 있을 때는 사람들이 아시아인에 대해 어리석은 헛소리를 늘어놨었지. 아시아인들은 모두 중국어를 하고 아침밥으로 초밥을 먹는다나. 미국 역사를 가르칠 때는 일본인 수용소나 히로시마 원자폭탄 이야기는 꺼내지도 않더라고. 그러든 말든, 그렇지?"

"그까짓 말에 신경 쓰지 않습니다." 솔로몬이 택시를 찾아 어두운 거리를 둘러보면서 대답했다. 전철은 30분 전에 끊겼다. "전 괜찮습니다."

"좋아. 터프 가이." 가즈가 말했다. "잘 듣게. 알다시피 성공에는 세금이 따른다네."

"네?"

"뭔가를 잘하는 사람은 못하는 모든 사람들에게 갚아주어야 해. 반면에 일을 못하는 사람도 살면서 빌어먹을 세금을 내야 하고. 모두가 대가를 치러야 하지."

가즈가 진지하게 솔로몬을 바라보았다.

"물론 최악은 보통 사람들에게 부과되는 세금이야. 엿 같지." 가즈가 담배꽁초를 던지고 팔짱을 꼈다. "새겨듣게. 빌어먹을 세금을 내는 사람들은 주로 잘못된 장소에서 잘못된 시기에 태어나 부러진 손톱으로 이 세상에 매달려 있는 사람들이야. 그런 사람들은 이 망할 게임의 규칙도 몰라. 그런 사람들이 진다고 해도 그들에게 화조차 낼 수 없어. 그런 사람들에게 삶은 지독하게 가혹하고 또 가혹한 법이야." 가즈가 체념하며 이맛살을 찌푸렸다. 삶의 불공평함을 어느 정도 알고 있지만 그리 많이 걱정하지는 않는 듯했다. 가즈가 심호흡을 했다. "그래서 그런 패배자들은 지옥에서 벗어나려고 에베레스트산을 죽도록 기어 올라가야 하지. 50만 명에 한두 명은 빠져나오지만 나머지는 평생 빌어먹을 세금을 내며 살다가 죽어. 신이 있다면, 신이 공평하다면 내세에 그런 사람들이 더 좋은 자리를 차지해야 마땅해."

솔로몬은 이야기가 어디로 흘러가는지 이해하지 못한 채 고개를 끄덕였다.

가즈의 눈길이 미동도 없이 고정돼 있었다. "하지만 겁 많은 신체 건강한 중산층들은, 음, 그들은 보통 세금을 복리 이자까지 쳐서 정기적으로 나누어 내거든. 몸을 사리면 그렇게 되지. 그러니 내가 자네라면 어떤 게임도 포기하지 않을 걸세. 모든 이점을 이용할 거야. 수작 부리는 녀석들은 누구든 때려눕히게. 얼간이들한테 자비를 베풀지 마. 특히나 자비를 받을 자격도 없는 놈들한테는. 눈물이 쏙 빠지게 겁쟁이들을 혼내주라고."

"그러니까 성공 세금은 질투에서 생기고, 빌어먹을 세금은 착취에서 생기는군요. 알겠습니다." 솔로몬이 감을 잡기 시작했다는 듯이 고개를 끄덕였다. "그럼 보통 세금은 뭔가요? 그게 어떻게 나쁠 수……?"

"좋은 질문이야, 젊은 제다이.* 보통 세금은 자신이 뛰어나지도 열등하지도 않은 보통이라는 것을 아는 자네와 다른 모든 사람들에게서 나오지. 생각보다 훨씬 무거운 세금이라네."

솔로몬은 그런 생각을 한 번도 해본 적 없었다. 자신이 대단히

* 영화 〈스타워즈〉 시리즈에서 제다이 기사단에 속한 기사로, 도제식으로 교육받는다.

특별하다고 여기지는 않았지만 보통이라고 생각하지도 않았다. 혼잣말로도 입 밖에 내지는 않았지만 뭔가를 남보다 잘하고 싶기는 했다.

"제다이, 잘 알아두게. 자신이 다른 모든 사람들과 똑같다는 걸 아는 것보다 더 엿 같은 건 없어. 그것만큼 엉망진창에 형편없는 존재가 또 없지. 내 휘황찬란한 조상들이 태어난 일본이라는 이 위대한 나라에서는 모두가 다른 사람들과 똑같아지고 싶어 해. 그래서 살기에 안전하지만 한편으로는 공룡 마을이기도 해. 멸종된 곳이라는 말이야, 친구. 자네 몫을 나눠서 가져다가 다른 데 투자해. 누군가는 자네 같은 젊은이에게 이 나라의 실상을 알려줘야지. 일본이 전쟁에서 졌거나 나쁜 짓을 저질러서 이 나라가 개판이 된 게 아니야. 더 이상 전쟁이 없는 데다가 평화로운 시기에는 모든 사람들이 보통이 되고 싶어 하고 남과 달라지는 걸 두려워해서 이 나라가 개판이 된 거야. 또 다른 문제는 일본 지도층이 영국인이나 백인이 되고 싶어 한다는 거야. 한심한 망상에 빠져 있어. 그건 또 따로 얘기해봐야 할 문제야."

솔로몬은 일부 타당한 말이라고 생각했다. 솔로몬이 아는 진짜 일본인들은 중산층이 아닌데도 자신들이 중산층이라고 생각했다. 고등학교 시절, 아버지가 수백만 엔에 달하는 골프장 회원권을 몇 개씩 갖고 있는 부잣집 아이들도 자신들이 중산층이라고 생각했다. 한 번도 만난 적이 없는 큰아버지 노아는 일본인이자 보통 사람이 되지 못해서 자살했다.

빈 택시 한 대가 두 사람 쪽으로 다가왔지만 솔로몬은 알아차리지 못했고 가즈가 웃음을 지었다.

"그래, 자, 참견하기 좋아하는 멍청이들이 결국에는 자네 아버지가 파친코 사장이라는 사실을 알아차릴 거야. 사람들이 그걸 어떻게 알까?"

"전 절대 먼저 말하지 않아요."

"모두 알게 돼 있어. 일본에서 조선인은 부자거나 가난하거나 둘 중 하나야. 조선인이 부자면 어떻게든 파친코장이랑 얽혀 있다고."

"아버지는 훌륭한 분입니다. 놀랄 만큼 정직해요."

"나도 그럴 거라고 확신하네." 가즈가 여전히 가슴 위로 팔짱을 낀 채로 솔로몬을 똑바로 마주 보았다.

솔로몬은 망설였지만 어쨌든 말했다. "아버지는 폭력배가 아닙니다. 나쁜 일을 하지 않습니다. 평범한 사업가예요. 세금을 다 내고 모든 일을 원칙대로 해요. 물론 그 업계에는 불법적인 사람들도 일부 있지만, 아버지는 대단히 엄격하고 도덕적인 분이에요. 파친코장을 세 곳 운영하지만……."

가즈가 안심하라고 고개를 끄덕였다.

"아버지는 절대 남의 것을 빼앗지 않습니다. 돈에 별 관심도 없으시고요. 아주 많은 돈을 기부하고……."

에쓰코는 모자수가 몇몇 직원의 양로원 비용을 내줬다고 솔로몬에게 말했다.

"솔리, 솔리. 아냐, 이봐, 해명할 필요 없어. 조선인들이 평범한 직업을 선택할 수 있는 기회가 많지 않잖나. 분명히 자네 아버지는 다른 선택의 여지가 없어서 파친코 일을 하기로 했겠지. 아마 자네 아버지는 훌륭한 사업가일 거야. 자네 포커 기술이 하늘에서 뚝 떨어졌겠나? 자네 아버지가 후지나 소니에서 일할 수 있었을지도 모르지만, 그런 회사에서 조선인을 채용할 리 없잖나, 그렇지? 지금 자네를 채용할지도 의문이군, 미스터 컬럼비아 유니버시티. 일본은 여전히 많은 곳에서 조선인들을 교사나 경찰, 간호사로 채용하지 않아. 도쿄에서 집을 빌릴 수도 없지. 자네가 돈을 많이 버는데도 말이야. 빌어먹을 1989년인데 이 모양이라니! 어쨌든 이런 상황을 얌전히 받아들일 수야 있겠지만 정말 엉망인 건 사실이라고. 난 일본인이지만 어리석지 않아. 미국과 유럽에서 오랫동안 살았어. 일본인들이 여기서 태어난 조선인들과 중국인들에게 하는 짓은 미친 짓이야. 완전히 제정신이 아니지. 자네 조선인들은 혁명을 일으켜야 해. 조선인들은 충분히 항의하지 않아. 자네와 아버지도 여기서 태어났잖아, 그렇지 않나?"

솔로몬은 왜 가즈가 이 문제로 몹시 흥분하는지 이해하지 못한 채 고개를 끄덕였다.

"설사 자네 아버지가 살인 청부업자라고 해도 난 상관없어. 당연히 신고하지 않을 거고."

"살인 청부업자가 아닙니다."

"그래, 풋내기, 물론 아니지." 가즈가 웃으며 말했다. "어서 여자친구한테 가게. 여자친구가 매력 있고 똑똑하다면서. 잘됐어. 결국 머리가 좋은 게 의외로 중요하니까." 가즈가 큰 소리로 웃었다.

가즈가 손을 흔들어 택시를 부르고는 솔로몬에게 먼저 타고 가라고 했다. 모두가 가즈는 평범한 상사 같지 않다고 했는데 그 말이 사실이었다.

일주일 후, 가즈가 솔로몬을 새로운 부동산 거래에 배정했고, 솔로몬은 그 팀에서 제일 어렸다. 사무실의 모든 직원들이 원하는 굉장한 거래였다. 트래비스의 영향력 있는 고객이 요코하마에 세계 최상급 골프장을 지을 부지를 매입하려 했다. 세부 작업들은 거의 진행됐다. 남은 땅주인 세 명의 서명을 받기만 하면 끝이었다. 두 명은 비싼 값을 불러서 그렇지 매입이 불가능하지는 않았지만 나머지 한 명이 영 골칫거리였다. 그 노부인은 돈에 관심이 없어서 땅을 팔 생각이 없었다. 노부인의 땅은 11번 홀이 될 자리였다. 고객이 참석한 아침 회의에서 은행 이사 두 명이 담보대출로 자금을 조달할 유익한 방법을 설득력 있게 제시했고, 솔로몬은 꼼꼼히 받아 적었다. 회의가 끝난 직후, 가즈는 여전히 노부인이 작업을 지연시키고 있다고 무심히 말했다. 고객이 가즈를 보고 웃으며 말했다. "틀림없이 이사님이 그 문제를 해결할 수 있을 겁니다. 우리는 확신해요."

가즈가 공손히 웃었다.

고객이 서둘러 떠났고 얼마 지나지 않아서 다른 사람들이 회의실 밖으로 흩어졌다. 솔로몬이 자리로 돌아가려고 하는데 가즈가 불러 세웠다.

"점심은 뭐 먹을 건가, 솔리?"

"아래층에서 간단히 먹으려고 했습니다. 왜 그러세요? 무슨 일

있나요?"

"기분 전환 삼아 차 타고 한 바퀴 돌아볼까."

운전기사가 두 사람을 요코하마의 노부인네 땅으로 데려갔다. 회색 콘크리트 건물은 상태가 좋았고 앞마당이 잘 관리돼 있었다. 집에 아무도 없는 것 같았다. 아주 오래된 소나무 한 그루가 네모반듯한 건물 앞면을 가로질러 세모 모양의 그늘을 드리웠고, 집 뒤에서 가는 개울물이 졸졸 흘러내렸다. 이전에는 직물 염색 공장이었고 지금은 노부인 개인 소유의 집이었다. 노부인의 자식들은 죽었고 뚜렷한 상속인은 없었다.

"거부하는 사람한테 자기가 원하는 일을 하게 하려면 어떻게 해야 할까? 가즈가 물었다.

"모르겠습니다." 솔로몬이 대답했다. 솔로몬은 이 외출이 가즈에게 일종의 현장 실사이고 동행이 필요했나 보다고 생각했다. 가즈가 어디든 혼자 가는 일은 드물었다.

자동차가 노부인의 땅 맞은편 먼지가 자욱한 널찍한 도로에 서 있었다. 노부인이 집에 있다면 불과 9미터도 되지 않는 곳에서 시동도 끄지 않고 서 있는 검은색 타운 카*를 알아차리지 못할 리 없었다. 하지만 아무도 집에서 나오지 않았고 안에서 움직이는 기척도 없었다.

가즈가 집을 빤히 바라보았다.

* 앞좌석과 뒷좌석 사이에 칸막이가 있는 문 네 개짜리 자동차.

"그러니까 여기가 마쓰다 소노코가 사는 곳이군. 고객은 내가 마쓰다 상을 설득해서 땅을 살 수 있을 거라고 믿고 있어."

"가능하시겠습니까?" 솔로몬이 물었다.

"가능할 것 같은데 방법을 모르겠군." 가즈가 말했다.

"바보 같은 소리겠지만 방법을 모른다면 어떻게 주인의 서명을 받을 수 있나요?" 솔로몬이 물었다.

"난 소원을 빌고 있어, 솔리. 염원하고 있다고. 때로 그렇게 시작하는 거야."

가즈가 기사에게 가까운 장엇집으로 가자고 했다.

18

1989년, 요코하마

일요일 아침, 교회 예배가 끝난 후에 솔로몬과 피비는 가족들과 점심을 먹으려고 요코하마행 기차를 탔다.

여느 때처럼 현관문이 닫혀 있었지만 잠겨 있지는 않아서 두 사람은 현관문을 열고 안으로 들어갔다. 에쓰코의 실내장식가 친구가 최근에 집을 개조해서 솔로몬의 어린 시절 짙은 색 미국식 가구들로 가득했던 모습은 찾아볼 수 없었다. 집 안에 있던 벽을 대부분 없애고 뒤쪽 자그마한 창문들을 뜯어내서 두꺼운 판유리로 대신했다. 이제는 바위 위주로 꾸민 정원이 집 안에서 보였다. 연한 색상의 가구와 하얀색 오크 바닥, 조각상 같은 종이 램프들이 화목 난로 근처 널찍한 사분면 공간을 가득 채운 덕에 넓고 네모난 거실이 밝고 깔끔해졌다. 맞은편 구석 바닥에 활짝 핀 기다란 개나리 가지들이 커다란 청자 화병에 꽂혀 있었다. 집이 화려한 불교 사찰 같았다.

모자수가 거실에서 나와 두 사람을 맞이했다.

"왔구나!" 모자수가 피비에게 조선어로 말했다. 피비가 솔로몬의 가족들과 시간을 보낼 때 가족들은 세 가지 언어를 썼다. 솔로몬은 어른들과 주로 일본어로 이야기했고 피비와는 영어로 이야기 했다. 피비는 어른들과는 조선어로, 솔로몬과는 영어로 대화했다. 모두가 조금씩 통역하며 거드니 어떻게든 말이 통했다.

모자수가 문가에 있는 신발장을 열어 두 사람에게 실내화를 건네주었다.

"어머니와 큰어머니가 일주일 내내 음식을 하셨단다. 너희가 배가 고팠으면 좋겠구나."

"냄새가 기가 막혀요." 피비가 말했다. "모두 부엌에 계세요?"

피비가 감청색 주름치마를 매만졌다.

"그래. 이런, 미안, 아니야. 에쓰코는 오늘 못 왔어. 너희를 못 봐서 아주 아쉬워한단다. 미안하다고 전해달라더라."

피비가 고개를 끄덕이고 곁눈으로 솔로몬 쪽을 슬쩍 보았다. 자신이 에쓰코가 어디 있는지 물으면 실례일 것 같은데 왜 솔로몬이 자기 아버지에게 물어보지 않는지 이해할 수 없었다. 피비는 에쓰코에 대해 알고 싶었다. 두 사람이 쓰는 언어가 달라서 에쓰코는 피비가 직접 이야기를 나눌 수 없는 유일한 사람이었다. 게다가 한 번도 보지 못한 하나도 만나고 싶었다.

솔로몬이 피비의 손을 잡고 부엌으로 이끌었다. 솔로몬은 가족들 곁에 있으면 평소보다 더 어려지는 느낌이 들었고 마음이 막

들떴다. 좋아하는 음식 냄새가 거실에서 부엌으로 이어지는 넓은 복도에 가득했다.

"솔로몬 왔어요!" 솔로몬은 어린 시절 하교하던 때와 다름없이 소리쳤다.

경희와 선자가 곧바로 하던 일을 멈추고 환한 표정으로 고개를 들었다. 모자수가 그들의 행복한 모습을 보며 미소 지었다.

"피비도 왔구나, 솔로몬!" 경희가 말했다. 앞치마에 손을 닦고 두툼한 대리석 조리대 뒤에서 나와 솔로몬을 껴안았다.

선자가 경희를 따라 나와 피비의 허리에 팔을 둘렀다. 선자는 피비보다 머리 하나가 작았다.

"이거 두 분 드리려고요." 피비가 고급 프랑스 초콜릿 가게의 도쿄 지점에서 산 초콜릿 한 상자를 내밀었다.

선자가 미소 지었다. "고맙데이."

경희가 살짝 보려고 리본을 풀었다. 커다란 상자 안에는 초콜릿을 입힌 반질반질한 과일들이 들어 있었다. 경희가 아주 기뻐하며 말했다. "비싸 보이네. 너희 나이에는 돈을 모아야지. 그래도 정말 맛있겠어! 고마워."

경희는 과장스럽게 초콜릿 향기를 들이마셨다.

"니가 와서 참말로 좋다." 선자가 피비의 가느다란 어깨를 꼭 감싸 안으며 조선어로 말했다.

피비는 솔로몬의 가족과 함께 있는 것을 좋아했다. 피비의 가족보다 훨씬 단출했지만 모두가 이음매 없이 한 몸에 붙어 있는 것처럼 가까워 보였다. 반면에 피비의 대가족은 커다란 통에 들어 있는 쾌활하지만 짝이 안 맞는 레고 조각들 같았다. 피비의 부모에게는 각각 대여섯 명의 형제자매가 있었고 피비는 캘리포니아에서 사촌 열댓 명과 함께 자랐다. 뉴욕과 뉴저지, 워싱턴 DC와 워싱턴주, 심지어 토론토에도 친척들이 있었다. 한국계 미국인 남자 두어 명과 사귀며 그들의 가족들도 만나봤지만 솔로몬의 가족은 달랐다. 따뜻하면서도 훨씬 조용했고, 대단히 주의 깊게 서로 지켜보았다. 모두가 사소한 것 하나도 놓치지 않았다.

"파전 만드실 거예요?" 피비가 물었다. 양푼에 잘게 썬 파와 가리비를 듬뿍 섞은 미색 반죽이 가득 차 있었다.

"파전 좋아해? 솔로몬도 좋아하는데! 너희 어머니는 파전을 어떻게 만드시니?" 경희가 파와 조개류의 비율에 대해 확고한 소신을 가지고 있으면서도 평상시의 어조로 물었다.

"저희 엄마는 음식을 안 하세요." 피비가 당황한 기색이 별로 없이 말했다.

"뭐?" 경희가 깜짝 놀라서 헉소리를 내고 선자를 돌아보았다. 선자도 형님과 마찬가지로 놀라서 눈썹을 치켜올렸다.

피비가 명랑하게 웃었다.

"피자랑 햄버거를 먹고 자랐어요. 켄터키 프라이드치킨을 많이 먹었고요. KFC 통옥수수를 아주 좋아해요." 피비가 미소를 띠고 말했다. "엄마는 아빠 병원에서 사무장으로 일해서 8시가 넘어야 집에 돌아왔어요."

경희와 선자가 이해하려고 애쓰면서 고개를 끄덕였다.

"엄마는 항상 일했어요. 우리가 식탁에서 숙제하는 동안 엄마는 옆에서 의료 서류를 정리했어요. 아마 자정이 되도록 안 주무시고……."

"그럼 조선 음식은 안 먹었어?"

경희는 이해할 수 없었다.

"주말에 먹었어요. 식당에서요."

경희와 선자는 피비 엄마가 바쁘게 열심히 일했다는 것을 이해하면서도 조선인 엄마가 가족을 위해 음식을 만들지 않았다는 것은 상상하기 어려웠다. 솔로몬이 이 아가씨랑 결혼하면 뭘 먹게 될까? 두 사람의 아이들은 뭘 먹을까?

"시간이 없으셨구나. 그럴 수도 있겠지만, 어머니가 음식을 아예 못하시는 건 아니지?" 경희가 머뭇거리며 물었다.

"엄마는 요리를 배운 적이 없어요. 이모들도 한국 음식을 만들지 않아요."

피비가 소리 내어 웃었다. 아무도 조선 음식을 만들지 않는다는 사실이 자랑거리였기 때문이었다. 어머니와 이모들은 음식을 잔뜩 차려놓고 계속 먹이려고 애쓰는 여자들을 탐탁지 않게 여겼다. 네 사람 다 아주 말랐고, 피비처럼 잠시도 쉬지 않고 움직였다. 일에 몰두하느라 먹는 것에 도통 관심이 없는 여자들이었다.

"제가 제일 좋아하는 이모는 주말 저녁에 사람들을 초대할 때만 음식을 해요. 대개 이탈리아 음식을 만들어요. 저희 가족은 항상 식당에서 만나죠."

피비는 자기 어린 시절의 일상 이야기에 계속 충격을 받으며 민을 수 없다는 표정을 짓는 두 사람을 보니 재미있었다. 그게 뭐 대수라고? 왜 여자가 음식을 해야 하지? 피비는 궁금했다. 피비의 어머니는 피비가 세상에서 제일 좋아하는 사람이었다. "저희 남매는 김치를 좋아하지도 않아요. 엄마는 냄새 밴다고 김치를 냉장고에 보관하지 않고요."

"오메." 선자가 한숨을 내쉬었다. "니는 진짜배기 미국인이데이. 이모들은 미국인이랑 결혼했나?"

"이모들이랑 삼촌들은 한국인 아닌 사람들과 결혼했어요. 제 남매들은 한국계와 결혼했는데 모두 저처럼 미국인이에요. 변호사인 형부는 포르투갈어를 유창하게 하지만 한국말은 전혀 못해요. 브라질에서 자랐거든요. 미국에는 그런 사람들이 많아요."

"정말로?" 경희가 외쳤다.

"그럼 이모들은 누구랑 결혼했나?"

"백인, 흑인, 네덜란드인, 유대인, 필리핀인, 멕시코인, 중국인, 푸에르토리코인 이모부들이랑 외숙모들이 있어요. 한국계 미국인 고모부 한 명이랑 숙모 세 명이 있고요. 사촌이 아주 많아요. 모두 섞여 있어요." 피비가 얼룩 하나 없는 하얀 앞치마를 두른 나이 많은 여자들에게 웃음을 지으며 덧붙였다. 두 사람은 피비의 말을 유심히 듣고 마음속에 새겨 넣고 있는 것 같았다.

"추수감사절이랑 크리스마스처럼 다 같이 모이는 때면 굉장히 재미있어요."

"저도 몇 명 만나봤어요." 솔로몬은 할머니와 큰할머니가 비난하기보다는 신기해하며 듣고 있다는 것을 알면서도 혹시나 피비의 가족을 좋지 않게 여길까 봐 걱정스러웠다. 두 사람이 솔로몬에게 조선인과 결혼해야 한다고 말한 적은 없었지만, 아버지와 에쓰코의 관계를 불편해한다는 사실을 알고 있었다.

프라이팬이 충분히 달궈지자 선자가 파전 반죽 한 국자를 프라이팬에 부었다. 선자는 가장자리를 확인하고 불을 낮췄다. 선자는 피비가 활기차서 솔로몬과 잘 어울린다고 생각했다. 선자의 어머니는 고생이 여자의 일생이라고 했지만 똑똑하고 모두에게 따뜻한 웃음을 짓는 이 상냥한 아가씨는 그렇게 살지 않았으면 했다. 음식을 못하면 어떤가? 솔로몬을 잘 돌보기만 하면 다른 것은 중요하지 않았다. 물론 선자는 피비가 아이들을 원하기를 바랐다. 요즘 들어 아기들을 안고 싶었다. 전쟁이나 부족한 음식, 잘 곳 구할 걱정을 하지 않아도 되니 얼마나 좋겠는가. 솔로몬과 피비는 자신과 경희처럼 고되게 일할 필요 없이 그저 자식들과 즐거운 시간을 보낼 수 있으리라.

"솔로몬이랑 언제 결혼할 기고?" 선자가 프라이팬에서 눈길을 돌리지 않고 물었다. 여전히 이런 것을 묻기가 약간 조심스러웠지만 나이가 많은 여자는 그럴 자격이 있다고 생각했다.

"그래, 두 사람은 언제 결혼할 거야? 뭘 기다리고 있어? 동서랑 나는 이제 할 일이 하나도 없어. 피비가 아기를 돌보고 음식을 하는 데 우리 도움이 필요하다면 도쿄로 이사 갈 거야!" 경희가 키득거렸다.

솔로몬이 고개를 저으며 세 여자에게 웃음을 지었다.

"이제 거실로 물러나서 아빠랑 남자들만의 대화를 나눌게요."

"참 고맙기도 하네, 솔로몬." 피비가 말했다. 피비도 계속 생각하고 있던 일이라 사실 두 사람의 질문이 언짢지는 않았다.

모자수가 미소 지었고 두 남자가 부엌에서 나갔다.

아버지와 아들이 커다란 방 가운데 놓인 안락의자에 각각 앉았다. 등받이가 낮은 기다란 소파 맞은편 유리와 스테인리스스틸로 된 커피 테이블에 과일 바구니와 땅콩 그릇이 놓여 있었다. 반쯤 읽은 오늘 자 일본 신문과 조선 신문이 쌓여 있었다.

모자수가 텔레비전을 켜고 뉴스 소리를 낮췄다. 화면에 지나가는 주가 자막 뉴스를 훑어보고 있었다. 두 사람은 종종 텔레비전을 켜놓고 이야기를 나누었다.

"일은 어떠냐?" 모자수가 물었다.

"학교보다 훨씬 수월해요. 상사가 아주 좋아요. 일본인이지만 캘리포니아에서 대학교와 경영대학원을 나온 분이에요."

"캘리포니아? 네 엄마가 좋아했겠구나." 모자수가 나지막이 말했다. 아들은 유미를 아주 많이 닮았고 특히 이마와 코 주위가 그랬다.

"에쓰코 짱은 어디 있어요?" 솔로몬이 뉴스 화면의 파란색 배경을 빤히 바라보았다. 뉴스 진행자들이 방콕에서 일어난 홍수에 대해 보도하고 있었다. "하나 누나 때문이에요? 별일 없죠?"

모자수가 한숨을 내쉬었다. "에쓰코가 다 이야기할 거다. 에쓰코한테 전화하렴."

솔로몬은 더 알고 싶었지만 아버지는 하나와 솔로몬 사이에 무슨 일이 있었는지 몰랐다. 하나가 에쓰코 속을 워낙 썩여서 모자수는 하나 이야기를 하는 것을 좋아하지 않았다.

"네 할머니와 큰할머니가 피비를 좋아하신다. 너희가 결혼하기를 바라셔."

"네, 들었어요. 5분 전에요."

모자수가 아들을 마주 보았다. "피비가 일본에서 살겠대?"

"잘 모르겠어요. 일본어를 잘 몰라서 답답해해요."

"배우면 되지."

솔로몬이 미심쩍은 표정을 지었다. "일하고 싶어 하는데 일본에서는 대학을 막 나온 사람이 일을 시작하기가 쉽지 않잖아요. 일본어도 못하고요. 집에만 있는 것은 피비한테 안 좋아요."

모자수가 고개를 끄덕였다. 솔로몬 엄마도 그런 사람이었다.

"돈이 모자라지는 않고?"

"네, 아빠." 솔로몬은 아버지의 걱정에 웃으며 대답했다. "이제 좋은 직업이 있잖아요. 저기, 아빠, 마쓰다 소노코라는 노부인을 아세요? 요코하마에 오래된 직물 염색 공장을 가지고 있어요. 고로 아저씨 집에서 멀지 않은 곳에요."

"모르겠다." 모자수가 고개를 저었다. "왜 그러니?"

"제 상사 가즈가 부동산 매매 거래를 마무리 지으려고 하는데 그 노부인, 마쓰다 상이 땅을 팔지 않으려고 해요. 그래서 거래가 지연되고 있어요. 혹시 아빠 주변에 아는 분이 있을까 했어요. 요코하마 사람들을 많이 아시잖아요."

"난 모르지만 알아볼 수는 있다. 어려운 일이 아니야." 모자수가 말했다. "네 상사는 노부인이 땅을 팔기를 바란다고?"

"네. 그분 땅이 골프 코스 개발에 중요한 마지막 부지예요."

"응, 알았다. 가끔 그런 일이 있지. 고로 상이나 하루키한테 물어볼게. 둘 중에 한 명은 알 거야. 고로 상이 막 마지막 파친코장을 팔았단다. 지금은 건물 해체와 건축, 부동산 일만 하고 있어. 나보고 같이하자는데 내가 너무 바빠. 새 일을 시작하기에는 너무 늦었지. 고로 상의 사업을 파친코만큼 잘 이해하지도 못하고."

"아빠도 가게를 파시는 게 어때요? 은퇴하시고요. 그만두셔도 되잖아요, 그렇죠? 파친코는 일이 너무 많아요."

"뭐? 사업을 그만두라고? 파친코 덕분에 먹고살며 널 학교에 보냈다. 난 은퇴하기에는 너무 젊어!"

모자수가 어깨를 으쓱했다.

"그리고 내 가게들을 팔면 어떻게 되겠니? 새 주인은 우리 직원들을 해고할지도 몰라. 그러면 나이 든 직원들이 어디로 가겠어? 게다가 우리는 기계를 만드는 사람들에게도 일을 준다. 일본에서 파친코는 자동차 제조업보다 큰 사업이란다."

모자수가 말을 멈추고 뉴스 소리를 높였다. 뉴스 진행자들이 엔화 가치에 대해 이야기하고 있었다.

솔로몬이 고개를 끄덕이고 환율 소식에 집중하려고 애쓰면서 화면을 응시했다. 아버지는 자신의 생업을 전혀 부끄러워하는 것 같지 않았다.

모자수는 아들의 어두워진 표정을 힐끗 보았다.

"오늘 밤에 고로 상에게 전화해서 노부인에 대해 물어보마. 네 상사는 노부인이 땅을 팔기를 원하는 거지?"

"네, 그래주시면 좋죠. 고마워요, 아빠."

월요일 오후, 모자수가 사무실에서 솔로몬에게 전화했다. 모자수는 고로 상과 이야기를 나눴다. 노부인은 조선인이었다. 구식 조총련 사람이었고 자식들은 평양으로 돌아가서 그곳에서 죽었다. 마쓰다는 일본식 성이었다. 노부인은 일본인에게는 땅을 팔기 싫어했다. 고로 상은 노부인이 고집을 부리고 있다고 생각했다. 노부인이 자신에게라면 팔겠다고 하니, 땅을 살 수 있다고 했다. 그다음에 고로 상이 같은 가격으로 가즈의 고객에게 팔겠다고 했다.

솔로몬은 수화기를 내려놓은 후 좋은 소식을 전하러 서둘러 가즈의 사무실로 갔다.

가즈가 솔로몬의 이야기를 주의 깊게 듣고 나서 자신의 두 손을 맞잡으며 웃었다.

"아주 잘했어, 제다이. 난 항상 승자를 알아보지."

19

1989년, 도쿄

하나는 그 몸 상태로도 시시덕거리지 않고는 못 배겼다.

"오지 말지 그랬어." 하나가 말했다. "나 흉해 보이는데. 다시 만날 때 너한테 예뻐 보이고 싶었단 말이야."

"보고 싶었어." 솔로몬이 대답했다. "지금도 아름다워, 하나 누나. 그건 절대 변치 않을걸." 솔로몬은 변해버린 하나의 모습에 받은 충격을 억누르며 웃었다. 에쓰코가 미리 경고했지만, 불그스름한 딱지와 듬성듬성한 머리카락 때문에 하나의 원래 모습을 알아보기가 어려웠다. 뼈만 남은 몸이 얇은 파란색 병원 시트를 통해 두드러져 보였다.

"엄마가 그러는데 네가 도쿄까지 여자친구를 데려왔다더라?" 하나가 말했다. 목소리만큼은 그대로였다. 하나가 놀리는 건지 아닌지 알아차리기 어려웠다. "나는 나한테 돌아올 줄 알았지 뭐야.

그 여자랑 결혼하겠네? 물론 널 용서하려고 노력할게. 네가 나를 먼저 사랑했다는 걸 아니까."

커튼이 쳐져 있고 천장 등은 꺼진 채 침대 옆 낮은 전력의 전구에서만 빛이 흘러나와서 화창한 바깥 날씨에도 병실 안은 밤처럼 어두웠다.

"언제 낫는 거야?" 솔로몬이 물었다.

"이리 와, 솔로몬." 하나가 깡마르고 하얀 오른팔을 들어 죽음을 부르는 지팡이처럼 우아하게 흔들었다. "네가 아주 많이 그리웠어. 그해 여름에 너를 떠나지 않았다면…… 음, 난 네가 나랑 결혼하게 만들었을 거야. 하지만 널 망가트렸겠지. 난 모든 걸 망가트리니까."

솔로몬이 침대 옆 딱딱한 의자에 앉았다. 에쓰코 말로는 어떤 약도 효과가 없다고 했다. 의사들은 기껏해야 두 달, 어쩌면 몇 주밖에 남지 않았을 거라고 했다. 검은 반점이 하나의 목과 어깨를 뒤덮었다. 왼손은 멀쩡했지만 오른손은 얼굴과 마찬가지로 메말랐다. 한때 하나의 미모가 유독 뛰어났기에 지금 상태가 더욱 잔인하게 느껴졌다.

"하나 짱, 미국에 가서 거기 의사를 만나보지 그래? 그사이 미국 의학이 많이 발전했어. 이 병을 훨씬 잘……." 솔로몬은 아무도 진실을 말하지 않는 이런 어리석은 놀이를 하고 싶지 않았다. 이제 솔로몬을 떠나버릴 수 없는 하나의 병실에 앉아 하나의 목소리를 듣고 있으니, 마법같이 빛나던 하나의 모든 것이 떠올랐다. 예전에 솔로몬은 하나에게 푹 빠져 있었고, 이상하리만치 지금도 그때와 다를 것이 없다고 느껴졌다. 하나가 죽어간다니 믿을 수 없었다. 하나를 들어 올려 뉴욕으로 데려가고 싶었다. 미국에서는 모든 것을 고칠 수 있을 것 같았지만, 일본에서는 어려운 문제를 그저 감내해야 했다. '어쩔 수 없다, 어쩔 수 없어.' 이 말을 얼마나 많이 들었을까? '어쩔 수 없다.' 듣자 하니 어머니는 이 말을 싫어했다. 갑자기 솔로몬은 어머니의 믿음과 소망을 짓밟은 그 체념의 문화에 분노했던 어머니의 심정이 이해되었다.

"아, 솔로몬. 미국에 가고 싶지 않아." 하나가 크게 숨을 내쉬었다. "살고 싶지 않아. 죽을 준비가 됐어. 알지? 죽고 싶었던 적 있어, 솔로몬? 아주 오래전부터 죽고 싶었는데 너무 겁나서 그 말을 하지도, 그 소원을 이루려고 뭔가를 하지도 못했어. 아마 너는 나를 구할 수 있었을지 모르지만, 있잖아, 훌륭한 너라도, 나의 솔로몬이라도 그러지 못했을 것 같아. 누구나 때로 죽고 싶어 하잖아, 그렇지?"

"그해 봄에, 누나가 떠났을 때 난 죽고 싶었어." 솔로몬이 누구에게도 인정하지 않은 속내를 털어놓고 입을 다물었다. 이따금 그 시절을 잊곤 했지만 하나와 함께 있으니 다시 그 기억이 날카롭고 괴롭게 떠올랐다.

하나가 얼굴을 찡그렸다가 울기 시작했다.

"내가 계속 있었다면 우린 너무 많이 사랑했을 거야. 난 틀림없이 너에게 상처를 줬을 거고. 있잖아, 난 좋은 사람이 아니고 넌 좋은 사람이야. 넌 나와 함께 있으면 안 돼. 간단해. 엄마가 네가 생명보험 때문에 미국에서 검진을 받았는데 문제가 없었다고 말해줬어. 정말 고마운 일이야. 넌 내가 상처 주고 싶지 않은 유일한 사람이었어. 네 여자친구가 좋은 사람이고 너처럼 공부도 많이 했다고 엄마한테 들었어. 그 여자가 예쁜지 어떤지는 알고 싶지 않아. 엄청나게 못생겼는데 마음씨는 곱다고 말해줘. 조선인 아가씨라는 건 알아. 잘했어, 솔로몬. 정말 잘했어. 넌 그 여자랑 결혼해야 해. 사람들은 같은 출신이랑 결혼해야 하나 봐. 그럼 살기가 훨씬 수월하겠지. 난 네가 아름다운 조선인 아이들을 서너 명 키우는 모습을 상상할래. 조선인의 고운 피부와 머리카락을 가진 아이들. 네 머리카락은 정말 멋져, 솔로몬. 너희 엄마를 만나봤다면 좋았을 텐데. 딸들 중 한 명한테는 내 이름을 붙여줄래? 알다시피 나한테는 아이가 없을 테니까. 솔로몬, 꼬마 하나를 사랑하겠다고 약속해줘. 날 생각하겠다고 약속해줘."

"그만해." 솔로몬은 하나가 말을 듣지 않으리라는 것을 알면서도 조용히 말했다. "제발, 제발, 그만해."

"넌 내가 사랑한 사람이야. 널 만나기 전에는 첫사랑 같은 건 어리석은 소리라고 생각했어. 난 너무 많은 남자를 만났어, 솔로몬. 구역질 나는 인간들이었는데 나는 그 사람들이 내게 온갖 더러운 짓을 하게 내버려뒀어. 그 모든 게 정말 후회돼. 착한 널 사랑했어."

"누나도 착해."

하나가 고개를 저었지만 잠시 평온해 보였다.

"엄마가 떠난 후에 남자애들과 나쁜 짓을 했어. 그래서 도쿄로 도망쳤지. 널 처음 만났던 당시에는 굉장히 화가 나 있었는데, 너랑 있으면 더 이상 화나지 않았어. 근데 그걸 감당할 수 없어서 떠났고 접대부 일을 시작했어. 아무도 사랑하고 싶지 않았어. 그러다가 넌 미국에 갔고 난, 난……." 하나가 말을 멈췄다. "술을 많이 마실 때면 네가 날 찾고 있다는 생각이 들더라. 그 미국 영화에 나오는 것처럼. 내가 사는 곳을 찾아내서 사다리를 타고 창문으로 올라와서 나를 데려갈 거라고 생각했어. 다른 친구들한테 네가 날 데리러 올 거라고 말하곤 했어. 모두 네가 날 데리러 오길 바랐지."

하나가 말하는 동안 솔로몬은 하나의 입술을 가만히 바라보았다. 하나의 입술은 세상에서 제일 예뻤다.

"역겹지, 안 그래?"

"뭐?" 솔로몬은 누구한테 한 대 맞은 기분이었다.

"이거." 하나가 턱에 있는 반점을 가리켰다.

"아냐. 그걸 본 게 아니야."

하나는 솔로몬의 말을 믿지 않았다. 하나의 눈동자가 가볍게 떨렸고 베개에 몸을 기댔다.

"이제 그만 쉴래, 솔로몬. 곧 다시 올 거지?"

"응, 다시 올게." 솔로몬이 의자에서 일어섰다.

솔로몬은 회사의 자기 자리에 돌아와서도 하나 생각을 멈출 수 없었다. 왜 에쓰코는 하나를 도와주지 않았을까? 마음이 아팠고 그 아픔이 익숙하게 느껴졌다. 앞에 놓인 서류가 눈에 들어오지 않았다. 골프장 사업에 대해 발표할 준비를 해야 했지만 엑셀 사용법조차 잊어버린 것 같았다. 하나가 그해 여름에 떠나지 않았다면 어떻게 됐을까? 솔로몬이 뉴욕에 가 있는 동안 어떻게 그렇게 오래도록 떨어져 있을 수 있었을까?

지금 피비는 솔로몬과 결혼하고 싶어 했고 솔로몬은 그 사실을 알고 있었다. 피비는 자존심이 강한 사람이라 청혼받기를 원해서 결코 그 이야기를 먼저 꺼내지는 않았다. 복도에서 가즈의 목소리가 들려 고개를 드니 눈앞에 가즈가 서 있었다. 솔로몬과 사무실을 같이 쓰는 동료들은 나가고 없었다. 가즈가 사무실 문을 닫고 솔로몬의 책상 옆에 있는 수납장 쪽으로 걸어가서 수납장과 커다란 창문 사이 공간에 섰다.

"여자가 죽었어." 가즈가 말했다.

"네? 방금 만났는데요."

"누구?"

"하나 누나요. 제 아버지가 전화했나요?"

"난 그 사람이 누군지 몰라. 이봐, 그 노부인 마쓰다 상이 죽었고 이런 상황은 보기 좋지 않아. 고객이 그 땅을 원할 때는 매매를 거부하던 매도인이 며칠 후에 죽을 거라고 예상하지 않았다네."

"뭐라고요?" 솔로몬이 눈을 깜빡거렸다. "매도인이 죽었어요?"

"그래, 노부인이 자네 아버지 친구 고로 상에게 땅을 팔고 나서 우리 고객이 그 땅을 고로 상에게 샀어. 우리 고객이 곤란해진 건 아니지만 수상한 냄새가 나는군. 무슨 말인지 알겠나?" 가즈가 솔로몬의 얼굴을 유심히 응시하면서 아무 감정 없는 차분한 목소리로 말했다. 수납장 위에서 한신 타이거스 야구공을 집어서 위로 던졌다가 잡았다.

"어떻게 죽었어요?"

"잘 모르겠네. 심장마비나 뇌졸중이었을 수 있지. 아무도 몰라. 듣자 하니 조카딸이 둘 있나 봐. 그 사람들이 이 일로 법석을 떨지, 혹은 경찰이 어떻게 할지 모르겠어."

"자연사였을 수도 있어요. 나이가 많지 않았나요?"

"그래, 나도 그랬으면 좋겠군. 그런데 우리 고객은 이 소식이 내년 봄 주식 공모에 영향을 끼친다면서 이 거래를 취소했어."

"무슨 주식 공모요?"

"그건 신경 쓰지 말게." 가즈가 한숨을 내쉬었다. "잘 듣게, 자네를 해고해야 해. 미안하네, 솔로몬. 정말 미안해."

"네? 제가 뭘 잘못했는데요?"

"이럴 수밖에 없어. 다른 방도가 없다고. 자네 아버지 친구가 이 토지 매매에 좀 지나치게 열심히 대응한 것 같군, 그렇지?"

"아무 증거도 없으면서 저희 아버지 친구가 그런 믿기 힘든 일을 했다고 비난하고 있군요. 고로 아저씨는 절대로 남을 해칠 만한 분이……."

"자네 아버지 친구를 비난하는 게 아니야. 땅을 팔기 싫어하던 노부인이 죽었다는 건 사실이지. 모두가 노부인이 땅을 팔지 않으리라고 여겼는데 그 땅을 판 직후에 죽은 거야."

"하지만 고로 아저씨가 그 땅에 돈을 지불했어요. 공정한 시장 가격이었고요. 게다가 고로 아저씨는 조선인이에요. 노부인은 조선인에게 땅을 파는 건 괜찮다고 했어요. 우리가 노부인의 고집을 그런 방식으로 해결하기로 합의했다고 생각했는데요. 고로 아저씨가 그런 일 때문에 노부인을 죽였을 리 없어요. 평생 가난한 사람들을 도운 분이에요. 도대체 무슨 말을 하고 있는 겁니까? 고로 아저씨는 아버지와 저를 도와주려고……."

가즈가 야구공을 두 손에 쥐고 양탄자를 내려다보았다.

"솔리, 더 이상 아무 말도 하지 말게. 알아들었나? 수사관들이 무슨 일이 있었던 건지 알아내려 할 거야. 그 사람들이 소란을 떨지 않을지도 모르지만 고객은 굉장히 겁을 먹었다네, 친구. 고객은 컨트리클럽을 개발하려던 거지, 야쿠자와 싸우려던 게 아니라고. 그들이 주주총회에서 어떤 혼란을 일으킬지 알기는 하나?"

"야쿠자라고요? 고로 아저씨는 야쿠자가 아니에요."

가즈가 고개를 끄덕이더니 다시 야구공을 던졌다가 받았다.

"그 거래는 안타깝게도 잡음이 껴서 보류될 거네. 고객은 엄청난 금전 손실을 입을 거고, 우수 은행인 우리도 형편없어 보일 거야. 내 평판도……."

"하지만 고객은 땅을 손에 넣었잖아요."

"그래. 그렇지만 누구도 죽어서는 안 됐어. 난 그런 일을 바라지 않았네." 가즈가 신 것을 맛보는 것처럼 얼굴을 찌푸렸다.

솔로몬이 고개를 저었다. 고로의 수많은 여자친구에 대한 재미있는 이야기나 솔로몬의 앞날을 끊임없이 격려하는 말을 들으며 고로와 함께 보냈던 많은 시간이 머릿속에 떠올랐다. 고로는 세상을 명확하게 꿰뚫어봤다. 아버지는 항상 고로가 훌륭한 사람이고 대인이라고 말했다. 희생과 통솔력을 아는 진정한 무사라고 했다. 하루키의 어머니가 무일푼으로 제복 사업을 시작해서 크게 성공한 것은 순전히 고로 덕이었다. 그저 여자 혼자서 두 아들을 키우는 것이 안타까워서 도와준 호의였다. 아버지는 고로가 항상 가난한 사람들을 위해서 조용히 좋은 일을 한다고 했다. 고로가 노부인의 죽음에 책임이 있다고 여기는 것은 터무니없었다. 그 부인은 고로가 훌륭한 조선인 사업가로 알려져 있었기 때문에 고로에게 땅을 팔았다. 모든 사람이 고로가 어떤 사람인지 알고 있었다.

"인사과 직원이 밖에서 기다리고 있네. 솔로몬, 자네는 은행에서 일하는 것이 처음이니 이런 일이 어떻게 진행되는지 모를 테지. 하지만 투자은행에서 해고되면 사내 보안상의 이유로 즉시 건물에서 나가야 한다네. 미안하군."

"제가 무슨 잘못을 했는데요?"

"당분간 거래는 연기됐고, 우리는 그렇게 큰 팀이 필요 없을 거야. 기꺼이 추천서를 써주지. 나를 얼마든지 써먹어도 괜찮아. 자네의 미래 고용주들에게 이 일을 절대 언급하지 않겠네."

솔로몬은 의자에 등을 기대고 가즈의 단단해진 턱을 빤히 바라보았다. 솔로몬은 잠시 멈추었다가 말했다.

"일부러 절 끌어들였군요. 절 이용해서 조선인 노부인이 땅을 팔게 하려고. 다 알고……."

가즈가 야구공을 내려놓고 문으로 향했다.

"이봐. 내가 자네한테 일자리를 줬고 자네는 그 덕에 운 좋게 일자리를 얻었어."

솔로몬이 두 손으로 입을 막았다.

"자네는 괜찮은 청년이야, 솔로몬. 금융 분야에서 장래성이 있지만 여기서는 아니야. 조선인들이 믿는 것처럼 자네가 차별받았다고 말하려는 거라면 그건 사실도 아니고 나로서는 억울한 소리지. 오히려 토박이들보다 자네를 더 아꼈잖아. 난 조선인들과 일하는 것을 좋아해. 내가 그렇다는 걸 모두 알고 있어. 부서 전체가 내가 자네를 아낀다고 생각해. 난 자네를 해고하고 싶지 않아. 자네 아버지의 방식에 동의하지 않을 뿐이야."

"제 아버지요? 아버지는 이 일과 아무 상관 없어요."

"그래, 물론 그렇지. 고로라는 사람이 문제였지." 가즈가 말했다. "난 널 믿어. 정말이야. 행운을 비네, 솔로몬."

가즈가 사무실 문을 열고 인사과 여직원 두 명을 들여보낸 후에 다음 회의 장소로 향했다.

인사과 직원들의 이야기가 솔로몬의 머릿속에서 라디오 잡음처럼 들리며 빠르게 지나갔다. 두 사람은 사원증을 반납하라고 했고 솔로몬은 반사적으로 건네주었다. 피비에게 전화해서 설명해야 했지만 자꾸 하나 생각이 떠올랐다. 바람을 쐬어야 했다. 솔로몬은 은행에서 쓰는 하얀 상자에 소지품을 던져 넣었지만 야구공은 수납장 위에 남겨두었다.

인사과 직원들이 솔로몬을 승강기까지 안내했고 상자를 집으로 배송시켜주겠다고 했지만 솔로몬은 거절했다. 회의실 유리벽 너머로 함께 포커 게임을 한 남자들이 보였지만 가즈는 없었다.

장칼로가 가슴에 하얀 상자를 안고 있는 솔로몬을 발견하고 어정쩡하게 웃음을 짓더니 하던 일을 계속했다. 거리로 나온 솔로몬은 택시를 잡아 타고 요코하마까지 가자고 했다. 기차역까지 걸어가지 못할 것 같았다.

20

1989년, 요코하마

엠파이어 카페는 차이나타운 근처에 있는 옛날식 일본 카레 식당이었다. 솔로몬이 어렸을 때 토요일 오후마다 아버지와 가던 곳이었다. 모자수는 여전히 수요일마다 고로, 하루키와 그곳에서 밥을 먹었다. 엠파이어 카페는 다섯 가지의 카레와 한 종류의 생맥주를 팔았고, 원하는 만큼 차와 피클을 제공했다. 항상 부루퉁한 표정의 주방장은 솜씨가 좋았고 주방장의 카레는 요코하마에서 경쟁 상대가 없었다.

늦은 오후였고 점심시간이 한참 지나서 주방 근처 구석 식탁에 앉아 있는 오랜 친구 세 사람을 빼면 엠파이어 카페는 거의 비어 있었다. 고로는 광대처럼 우스꽝스러운 표정을 짓고 과장된 손짓을 하면서 재미있는 이야기들을 하고 있었다. 모자수와 하루키는 뜨거운 카레를 먹으면서 맥주를 홀짝였다. 그러는 내내 고개를 끄덕이고 고로에게 웃음을 지으면서 이야기를 계속하라고 부추겼다.

솔로몬이 언제나 살짝 들떠 있는 가게 문짝을 밀어서 열자 문에 달린 싸구려 썰매 방울들이 딸랑거렸다.

몸집이 작은 여자 종업원이 식탁을 치우면서 돌아보지도 않고 커다랗게 외쳤다. "어서 오세요!"

모자수가 아들을 보고 깜짝 놀랐다. 솔로몬이 세 남자를 향해 고개를 숙여 인사했다.

"회사를 빼먹었니?" 모자수가 물었다. 웃음을 짓자 눈가에 깊은 주름이 생겼다.

"좋아, 좋아. 회사를 빼먹다니." 고로가 끼어들었다. 솔로몬을 봐서 기뻤다. "주말에도 출근한다고 들었다. 너처럼 잘생긴 아이가 그러면 안 되지. 여자 꽁무니를 쫓아다니느라 바빠야지. 내가 너처럼 키 크고 대학 졸업장이 있다면 일본의 모든 여자들이 불쌍해질 거야. 너처럼 순한 아이가 들으면 충격받을 정도로 내가 여자들에게 실연의 아픔을 주고 다닐 테니까."

고로가 두 손을 비볐다.

하루키는 아무 말도 하지 않았다. 굳어진 솔로몬의 입 주변을 가만히 바라보았다. 아이의 턱 위쪽이 일그러질 정도로 입술에 힘을 꽉 주고 있었다. 하루키는 맥주 반 잔만 마셔도 귀와 코와 볼이 빨개지는 체질이라 얼굴이 발그레했다.

"솔로몬, 앉아." 하루키가 말했다. "괜찮아?"

솔로몬이 빈 의자에 올려둔 서류 가방을 들어 리놀륨 바닥에 내려놓았다.

"전……." 솔로몬은 말하려고 했지만 숨이 턱 막혔다.

모자수가 아들에게 물었다. "배고프니? 에쓰코가 여기 가면 늙은 여자들처럼 수다를 떨고 있는 우리가 있을 거라고 하더냐?"

솔로몬이 아니라고 고개를 저었다.

모자수가 아들의 팔에 한 손을 올렸다. 솔로몬이 지금 입고 있는 감청색 정장은 모자수가 뉴욕에 솔로몬을 보러 갔을 때 브룩스 브라더스에서 사준 것이었다. 그런 멋진 미국 상점에서 아들에게 면접용 정장을 얼마든지 많이 사줄 수 있고 다른 필요한 것도 무엇이든 마련해줄 수 있어서 기분이 참 좋았다. 자식에게 필요한 것을 사주려고 돈을 버는 것이 아니겠는가?

"카레 좀 먹어라." 모자수가 말했다.

솔로몬이 고개를 저었다.

고로가 얼굴을 찡그리더니 손을 흔들어서 종업원을 불렀다.

"교코 짱, 이 아이에게 차 한 잔 부탁해."

솔로몬이 고개를 들고 아버지의 옛 상사를 빤히 바라보았다.

"어떻게 말해야 할지 모르겠어요, 고로 아저씨."

"그래. 그냥 말해보렴."

"제 상사 가즈가 노부인이, 땅을 판 분이, 돌아가셨다고 했어요. 정말인가요?"

"그래. 장례식에 갔단다." 고로가 말했다. "나이가 워낙 많았어. 심장마비로 죽었다더군. 조카딸 둘이 그 돈을 다 물려받았어. 상냥한 여자들이었지. 한 명은 결혼했고 한 명은 이혼했대. 피부가 곱더라. 이마도 널찍하니 시원시원했고. 딱 조선 사람 얼굴이었어. 우리 어머니와 이모 생각이 나더군."

종업원이 차를 가져오자 솔로몬이 투박한 갈색 머그잔을 두 손으로 잡았다. 솔로몬이 기억하는 한 엠파이어 카페에서 늘 사용하는 잔이었다.

하루키가 솔로몬을 깨우기라도 하듯 솔로몬의 어깨를 부드럽게 토닥였다.

"누구? 누가 죽었다고?"

"노부인이요. 고로 아저씨에게 땅을 판 조선인 노부인이요. 제 상사의 고객이 그 땅을 원했는데 노부인이 일본인한테는 팔지 않으려고 해서 고로 아저씨가 대신 땅을 사서 고객에게 팔았어요. 그런데 이제 노부인이 죽었고 제 상사의 고객은 거래에서 손을 뗄 거래요. 깨끗한 주식 공모니 수사 가능성이니 그러면서요."

하루키가 마찬가지로 어리둥절한 표정인 모자수를 곁눈으로 슬쩍 보았다.

"그분이 죽었어요? 그래요?" 모자수가 차분하게 고개를 끄덕이는 고로를 휙 보았다.

"아흔세 살이었고 나한테 땅을 팔고 며칠 후에 죽었어. 그게 무슨 상관이라는 거지?" 고로가 어깨를 으쓱하고는 종업원에게 윙크를 하며 한 잔 더 달라고 자신의 잔 가장자리를 두드렸다. 모자수와 하루키의 빈 맥주잔도 가리켰지만 두 남자는 고개를 저었다. 하루키는 한 손으로 자신의 맥주잔을 덮었다.

"땅값을 얼마나 줬어요?" 모자수가 물었다.

"아주 넉넉하게 줬지만 터무니없을 정도는 아니었어. 그러고 나서 정확하게 내가 산 값으로 그 고객한테 팔았어. 솔로몬의 상사한테 계약서 사본을 보냈고. 한 푼도 이익을 남기지 않았어. 솔로몬의 첫 거래이고……."

모자수와 하루키가 고개를 끄덕였다. 고로가 솔로몬의 일에서 이익을 챙긴다는 것은 생각도 할 수 없는 일이었다.

"그 고객은 자기가 직접 사는 것보다 더 싸게 그 땅을 샀어요." 솔로몬이 가즈가 앞에 있는 것처럼 천천히 말했다.

"고객은 일본인이라서 절대 손에 넣을 수 없었을 땅을 갖게 됐어. 노부인은 그 사람한테는 안 판다고 몇 번이나 퇴짜를 놓았다고. 싸게 산 거야." 고로가 어이없어서 투덜거렸다. "그런데 이제 컨트리클럽을 짓지 않겠다고 한다고? 말 같지도 않은 소리."

"가즈는 안 좋은 소식이 주식 공모에 나쁜 영향을 주는 것을 원치 않아서 사업을 보류한댔어요."

"무슨 안 좋은 소식? 그 노부인은 편안하게 죽었어. 고약한 조선 냄새를 씻어내려면 시간이 걸리겠지만." 고로가 말했다. "이런 일은 지긋지긋해."

하루키가 얼굴을 찌푸렸다. "그 부인의 죽음에 의심스러운 점이 있었다면 내가 모를 리 없어. 어떤 항의도 없었어."

"잘 들어. 거래는 끝났어. 그 멍청한 놈이 널 속여서 공을 가로채겠다면, 좋아. 너한테 정당한 상여금을 주리라고 기대하지도 않았다만, 이거 하나는 기억해라. 그 개자식이 다시 널 이용해서 이득을 보지 못할 게다. 내가 죽을 때까지 그 망할 놈을 지켜볼 거야." 고로가 숨을 들이마시고 나서 솔로몬에게 차분하게 미소를 지었다.

"자, 솔로몬, 카레 좀 먹고 피비라는 미국인 여자 이야기를 해봐라. 난 항상 미국에 가서 거기 여자들을 만나보고 싶었어. 아주 아름다워, 정말이지 아름답다고." 고로가 입맛을 다시는 소리를 냈다. "엉덩이가 풍만한 금발 미국인 여자친구를 갖고 싶어!"

다들 웃었지만 평소처럼 크게 웃지는 않았다. 솔로몬의 마음이 편해진 것 같지 않았다.

종업원이 고로에게 작은 잔으로 맥주를 가져다주고 주방으로 돌아갔다. 고로가 멀어지는 종업원을 지켜보았다.

"너무 살집이 없구먼." 고로가 염색한 검은 올백 머리를 갈색으로 그을린 두 손으로 넘겼다.

"해고됐어요." 솔로몬이 말했다.

"뭐?" 세 남자가 동시에 말했다. "뭣 때문에?"

"가즈가 그 고객이 거래를 미루고 있다고 말했어요. 내가 더 이상 필요 없대요. 가즈가 말하길 수사를 한다면……." 솔로몬은 '야쿠자'라는 말이 나오기 전에 말을 멈췄다. 갑자기 확신할 수 없어서였다. 아버지가 범죄자들과 얽혀 있을 리 없었다. 게다가 하루키 앞에서 이런 말을 해도 될까? 소토야마 하루키는 일본인이었고 요코하마 경찰서에서 직급이 높은 경찰이었다. 범죄자들과 친구가 될 수 없었다. 말을 꺼내는 것만으로도 세 남자 모두 깊이 상처받을 것이었다.

고로가 솔로몬의 얼굴을 유심히 살피다가 거의 알아차리지 못

할 정도로 고개를 까딱했다. 아이가 침묵하는 이유를 이해해서였다.

"그 노부인을 화장했어요?" 하루키가 물었다.

"아마도. 그런데 일부 조선인들은 고향에 돌아가서 묻히기도 해." 모자수가 말했다.

"그렇군." 하루키가 말했다.

"솔로몬, 그 부인은 자연사했어. 조카딸이 심장 때문이라고 했단다. 아흔세 살이었잖아. 난 부인의 죽음과 아무 상관 없다. 잘 들어, 네 상사는 진짜로 내가 노부인을 죽였다고 생각하지 않아. 그렇게 생각했다면 무서워서 널 해고하지도 못했겠지. 자기를 죽이면 어쩌려고? 텔레비전에나 나오는 미친 짓이야. 그놈은 네 연줄을 이용한 후에 적당한 구실로 널 자른 거야. 그 고객은 귀찮은 조선인을 치워버리고 싶었던 거고."

"넌 금융 쪽에서 더 좋은 일자리를 찾을 거야. 난 확신한다." 모자수가 말했다.

그렇지만 고로는 여전히 분이 안 풀린 모양이었다. "거지 같은 은행에서는 다시 일하지 마라."

"아뇨. 솔로몬은 경제학을 전공했어요. 미국 은행에서 일하려고 미국에서 공부한 거라고요."

"트래비스는 영국 은행이에요." 솔로몬이 말했다.

"음. 그게 문제였나 보구나. 미국 은행에서 일하는 게 좋겠다. 미국 투자은행도 많지?" 모자수가 말했다.

솔로몬은 기분이 엉망이었다. 여기 앉아 있는 이들이 솔로몬을 키웠다. 그들이 얼마나 속상해하는지 보였다.

"제 걱정은 마세요. 다른 일자리를 얻을 거예요. 모아놓은 돈도 있고요. 이만 가볼게요." 솔로몬이 자리에서 일어섰다. "아빠, 상자 하나를 아빠 사무실에 두고 왔어요. 도쿄로 좀 보내주실래요? 중요한 물건은 없어요."

모자수가 고개를 끄덕였다.

"아, 내가 집까지 데려다줄까? 기분 전환 삼아 도쿄까지 차를 몰고 가면 돼."

"아뇨, 괜찮아요. 기차를 탈래요. 그게 더 빨라요. 피비가 제가 어디 있는지 궁금해하고 있을 거예요."

하나가 전화를 받지 않자 솔로몬은 병원에 다시 왔다. 하나는 깨어 있었다. 대중가요가 라디오에서 흘러나왔다. 병실은 여전히 어두웠지만 댄스곡 덕분에 나이트클럽처럼 활기가 느껴졌다.

"벌써 왔어? 내가 진짜 보고 싶었나 봐, 솔로몬?"

솔로몬은 모든 일을 하나에게 이야기했고 하나는 끼어들지 않고 귀를 기울였다.

"너희 아버지 사업을 맡아서 해야 해."

"파친코?"

"응, 파친코. 안 될 거 없잖아? 못된 말을 해대는 멍청이들은 부러워서 그러는 거야. 너희 아버지는 정직한 사람이야. 정직하지 않은 사람이었다면 더 부자가 될 수도 있었겠지만 적당히 부자잖아. 고로도 좋은 사람이야. 야쿠자일지도 모르지만 그게 무슨 상관이야? 난 상관없어. 고로가 야쿠자가 아니라도 분명히 야쿠자들을 다 알 거야. 세상은 더러워, 솔로몬. 아무도 깨끗하지 않아. 살다 보면 더러워져. 좋은 집안 출신에 일본산업은행과 일본은행에 다니는 멋져 보이는 사람들을 많이 만났는데, 그런 사람들은 잠자리에서 온갖 역겨운 짓 하기를 좋아해. 그들 중 많은 사람이 사업을 하면서 나쁜 짓을 저지르지만 아무도 안 잡혔어. 나랑 잔 사람들 대부분은 기회만 있으면 남의 것을 훔쳤어. 그 사람들은 너무 두려워서 진짜 야망은 갖지도 못해. 있잖아, 솔로몬, 여기서는 아무것도 변하지 않아. 알겠어?"

"무슨 뜻이야?"

"넌 바보야." 하나가 소리 내어 웃었다. "그래도 넌 나의 바보야."

하나에게 놀림을 받으면서 솔로몬은 슬퍼졌다. 벌써부터 하나가 그리워졌다. 지금까지 이렇게 절절한 외로움을 느낀 기억이 없었다.

"일본은 절대로 변하지 않아. 외국인을 절대로 받아들이지 않아. 내 사랑, 너는 여기서 항상 외국인일 거고 결코 일본인이 될 수 없어. 알겠어? 자이니치는 어디로든 떠날 수 없지. 너만 그런 게 아니야. 일본은 우리 엄마 같은 사람을 절대로 사회에 다시 받아주지 않아. 나 같은 사람도 절대로 받아주지 않지. 우리는 일본인인데도! 난 병에 걸렸어. 이 병은 오래된 무역 회사를 운영하는 일본 남자한테 옮았어. 이제 그 남자는 죽었어. 그런데 아무도 신경 안 써. 여기 의사들은 내가 떠나기를 원할 뿐이야. 그러니까 잘 들어, 솔로몬. 넌 여기 머물러야 하고 미국에 돌아가면 안 돼. 너의 아버지 사업을 맡아. 원하는 건 뭐든 할 수 있게 아주 부자가 돼. 하지만 아름다운 솔로몬, 그들은 절대로 우리를 달가워하지 않을 거야. 무슨 말인지 알겠어?" 하나가 솔로몬을 가만히 바라보았다. "내가 말한 대로 해."

"그러면 아빠가 싫어하실걸. 고로 아저씨도 파친코장을 다 팔고 지금은 부동산 사업을 하셔. 아빠가 나보고 미국 투자은행에 들어가래."

"뭐, 그래서 가즈처럼 되려고? 난 가즈 같은 놈들을 셀 수 없이 많이 알아. 너희 아버지 발끝도 못 따라가는 인간들이야."

"은행에도 좋은 사람들이 있어."

"그럼 파친코에도 좋은 사람들이 있어. 너희 아버지처럼."

"우리 아빠를 좋아하는지 미처 몰랐네."

"있잖아, 내가 병원에 입원한 후로 너희 아버지가 일요일마다 찾아오셔. 엄마를 쉬게 하려고. 내가 이따금 자는 척하고 있으면 너희 아버지가 저기 의자에 앉아서 나를 위해 기도하는 게 보여. 난 하나님을 믿지 않지만 그건 상관없는 것 같아. 나를 위해서 기도해주는 사람은 한 명도 없었어, 솔로몬."

솔로몬은 눈을 감고 고개를 끄덕였다.

"너희 선자 할머니랑 경희 할머니가 토요일마다 나를 보러 오셔. 그거 알았어? 두 분도 나를 위해 기도해. 예수니 그런 건 이해하지 못하지만 아플 때 어루만져주는 사람들이 있는 건 신성한 일이야. 간호사들도 날 만지길 두려워하거든. 선자 할머니는 내 손을 잡아주고 경희 할머니는 내가 열이 나면 차가운 물에 적신

수건을 이마에 얹어주고 친절하게 대해주셔. 나처럼 나쁜 사람한테……."

"누나는 나쁘지 않아. 그렇지 않다고."

"난 끔찍한 짓을 했어." 하나가 아무 감정 없이 말했다. "솔로몬, 내가 접대부로 일할 때 어떤 여자애한테 약을 팔았는데 결국 그 애가 약을 과다 복용하게 됐어. 그리고 많은 남자한테 돈을 훔쳤어. 거짓말도 밥 먹듯 했고."

솔로몬은 아무 말도 하지 않았다.

"이런 꼴을 당해도 싸."

"아니야. 그건 그저 바이러스야. 누구나 병에 걸려."

솔로몬이 하나의 이마를 쓰다듬고 그곳에 입을 맞췄다.

"괜찮아, 솔로몬. 난 더 이상 나쁜 짓을 하지 않아. 내 어리석은 삶을 돌아볼 시간이 있었어."

"하나……."

"알아, 솔로몬. 우린 친구지?"

하나는 누운 채로 예의 바르게 고개를 숙여 인사하는 척했다. 치맛자락을 잡고 무릎을 살짝 구부려서 절하듯이 담요의 한쪽 귀퉁이를 들었다. 가만가만하고 나긋나긋한 움직임에는 장난스러운 희롱의 흔적이 남아 있었다. 솔로몬은 이런 사소한 일들을 영원히 기억하고 싶었다.

"집에 가, 솔로몬."

"알았어." 솔로몬이 말했다. 그리고 다시는 하나를 보지 못했다.

21

1989년, 도쿄

"애초부터 그 남자가 마음에 안 들었어." 피비가 말했다. "너무 번지르르하더라."

"그래, 내가 완전히 바보였네. 난 좋아했거든." 솔로몬이 말했다. "그나저나 도대체 그 짧은 순간에 어떻게 가즈한테 그런 인상을 받았지? 미쓰코시 백화점에서 우연히 가즈를 만나서 2분 정도 본 게 다잖아. 그 전에는 그런 말을 한 번도 안 했고."

셋집에 포함된 가죽 안락의자에 풀썩 주저앉은 솔로몬은 차마 피비의 얼굴을 제대로 볼 수 없었다. 피비에게 어떤 반응을 기대했는지 자신도 확실히 모르겠지만 그 소식을 듣고도 아주 침착한 피비의 모습에 깜짝 놀랐다. 피비는 오히려 기뻐하는 듯했다. 피비가 구부린 무릎을 가슴에 대고 창문 근처에 있는 긴 의자에 앉았다.

"정말로 그 사람을 좋아했어." 솔로몬이 말했다.

"솔로몬, 그 남자는 널 속였어."

솔로몬이 피비의 차분한 옆모습을 곁눈으로 슬쩍 올려다본 후 안락의자 등받이에 다시 머리를 기댔다.

"나쁜 놈이야."

"이제 기분이 훨씬 풀리네."

"난 네 편이야."

피비는 일어나서 솔로몬 옆에 앉아야 하는지 알 수 없었다. 안쓰러워하는 모습을 보이고 싶지는 않았다. 언니가 남자들은 동정받는 것을 싫어한다고 말하곤 했다. 남자들은 그보다 공감과 존경을 원한다고 했다. 쉬운 조합은 아니었다.

"그 남자는 널 이용한 거야. 네가 자기 애송이 친구인 것처럼 말하더라. 자기는 캠퍼스에서 잘나가는 남학생이고 넌 자기 졸개들 중에 하나인 것처럼. 아직도 그런 게 있기는 해? 그런 남학생 사교 클럽에서나 할 법한 짓거리는 정말 질색이야." 피비가 눈동자를 굴렸다.

솔로몬은 놀라서 아무 말도 못 했다. 피비는 미쓰코시 백화점 푸드코트에서 거의 스치듯 본 그 짧은 만남만으로 솔로몬과 가즈의 모든 관계를 간단하게 정리했다. 어떻게 그럴 수 있을까?

피비가 무릎을 끌어안으며 양쪽 손가락을 깍지 꼈다.

"그 사람이 일본인이라서 싫어하는 거네."

"나한테 화내지 마. 일본인을 못 믿는 건 아니지만 그들을 완전히 믿을 수 있을지는 나도 모르겠어. 넌 내가 태평양전쟁에 대한 책을 너무 많이 읽는다고 하겠지만. 알아, 알아, 내 말이 좀 편협하게 들리겠지."

"좀? 일본인들도 고통을 겪었어. 나가사키는? 히로시마는? 미국에서 일본계 미국인들은 포로수용소로 보냈지만 독일계 미국인들은 보내지 않았어. 그건 어떻게 설명할 거야?"

"솔로몬, 난 여기 너무 오래 있었어. 이제 미국으로 돌아갈까? 넌 뉴욕에 가면 엄청난 일자리를 수십 개는 구할 수 있어. 넌 뭐든지 잘하잖아. 너보다 면접을 잘 보는 사람은 없어."

"미국에서 일할 수 있는 비자가 없어."

"시민권을 얻을 수 있는 방법이 있잖아." 피비가 미소를 지었다.

솔로몬의 가족은 넌지시 솔로몬이 피비와 결혼하기를 바란다고, 피비와 결혼해야 한다고 셀 수 없이 말했다. 분명히 말하지 않은 사람은 솔로몬 본인뿐이었다.

솔로몬의 머리가 안락의자 등받이에 고정된 채 움직이지 않았다. 솔로몬이 천장을 응시하고 있는 모습이 피비의 눈에 보였다. 피비가 긴 의자에서 일어나서 현관 벽장으로 걸어갔다. 벽장문을 열고 여행가방을 꺼냈다. 여행가방의 바퀴가 요란한 소리를 내며 나무 바닥 위를 굴러갔다. 솔로몬이 고개를 들었다.

"헤이, 뭐 하는 거야?"

"집에 가려고." 피비가 말했다.

"그러지 마."

"음, 문득 그런 생각이 드네. 난 너와 함께 여기 오느라 내 삶을 잃어버렸는데, 넌 그럴 가치가 없어."

"대체 왜 이러는 거야?"

솔로몬이 안락의자에서 일어났고 방금 전까지 피비가 있던 곳에 가서 섰다. 피비가 여행가방을 끌고 침실로 들어가서 조용히 문을 닫았다.

뭐라고 말해야 할까? 솔로몬은 피비와 결혼하지 않을 거였다. 나리타 공항에 도착하자마자 그 사실을 깨달았다. 대학에서 피비의 자신만만하고 침착한 태도가 솔로몬의 마음을 사로잡았다. 미국에서 중요해 보이던 피비의 차분함이 도쿄에서는 무관심하고 오만해 보였다. 피비는 여기에서 자기 삶을 잃어버렸다. 그것은 사실이었다. 하지만 피비와 결혼하는 것이 해결책은 아닌 듯했다.

게다가 일본이 다 사악하다고 생각하는 것도 문제였다. 물론 일본에 재수 없는 인간들이 있지만 그런 인간들은 어디에나 있지 않은가? 두 사람이 여기 온 후로 피비가 변했거나, 아니면 피비를 향한 솔로몬의 감정이 변했다. 피비에게 청혼하는 쪽으로 마음이 기울지 않았던가? 그렇지만 이제 시민권을 얻기 위해 결혼하면 된다는 의견을 피비가 내놓자 솔로몬은 미국인이 되고 싶지 않다는 사실을 깨달았다. 그렇게 하는 것이 이치에 맞는 일이고 아버지가 행복해할 것이었다. 하지만 일본인이 되는 것보다 미국인이 되는 것이 더 나을까? 솔로몬은 일본으로 귀화한 조선인들을 알았고 그것이 타당한 일이었지만 지금은 그렇게도 하고 싶지 않았다. 언젠가는 그럴 수도 있다. 피비의 말이 옳았다. 일본에서 태어나고도 남한 여권을 갖는 것은 이상했다. 귀화하는 것도 배제할 수 없었다. 다른 조선인이 이런 마음을 이해하지 못하더라도 더 이상 상관없었다.

가즈는 쓰레기 같은 인간이었지만 그래서 어떻다는 말인가? 가즈는 나쁜 인간 중 한 명이자 일본인일 뿐이었다. 어쩌면 그런 사고방식은 미국에서 학교를 다니면서 배운 것일 수도 있었다. 설사 나쁜 일본인 백 명이 있고 좋은 일본인 한 명이 있다고 해도 솔로몬은 성급한 일반화를 하고 싶지 않았다. 에쓰코는 솔로몬에게 어머니 같은 사람이었고, 하나는 솔로몬의 첫사랑이었다. 하루키도 삼촌 같은 사람이었다. 세 사람은 일본인이었지만 아주 좋은 사람들이었다. 피비는 그 사람들을 자신과 같은 방식으로 알지 못했다. 어떻게 솔로몬이 피비가 이해해주기를 기대할 수 있을까?

일본인들은 그렇게 생각하지 않을지라도 어떤 면에서는 솔로몬도 일본인이었다. 피비는 그 점을 이해하지 못했다. 핏줄보다 중요한 무엇인가가 있었다. 두 사람 사이의 간극을 좁힐 수 없었다. 솔로몬이 괜찮은 사람이라면 피비를 집에 보내주어야 했다.

솔로몬은 부엌으로 가서 커피를 끓였다. 커피를 두 잔 따라서 침실 문으로 다가갔다.

"피비, 들어가도 돼?"

"문 열렸어."

바닥에 펼쳐진 여행가방들이 개켜서 둘둘 말아놓은 옷들로 가득 차 있었다. 옷장은 거의 비어 있었다. 솔로몬의 짙은 색 정장 다섯 벌과 하얀색 셔츠 여섯 벌이 90센티미터 정도의 공간을 남기고 기다란 봉에 걸려 있었다. 여러 줄로 가지런히 늘어선 피비의 신발들이 여전히 옷장 바닥을 차지하고 있었다. 주로 검은색이나 갈색 가죽 신발이었다. 분홍색 에스파드리유 샌들 한 켤레만이 소녀 취향에 이끌려 실수로 산 것처럼 확 두드러졌다. 한번은 그 신발 때문에 지독한 물집이 생겼다. 대학교 3학년 때 두 사람이 함께 파티에 갔는데 분홍색 에스파드리유 볼이 너무 좁아서 피비는 111번가와 브로드웨이가 교차하는 곳에서 기숙사까지 맨발로 걸었다.

"왜 저 신발을 아직도 갖고 있어?"

"닥쳐, 솔로몬." 피비가 울기 시작했다.

"내가 말을 잘못했어?"

"평생 이렇게 바보가 된 기분은 처음이야. 내가 왜 여기 왔지?" 피비가 깊은 한숨을 내쉬었다.

솔로몬은 피비를 어떻게 달래줘야 할지 몰라서 물끄러미 바라보았다. 피비가 두려웠다. 어쩌면 솔로몬은 항상 피비를 두려워했는지도 몰랐다. 기쁨과 분노, 슬픔과 흥분……. 피비는 극단적인 감정을 아주 많이 가지고 있었다. 빌린 침대와 스탠드만 있는 텅 빈 방에서 피비의 생동감이 두드러져 보이는 것 같았다. 뉴욕에서 피비는 활기차고 놀라운 사람이었지만, 여기에서는 삭막하고 어색한 사람이 되었다.

"미안해." 솔로몬이 말했다.

"아니. 넌 미안해하지 않아."

솔로몬은 양탄자가 깔린 바닥에 책상다리를 하고 앉아 긴 등을 좁은 벽에 기댔다. 칠을 한 지 얼마 되지 않은 벽은 텅 비어 있었다. 집주인이 못 자국 하나마다 값을 매겨 보증금에서 제하겠다고 해서 아무것도 걸지 않았다.

"미안해." 솔로몬이 다시 말했다.

피비가 에스파드리유를 집어 들어 이미 가득 차 있는 쓰레기통에 던졌다.

"아빠 밑에서 일할까 생각 중이야." 솔로몬이 말했다.

"파친코에서?"

"응." 솔로몬이 고개를 주억거렸다. 막상 입 밖으로 내놓으니 기분이 이상했다.

"아버지가 도와달라고 하셔?"

"아니. 아빠는 원치 않으실걸."

피비가 고개를 저었다.

"내가 아빠 사업을 맡아서 할지도 모르지."

"농담하는 거지?"

"아니."

피비는 한마디도 하지 않고 계속 짐을 꾸렸다. 피비는 일부러 솔로몬을 무시하고 있었고 솔로몬은 피비를 계속 바라보았다. 피비는 예쁘다기보다는 귀여웠고, 아름답다기보다는 예뻤다. 솔로몬은 피비의 긴 상체와 가느다란 목, 짧은 단발머리, 지적인 눈을 좋아했다. 피비는 농담을 듣고 웃을 때 진심으로 웃었다. 피비는 무엇도 두려워하지 않는 것 같았다. 무엇이든 가능하다고 생각했다. 피비의 마음을 바꿀 수 있을까? 자신의 마음을 바꿀 수 있을까? 짐을 꾸리는 것은 솔로몬에게 보여주기 위한 극적인 행동일지도 몰랐다. 솔로몬이 여자에 대해 뭘 안단 말인가? 지금까지 자신이 만나본 여자는 딱 두 명뿐이었다.

피비가 다른 스웨터를 둘둘 말아서 점점 쌓여가는 무더기에 얹었다.

"파친코. 음, 그럼 더 수월해지겠네." 피비가 마침내 말했다. "난 여기서 못 살아, 솔로몬. 네가 나랑 결혼하고 싶어 한다 해도 난 여기서 못 살아. 여기서는 숨을 쉴 수 없어."

"우리가 도착한 첫날 밤에 넌 아스피린 통에 적혀 있는 주의 사항을 읽을 수 없다면서 울기 시작했지. 그때 알아챘어야 했는데."

피비가 스웨터를 하나 더 집어 들었다가 그것을 어떻게 해야 할지 모르겠다는 듯 빤히 바라보았다.

"나를 차버려." 솔로몬이 말했다.

"응, 그럴 거야."

피비는 아침에 떠났다. 깔끔하게 퇴장하는 것이 피비다웠다. 솔로몬이 기차를 타고 피비를 공항까지 바래다주었다. 두 사람 모두 밝게 행동했지만 피비는 그야말로 하룻밤 사이에 완전히 달라졌다. 슬퍼하거나 분노하지 않았고, 지극히 차분했다. 오히려 예전보다 더 강해진 것 같았다. 피비는 솔로몬이 포옹으로 작별인사를 하게 내버려뒀지만 두 사람은 오랫동안 연락하지 않기로 동의했다.

"그게 나을 거야." 피비가 말했고, 솔로몬은 피비의 결정에 아무 말 하지 못하는 자신이 무력하게 느껴졌다.

솔로몬은 요코하마행 기차를 탔다.

아버지의 수수한 사무실에는 회색 금속 선반들이 늘어서 있었고 벽을 따라 놓인 수납장 위에 서류 파일이 쌓여 있었다. 각종 문서와 당일 영수증을 보관하는 금고 세 개가 높은 창문 아래에 있었다. 모자수는 30년 넘게 책상으로 쓰고 있는 낡은 떡갈나무 탁자 뒤에 앉아 있었다. 노아가 그 탁자에서 와세다대학교 입학시험 공부를 했고 도쿄로 떠나면서 모자수에게 물려주었다.

"아빠."

"솔로몬." 모자수가 외쳤다. "별일 없지?"

"피비가 떠났어요."

아버지에게 말하니 비로소 실감이 났다. 솔로몬이 빈 의자에 앉았다.

"뭐라고? 왜? 네가 일자리를 잃어서?"

"아뇨. 전 피비랑 결혼할 수 없어요. 일본에서 살겠다고 말했어요. 파친코에서 일하면서요."

"뭐? 파친코에서? 아니, 안 돼." 모자수가 고개를 저었다. "넌 다른 은행 일자리를 얻을 거야. 그러려고 컬럼비아대학교에 갔잖아, 그렇지?"

모자수는 아들의 발언에 진심으로 당황해서 이마에 손을 댔다.

"피비는 좋은 아이야. 난 너희가 결혼할 줄 알았는데."

모자수가 책상을 돌아 나와 아들에게 휴지를 내밀었다.

"파친코라니, 정말이냐?"

"네. 안 될 거 없잖아요?" 솔로몬은 코를 풀었다.

"이 일을 안 하는 게 좋을 거야. 넌 사람들이 무슨 말을 하는지 몰라."

"그런 말은 다 사실이 아니잖아요. 아빠는 정직한 사업가예요. 세금을 내고 허가를 다 받고……."

"그래, 그래. 나는 그렇지. 그래도 사람들은 늘 수군거려. 내가 어떻게 하든 사람들은 항상 지독한 소리를 할 거야. 나한테는 아무렇지도 않은 일상이야. 난 별 볼 일 없는 사람이니까. 하지만 너까지 이 일을 할 필요는 없다. 난 형과 달리 학교에서 공부 잘하는 똑똑한 아이가 아니었어. 여기저기 돌아다니고 기계를 고치는 일은 잘했지. 돈 버는 실력이 좋았어. 항상 깨끗하게 운영했고 나쁜 일을 멀리했어. 고로 상이 질 나쁜 사람들과는 어울릴 가치가 없다고 나를 가르쳤단다. 하지만 솔로몬, 이 사업은 쉽지 않아. 기계를 대강 손보고 새로운 기계를 주문하고 배장에서 일할 사람을 고용하는 게 전부가 아니란다. 잘못될 수 있는 일들이 너무 많아. 우리는 망한 사람들을 많이 알아, 그렇지?"

"왜 이 일을 못 하게 하세요?

"널 미국 학교에 보낸 건 아무도……." 모자수가 잠시 말을 멈췄다. "아무도 내 아들을 깔보지 못하게 하려고 그런 거야."

"아빠, 그런 건 상관없어요. 남들이 어떻게 생각하든 상관없잖아요?" 솔로몬은 지금까지 아버지의 이런 모습을 본 적이 없었다.

"난 사람 대우를 받기 위해 열심히 일하고 돈을 벌었단다. 부자가 되면 사람들이 나를 존경할 것이라고 생각했어."

솔로몬은 아버지를 바라보며 고개를 끄덕였다. 아버지는 본인한테는 거의 돈을 쓰지 않았지만 직원들의 결혼식과 장례식 비용을 댔고 직원들 자녀들의 학비도 내주었다.

모자수의 얼굴이 갑자기 밝아졌다.

"사람의 마음은 바뀔 수 있어, 솔로몬. 피비가 미국에 도착하면 전화해서 미안하다고 해라. 네 엄마는 피비와 많이 비슷했어. 의지도 강하고 똑똑하고."

"전 여기서 살고 싶어요." 솔로몬이 말했다. "피비는 그렇지 않고요."

"그렇구나."

솔로몬이 아버지의 책상에서 장부를 집어 들었다.

"이거 좀 설명해주세요, 아빠."

모자수가 잠시 망설이다가 장부를 펼쳤다.

그달의 첫날이었다. 선자는 불안한 마음으로 잠에서 깼다. 또 한수 꿈을 꾸었다. 최근에 선자가 어렸을 때 보던 모습 그대로 한수가 하얀 리넨 정장에 하얀 가죽 구두 차림으로 자꾸 꿈에 나왔다. 항상 같은 말을 했다. "넌 내 여자야. 소중한 내 여자야." 선자는 잠에서 깼고 부끄럽기 짝이 없었다. 지금쯤이면 한수를 잊었어야 했다.

선자는 아침을 먹은 후에 이삭의 묘를 돌보러 공동묘지에 갔다. 늘 그렇듯 경희가 함께 가겠다고 했지만 선자는 괜찮다고 했다.

두 여자는 제사를 지내지 않았다. 기독교인들은 제사를 지내면 안 된다고 했다. 그렇지만 두 과부는 여전히 먼저 떠난 남편이나 다른 어른들과 이야기하고, 처지를 호소하고, 조언을 구하고 싶었다. 오래된 의식이 그리워서 공동묘지에 자주 갔다. 신기한 일이었지만 이삭이 살아 있었을 때와는 다른 방식으로 이삭과 가까워진 느낌이 들었다. 예전에는 이삭의 선량함을 존경하며 우러러보았으나 이삭이 죽고 나서는 다가가기 더 쉬운 존재처럼 느껴졌다.

요코하마를 출발한 기차가 오사카 역에 도착하자 선자는 늙은 조선인 여자의 노점에서 흰 국화를 샀다. 오랜 세월 그곳에 다녔다. 이삭이 설명해준 바로는 주님 곁으로 갈 때 진짜 몸은 천국에 있으니 땅에 남은 육신은 중요하지 않았다. 땅에 파묻힌 육신에게 살아생전 좋아하던 음식이나 향이나 꽃을 가져가는 것은 말이 되지 않았다. 주님의 눈에는 모두가 동등하기에 절을 할 필요도 없다고 이삭이 말했다. 그렇지만 선자는 이삭의 묘에 좋은 것을 가져가고 싶은 마음을 어쩔 수 없었다. 이삭은 살면서 선자에게 바란 것이 거의 없었다. 이제 선자는 이삭 생각을 할 때면 하나님이 창조한 아름다움을 찬양하는 사람으로 남편을 기억했다.

이삭을 화장하지 않아서 정말 다행이었다. 선자는 아들들이 아버지를 찾아갈 수 있는 곳이 있기를 바랐다. 모자수는 종종 아버지의 묘에 갔고, 노아도 모습을 감추기 전에는 선자와 함께 갔다. 아들들도 이삭과 이야기를 나누었을까? 선자는 궁금했다. 물어볼 생각을 미처 하지 못했고 이제는 너무 늦었다.

요즘 들어 공동묘지에 갈 때마다 이삭이 노아의 죽음을 어떻게 생각했을지 알고 싶었다. 이삭은 노아의 고통을 이해했을 터였다. 노아에게 무슨 말을 해줘야 할지 알았을 것이었다. 노아의 아내가 노아의 시신을 화장해서 찾아갈 수 있는 묘가 없었다. 선자는 혼자 있을 때 노아에게 말을 걸었다. 가끔은 맛있는 호박 사탕 한 조각 같은 아주 사소한 것이 선자를 미안하게 했다. 이제는 돈이 있어도 노아가 어렸을 때 좋아하던 것을 사줄 수 없었다. '미안타, 노아야. 미안타.' 노아가 죽은 지 11년이 흘렀다. 고통은 사라지지 않았지만 파도에 깎여 둥글어지는 유리 조각처럼 날카롭던 가장자리가 무뎌지고 부드러워졌다.

선자는 노아의 장례식에 가지 않았다. 노아는 아내와 아이들이 선자에 대해 알기를 원하지 않았고 선자는 이미 노아에게 충분한 상처를 주었다. 그때 그렇게 노아를 찾아가지 않았다면 노아가 아직 살아 있었을지도 모를 일이었다. 한수도 장례식에 가지 않았다. 노아가 살아 있다면 쉰여섯 살일 것이었다.

지난밤 꿈에서 선자는 한수가 다시 만나러 와줘서 행복했다. 두 사람은 영도의 옛집 근처 바닷가에서 이야기를 나누었다. 그 꿈을 떠올리니 다른 사람의 삶을 지켜보는 것 같았다. 어떻게 이삭과 노아는 세상을 떠났는데 한수는 살아 있을 수 있단 말인가? 어떻게 그것이 공평하단 말인가? 한수는 도쿄 어딘가의 병원 침대에서 밤낮으로 간호사들과 딸들의 각별한 보살핌을 받으면서 살고 있었다. 선자는 다시는 한수를 만나지 않았고, 만나고 싶지도 않았다. 꿈에서 한수는 선자가 어렸을 때 본 모습 그대로 활기찼다. 선자가 그리워하는 것은 한수도, 심지어 이삭도 아니었다. 선자가 꿈에서 다시 보고 있는 것은 자신의 젊음과 시작, 소망이었다. 선자는 그렇게 여자가 됐다. 한수와 이삭과 노아가 없었다면 이 땅으로 이어지는 순례의 길도 시작되지 않았으리라. 이 아줌마의 삶에도 평범한 일상 너머에 반짝이는 아름다움과 영광의 순간들이 있었다. 아무도 몰라준다고 해도 그것은 사실이었다.

사랑했던 사람들이 항상 곁에 있었다는 사실에 위안을 받았다. 가끔 기차역 매점이나 책방 창문 앞에서 어린 시절 노아의 작은 손을 느낄 수 있었다. 그러면 눈을 감고 노아의 달콤한 풀 향기를 떠올렸고 노아가 항상 최선을 다하며 살았음을 기억했다. 그런 순간에는 노아를 꼭 붙들기 위해서 혼자 있는 것이 좋았다.

선자는 기차역에서 공동묘지까지 택시를 타고 갔다. 줄지어 늘어서 있는 많은 묘를 지나 잘 관리돼 있는 이삭의 묘로 걸어갔다. 닦을 필요는 없었지만 이삭에게 이야기를 하기 전에 대리석으로 된 묘비를 닦고 싶었다. 선자는 무릎을 꿇고 앉아 가져온 수건으로 평평한 사각형 묘비를 닦았다. 이삭의 이름이 일본어와 조선어로 새겨져 있었다. 1907년~1944년. 하얀색 대리석이 이제 깨끗했고 햇살을 받아 따뜻했다.

이삭은 참으로 우아하고 아름다운 남자였다. 고향 집 식모 자매가 이삭을 얼마나 동경했는지 기억났다. 복희와 덕희는 그렇게 잘생긴 사람을 한 번도 본 적이 없다고 했다. 모자수는 선자를 더 많이 닮아서 평범한 얼굴이었지만 이삭의 곧은 자세와 안정적인 걸음걸이를 쏙 빼닮았다.

"여보." 선자가 말했다. "모자수는 잘 지냅니더. 지난주에 전화

왔어예. 솔로몬이 외국 은행서 일자리를 잃어서 이제 지 아빠랑 일하고 싶다 칸다고예. 상상이 돼예? 당신이 우예 생각할지 궁금합니더."

사방이 조용해서 계속 이야기할 용기가 났다.

"당신이 우예……." 선자는 묘지 관리인 우치다 상을 보고 말을 멈추었다. 선자는 검은색 모직 바지 정장을 입고 바닥에 앉아 있었다. 바닥에 놓인 손가방을 슬쩍 보았다. 에쓰코가 칠순 생일에 선물한 값비싼 고급 가방이었다.

관리인이 선자 앞에 멈춰 서서 고개 숙여 인사했고 선자도 고개 숙여 인사했다.

선자는 마흔이나 마흔다섯 정도로 보이는 예의 바른 관리인을 보고 미소 지었다. 우치다 상은 모자수보다 훨씬 더 젊어 보였다. 자신은 그에게 어떻게 보일까? 오랫동안 햇빛에 그을려 피부에 깊은 주름이 생겼고 짧은 머리는 완전히 백발이었다. 하지만 일흔셋이라는 나이가 아주 늙었다고는 느껴지지 않았다. 관리인이 선자가 조선어로 중얼거리는 소리를 들었을까? 당과 가게 일을 그만둔 후로 선자의 짧은 일본어 실력이 더 나빠졌다. 못 알아들을 정도는 아니었지만 일본인들 앞에서는 말하기가 부끄러웠다. 우치다 상이 갈퀴를 집어 들고 걸어갔다.

선자는 그 자리에 그대로 앉은 채 이삭을 어루만지듯 하얀 대리석에 두 손을 올렸다.

"우리한테 무슨 일이 일어날지 당신이 말해줄 수 있으면 좋겠어예. 알고 싶어예. 노아가 당신이랑 함께 있는지 알고 싶어예."

몇 줄 떨어진 곳에서 관리인이 표석에서 젖은 나뭇잎을 치웠다. 관리인이 가끔씩 곁눈질로 선자를 슬쩍 봤고, 선자는 묘 앞에서 이야기하는 모습을 들킨 게 부끄러웠다. 조금 더 오래 있고 싶었다. 바쁜 것처럼 보이고 싶어서 더러워진 수건을 치우려고 천 가방을 열었다. 가방 바닥에 집 열쇠가 있었다. 밀봉된 아크릴 액자에 들어 있는 노아와 모자수의 아주 작은 사진이 열쇠고리에 달려 있었다.

선자가 흐느끼기 시작했고 울음을 멈출 수 없었다.

"보쿠 상."

"네?" 선자가 관리인을 올려다보았다.

"마실 거 좀 드릴까요? 관리실에 보온병에 담아 온 차가 있어요. 좋은 차는 아니지만 따끈따끈합니다."

"아니요, 아니요. 고맙습니다. 항상 우는 사람들을 보겠네요." 선자가 어설픈 일본어로 말했다.

"아뇨, 실은 여기 오는 사람들이 거의 없어요. 그래도 보쿠 상 가족들은 꼬박꼬박 찾아오세요. 아드님 두 분과 솔로몬이라는 손자가 있으시죠. 모자수 님은 한두 달에 한 번씩 오세요. 노아 님은 11년 동안 뵙지 못했는데 그 전에는 매달 마지막 목요일에 오시곤 했어요. 한 번도 날짜를 어기신 적이 없죠. 노아 님은 잘 계시나요? 아주 친절한 분이셨어요."

"노아가 여기 왔어요? 1978년 이전에요?"

"네."

"1963년부터 1978년 사이에요?" 선자는 노아가 나가노에 있었을 시기를 말했다. 선자는 자신의 일본어가 틀리지 않기를 바라며 다시 연도를 말했다. 열쇠고리에 달린 노아의 사진을 가리켰다. "이 사람이 여기 왔어요?"

관리인은 사진을 보고 확실하다고 고개를 끄덕였다. 마음속 달력으로 해를 헤아리듯 고개를 들어 하늘을 올려다보았다.

"네, 네. 맞습니다. 그 시기뿐만 아니라 그 전에도 오셨어요. 노아 님이 저에게 학교에 다니라고 하시면서, 원하면 보내주신다고도 하셨어요."

"정말요?"

"네. 그렇지만 전 머리가 빈 깡통이고 학교에 보내주셔도 아무 소용이 없다고 말씀드렸어요. 게다가 여기서 일하는 게 좋거든요. 조용해요. 오는 분들이 아주 친절하고요. 노아 님은 자기가 왔던 걸 절대 말하지 말라고 부탁하셨지만 10년이 넘도록 뵙지 못해서 영국으로 떠나신 게 아닌가 생각했어요. 좋은 책을 읽어야 한다고 말씀하시면서 위대한 영국 작가 찰스 디킨스의 번역서를 가져다주셨어요."

"내 아들 노아는 죽었어요."

관리인의 입이 약간 벌어졌다.

"내 아들, 내 아들." 선자가 조용히 말했다.

"그런 일이 있었다니 매우 안타깝습니다, 보쿠 상. 정말로 안타까워요." 관리인이 쓸쓸한 표정으로 말했다. "가져다주신 책을 전부 다 읽고 나서 제 스스로 직접 몇 권을 더 샀다고 말씀드리고 싶었어요. 일본어로 나온 디킨스 책을 다 읽었지만 제일 좋아하는 책은 노아 님이 처음 주신 《데이비드 코퍼필드》예요. 저도 디킨스를 존경해요."

"노아는 책 읽기를 좋아했어요. 그 무엇보다도요. 책 읽기를 정말 좋아했어요."

"디킨스의 책을 읽어보셨어요?"

"몰라요." 선자가 말했다. "글 읽을 줄……."

"정말요? 노아 님 어머님이시니 보쿠 상도 아주 똑똑하실 텐데요. 어른들이 다니는 야간학교에 다니시면 되겠어요. 노아 님이 저에게 그렇게 하라고 하셨거든요."

선자는 노인을 학교에 보내고 싶어 하는 관리인에게 미소를 지었다. 공부하자고 모자수를 꼬드기던 노아가 기억났다.

관리인이 갈퀴를 바라봤다. 깊숙이 허리 숙여 인사하고 나서 일을 하러 돌아가야겠다고 양해를 구했다.

관리인이 시야에서 사라졌을 때 선자는 묘비 밑에 맨손으로 30센티미터 정도 깊이로 구덩이를 파고 사진이 달린 열쇠고리를 묻었다. 흙과 풀로 구덩이를 메우고 나서 손수건으로 열심히 손을 닦았지만 손톱 밑에 흙이 남아 있었다. 땅을 밟아 다지고 손가락으로 풀을 털었다.

선자가 가방들을 집어 들었다. 경희가 집에서 기다리고 있을 것이었다.

〈끝〉

감사의 말

나는 1989년에 이 이야기의 착상을 얻었다.

대학교 3학년이었고 졸업 후에 무엇을 해야 할지 몰랐다. 미래를 곰곰이 생각하기보다는 관심을 돌릴 거리를 찾아다녔다. 어느 날 오후, 마스터스 티(Master's Tea)라는 예일대학교의 초청 강연 시리즈에 참석했다. 한 번도 들어본 적 없던 강연이었다. 일본에 사는 한 미국인 선교사가 식민지 시대에 이주한 조선계 일본인들과 그들의 후손을 일컫는 '자이니치[在日]'라는 용어를 설명했다. 일본에 사는 일부 조선인들은 자이니치라고 불리는 것을 싫어했다. 자이니치는 말 그대로 '일본에 머무르고 있는 외국인 거주자'라는 뜻이어서, 일본에서 3, 4, 5대째 살아남은 세대들에게는 이치에 맞지 않는 용어였다. 이제는 일본 국적이 된 재일조선인들도 많지만, 귀화는 쉽지 않은 선택이었다. 일본인과 결혼하거나 부분적으로 조선인 혈통인 사람들도 많다. 안타깝게도 일본에 사는 조선인들과 조선인 혈통을 일부 물려받은 사람들을 법적으로나 사회적으로 차별해온 역사가 기나길고 파란만장하다. 어떤 사람들은 자신이 조선인 혈통이라는 사실을 결코 밝히지 않는다고 한다. 신분증명서와 정부 기록을 거슬러 올라가면 민족 정체성이 드러나는데도 말이다.

선교사는 이런 역사를 이야기하며 조선계라는 이유로 졸업 앨범으로 괴롭힘을 당한 어느 중학생 남자아이의 이야기를 들려주었다. 그 남자아이는 건물에서 뛰어내려 죽었다. 나는 이 이야기를 잊을 수 없었다.

1990년 역사학과를 졸업한 나는 로스쿨에 다녔고, 두 해 동안 변호사로 활동했다. 변호사 일을 그만둔 후, 일본에 사는 조선인들의 이야기를 쓰기로 이미 1996년에 마음먹었다. 그리고 많은 단편소설과 장편소설 초고를 썼지만 출판되지는 않았다. 나는 낙담했다. 그러다가 2002년에 생일날 지문 날인을 하고 외국인등록증을 받는 조선계 일본인 아이를 다룬 단편소설 〈모국Motherland〉이 《미주리 리뷰》에 실렸고, 후에 이 작품으로 페덴 상(Peden Prize)을 받았다. 그리고 대학 시절 들은 이야기를 소설화해서 뉴욕예술재단 지원금을 받았다. 그 지원금으로 강의를 듣고 베이비시터를 구해서 글을 쓸 수 있었다. 책을 출판하기까지는 아주 오랜 시간이 걸렸기 때문에 초창기에 인정을 받았던 것이 내게는 무척 중요했다. 게다가 뉴욕예술재단 지원금을 받으면서 대부분의 삶에서 무시와 거부, 말살을 당했던 재일조선인들의 이야기를 어떻게든 알려야 한다는 내 고집스러운 믿음이 통했다고 확신했다.

나는 이 이야기를 올바르게 풀어내고 싶은 마음이 간절했다. 하지만 제대로 해낼 지식이나 기술이 부족하다고 느꼈다. 불안한 마음에 방대한 조사를 했고 조선계 일본인 공동체에 대한 소설의 초안을 썼다. 여전히 적절하지 않다는 느낌이 들었다. 그러던 2007년, 남편이 도쿄의 일자리를 제안받았고 우리는 8월에 그곳으로 옮겨 갔다. 일본에 사는 조선인 수십 명을 현장에서 인터뷰할 기회를 얻었고, 나는 소설의 방향을 잘못 잡았다는 사실을 깨달았다. 조선계 일본인들이 역사의 피해자일지도 모르지만 개인적으로 그들을 만났을 때 누구의 삶도 그렇게 단순하지 않았다. 일본에서 만난 사람들의 폭넓고 복잡한 인생사에 절로 고개가 숙여져서 2008년에 기존 원고를 치우고 다시 쓰기 시작했다. 그 뒤로 책이 출판될 때까지 쓰고 고치기를 반복했다.

나는 거의 30여 년 동안 이 이야기를 품고 있었다. 따라서 감사해야 할 사람들이 많다.

《미주리 리뷰》의 스피어 모건과 에벌린 서머스는 가장 먼저 이 이야기가 가치가 있다고 믿어준 이들이다. 뉴욕예술재단은 내가 포기하고 싶었을 때 소설 지원금을 주었다. 감사한다.

도쿄에 살 때 많은 사람이 나를 만나 일본에 사는 조선인들에 대한 수많은 질문에 답을 해주었다. 이뿐만 아니라 국외 거주자의 삶, 국제금융, 야쿠자, 식민지 시대의 기독교 역사, 경찰 업무, 이민, 가부키초, 포커, 오사카, 도쿄 부동산 거래, 월스트리트 리더십, 유흥업, 그리고 당연하게도 파친코 산업에 대해서도 많은 이야기를 들려주었다. 직접 만날 수 없을 때는 전화 통화를 하거나 이메일로 질문에 답해준 사람들도 많았다. 나는 다음의 사람들에게 많은 빚을 졌다. 수전 메나듀 천, 천종문, 천지수, 정행자, 정강자, 정연원 목사, 스콧 캘런, 에마 후지바야시, 스테퍼니 가이엣과 그레그 가이엣, 메리 하우트, 대니 헤글린, 히데모리 겐, 팀 혼야크, 린다 리 김, 김명구, 알렉산더 킨몬트, 마쓰나가 다미에, 미야모토 나오키, 나카지마 리카, 박소희, 알베르토 다무라, 피터 태스커, 제인 퀸과 케빈 퀸, 양향, 폴 양, 사이먼 유, 윤종란에게 감사의 마음을 전한다.

많은 저자의 중요한 저술이 없었다면 이 책을 쓸 수 없었을 것이다. 여기에 그 저자들을 소개한다. 데이비드 채프먼, 정행자, 하루코 타야 쿡, 시어도어 F. 쿡, 에린 정, 조지 드 보스, 후쿠오카 야스노리, 한해영, 힐디 강, 강상준, 세라 사카에 카샤니, 재키 J. 김, 이창수, 이수임, 존 리에, 리처드 로이드 패리, 새뮤얼 페리, 소니아 량, 테사 모리스-스즈키, 스티븐 머피-시게마쓰, 메리 기모토 도미타에게 깊이 감사한다. 이들의 저술에 크게 의존했지만 사실에 맞지 않는 오류가 있다면 모두 내 책임이다.

일본과 한국, 미국에 있는 친구들과 가족들의 사랑과 믿음과 친절에 고맙다고 말하고 싶다. 그들이 없었다면 이 책을 쓰고 수정하고 다시 쓸 수 없었을 것이다. 해리 애덤스 목사, 린 애런스, 해럴드 아우겐브라움, 캐런 그릭스비 베이츠, 디온 베넷, 스테파나 바텀, 로버트 보인턴, 키티 버크, 저넬 앤더버그 캘런, 스콧 캘런, 로런 케런드, 켄 첸, 앤드리아 킹 콜리어, 제이 코스그로브, 엘리자베스 커스럴, 주노 디아스, 찰스 더피, 데이비드 L. 엥, 셸리 피셔

피시킨, 록새너 프레이저, 엘리자베스 길리스, 로시타 그랜디슨, 로이스 퍼럴슨 그로스, 수전 게레로, 그레그 가이엣과 스테퍼니 가이엣, 한신희, 메리 피시 하딘, 매슈 하딘 목사, 로빈 마란츠 헤니그, 데바 허슈, 데이비드 헨리 황, 이다 미호코, 매슈 제이컵슨, 마사 가바야마와 마이칸 가바야마, 헨리 켈러먼, 로빈 F. 켈리, 클라라 김, 레슬리 김, 에리카 긴게쓰, 알렉스 킨몬트와 레이코 킨몬트, 진 핸프 코렐리츠, 케이트 크레이더, 로런 쿤클러 탕, 케이트 래티머 목사, 웬디 램, 핼리 리, 코니 메절라, 크리스토퍼 W. 맨스필드, 캐시 마쓰이, 제스퍼 콜, 낸시 밀러, 제럴딘 모리바 메도스, 토니 오코너와 수전 오코너, 밥 위메트, 아샤 파이-세티, 백경수, 제프 파인, 클리프 박과 제니퍼 박, 서니 박, 팀 파이퍼, 샐리 기퍼드 파이퍼, 샤론 포머런츠, 그웬 로빈슨, 캐서린 솔즈베리, 지넷 왓슨 생어, 린다 로버츠 싱, 타이 C. 테리, 헨리 트릭스, 에리카 와그너, 애비게일 월치, 와다 나오코, 린지 휩, 카미 위코프, 닐 윌콕스와 도나 윌콕스, 한야 야나기하라에게 감사한다.

초기의 독자였던 디온 베넷과 베네딕트 코스그로브, 엘리자베스 커스럴, 주노 디아스, 크리스토퍼 더피, 톰 젱크스, 명 J. 리, 상 J. 리, 에리카 와그너는 소중한 시간을 내주었으며 날카로운 통찰력과 더불어 내게 꼭 필요한 격려를 해주었다. 감사한다.

2006년, 내 에이전트 수잰 글럭을 만났다. 수잰의 우정과 지혜, 선량한 마음씨에 진심으로 감사한다. 뛰어난 업무 능력과 너그러운 신뢰를 보여준 엘리자베스 셍크먼과 캐스린 서머헤이스, 라파엘라 드 앙헬리스, 얼리샤 고든에게 감사한다. 사려 깊은 지지를 보내준 클리오 세라핌에게도 감사한다.

이 책을 만들면서 통찰력 있는 비전과 뛰어난 지성, 남다른 정성을 베푼 편집자 뎁 푸터에게 깊은 감사를 전한다. 뛰어난 출판인 제이미 라브는 처음부터 내 글을 지지해주었다. 제이미를 내 친구라고 부를 수 있다는 것에 감사한다. 그랜드센트럴 출판사와 아셰트북그룹의 유능한 직원들에게도 고맙다고 말하고 싶다. 매슈 밸러스트, 앤드루 던컨, 지미 프랭코, 엘리자베스 쿨하네크, 브라이언 맥렌던, 마리 오쿠다, 마이클 피치, 조던 루빈스타인, 캐런 토레스, 앤 투미에게 감사한다. 크리스 머피, 데이브 엡스타인, 주디 디베리, 로저 새기나리오, 로런 로이, 톰 매킨타이어, HBG의 훌륭한 영업팀에게도 고마움을 전한다. 환상적인 교열 담당자 릭 볼에게 많은 고마움을 전한다. 여전히 열정과 탁월함으로 내게 영감을 준 멋진 앤디 도즈에게 대단히 고맙다. 매우 뛰어난 로런 케런드에게 감사한다.

영국 출판사의 훌륭한 직원들에게 믿어주고 지지해줘서 매우 고맙다고 말하고 싶다. 닐 벨턴, 매들린 오셰이, 수재너 생스터에게 감사한다.

엄마와 아빠, 명과 상이 베풀어준 사랑에 감사한다. 내 삶을 경이로움과 우아함으로 채워준 크리스토퍼와 샘에게도 감사한다. 내 가족이 돼줘서 고맙다.

이민진

옮긴이 **신승미**

조선대학교 국어국문학과를 졸업하고 잡지 기자로 일했다. 국문학에 대한 이해와 지식을 바탕으로 소설, 인문, 에세이 등 다양한 분야의 책을 우리말로 옮기며 전문 번역가로 활동하고 있다. 《파친코》로 제17회 유영번역상을 수상했다. 옮긴 책으로 《진홍빛 하늘 아래》《인형의 집》《언브로큰》《삶, 죽음, 그리고 세상에서 가장 신비로운 물고기》《여보세요, 제가 지금 죽고 싶은데요》《몽키 마인드》《나는 나부터 사랑하기로 했다》《살며 사랑하며 글을 쓴다는 것》 등이 있다.

파친코 2

초판 1쇄 2022년 8월 25일
초판 10쇄 2024년 8월 5일

지은이 | 이민진
옮긴이 | 신승미

발행인 | 문태진
본부장 | 서금선
책임편집 | 허문선 편집 3팀 | 이준환

기획편집팀 | 한성수 임은선 임선아 최지인 송은하 송현경 이은지 장서원 원지연
마케팅팀 | 김동준 이재성 박병국 문무현 김윤희 김은지 이지현 조용환 전지혜
디자인팀 | 김현철 손성규 저작권팀 | 정선주
경영지원팀 | 노강희 윤현성 정헌준 조샘 이지연 조희연 김기현
강연팀 | 장진항 조은빛 신유리 김수연 송해인

펴낸곳 | ㈜인플루엔셜
출판신고 | 2012년 5월 18일 제300-2012-1043호
주소 | (06619) 서울특별시 서초구 서초대로 398 BnK디지털타워 11층
전화 | 02)720-1034(기획편집) 02)720-1024(마케팅) 02)720-1042(강연섭외)
팩스 | 02)720-1043 전자우편 | books@influential.co.kr
홈페이지 | www.influential.co.kr

ISBN 979-11-6834-054-1 (04840)
979-11-6834-050-3 (세트)